유도라 허니셋은
잘 지내고 있답니다~

애니 라이언스 장편소설
안은주 옮김

Eudora Honeysett
Is Quite Well,
Thank you.

유드라 허니셋은
잘 지내고 있답니다

한스미디어

페그에게 바칩니다

차례

유도라 허니셋은
잘 지내고 있답니다

1장

　이 특별한 화요일 아침, 문에 달린 우편 구멍이 열렸다
닫히는 소리가 들렸다. 심장이 펄쩍 뛰었다가 빠르게 하강
하는 열기구처럼 내려앉았다. 늘 그렇듯 전단지겠지. 신청
한 적도 없는 광고 전단지. 유도라 허니셋은 일어나려고 애
를 썼다. 지팡이를 손에 쥐고 중력을 거슬러 몸을 똑바로
세웠다. 환영받지 못하는 광고지로 세상을 채우는 인간의
능력이란 얼마나 대단한가. 혀를 내두르게 하는 건 이뿐만
이 아니다. 바다에는 플라스틱을 쑤셔 넣고, 쓰레기 매립
지에는 삼 년밖에 안 된 냉장고를 넣어놓는 인간들. 유도
라의 도어매트에는 피자집 전단지, 양로원이나 진입로 재
포장을 권하는 개인사업자의 광고지가 끊임없이 날아들었
다. 이 집에 진입로 따윈 없다고! 종종 유도라는 공들여 만

든 양로원 홍보 안내물에 대고 아니꼬운 눈초리를 던지기도 했다. 거기에는 늙수그레한 커플이 미소를 짓고 있었다. 좋은 호텔처럼 생긴 그런 곳에 사는 것이 성공적인 노년의 삶인 양 건배를 하면서. 꼴불견이군. 유도라는 이 집에서 태어났고 이 집에서 생을 마칠 계획이었다. 기왕이면 조만간에.

이 나이가 되면 죽음에 대한 집착은 피할 수 없는 숙명과도 같아진다. 죽음이 뒤에 도사리고 있지 않았던 때가 과연 있기는 했을까. 어린 시절 세계대전을 겪은 것도 이유라면 이유일 것이다. 죽음을 두려워한다는 말은 아니다. 세상 사람들이 타고난 재능으로 죽음을 부정하는 걸 보면 쓴웃음이 나온다. 놀랍지는 않다. 사람들은 핸드폰을 쳐다보느라, 영원히 오지 않을 진실을 찾느라, 대체 뭔지도 모를 유치한 영상을 보며 낄낄거리느라 너무 바빠서 이 세상과 그 안에 사는 사람들을 둘러보지 않았다. 그러니 그들이 유도라에게 관심을 가질 까닭은 없었다. 유도라 허니셋은 투명인간이지만 조금도 개의치 않았다. 그녀는 최선을 다해 살아왔다. 이제 발을 내디딜 준비가 됐다. 다음 단계 혹은 마지막 종착지를 향해.

죽음. 마지막. 유도라가 고대하는 것. 어쩌면 그저 블랙홀과 같을 수도 있지만, 만약 운이 좋다면 지금까지 사랑했던 모든 사람들을 다시 만날 수 있을지도 모른다. 그럴 만한 사람이 많다는 얘기는 아니다. 사람들은 대체 왜 친구를 떼로 사귀려는 걸까? 한번은 라디오에서 '독이 되는 친구 관계'에 대해, 그리고 그런 관계에서 빠져나오는 방법에 대해 토론하는 걸 들은 적이 있다. 거기에 한마디 하자면? 애초에 관계 자체를 만들지 마라. 그냥 혼자 지내라. 엄마가 입에 달고 살았던 말처럼, 남 일에 신경 끌 것.

유도라는 끙끙대며 도어매트에 떨어진 우편물을 집어 들었다. 그리고 그 순간 쓰레기 더미 사이에서 스위스 소인이 찍힌 A4 크기의 우편물을 발견하고 반가운 마음을 금치 못했다. 팔짝 뛸 만큼 기뻤다. 이번에는 충분히 근거가 있는 기쁨이었다. 기다리던 소식이었다. 아니, 심지어 고대하고 있었다. 유도라는 이 봉투를 다른 우편물 위에 올려 주방으로 향했고, 마치 신성한 유물이라도 되는 듯 식탁에 올려놓았다. 일단 다른 우편물부터 찬찬히 살펴보았다. 쓸데없이 병원 예약을 알리는 편지였다. 사람의 목숨을 살리는 일이 공공의료병원의 의무라는 건 잘 알지만 그래도 때로는 좀 가만히 내버려뒀으면 좋겠다. 이 모든 걸 다 멈출 수 있는 거부 조항이 있으면 좋으련만. 유도라는 이 편지를 한쪽으로 던져버리고 A4 크기의 봉투를 들었다. 봉투를 쥔 손이 떨렸다. 시계를 흘끗 보고 소중한 봉투를 다시 내려놓았다. 온전히 몰입할 수 있는 시간에 볼 수 있게 남겨둬야지.

집을 나서기 위해 소지품을 챙겼다. 이 루틴만큼은 늘 반갑다. 세상에 질릴 대로 질렸지만 그렇다고 동년배들처럼 온종일 소파에만 파묻혀 있기는 싫었다. 몸뚱이는 오래된 시계처럼 서서히 느려지는데, 이 '서서히'가 '가파르게'로 변하면 망하는 것이다. 유도라는 매일 아침 여덟 시에 일어나 늦어도 열 시면 집을 나선다. 세상에는 게으른 사람이 너무도 많다. 거기에 순위를 올리고 싶은 마음은 추호도 없었다.

수영 가방을 들고 집을 나섰다. 환한 햇살에 눈이 부셨다. 선글라스를 쓰고 어둠에 적응하니 안정감이 느껴졌다. 옆집에 붙어 있던 '매매'가 '매매 완료'로 바뀐 게 보였다. 새로 들어오는 이웃은 어떤 사람들일까, 문득 겁이 나 몸이 떨렸다. 지난번 사람들처럼 부디 자기들 일에만 신경 써주면 좋을 텐데. 그때 우편배달부가 이 집 저 집 다니는 것을 발견하고 유도라는 눈을 마주치지 않으려고 고개를 돌렸다. 작년에 그가 지름길로 다닌다며 마당에 있는 백합을 마구 헤집어놓았고, 그 바람에 꽃이 피지 않아 둘 사이가 틀어졌다. 예전에는 가끔 잡담도 나누고 했는데. 뭐 상관없다. 생각 없이 행동했으니 한소리 들을 만하지.

유도라는 천천히, 그러나 고집스러울 정도로 완고하게 걸음을 내디뎠다. 지팡이를 짚으며 탁, 오른발, 왼발, 탁, 오른발, 왼발의 리듬을 만든다. 웃는 얼굴의 그 사회복지사는 지팡이를 보며 '제3의 다리'라고 하드만. 그녀의 이름은 루스, 매우 열렬한 긍정주의자다. 유도라는 루스의 파이팅에 공감하지 않지만 그렇다고 거슬려 하지도 않았다. 친절한 사람이라 그런 거니까. 유도라의 세계에서 친절함이라는 상품은 늘 공급 부족이므로 언제든 기회가 되면 포용하는 게 현명한 일일 것이다.

루스가 유도라의 인생에 짠 하고 등장한 것은 작년이었다. 유도라가 길에서 넘어지는 일이 있고 난 후였다. 넘어질 적 유도라는 분명히 길을 걷고 있었는데, 정신을 차리니 바닥에 뽀뽀를 하고 있었다. 재수가 없으려니까 짜증나게 짖어대는 개 두 마리를 산책시키던 한 남자가 그 모습을 보고는 구급차를 불러야 한다고 고집을 부렸다. 유도라는 그냥 집에만 데려다주면 괜찮아질 거라고 애써 설득했지만 집 주소가 떠오르지 않는다는 사실을 깨닫고 급작스러운 공황 상태에 빠졌다. 다행히 바로 생각이 나긴 했다.

"서픽, 월드링필드, 클리프 로드, 키 코티지."

남자가 얼굴을 찌푸렸다. "서픽이라고요?"

"네." 유도라가 대답했다.

남자의 표정이 부드러워졌다. "흠, 아닐 텐데요. 여긴 런던 남동부라고요, 서픽이 아니라. 구급차를 불러야겠어요. 뇌진탕일지도 모르니까."

그리하여 머리카락이 쭈뼛 설 만큼 시끄러운 구급차를

타고 응급실에 가서 꽤나 오랜 시간을 기다리게 된 것이다. 그리고 바로 이때 모종의 깨달음을 얻었다. 사람으로 꽉 찬 응급실 대기실의 무서우리만큼 숨 막히는 분위기가 깨달음의 통로가 되리라고는 생각조차 못해봤지만, 유도라는 삶이란 놀라움의 연속이라는 것을 알 만큼 충분히 나이를 먹었다.

유도라의 마음에 불을 지른 것은 이가 거의 다 빠지고 뺨에 난 점에는 털이 뿅 하고 솟아 있는 어떤 여자였다. 동화책 속 마녀처럼 생겼지만 대화할 때 보니, 아니, 유도라가 그녀 곁에 앉아야겠다고 결심했을 때부터 눈곱 가득한 그 눈은 친절함으로 빛나고 있었다.

"이제 우리 순서도 얼마 안 남았네요." 그녀가 유도라를 올려다보며 쌕쌕거리는 목소리로 말했다.

"그렇다면 다행이지요." 유도라는 예의 바르게 미소를 띠며 대답했다. "그런데 사람이 이렇게 많은걸요. 아무래도 여기서 좀 시간을 뭉개야 할 것 같아요."

그러자 여자가 고개를 저었다. "여기 말고요, 이 답답한 할멈 같으니라고. 살날이 얼마 안 남았다는 얘기였다오."

평소 같았으면 이 말에 기분이 상했을 것이다. 그런데 보아하니 이 작고 이상한 여자는 왠지 자신과 비슷한 관심사를 가진 것 같았다. "뭐, 그거 역시 그렇다면 다행이고요." 유도라가 대답했다. "하지만 그게 우리 뜻대로 되는 게 아니니까 안타까울 뿐이지요."

"나는 자살할 생각을 했었어요." 여자는 점심 메뉴를 고르듯 무심하게 말했다.

"세상에!"

여자가 재미있다는 듯 유도라를 쳐다보았다. "그런 생각 안 해본 사람처럼 굴지 말아요. 우리 나이면 누구나 하니까."

과거의 공포가 유도라의 기억을 쿡쿡 찔렀다. "전 아닌데요." 유도라는 자세를 고쳐 앉으며 말했다.

"지나가게 비켜주세요!" 문을 박차고 노인을 눕힌 침상을 밀고 들어오며 구급대원이 소리쳤다. 어디선가 한 무리의 의료진이 나타나 노인의 활력 징후를 확인했다. "심정지가 왔어요!"

이들이 복도를 지나 사라질 때까지 대기실에 있던 사람들은 숨을 멈춘 듯 고요히 있었다.

"저 불쌍한 늙은이처럼 되고 싶지는 않잖아요, 안 그래요?" 여자는 유도라의 팔을 톡톡 치며 말했다. "죽으러 가는 사람 몸뚱이를 찌르고 쑤시고. 할 수만 있다면 자신의 운명은 자신이 통제하는 게 좋겠지요."

"어떻게요?" 유도라는 공포보다 호기심이 더 커졌다.

여자는 코 옆을 톡톡 치고 윙크를 하더니 안전벨트처럼 가로질러 멘 가방에 손을 집어넣었다. 그러고는 귀퉁이가 다 구겨진 전단지를 꺼내 내밀었다. 유도라는 더러운 양말을 집듯이 그걸 받아 들었다. "거기 연락해봐요."

"엘시 하울렛 님?" 간호사가 호명했다.

이름을 들은 여자가 두 다리로 단단하게 일어섰다. 그러고는 뒤도 돌아보지 않고 말했다. "잘 지내요, 유도라."

한참 후에야, 그러니까 과로로 눈이 빨개진 의사와 경쾌하고도 성실한 간호사들의 보호 아래 각종 테스트를 받고 문진에 답한 후에야 자신이 엘시에게 이름을 말한 적이 없다는 사실이 떠올랐다. 구급대원과 한 대화를 엿들은 건가? 어쨌든 괜한 반발심에도 불구하고 달리 할 일이 없었기에 전단지를 처음부터 끝까지 꼼꼼히 읽었다. 연달아 터지는 폭죽처럼 일련의 생각들이 광란적으로 떠오르며 머리를 어지럽게 했다. 의사가 걱정스럽게 뾰족한 치료법이 없다고 (아마 너무 늦어서 그럴 것이다) 진단했을 때, 유도라의 마음에 스위치가 딸깍 하고 결정이 내려졌다. 마침내 집에 가도 된다는 허락이 떨어지자, 그녀는 엘시가 준 전단지를 가슴에 품고 간호사에게 다가갔다.

"실례합니다만, 혹시 엘시 하울렛 씨를 만날 수 있을까요?"

간호사의 얼굴이 일그러졌다. "가족분이세요?"

"아니요. 저는…… 어……." 유도라는 적절한 대답을 찾느라 고심했다. "……친구인데요."

간호사는 뒤를 살짝 훔쳐보며 말했다. "사실 가족이 아닌 분께는 환자에 대한 정보를 드리면 안 되거든요."

"오, 그렇죠. 그럼 동생이라 칩시다."

걱정 가득한 얼굴의 간호사가 애써 온화한 표정을 지어 보였다. "이런 소식 전해드려 죄송해요. 그분은 삼십 분 전에 세상을 뜨셨어요."

"오." 유도라는 전단지를 동그랗게 구기며 말했다. "죽었군요."

간호사가 유도라의 소매를 살짝 건드렸다. "네, 유감이에요."

유도라는 간호사의 눈을 바라보았다. "안 그래도 돼요. 엘시는 갈 준비가 되어 있었으니."

간호사는 머뭇거리며 고개를 끄덕였다. "조심히 가세요."

집으로 돌아오는 길, 환자 수송 차량의 요상한 안락함 속에서 가을 햇살을 보며 눈을 깜빡이던 유도라는 마치 자신이 다시 태어난 것처럼 느껴졌다. 공공의료병원에서는 할 수 있는 것을 다 해주었다. 이제 남은 것은 엘시의 지혜와 유도라 자신의 굳은 각오였다. 놀랍게도 이 힘은 상상할 수 없을 정도로 강력했다.

❖ ❖ ❖

무슨 일이 있어도 유도라를 제명까지 살게 하겠다는 사

람이 한 트럭이었고, 루스도 그중 하나였다. 루스가 찾아온 건 가랑비 내리는 시월의 어느 날이었다. 유도라는 거의 일주일을 집에만 틀어박혀 있었고, 비협조적인 관절 때문에 화가 날 정도로 답답한 상태였다. 루스가 지팡이를 내밀었을 때, 유도라는 자신도 모르게 이 여자가 좋아졌다. 지팡이는 선물이라는 단어를 가장 진실하게 표현한 물건이었다. 다시 자유를 찾았으니 원한다면 바깥세상에 나갈 수 있었다. 이제 계획을 실행에 옮기기만 하면 되는 것이다.

그러나 루스를 향한 호감은 그녀가 가방에서 폴더와 펜, 그리고 필요한 서류를 꺼냈을 때 사르르 녹아 없어졌다.

"유도라 허니셋." 루스는 입으로 소리를 내며 서류를 작성했다.

"T가 두 개예요." 유도라가 거들었다. 사람들은 유도라의 이름을 제대로 쓰지 못했고 이건 평생의 골칫거리였다.

"혼자 사시는 거죠, 유도라?"

이렇게 이름만 부르는 것보다 '미스 허니셋'이라고 불러주길 바랐지만 어쨌거나 실망스러운 마음을 억눌렀다. "네."

"친척은 없으신가요?"

"없어요."

루스는 안됐다는 듯이 얼굴을 찌푸렸다. "친구는요?"

"고양이가 한 마리 있지요."

루스는 힐끔 눈을 돌려 뚱뚱하고 게으른 고양이 한 마리가 소파 등받이에 몸을 기대어 자는 모습을 보고는 미소를 지었다. "장을 보거나 청소를 할 때 도움을 주지는 못하겠는걸요."

농담인 줄은 알았지만 유도라는 왠지 모르게 방어적으로 대꾸했다. "내가 알아서 합니다."

"물론 그러신 거 알아요. 그렇지만 저희가 그런 부분에서 도움을 드릴 수 있다는 걸 알려드리고 싶었어요. 청소나 세탁 서비스를 제공하는 기관과 연결해드릴 수 있어요. 아니면 매일 간병인을 오게 할 수도 있고요."

유도라는 마치 루스가 거나하게 술판을 벌이자고 말하기라도 한 듯 의아하게 바라보았다. "나는 도움 따윈 필요 없어요. 말씀은 감사합니다."

루스가 고개를 끄덕였다. 유도라와 같은 노인들을 이미 여러 번 겪어봐서 잘 알고 있다는 그런 끄덕임이었다. "어쨌든 필요하실 때 도움을 받으실 수 있다는 것만 기억해두세요. 혹시나 마음이 바뀌실 수도 있으니 제 명함 한 장 놓고 갈게요."

유도라는 루스가 떠나자마자 명함을 쓰레기통에 던져버렸다. 고양이 몽고메리는 밥을 내놓으라고 야단스럽게 야옹야옹 울어댔다. 발밑에 어찌나 바짝 붙어 있었는지, 일어나다가 넘어질 뻔했다.

"우리한테 누가 필요하다고 그러는 건지, 원. 안 그러냐, 몽고메리?"

유도라는 그릇에 사료를 부어 바닥에 놓아주고는 고양이 귓등을 쓰다듬으려 했다. 그러나 돌아온 것은 날카로운 발톱뿐이었다.

❦ ❦ ❦

유도라는 스포츠센터에 도착했다. 수영 회원들 속에 섞여 익명성을 가질 수 있다는 것은 참으로 다행스러운 일이다. 유도라에게는 프런트를 통과할 수 있는 카드가 있었다. 문제가 있다면 카드로 작동되는 차단문. 기술의 발달을 혐오하는 유도라는 이 괴물을 설치했을 당시 회원을 거의 탈퇴할 뻔했다. 하지만 지금은 카드를 찍는 데 익숙해져서 별다른 노력 없이도 탈의실로 향할 수 있다. 유도라는 매번 사용하는 탈의실 칸에 들어가, 매번 사용하는 사물함에 소지품을 넣었다. 매주 보는 회원들에게 고개를 끄덕여 인사하지만 말을 섞지는 않고 평화롭게 수영장으로 들어갔다. 약간 오한이 느껴졌지만 무시했다. 한 젊은 여성이 쾌활한 목소리로 물이 차다고 말했다. 그것 역시 무시하고 물이라는 행복 속으로 뛰어들었다. 이곳이야말로 기쁨을 누릴 수 있는 유일한 장소였다. 잠시 무중력 상태가 되어 고통을 느끼지 않는 시간. 아직도 십 대처럼, 힘찬 수영 선수처럼 수월하게 물속을 누비고 다닌다. 여전히 남아 있던 통증은 수영장 레인을 따라 몸을 쭉 뻗어 나가다보면 어느새 뒤쪽으로 스멀스멀 사라진다.

수영을 오래 하지는 않는다. 기껏해야 삼십 분 정도. 그 정도가 딱 적당하다. 하루를 시작할 수 있는 추진력과 목적의식을 갖게 해주는 시간. 하지만 풀장에서 나와 지팡이를 짚고 탈의실로 돌아갈 때면 피할 수 없는 현실의 무게가 다시금 느껴졌다.

잠시 후 스포츠센터를 나서는데 여자 둘이 주차장에서 말다툼하는 게 보였다. 생동감 넘치는 비속어가 공기를 가득 채우고 있었다. 유도라는 놀란 마음을 감추지 못한 채 입을 벌리고 쳐다보았다. 도대체 언제부터 이렇게 시끄럽고 분노하는 세상이 된 거지? 그때 여자 중 하나가 유도라를 보고 으르렁댔다.

"거기 할머니! 뭘 봐요? 뭐 구경났어?"

조금만 더 젊었다면 한마디 해줬을지도 모른다. 무례하게 굴지 말고 어른을 공경하라고. 하지만 그런 시절은 오래전에 끝났다. 딱 봐도 어디로 튈지 모르는 데다 말이 안 통할 거 같은 여자였다. 늙은이는 힘이 없다. 모든 것이 언제 깨질지 모를 정도로 나약해지는 것이다.

"실례했네요." 유도라는 주춤거리며 머리를 숙였다. 그러고 최선을 다해 서둘러 자리를 떠났다. 나이가 들면서 가장 답답한 점은 삶의 속도가 느려진다는 것이다. 칠십까지만 해도 동에 번쩍 서에 번쩍 했지만 이제 다 지난 얘기다. '빨리빨리'를 외치는 이 시대에 유도라는 불필요한 존재였다.

유도라는 어깨 너머로 흘끗 시선을 던졌다. 그들은 아직도 싸우고 있었다. 나가려는 차들이 한 줄로 서서 경적을 울려댔다. 결국 스포츠센터에서 직원이 나와 그들을 설득해야 했다. 유도라는 그제야 손이 떨리는 것을 깨닫고 귓갓길에 있는 가게에 잠깐 들렀다 가야겠다고 생각했다. 유도라는 현대 생활의 거의 모든 측면을 싫어하지만, 최근 거리마다 생긴 슈퍼마켓에 대해서는 칭찬할 수밖에 없었다. 편리함은 물론이고, 좋은 입지에, 장을 보는 동안 익명을 유지할 수 있을 만큼 넓은 데다, 든든한 청원 경찰까지 있으니까.

유도라는 팔짱을 끼고 거대한 곰처럼 서 있는 남자에게 고개를 끄덕하고는, 냉장 식품 쪽으로 가서 신성할 만큼 서늘한 공기를 들이마셨다. 침착하게 걷다가 우유 하나를 집어 들었는데, 정신을 차려보니 빵 코너 앞이었다.

어릴 적 엄마는 가게에서 사 온 케이크에 대해 좋게 말한 적이 한 번도 없었다. 틴 케이스에는 늘 집에서 만든 스펀지케이크나 과일 케이크, 혹은 남은 페이스트리 반죽으로 만든 레몬 커드 타르트 여섯 개가 놓여 있곤 했다. 유도라는 플라스틱으로 된 포장 상자를 보자 눈에서 빛이 났다. 적어놓은 내용을 보니 애플파이였다. 머릿속에서 기억 하나가 깜박이며 뜻밖의 위로가 물결처럼 밀려왔다.

마음이 바뀌기 전에 상자 하나를 들고 계산대로 가자.

생각지도 못한 쇼핑으로 비밀스러운 설렘과 새로이 되찾은 안정감을 느끼며 집으로 향했다. 길모퉁이를 돌았을 때 작은 개 두 마리가 목줄에 묶인 채 달려드는 바람에 유도라는 화들짝 놀랐다. 개들은 상대를 제압하려는 듯이 불협화음으로 짖어댔다.

"체스! 데이브! 당장 이리 와!" 개들이 다른 방향으로 춤추듯 뛰어갔다. 마침내 풀려난 유도라가 주인을 노려보았다. "미안해요, 미스 허니셋." 남자가 말했다. "이놈들 진짜. 이런 빌어먹을 놈들. 괜찮으세요?"

유도라는 두 가지 마음이 동시에 들었다. '미스 허니셋'이라고 정중하게 불러준 데에는 화가 누그러졌지만, 욕설과 런던 남동부 억양에는 짜증이 치밀었다. 그건 그렇고, 유도라는 이 남자가 누군지 당최 알 수 없었다. 자신보다 약간 어려 뵈지만 다섯 살 이상 아래는 아닌 것 같은데. 가느다란 백발에, 얼굴은 비교적 똑똑해 보이는 편이고, 옷은 파란색 체크 남방과 다림질이 잘된 감청색 바지를 입고 있었다. 눈가에는 많이 웃어서 생긴 주름이 있었다. 유도라는 눈가에 주름이 있는 사람을 믿지 않는다. "전 괜찮아요. 고마워요. 근데 우리 아는 사이인가요?"

남자가 미소를 지으며 손을 내밀었다. "스탠리 마첨입니다. 작년에 제대로 넘어지셨을 때 제가 바닥에서 떼어드렸죠." 유도라는 당황하여 남자를 쳐다보았다. 그가 웃었다. "농담입니다. 아무튼 그때 넘어지셨을 때 거기 있긴 했어요. 지금은 좀 어떠세요?"

남자의 목소리에서 동정과 우려가 느껴지자 그에게서 멀어지고 싶다는 마음뿐이었다. "이보다 더 좋을 수 없지요. 고마워요. 그럼 저는 이만……."

스탠리가 고개를 주억거렸다. "당연히 그러셔야죠. 아직 갈 곳도 많고 만나야 할 사람도 많으실 테니까."

유도라가 콧방귀를 꼈다. "퍽이나요. 그럼 안녕히 가세요."

"조심해서 다니세요."

현관에 들어와 세상으로 통하는 문을 닫는 순간, 유도라는 탈진하고 말았다. 겨우겨우 차를 내리고 샌드위치를 만들어 거실로 들고 간 후에야 안도하며 의자에 몸을 묻었다.

그렇게 몇 시간을 잤다. 깨어나 보니 차는 식었고, 샌드위치는 건드리지도 않았으며, 팔다리는 피로에 지쳐 무거웠다. 요즘에는 자도 자도 피곤이 가시지 않는다. 그저 다음 날 잠자리에 들 때까지 살아 있을 수 있게 해주는 정도인 것 같다. 정신이 맑아진 유도라는 봉투와 파이에 생각이 미쳤다. 그걸 위해서라면 충분히 의자에서 일어나 차를 새로 만들어 올 만한 가치가 있었다. 그러나 주방에 다다르자 또 다른 생각 하나가 유도라를 멈춰 세웠다. 서랍을 뒤져 원하는 것을 찾아낸 다음 거실로 돌아와 파이에 초를 꽂고 불을 붙였다. 촛불은 다섯 살 된 유도라를 사이에 두고 엄마 아빠가 나란히 서 있는 사진을 비추고 있었다.

"생일 축하해, 유도라." 유도라는 그렇게 속삭인 후 촛불을 끄고 앞날에 대한 소원을 빌었다. 그러고서 초를 빼고 파이를 한 입 먹었다. 시럽에 절인 것처럼 달았지만 배가 고파서 파이 절반을 그냥 삼키다시피 먹어치우고는 차를 한입 가득 머금고 단맛을 씻어냈다. 휴지로 입과 손을 닦고 봉투를 집어 들었다. 기다리고 기다리던 것이 손에 들려 있었다. 이것이야말로 진짜 생일 선물이다.

유도라는 아빠에게 물려받은 편지 봉투용 칼을 찾아냈다. 작은 은색 검처럼 생긴 칼. 어렸을 때 홀딱 반했지만 절대 만지는 것은 허락되지 않았었다. 유도라는 칼로 봉투를 열고 스테이플로 고정된 종이 한 다발을 꺼냈다. 제목을 읽자 가슴이 마구 두근거렸다.

클리닉 레벤스발(삶을 선택하는 병원)
삶과 마찬가지로 죽음에 있어서도
선택과 존엄성을 제공하는 곳.

유도라는 반 남은 파이를 다시 한 입 베어 물고, 한 장씩 페이지를 넘겨가며 읽기 시작했다.

❂ ❂ ❂

1940년, 피카딜리, 라이언스 찻집

"먹고 싶은 거 있으면 다 고르렴." 딸에게 말하는 앨버트 허니셋의 눈동자가 반짝였다.

"정말요, 아빠? 뭐든 적당히 먹어야 하는 거 아니에요?" 그런 내용의 포스터를 본 적이 있었다. 정확히 무슨 뜻인지는 몰라도 뭔가 중요한 말 같았다.

아빠가 웃음을 터뜨렸다. 호탕하고 따뜻하고, 늘 딸을 품어줄 것만 같은 그런 웃음이었다. "우리 도라." 아빠가 대답했다. "참 마음씨가 곱고 착하기도 하지. 걱정 마라. 아침에 처칠 총리님께 전화를 걸었는데 오늘은 네 생일이라 특별히 마음 놓고 먹어도 된다고 하셨어."

유도라가 킥킥 웃었다. "그러면 예쁜 케이크랑 레몬 코디얼 한 잔 시켜도 돼요?"

"탁월한 선택인걸." 앨버트는 그렇게 말하며 주문할 준비가 되었다는 뜻으로 종업원에게 고개를 끄덕여 보였다.

유도라는 무릎에 손을 올리고 의자에 똑바로 앉아 가게 안을 둘러보았다. 중간중간에 군복을 입은 남자들만 없었다면 전쟁 중이라는 것을 알 수 없는 분위기였다. 맵시 좋은 머리 스타일에 단정한 외모를 한 여자들을 보니 감탄이 절로 나왔다. 유도라는 자신의 주름진 원피스를 매만졌다. 비뚤어진 칼라가 달린 헐렁한 깅엄체크 원피스는 엄마가 테이블보를 잘라 만들어준 것이었다.

이 말은 절대 입 밖으로 꺼내지 않을 테지만, 유도라는 사실 전쟁을 보며 짜릿하다는 생각을 했다. 군인들이 영웅처럼 자유를 위해 싸우고, 처칠 총리가 그들을 승리로 이끄는 것, 그것만큼 흥분되는 일이 또 있을까. 처음 전쟁이 터졌을 때 유도라는 서퍽에 사는 엄마의 삼촌 집으로 보내졌지만, 런던이 더 안전하다는 부모님의 판단으로 다시 돌아온 터였다. 유도라는 전쟁이 곧 끝나리라고 확신했다. 그러면 세 가족은 다시 이전의 행복한 삶으로 돌아갈 것이었다.

잠시 후 종업원이 주문한 음식을 가져왔다. 케이크에는 초가 꽂혀 있었다. 모든 것이 완벽했다.

"생일 축하해요." 종업원은 유도라 앞에 케이크를 내려놓으며 말했다.

"고맙습니다." 유도라가 대답했다.

"생일 축하한다, 도라." 아빠 역시 말했다. "소원 빌어야지?"

유도라는 촛불을 불며 눈을 감았다. '제발, 제발 이 순간이 영원히 계속될 수 있게 해주세요.'

마치 기도에 응답하듯 공습 사이렌이 비명처럼 들려왔다. 아빠의 손에 이끌려 대피소로 피하는 동안 생각했다. '오늘 소원은 히틀러가 담당하나 봐.' 아빠가 너무 힘을 줘서 손을 잡았지만 유도라는 신경 쓰지 않았다. 아빠와 있으면 안전하니까. 앨버트 허니셋과 있으면 나쁜 일은 일어나지 않았다. 조명이 어스름한 대피소에서 아빠는 유도라를 끌어안고 정수리에 입을 맞춰주었다.

"오늘의 깜짝 선물이란다." 아빠는 커다란 코트 주머니에서 냅킨에 싼 꾸러미를 꺼냈다.

"내 케이크?" 유도라가 말했다. "고마워요, 아빠."

"생일 축하한다, 도라."

"아빠도 한 입 드실래요?"

아빠의 대답에는 웃음이 섞여 있었다. "아니, 이건 네가 먹어야지. 이렇게 착하게 자라준 것에 대한 선물이니까. 네 덕에 엄마랑 아빠가 아주 행복하거든."

유도라는 아빠의 품에 폭 안겨 한 입 한 입 맛있게 먹었다. 쨍하게 단 사과 맛을 느끼니 존 삼촌의 과수원에서 과일을 따던 때가 떠올랐다.

"오늘 엄마도 같이 왔으면 좋았을 텐데." 유도라는 케이크를 다 먹고 냅킨으로 입을 닦으며 말했다.

"사실은 말이다, 거기에 대해 할 말이 있단다." 유도라는 아빠를 빤히 쳐다보았다. 그의 목소리에서 조심스러운 기색이 느껴졌다. 대피소의 열기에 피부가 따끔거렸다. "있잖아, 엄마는 지금 아주 피곤해. 왜냐하면 곧 아기를 낳을 거거든."

유도라는 어떻게 반응해야 할지 몰랐다. 아빠는 유도라의 마음을 알아챈 것 같았다. "걱정할 거 없어. 앞으로 더 좋아질 테니까. 평생 같이 놀아줄 친구가 생기는 거야."

유도라는 안도했다. 듣고 보니 멋진 얘기였다. 학교 친구들은 거의 다 형제자매가 있었다. 그래서 가끔 뭔가 빠진 기분이 들기도 했던 게 사실이었다.

"말 안 해도 알겠지만, 아기가 나오면 너처럼 멋진 언니가 있어서 참 좋아할 거야." 유도라는 아빠 가슴에 머리를 기대고 맵싸한 담배 냄새를 들이마셨다. "그리고 또 하나 말할 게 있는데." 이 말에서도 조심스러운 기운이 느껴졌다. 유도라는 숨을 참았다. "아빠는 당분간 집을 떠나 있을 거야."

"어디로 가는데요? 얼마나 오래? 언제 돌아와요?" 입에서 말들이 쏟아져 나왔다.

아빠는 유도라를 꽉 안았다. 폐소공포가 느껴질 정도였다. "아빠도 얼마나 걸릴지는 잘 몰라. 그러니까 아빠가 없는 동안 네가 씩씩하게 지내면서 엄마랑 아기를 돌봐줘야 해."

마음속에 수도 없는 질문이 밀려들었다. 왜 하필 지금이지? 왜 얼마나 걸릴지 모른다는 거지? 왜 다 괜찮을 거라고 말해주지 않는 거지? 유도라는 말들이 쏟아져 나갈까 입을 꽉 다물었다. 아빠는 절대 거짓말할 사람이 아니었고, 무엇보다 진실을 아는 것이 두려웠다.

공습경보가 해제된 후에도 두 사람은 다른 이들이 모두 떠날 때까지 그 자리에 머물러 있었다. 아빠는 유도라를 꼭 껴안았다. 몇 년이 지나서야 깨달았다. 그가 그랬던 것은 딸을 위로하기 위해서가 아니라 불확실한 미래에 대한 두려움 때문에 딸에게 매달리고 있었다는 것을.

"그러니까 엄마랑 아기를 잘 돌봐줄 거지? 아빠를 위해서라도 말이야."

유도라는 아빠를 바라보았다. 아빠의 눈에서 눈물이 빛나는 걸 본 듯했지만 눈동자에 빛이 반사된 거라고 생각하기로 했다. "그럼요, 아빠. 아빠가 돌아오실 때까지 제가 잘 돌보고 있을게요."

아빠는 고개를 끄덕이고는 서둘러 일어섰다. "역시 내 딸이야. 네가 있어서 안심이 되는구나."

대피소에서 나오자 환한 빛 때문에 눈이 부셨다. 유도라는 거리를 둘러보았다. 거리는 한 시간 전과 똑같았다. 찻집 창문 너머로 아빠와 함께 앉았던 자리가 보였다. 거기에는 여자 둘이 앉아 아무 일도 없었다는 듯이 차와 샌드위치를 먹고 있었다. 길에서는 버스와 택시가 붕붕 소리를 내며 지나다녔고, 사람들은 분주히 오가며 삶을 이어가고 있었다. 평소와 다를 바 없는 풍경이었다.

　그러나 유도라가 아빠의 손을 잡고 피카딜리 거리를 걷는 순간, 모든 것이 달라진 것처럼 느껴졌다. 마치 자신의 세포 하나하나가 모두 변한 것 같았다. 어른이 되어서야 깨달았다. 바로 이 순간 유도라의 어린 시절이 막을 내렸다는 것을. 그렇게 어둠의 시대가 올 것을 알았다면, 아마 유도라는 아빠에게 대피소로 돌아가 영원히 그곳에 머물자고 애원했을 것이다.

이튿날 아침, 유도라를 깨운 것은 알람 시계가 아니라 대형 트럭이 후진하며 내는 경고음이었다. 안경을 쓰고 시계를 봤다. 아침 7시 27분. 소음 때문에 일찍 깬 것이 분해 인상을 썼지만, 서서히 정신이 들자 몇 년 만에 처음으로 한 번도 깨지 않고 푹 잤다는 사실을 깨달았다. 그러나 이어지는 현실은 달갑지 않았다. 그 말은 침대보를 갈아야 한다는 의미니까. 유도라는 심호흡을 하고 간신히 몸을 일으켜 앉은 후 앞으로 해야 할 일을 곰곰이 따져보았다. 끝없이 격려를 쏟아놓던 사회복지사 루스의 말이 머릿속에서 고개를 쳐들었다.

  '어쨌든 필요하실 때 도움을 받으실 수 있다는 것만 기억해두세요.'

곧이어 어젯밤에 처음부터 끝까지 꼼꼼하게 읽은 책자가 떠올랐다. 그러자 몸이 저절로 움직였다.

"자자, 유도라. 게으름 피워봤자 소용없어. 이 일부터 처리하고 전화를 걸자."

침대보는 쉽게 벗겼지만 새로 갈아 끼우는 건 보통 일이 아니었다. 중간에 몇 번이나 쉬고, 침대보를 발명한 사람을 저주한 후에야 겨우 일을 마칠 수 있었다. 유도라는 엄마와 침대보를 갈던 시절이 떠올랐다. 침대보, 담요, 이불까지 병원에서 하듯 구석구석 매만지던 일. 그러나 엄마가 아프면서, 흉측하게 생겼지만 간편하다는 이유로 유행하는 침구를 어쩔 수 없이 받아들이게 되었고, 덕분에 삶이 더욱 편해질 거라 생각했다.

편해진 건 사실이었다. 잠시 동안은. 그러나 나이가 들자 침대보의 고무줄과 플라스틱 스냅단추가 관절염을 앓고 있는 손가락에 얼마나 쥐약인지를 깨닫게 되었다.

일을 마칠 때쯤 몽고메리가 밥을 찾아 위층으로 올라왔다. 새로 단장한 침대 위로 뛰어오르며 심술궂게 야옹거렸다. 유도라가 "워이" 하고 몰아내자 몽고메리는 대답으로 하악질을 했다.

"너는 정말 제일로 성질 고약한 고양이야." 몽고메리는 초록색 눈으로 냉담하게 유도라를 바라보다가 단검처럼 날카로운 이를 드러내고 하품을 해댔다.

침구를 바꿨던 것처럼, 심신이 쇠약해진 어느 날 고양이를 들였다. 황혼에 좋은 친구가 되어주리라 생각했다. 그러나 애석하게도 몽고메리는 오랜 세월 속을 썩여온 남편이라도 되는 듯 괴팍하고, 무뚝뚝하고, 그저 먹는 것에만 관심을 기울이는 아이로 변해버렸다.

유도라는 남은 힘을 쥐어짜 옷을 갈아입었다. 오늘은 수영을 쉬어야지. 그것보다 더 중요한 일이 있으니까.

유도라는 커튼을 걷고 이삿짐 트럭을 바라보았다. 원양정기선처럼 거대한 차가 옆집은 물론이고 이 집 정원까지 차지하고 있었다. 체격도 문신도 제각각인 사내들이 솜씨 좋게 가구를 내리는 중이었다. 그중 한 명이 유도라를 발견하고 쾌활하게 미소를 지어 보였다. 유도라는 다시 커튼을 닫아버렸다. 오늘만큼은 바깥세상의 방해 따위 받고 싶지 않았다.

더러운 침대보를 얼싸안고 계단으로 향하는데, 고양이가 반항하듯 계단 위에 버티고 있었다.

"이러다 내가 고꾸라지기라도 하면 네 밥은 누가 주니?"

고양이는 불쾌한 표정으로 바라보더니 무슨 말인지 알아들었다는 듯이 노련하고 우아하게 계단을 내려갔다.

입을 벌리고 있는 세탁기에 빨래를 채우고 배은망덕한 고양이에게 밥을 주었다. 고양이는 기록적인 속도로 그것을 먹어치우고는 밖으로 쌩하니 나가버렸다. 유도라는 자신이 먹을 차와 토스트를 만들어 거실로 갔다. 억지로 한 입 베어 물고 나서야 얼마나 배가 고팠는지를 깨달았다. 식사를 끝낸 후 라디오를 켜고 잠시 눈을 감았다. 조금 있다가 전화를 걸어야지. 라디오에서는 스위스 병원에서 스스로 생을 마감한 여성의 얘기가 흘러나오고 있었다. 노인 전문 간호사로 일했던 그 여성은 노인들이 겪는 모욕과 어려움을 현장에서 직접 봤기 때문에 늙는 것에 대한 두려움을 견디지 못했다는 이야기였다.

"현명하시네." 유도라는 잠으로 빠져들며 중얼거렸다.

갑자기 노크 소리가 들려와 번쩍 정신이 들었다. 다시 눈을 감았지만, 더 커진 노크 소리로 보아 꽤나 굳은 결심을 한 것 같았다. 유도라는 겨우 몸을 일으켜 현관으로 걸어갔다. 다행히 체인이 걸려 있어서 살짝만 열고 문틈으로 바깥을 내다볼 수 있었다. 머리를 박박 민 젊은 남자가 커다란 여행용 가방을 멘 채 능글맞게 웃으며 얼굴을 들이밀었다.

"실례합니다, 부인. 안녕하세요?" 노인이나 병자를 대할 때 내는 목소리. 유도라는 여기에 익숙했지만 여전히 이런 식의 배려가 혐오스러운 게 사실이었다.

"뭘 원해요?" 최대한 날카롭게 쏘아붙였다. 체인이 걸려 있어서 더 대담하게 굴 수 있었다.

젊은 남자는 잠시 얼굴을 찌푸렸지만 목소리만은 그대로 유지했다. "저는 조쉬라고 하고요, 젊은 범죄자들이

다시 공동체에 편입되는 것을 돕기 위한 제도의 일환으로……." 그는 대본을 읽듯이 주절거린 뒤 제대로 볼 수도 없게 들고 있던 카드를 획 들이밀었다. 아마 신분증 같은 걸 테지. 물론 아닐 수도 있지만.

"원하는 게 뭐냐고요." 유도라가 되물었다. 면전에 대고 문을 닫고 싶었지만 그러기에는 겁이 났다.

조쉬는 가방을 열어 행주를 하나 꺼냈다. "이런 걸 팔고 있습니다. 최고의 행주죠. 한 팩에 5파운드입니다."

"없어도 되는데요."

조쉬는 단념하지 않았다. "그럼 티 타월은요? 5파운드어치 사시면 공짜로 얹어드립니다."

"아니요, 다 필요 없어요. 그만 돌아가 줘요."

그는 잠시 유도라를 뚫어지게 쳐다보았다. 우호적이던 태도가 순식간에 위협으로 바뀌었다. "멍청한 노인네 같으니라고." 그렇게 으르렁대고는 가방을 등에 메고 발길을 돌려 쿵쿵 걸어가는가 싶더니, 입구 근처에서 다시 한 번 이쪽을 돌아보았다. "빨리 뒈져버려." 경멸의 눈빛으로 말하고 목에서 가래를 끌어올려 땅에 퉤하고 뱉었다.

"나도 바라는 바야." 유도라는 조금 떨렸지만 한편으로는 안도감을 느끼며 문을 잠갔다.

두려움은 종종 사람을 행동하게 하고, 그들로 하여금 싸우거나 도망치거나 둘 중 하나를 선택하도록 강요한다. 유도라는 더 이상 싸울 힘도 능력도 남아 있지 않았지만 자신만의 특별한 방식으로 도망쳐야 한다는 것을 알고 있었다. 편도로 끝나는 도망, 그리고 이 모든 것을 끝낼 방법.

세상은 너무 가혹했다. 조쉬 같은 훌리건도 최악에 끼지 못할 만큼. 사람들은 모두 이기적이고 자기 자신에게만 얽매여 있다. 유도라나 그와 비슷한 사람들을 돌아볼 여유가 없다. 그들은 온 세상을 집어삼킬 것처럼 뉴스와 음식을 소비하고 마치 자신들의 의견만 중요하다는 듯이 지켜보고 판단하고 생각을 내뱉는다. 이런 사람들에게 유도라는 그저 투명인간일 뿐이다. 그래서 유도라 또한 그들에게 관심을 끊어버렸다. 당신들, 브렉시트 이후의 삶을, 도널드 트럼프를, 다른 사람들을 규탄하고 누구에게도 친절하지 않은 세상을 잘 견뎌보쇼. 이제는 그들을 도울 방법이 없다. 조금만 있으면 그들이 도덕적으로 무감각하게 쇠퇴하는 모습을 더 이상 지켜보지 않아도 된다. 잘 있어라. 생각만 해도 후련했다.

거실로 돌아와 수화기를 드는데 손이 떨려왔다. 유도라는 독서용 안경을 걸치고 책자 뒤쪽에서 전화번호를 찾아내 조심스럽게 버튼을 눌렀다.

"클리닉 레벤스발. 칸 이히 이넨 헬펜(클리닉 레벤스발입니다. 무엇을 도와드릴까요)?" 갑자기 독일어가 들려와 유도라는 깜짝 놀랐다. 그토록 오랫동안 혐오해온 독일인들을 떠올리자 그만 전화를 끊고 싶어졌다. 누군가는 전쟁에서의 일을 용서했을지 몰라도 그녀는 절대 그럴 수 없었다. 전화를 끊으려던 찰나, 유도라는 이 지역이 독일어를 쓰는 스위스이므로 두려워할 것이 없다는 것을 기억해냈다.

"영어로 말해주실 수 있나요?"

"네. 물론이죠. 무엇을 도와드릴까요?" 여자의 목소리는 부드럽고 편안했다. 유도라는 바로 마음이 놓였다.

유도라는 책자를 펼쳤다. 전문 용어를 정확하게 사용하고 싶었기 때문이다. "자발적 안락사를 신청하고 싶어요." 유도라의 목소리는 단호했다. 마침내 이 말을 큰 소리로 내뱉었을 때의 흥분감은 아찔할 정도였다.

"그러시군요. 저희한테 전화하시는 건 이번이 처음인가요?"

"아니요. 그쪽 단체를 알고 나서 책자를 신청하려고 전화한 적이 있었어요." 엘시에 대해서는 언급하지 않기로 했다. 이것은 유도라 자신의 결정이고 자기 이야기의 결말이니까. "책자를 보내주셔서 고마워요." 유도라가 말했다. "보내주신 책자를 처음부터 끝까지 꼼꼼하게 읽고 마음의 결정을 내렸어요. 예약하고 싶어요. 그렇게 좀 합시다."

유도라, 예의를 지켜. 아무리 죽고 싶어 환장했어도 그렇지.

"그러시군요." 여자가 똑같은 반응을 보였다. "아시겠지만 저희는 따라야 할 절차가 있어요."

"무슨 절차요?"

"저희는 고객님이 이 모든 것에 대해서 충분히 생각했고 또 완벽하게 이해했는지, 가족들과 상의는 했는지, 그리고 이것이 정말로 유일한 방법인지 절대적인 확신을 가져야 해요."

유도라는 목소리를 가다듬었다. 상대방의 나긋나긋한 말투는 그만 듣고 싶었다. "내 나이가 여든다섯이에요. 나는 늙었고 피곤하고 외로워요. 하고 싶은 것도 없고, 보고 싶은 사람도 없어요. 우울해서 이러는 게 아니라 단지 삶이 끝났을 뿐이에요. 요양원에서 시끄러운 텔레비전 앞에 앉아 기저귀에 오줌이나 지리면서 죽고 싶지는 않다고요. 나는 품위를 갖추고 조용하게 세상을 뜨고 싶어요. 그래서 날 도와줄 거요, 말 거요?"

잠시 침묵이 흘렀다. "네, 저희가 도와드릴 수는 있지만 절차는 따라야 해요. 만약 마음이 확고하다면 신청서를 보내드릴 수 있어요. 그렇게 되면 절차가 시작되는 거죠. 거기서부터 시작하는 거예요. 그러고 싶으신가요?"

"네, 그러고 싶어요." 유도라는 드디어 누군가가 자신의 말을 들어줬다는 생각에 목소리가 떨렸다. "고마워요."

"별말씀을요." 여자는 잠시 망설이다가 말을 이었다. "미안합니다, 저도 이 상황에 익숙하지가 않아서요. 하지만 뭘 원하시는지 잘 알아요. 저희 할머니도 똑같은 말씀을 하셨거든요. 잘 살았던 만큼이나 잘 죽고 싶어 하셨죠."

"그래서 그분은 그렇게 했나요?" 호기심이 일어 질문이 튀어나왔다.

"그러셨어요. 그 후로 제가 여기서 일하게 된 거고요."

솔직한 이야기에 유도라는 용기가 생겼다. "이름이 어떻게 돼요?"

"페트라예요."

"고마워요, 페트라. 자, 그래서 나한테 신청서를 보내주실 건가요?"

"물론이죠. 아무래도 저희 쪽으로 오셔서 진행하기는 힘드실 테니 앞으로도 모든 절차를 전화로 이어가야 하겠죠?"

"그러면 안 되는 건가요?"

"안 되는 건 아니고요, 그렇게 되면 신청서 양식이 좀 까다로워져요. 리버만 박사님과도 대화를 심도 있게 나누셔야 하고요. 비용에 대해서는 알고 계신가요?"

"돈은 있어요."

"좋습니다. 결례지만 여쭤봐야 해서요. 자, 그럼 몇 가지 세부 사항에 대해 말씀해주세요."

유도라는 묻는 질문에 대답하고 나서 물었다. "그럼 앞으로 얼마나 걸릴까요?" '죽기까지'라는, 굳이 말하지 않아도 될 것 같은 말은 뺐다.

"상황에 따라 달라요. 서명을 마치고 약 삼사 개월 정도라고는 말씀드릴 수 있겠네요. 물론 언제든 마음을 바꾸시는 것도 가능하고요."

그럴 일은 없을 텐데. 유도라는 크리스마스쯤이면 세상을 떠날 거라는 생각에 안도감을 느꼈다. 일 년 중 가장 외롭고 가장 불행한 시기.

"모든 절차는 제가 담당할 거예요. 궁금한 점이 있으면 언제든 연락하시고요. 제가 도와드릴게요."

"고마워요, 페트라." 유도라는 최대한 감사와 안도의 마음을 담아 말했다. 이게 자신에게 얼마나 큰 의미인지 페트라가 알아주어야 할 텐데. 전화를 끊었을 때는 희열과 피로가 동시에 밀려왔다. 주사위는 던져졌다. 유도라는 절뚝이며 주방으로 향했다. 그리고 거의 새것이나 다름없는 달력 앞에 서서 넉 달 후를 헤아린 뒤 거미줄처럼 가늘게 떨리는 필체로 딱 한 단어를 적었다.

자유.

얼굴에 미소가 번졌다. 수년 만에 처음으로 삶의 주도권을 갖게 되었다. 늙음에 굴복하지 않을 것이다. 거기에 저항하고, 원치 않는 껍질을 벗겨내듯 옆으로 치워버릴 것이다. 누구의 방식도 아닌, 오직 자신이 원하는 방식으로 죽음을 맞을 것이다.

유도라는 노크 소리에 몽상에서 깨어나 현실로 돌아왔다. 처음에는 아까 그 젊은이가 악의를 품고 보복하려고 돌아왔나 싶어 겁을 먹었지만, 노크 소리는 좀 더 나긋하고 사려 깊었다. 문까지 가는 데 시간이 좀 걸렸다. 체인을 풀지 않은 채 문을 살짝 열었다. 유도라는 찌푸린 얼굴로 멍한 표정의 꼬마 아이를 내려다보았다. 꼬마는 유도라의 얼굴을 보자마자 따라하듯 똑같이 얼굴을 찌푸렸다.

유도라가 물었다. "뭐니?"

아이 얼굴 위로 또 다른 얼굴이 불쑥 나타났다. 유도라는 헝클어진 머리를 하고 안절부절 미소 짓는 여자를 짜증스러운 눈빛으로 바라보았다.

"귀찮게 해드려 죄송한데요." 여자의 목소리는 격앙되어 있었다.

꼬마의 찡그린 얼굴이 더욱 구겨졌다. "엄마. 왜 소리를 질러요?"

유도라는 눈썹을 치켜 올렸다.

"미안해." 꼬마에게 사과한 뒤 여자는 이어서 유도라에게도 "죄송해요" 하고 사과했다. "인사드리려고 들렀어요. 옆집으로 이사 왔거든요."

"오." 유도라는 놀란 듯이 감탄사를 내뱉었다.

"문에다가 체인은 왜 달았어요? 고장이라도 났어요?" 꼬마가 물었다.

"원치 않는 침입자들로부터 방해받지 않으려고 단 거야." 유도라는 말에 뼈를 담아 대답했다.

"우리는 침입자가 아니니까 그냥 열어도 되지 않을까요? 원하신다면요." 유도라는 원치 않았지만 절대 막되먹은 사람으로 여겨지고 싶지 않았다. 그래서 체인을 풀었다.

"이제 좀 낫네요." 여자아이가 말했다. "제 이름은 로즈 트레위드니예요."

유도라는 로즈 트레위드니를 잠시 바라보았다. 체리처럼 붉은 티셔츠에 자주색 라라 스커트를 매치해 입은 모습이 거의 재앙급이었다.

"그리고 저는 매기예요." 꼬마의 엄마가 덧붙였다. "콘월에서 이사 왔어요. 좀 먼 여정이었지만 결국 도착했네요. 동네가 참 좋아요. 아, 물론 콘월보다 해변은 적지만." 매기가 웃음을 터뜨렸다. 도대체 왜 웃는 거람. 유도라는 매기가 잡담으로 허공을 채우는 것을 조용히 지켜보고 있었다. 꼬마가 자신을 빤히 올려다보는 게 느껴졌다. 마침내 매기의 말이 다 소진되었다. "그래서 이렇게 인사드리러 온 거예요."

"저 트럭은 오래 있을 예정이에요?" 유도라는 대형 트럭을 고갯짓으로 가리켰다.

매기가 어깨 너머로 그쪽을 바라보았다. "아, 네, 물론 빨리 끝나면 좋겠죠. 방해가 되나요?"

"집 앞을 저렇게 떡하니 차지하고 있잖아요."

"아, 그렇네요. 죄송해요."

"고양이 이름이 뭐예요?" 로즈가 머리 위로 감도는 긴장감을 무시한 채 물었다.

"몽고메리." 유도라가 짜증스럽게 대답했다.

"아, 몽고메리. 이리 와, 몽고메리." 로즈는 무릎을 꿇고 쪽쪽 소리를 내며 몽고메리를 꾀어내려고 했다.

"쟤는 친절한 애가 아니란다." 유도라가 경고하듯 말했다.

그러나 놀랍게도 고양이는 곧장 로즈에게 다가왔다. 손으로 쓰다듬는 것도 허락하고, 로즈가 자신을 들어올리는, 목숨을 위협하는 것과도 같은 행동을 할 때는 심지어 가르랑거리기까지 했다. "너 참 귀여운 아이로구나? 우리도 고양이가 있었는데 도망가 버렸어." 유도라는 로즈가 고양이를 꽉 껴안고 질문 세례를 퍼붓는 모습을 바라보았다. 그리고 그 질문에 대답할 사람은 자신밖에 없다는 사실을 깨달았다.

"이름이 뭐예요?"

"유도라."

"몇 살이에요?"

"여든다섯."

"저는 열 살이에요. 혼자 살아요?"

"응."

"아이는 없어요?"

"없다."

"외로우시겠어요."

유도라가 얼굴을 찌푸렸다. "아닌데."

"여왕님 좋아하세요?"

"물론이지."

"저도요."

"로즈, 우리가 유도라 할머니 시간을 너무 많이 빼앗은 거 같아." 로즈의 엄마가 끼어들었다. 그러면서 유도라를 향해 입을 뻥끗뻥끗하며 죄송하다는 입 모양을 해 보였다. "자, 가서 네 방 청소해야지."

"아, 알겠어요." 로즈는 고양이 머리에 뽀뽀를 한 뒤 바닥에 내려주고는 엄마를 따라 발길을 돌렸다.

"안녕, 유도라 할머니. 안녕, 몽고메리. 또 만나요."

유도라는 현관문을 닫고 도대체 무슨 일이 벌어진 건지 어리둥절해하며 그 자리에 얼마간 서 있었다. 입에서 이상하고 낯선 소리가 불현듯 새어 나왔다. 몽고메리는 생전 처음 듣는 유도라의 키득거림에 놀랐는지, 잠시 쳐다보다가 밥을 찾아 살금살금 발걸음을 내디뎠다.

1940년, 런던 남동부, 시드니 애비뉴

스텔라 허니셋은 날카로운 비명을 지르며 자신의 탄생을 세상에 알렸다. 그 비명은 진통으로 힘겨워하는 엄마를 앤더슨 대피소로 밀어 넣은 사이렌의 울부짖음처럼 날카로웠다. 앤더슨 대피소는 아빠가 떠나기 전에 지은 장소였다.

"내 천사들을 안전하게 지켜주렴." 아빠는 커다란 삽으로 흙을 퍼 올렸다. 그리고 아빠를 도와 골이 진 철판을 방수포로 덮고 있던 유도라를 향해 말했다. "아늑하구나." 아빠는 뒤로 물러서서 둘이 함께 만든 결과물을 바라보았다. 그러고는 유도라를 내려다보며 미소를 지었다. "이제 이 늙은 호박들을 대피소 위로 옮겨 심어야 하는데, 도와주겠니? 일단 파내서 이 앞에 길을 낼 거야."

"그럼요, 아빠."

"착하기도 하지. 그런 다음 내부를 멋지고 아늑하게 꾸미자. 너와 엄마를 위해서."

"그리고 아기를 위해서도요." 이렇게 말해야 책임감 있는 딸이라는 생각이 들었다.

앨버트는 몸을 수그려 딸의 머리에 입을 맞췄다. "엄마와 동생을 두고 가도 아빠가 마음을 놓을 수 있겠구나."

유도라는 해바라기가 해를 따라 고개를 돌리듯 아빠를

바라보았다. 비록 아빠를 보내고 싶지는 않았지만, 유도라는 알고 있었다. 아빠는 자신의 임무를 다할 뿐이고 유도라 또한 그녀의 임무를 완수해야 한다는 것을. 아빠가 시키는 대로만 하면 신과 처칠 아저씨가 아빠를 무사히 집으로 돌려보내줄 것이라는 믿음이 있었다.

"돈 좀 쓰신 모양이네." 비아냥거리는 목소리가 울타리를 타고 넘어왔다.

"안녕하세요, 크랩 씨." 아빠는 새로 만든 대피소 벽에 삽을 세우고는 그리로 다가갔다. "런던이 폭격을 당하면 아내분과 함께 언제든 오세요. 여섯 명은 충분히 들어올 수 있습니다."

크랩 아저씨는 끔찍하다는 듯 얼굴을 찌푸렸다. "아돌프 히틀러라 해도 나를 침대에서 끌어내지는 못할 거요." 무서운 적들이 몰려와 크랩 아저씨의 침대를 둘러싸는 상상을 하자 유도라의 눈이 동그래졌다. "독일 놈들, 지난번에도 우리를 어쩌지 못했으니 이번에도 별 탈 없겠지 뭐!"

유도라는 숨이 턱 막혔다. 그러자 아빠가 안심하라는 듯 어깨에 손을 얹었다. "혹시나 마음이 바뀌시면 언제든 오세요. 자, 그럼 저희는 들어가 보겠습니다." 아빠는 그렇게 말한 뒤 유도라를 데리고 그 자리를 떠났다.

뒤에서 "빌어먹을 독일 병사 놈들" 하고 크랩 아저씨가 중얼거리는 소리가 들렸다. 유도라는 아빠 손을 더 꽉 잡았다. 한밤중에 가끔 유도라는 이웃집에서 나는 소리에 잠을 깨곤 했다. 그것은 분노에 찬 고함 소리가 아니라, 덫에 걸려 발버둥치는 처참한 짐승의 울음소리와 비슷했다. 맨 처음 그 소리를 들었을 때, 유도라는 방에서 뛰쳐나와 계단참에 있던 아빠에게로 달려들었다. 아빠는 무릎을 꿇고는 덜덜 떠는 유도라를 꽉 안아주었다. "우리 도라, 괜찮아, 괜찮아. 크랩 아저씨는 자기도 모르게 저러는 거야. 전쟁 통에 아들을 잃어서 악몽을 꾸는 거란다. 아주 끔찍한 악몽이지. 무슨 말인지 알겠지?"

유도라는 이해할 수 없었지만 알아들었다는 듯이 재빨리 고개를 끄덕였다. 아빠와 나누는 비밀은 그녀에게 보물이자 마음에 영원히 박힐 보석이었다. 유도라는 크랩 아저씨를 볼 때마다 늘 친절하게 대하려고 했지만, 아저씨의 거친 시선과 예측 불가능한 성격은 왠지 모르게 두려움을 불러일으켰다.

유도라는 오래된 직사각형 카펫을 대피소로 옮기는 일을 거들었고, 아빠가 임시변통으로 침대를 만들기 위해 못을 박는 동안 나무 프레임과 철망을 잡아주었다. 앨버트는 접이식 매트리스를 침대 프레임에 올려놓고 만족스러운 모습으로 뒤로 물러났다.

"크기가 맞나 시험해볼까?" 촛불을 켜고 화분 안에 놓자 아빠의 눈이 반짝 빛났다.

"좋아요, 아빠." 유도라는 좁은 공간에 몸을 구겨 넣으며 말했다. "되게 아늑해요." 유도라는 킥킥거렸다.

앨버트도 침대에 자리를 잡으며 미소를 지었다. "거봐, 말했잖아. 아주 아늑할 거라고." 그는 딸에게 손을 뻗으며 말했다. 유도라는 늘 하던 대로 아빠의 손 안에 자신의 손을 살포시 넣고 영원히 이렇게 함께할 수 있게 해달라고 마음속으로 빌었다. 전쟁이 시작되었지만 삶은 그렇게 많이 변하지 않았다. 항상 방독면을 가지고 다니고 공습경보에 귀를 기울여야 했지만, 그것과는 별개로 일상은 계속되었다. 아빠는 늘 저녁이 되면 라디오 뉴스를 들었다. 그러면 유도라는 아빠 발밑에 앉아 함께 라디오를 들었다. 무슨 말인지 잘 이해되지 않았지만, 아빠가 엄마에게 런던에 있으면 안전하다고 하는 말은 분명히 들었다. 그걸로 충분했다. 아빠는 가족에게 거짓말을 하는 사람이 아니니까. 아빠가 안전하다고 하면 안전한 것이다.

"도대체 둘이 여기서 뭐하고 있는 거야?" 베아트리스 허니셋의 톡 쏘는 말이 유도라의 몽상을 깨웠다. 엄마는 얼굴을 찡그린 채 대피소로 들어왔다.

앨버트는 딸의 손을 놓고 벌떡 일어났다. "유도라랑 내가 만든 것 좀 봐줘." 아빠는 이렇게 말하며 손을 크게 흔들었다.

"아니, 나더러 어떻게 여기로 내려오라는 거야?" 베아트리스는 불룩 나온 배를 문지르며 말했다.

"제가 도와드릴게요, 엄마." 아빠가 윙크를 해주자 유도라의 심장이 두근거렸다.

베아트리스는 헉헉거리며 다가와 침대 하나를 골라 힘겹게 앉았다. "좀 어둡고 답답한데."

앨버트는 아내 옆에 앉아 어깨를 감싸 안았다. "조금만 있으면 아늑하다고 느끼실 겁니다, 부인." 아빠는 엄마의 뺨에 입을 맞췄다.

"저리 가, 앨버트." 말은 이렇게 해도 엄마는 미소를 짓고 있었다. 그녀는 다시 주변을 둘러보았다. "만드느라 고생했겠네."

"아빠가 침대 만들 때 저도 도와드렸어요." 유도라가 끼어들었다. "그리고 대피소 위에 호박도 다시 심었고요."

베아트리스는 남편과 딸을 번갈아 바라보았다. "두 사람, 아주 환상의 짝꿍이야."

앨버트는 손을 뻗어 딸과 아내를 동시에 꽉 껴안았다. "소중한 내 아가씨들."

베아트리스가 한마디 덧붙였다. "아기가 공습 때 나오겠다고 고집만 부리지 않는다면 더 바랄 게 없을 텐데."

◈ ◈ ◈

앨버트가 떠난 지 한 달, 런던이 전격전에 들어간 지는 일주일도 채 되지 않았을 때, 베아트리스의 진통이 시작되었다. 그나마 다행인 것은 크랩 부인이 밤중에 공습이 벌어질 경우 대피소를 함께 쓰겠다고 결정한 것이었다. 유도라는 히틀러의 폭탄보다도 엄마가 고통에 차서 울부짖는 쪽이 훨씬 더 끔찍했기에 이웃이 곁에 있어주어 정말 감사했다. 크랩 부인이 대처하는 모습을 보며, 유도라는 숨을 죽이고 엄마의 손을 꼭 쥐었다. 크랩 부인은 날씬했고, 페퍼민트 향이 났다. 부인은 원래 사서였지만 이럴 때 어떻게 해야 하는지를 잘 아는 것 같았다. 많은 사람들이 적의 손에 죽어나갈 때 새로운 생명을 세상에 내놓으려는 엄마. 유도라는 흔들리는 촛불에 시선을 고정한 채 기도를 했다. 폭탄 소리가 거세지는가 싶더니 곧 정적이 내려앉았다. 유도라가 숨을 몰아쉰 그때, 거대한 폭발음이 들리고 대피소가 무서울 정도로 크게 흔들렸다. 그 바람에 유도라는 옆으로 쓰러졌고, 쇳덩이들이 덜거덕거리는 소리에 심장은 쉴 새 없이 두근거렸다. 대피소 틈새로 하늘이 붉게 타오르고 있었다. 울고 싶었지만 그래서는 안 되었다. 아빠는 유도라가 용감하게 대처해주길 기대하고 있을 것이다. 엄마의 눈이 고통과 두려움으로 커졌고, 바깥에서 벌어지는 일 따위는 잊은 것 같았다. 유도라는 눈을 꼭 감고 기적이 일어나게 해달라고 기도했다. 아빠가 와서 자신들을 구해주게 해달라고. 바로 그때, 눅눅한 어둠 사이로 작은 목소리가 들려왔다.

"걱정을 모두 벗어버리고서 스마일, 스마일, 스마일."

유도라는 크랩 부인의 노랫소리에 깜짝 놀라 눈을 깜빡거렸고, 엄마가 조용히, 단호하고도 결연한 표정으로 눈을 꼭 감고 사력을 다해 힘을 주고 있다는 사실을 깨달았다. 공습경보 해제 사이렌이 울리는 순간, 핏덩어리 스텔라가 맹렬하게 울어대며 이 혼란스럽고 균열이 간 세상에 합류했다. 크랩 부인은 담요에 아기를 싸서 베아트리스에게 건네주었다.

"애들을 런던 밖으로 데리고 가겠다고 약속해줘요." 자식을 잃어본 상실감 때문이었을까, 부인의 목소리는 무거웠다. "약속해요."

창백하고 기진맥진한 베아트리스는 부인을 바라보며 고개를 끄덕였다. "약속할게요."

그들은 몇 시간 후에야 크랩 부인의 집이 직격탄을 맞았다는 사실을 알게 되었다. 마치 인형의 집처럼, 남은 건 앞면뿐이었다. 그들은 정원 안쪽으로 가서야 침대에 잠자듯 누워 있는 크랩 아저씨를 발견했다. 폭발의 여파로 거기까지 날아간 것이었다. 크랩 부인은 데본에 사는 가족의 집으로 이사를 했다. 유도라는 크랩 아저씨를 떠올리면 슬퍼지긴 했지만, 끝내 히틀러가 자신을 침대에서 끌어내지 못했다는 사실에는 그도 만족했을 것이라고 생각했다.

3장

한 주 내내 유도라는 기대감으로 들썩거렸다. 우편물이 매트 위에 떨어지는 소리를 들을 때마다 심장이 뛰었지만, 막상 가보면 와 있는 건 쓸데없는 전단지들뿐이었다. 유도라에게 유일한 위안은 희망이었다. 순탄하게 자신이 원하는 방식으로 생의 마지막을 장식할 수 있을 것이라는 희망.

내 죽음이니까. 내 방식대로.

이것만 생각하면 일상이 조금은 견딜 만했다.

어느 날 아침, 유도라는 평소처럼 옷을 입고, 〈투데이〉라는 라디오 프로그램을 들으며 아침을 먹은 뒤, 열 시쯤 집을 나섰다. 산들바람이 부는 따스한 날이었다. 계단참에 멈춰 서서 얼굴로 쏟아지는 햇살을 잠시 느낀 후 걸음을 서둘렀다. 저 앞에 스탠리 마침이 지독하게 짖어대는 개들을 데리고 산책하는 모습이 눈에 들어왔다. 나이가 할퀴고 간 여파로 그를 따라잡을 수 없다는 게 반가울 따름이었다. 유도라는 생각에 잠긴 채 스포츠센터에 도착했지만, 평소에 쓰던 사물함과 탈의실 칸이 모두 사용 중임을 알고 당황했다. 뿌루퉁하게 주변을 둘러보는데, 누군가 자신의 이름을 불렀다. 남이 큰 소리로 이름을 불러주는 것이 오랜만이라 자신의 이름이 특이한 이름만 아니었다면 아마 다른 사람을 부르는 것이라고 생각했을 것이다.

"유도라 할머니!" 두 사람이 합창하듯 한 목소리로 불렀다.

몸을 돌리자 실없는 사람처럼 헤실헤실 웃고 있는 매기와 그 옆에 선 로즈가 보였다.

"안녕하세요." 유도라는 피할 수 없는 이 상황에 낙담하며 말했다.

"보니까 유도라인 것 같더라고요." 매기가 밝게 말했다.

이 뻔한 말은 왜 하는 걸까. "그러니 불렀겠지요." 그제야 로즈가 쓴 커다란 초록색 물안경이 눈에 들어왔다. 마치 동그란 눈을 치켜뜬 개구리 같았다.

"수영하러 자주 오세요?" 매기가 물었다.

"별일 없는 한 매일 와요." 유도라가 대답했다.

"와, 대단하세요. 저희 엄마도 수영하러 좀 다니시면 좋겠어요."

"우리 할머니는 의자에 앉아서 세상 돌아가는 것만 구경 해요." 로즈가 말했다.

"엄마한테 좀 움직이시라고 말은 하거든요. 안 움직이면 더 아프잖아요, 안 그래요?" 매기가 유도라에게 말했다.

당최 무슨 말을 하는지 모르겠지만 유도라는 일단 고개를 끄덕여주었다. "그럼 난 이만……."

"할머니 집에 고양이 보러 또 가도 돼요?" 로즈가 물었다.

"로즈, 그렇게 함부로 남의 집에 가고 싶다고 말하는 거 아니야." 당황한 매기가 말을 끊었다.

"왜 안 돼요? 안 그러면 사람들을 어떻게 만나요?" 매기 가 유도라에게 도와달라는 눈빛을 보냈지만 그녀는 그저 침묵을 지킬 뿐이었다. 로즈는 그 기회를 놓치지 않고 말했 다. "그러니까 가도 되죠? 오늘요. 드릴 선물이 있어요."

유도라는 작은 소녀를 잠시 바라보았다. 로즈의 집요한 성격에는 뭔가 마음을 끄는 구석이 있었다. 게다가 로즈는 '안 된다'라는 대답을 받아들이지 않을 아이 같았다. 물론 누군가와 함께 있는 것이 탐탁지는 않았지만, 까다로운 고 양이를 보겠다는 꼬마 아이를 초대하는 건 그다지 해가 될 것 같지 않았다.

"좋다. 그럼 두 시에 오렴. 늦으면 안 된다."

"네!" 로즈가 경례를 붙이며 소리쳤다.

절레절레 고개를 저으며 탈의실로 들어가는데 유도라의

입술이 웃음으로 씰룩거렸다. 메인 풀장의 형광등 아래로 들어서자 얕은 물에서 첨벙거리고 있는 로즈와 매기가 보였다. 유도라는 그들을 무시하고 레인으로 걸어갔다. 레인 끝 얕은 물에 몸을 담그고 피부로 느껴지는 물의 무중력 상태를 즐겼다. 얼마간 시간이 흐른 후, 잠시 휴식을 취했다. 로즈와 매기가 함께 웃고 있었다. 엄마는 물속에서 팔을 뻗은 채 물 밖에 서 있는 딸에게 뛰어내리라고 부추기고 있었다. 로즈가 뛰고 매기가 잡아주는 순간, 두 사람의 얼굴이 동시에 기쁨으로 빛났다. 유도라는 깊게 숨을 몰아쉬고는 물속으로 들어가 자신만의 세상으로 빠져들었다.

수영을 마친 후 피로가 몰려왔지만, 집에 도착해 스위스 소인이 찍힌 커다랗고 두꺼운 봉투가 매트 위에 떨어져 있는 걸 보자 피로가 싹 가셨다. 한시도 지체할 수 없었다. 수영 가방을 복도에 내려놓고는 봉투를 들고 거실로 향했다. 이번에도 아빠의 편지 봉투용 칼로 봉투를 연 뒤 서류 다발을 꺼내 무릎에 올려놓았다. 거기에는 유럽풍의 필기체로 쓴 메모가 붙어 있었다.

허니셋 님께.
오늘 대화 나눠서 즐거웠어요. 부탁하신 신청서

보내드립니다. 궁금하신 게 있다거나, 아니면 그
냥 대화가 필요할 때도 편하게 연락 주세요.
실로 중대한 결정이니까요. 언제든 필요하실 때
옆에 있어드릴게요.
그럼 안녕히 계세요.

페트라 올림.

편지를 읽으니 마음에 감동이 일었다. 사려 깊은 사람들에게 익숙하지 않은 유도라였다. 그녀는 편지에 적힌 글자들을 잠시 어루만지다가 신청서를 살펴보았다. 적어야 할 정보가 꽤 많았다. 하나하나 쓰자니 금세 지쳐버렸다. 그럴 만도 하지.

힘내자, 유도라. 망설이면 지는 거야. 결정했잖아. 그러니 계속해.

서류를 전부 채우는 데 두어 시간이 걸렸다. 마침내 신청서를 봉투에 넣고 봉했다.

의자에 몸을 묻자 만족감이 온몸에 퍼졌다. 마치 누군가에게 안겨 있는 것처럼. 샌드위치를 만들어 먹을까 생각했지만 눈꺼풀이 무거워졌다. 그냥 좀 쉬어야겠다. 바쁜 아침이었으니까. 사는 것도 죽는 것도 사람을 참 지치게 하는구먼.

유도라는 깜짝 놀라 잠에서 깼다.

"유후!" 로즈가 우편함 뚜껑을 열고 소리치고 있었다.

"그러게, 정말 '유후'로구나." 유도라는 혼자 중얼거리며 억지로 몸을 일으켰다. 문을 연 순간, 그녀는 눈을 가리고 싶은 충동과 싸워야 했다. 로즈의 옷은 보라색, 노란색, 주황색, 초록색이 뒤섞여 가히 충격적인 부조화를 이루고 있었다.

"제가 패션에 있어서는 좀 실험적이어서요." 유도라의 놀란 표정을 보더니 로즈가 변명하듯 말했다. "아, 그리고 이거 만들어 왔어요." 그러면서 꿀색 비스킷이 담긴 접시를 내밀었다.

"일단 들어오는 게 좋겠구나."

"좋아요." 로즈는 유도라를 따라 거실로 향하며 말했다. "이건 전에 살던 곳에서 먹던 디저트인데요, 콘월에서는 이 생강 비스킷을 선물로 주고받아요." 그러고는 접시를 작은 탁자 위에 올려놓았다.

"고맙구나."

"우리 뭐 좀 마실까요? 저는 우리 할머니를 만나면 주로 뭘 마시거든요."

"네가 그러고 싶다면야." 로즈가 나를 할머니 대타로 만

들려는 것은 아니겠지? 만약 그렇다면 대단히 실망하게 될
테지.

"음료는 제가 가져올까요?"

"차 내릴 줄은 알고?"

"아니요."

"그럼 뭘 할 수 있는데?"

"스쿼시요. 스쿼시 하나는 끝내주게 만들어요."

"찬장에 과일 주스가 있을 것 같긴 한데."

"제가 찾아볼게요." 로즈가 주방으로 깡충깡충 뛰어가며
말했다. "할머니도 마실래요?"

"그럴 때 사람들은 보통 '한 잔 드시겠어요?'라고 정중하
게 묻는단다."

"오, 그렇군요. 그래서 대답은요?"

"뭐라고?"

"마실래요?"

유도라는 이 순간이 그녀의 인생에서 가장 긴 오후가 되
리라고 직감했다. "아무렴, 좋고말고."

로즈는 고개를 끄덕이고는 거실을 빠져나갔다. 찬장이
열리고 닫히는 소리가 들렸다. 몸이 좀 더 팔팔했다면 가서
지켜보련만. 로즈는 혼자 노래를 부르기 시작했다. 평소 조
용한 집 안에서 이런 소리가 들려오니 이상한 기분이 들었
다. 불쾌한 감정은 아니었다. 잠시 후 로즈는 레몬 음료가

가득 담긴 본차이나 머그잔 둘을 들고 나타났다. 로즈는 미소를 지으며 잔을 내밀었다. 유도라는 색이 탁한 음료를 보며 얼굴을 찌푸렸지만 어쨌든 받아 들었다.

"건배!" 로즈가 유도라의 잔에 자기 잔을 부딪치며 외쳤다. 그러더니 접시를 내밀었다. "비스킷 먹을래요?"

"고맙구나." 유도라는 비스킷 하나를 집어 들었다. 음료는 이가 시큰거릴 정도로 달아서 한 모금 마시고 움찔하며 탁자에 내려놓았다. 이번에는 비스킷을 조금 갉아먹었다. 비스킷 역시 달았지만 아직 남아 있는 온기가 예전에 엄마가 만들어주던 진저케이크를 떠올리게 했다. "맛있구나." 유도라는 마음이 훈훈해졌다.

"암요, 암요." 로즈는 음료를 다 마신 후 손등으로 입을 닦았다. 그리고 유도라의 소중한 편지봉투를 가리키며 물었다. "저건 뭐예요?"

"서 홉에도 참견 닷 홉에도 참견."

"그게 무슨 말이에요?"

"우리 엄마가 하시던 말씀이지. 무슨 뜻이냐면, 남의 일에 참견하지 말라는 얘기다."

"그럴 만해요." 로즈가 대답했다. "우리 엄마가 그러는데요, 제가 아주 참견쟁이래요. 난 그냥 무슨 일인지 알고 싶어서 그러는 건데."

"듣고 보니 그것도 그럴 만하구나." 유도라가 말했다.

"질문 하나 더 해도 돼요? 너무 참견한다 싶으면 싫다고 하셔도 돼요."

"아무렴, 좋고말고."

"저 사진 속에 있는 사람, 할머니 맞아요?" 로즈는 작은 탁자에 놓인 액자를 가리켰다.

"그래, 가운데 있는 사람이 나란다."

"그럼 이 아저씨는 아빠예요?"

"그렇지. 그리고 여긴 우리 엄마."

로즈는 한참 동안 사진을 바라보았다. "저는 오래된 사진이 좋아요. 사진을 보고 있으면 그 시절로 가서 그땐 어땠는지 느껴보고 싶어져요."

"왜지?" 유도라는 궁금해졌다. 요즘 사람들은 과거에 대해 더 이상 신경 쓰지 않는다고 생각했는데.

"왜냐하면 저는 역사를 좋아하거든요. 전쟁 얘기도요. 그때 얘기라면 몽땅 다 좋아요. 지금의 삶보다 훨씬 재밌는 것 같거든요. 다시 과거로 돌아가고 싶다는 생각 안 하세요?"

유도라 역시 사진에 시선을 고정하고 있었다. "항상 하지." 그때 발목에 뭔가 간질이는 느낌이 들었다. 내려다보니 놀랍게도 고양이가 다리 사이를 누비며 코를 문대고 있었다.

"아아, 몽고메리. 여기 있었구나." 로즈가 고양이를 껴안고는 머리에 뺨을 문질렀다. 고양이가 답하듯 고개를 들이 미는 걸 보고 있자니 놀라울 따름이었다. "이제 우리 뭐 할까요?" 로즈가 물었다.

"사실 난 우체국에 가야 하거든." 유도라가 편지 봉투를 바라보며 대답했다.

"정말요? 같이 가요."

"과연 너희 엄마가 허락해주실까?" 이 질문에 아이가 떨어져 나가길 바랐다.

"좋은 지적이네요. 가서 물어보고 올게요. 준비하고 계세요. 그럼 밖에서 만나요."

유도라는 심기가 불편했지만, 무슨 까닭에선지 로즈가 시키는 대로 했다. 집 밖으로 나갔을 때 로즈의 모습이 보이지 않았다. 그래, 이 틈에 도망가자. 아마 로즈의 엄마가 가지 말라고 했을 것이다. 게다가 유도라는 이 여정을 혼자 밟고 싶었다.

길을 따라 몇 미터나 걸었을까, 로즈가 소리쳐 부르는 소리가 들렸다. "유도라 할머니! 잠깐만요! 같이 가요!"

안 들리는 척해봤자 소용없겠지. 어쩔 수 없이 작은 소녀가 따라붙을 때까지 기다렸다. 둘은 말없이 길을 나섰고, 로즈는 징검돌을 건너듯 폴짝폴짝 포석을 밟으며 따라왔다.

"내가 어렸을 때, 우리 아빠는 보도에 갈라진 틈을 밟지 말라고 하셨어. 밟으면 곰이 와서 잡아간다고 말이야." 유도라가 말했다.

"재밌네요." 로즈가 답했다.

우체국에 도착해 제일 짧은 줄을 찾고 보니, 스탠리 마침이 맨 앞에 서서 떠들고 있었다. 그는 직원이 하는 말에 웃음을 터뜨렸다. 그럼 그렇지. 처음 봤을 때부터 농담 따먹기나 하는 인간인 줄 진즉에 알았다. 그가 자리를 뜨려고 몸을 돌리는 순간, 유도라는 소포용 뽁뽁이 봉투를 쳐다보는 척했다. 하지만 이런 노력에도 불구하고 스탠리의 눈에 띄고 말았다.

"안녕하신가요." 그가 인사를 건넸다.

"아, 네." 유도라가 대답했다.

"안녕하신가요." 로즈는 그의 말을 흉내 내어 말했다.

"손녀분이신가 봐요?" 스탠리가 로즈를 향해 눈을 반짝이며 물었다.

"무슨 소리예요, 아니에요." 유도라가 대답했다.

"우린 친구예요." 로즈가 선언하듯 말했다.

유도라는 놀라서 물었다. "우리가?"

"그럼 아니에요?" 로즈가 되물었다.

"물론 친구가 맞겠지요. 둘 다 운도 좋으셔라." 스탠리가 말했다.

"아무튼 저는 로즈예요." 로즈가 손을 내밀었다.

스탠리는 웃으며 악수를 나눴다. "나는 스탠리란다. 알
게 되어 무척 기쁘구나, 로즈."

로즈가 킥킥 웃었다. 그때 유도라 차례가 왔다. "그럼 이
만." 유도라는 창구로 향했다. 편하게 대화를 나누는 두 사
람을 보자 짜증이 났다.

"안녕히 가세요, 스탠리 할아버지." 로즈는 어깨 너머로
소리친 후 유도라를 바라보았다. "친절한 분인 것 같아요."

"이거 스위스에 항공우편으로 부치려고요." 유도라가 남
자에게 말했다. 그러면서 이 남자가 자신과는 농담을 하지
않는다는 사실을 깨달았다. 아니, 이 사람과 대화라는 걸
해본 적이 있었던가?

"이거 먹어본 적 있어요?" 로즈가 카운터 앞에 있는 진열
대에서 봉지 하나를 집으며 말했다.

유도라는 봉지를 흘끗 보았다. "하리보 체리맛. 아니, 안
먹어봤다."

"꼭 먹어보세요. 진짜, 진짜 맛있어요."

남자는 봉투에 우표와 항공우편 스티커를 붙인 후 뒤에
있는 커다란 회색 자루에 집어넣었다. "이게 다인가요?"

네, 이 운명의 날짜만 있으면 된답니다. 고마워요. 유도
라는 마음속으로 대답했다. 그러고서 고개를 돌리자 로즈
가 눈을 동그랗게 뜨고 있었다. 마치 세상 모든 것을 처음
본다는 듯이. "이것도 살게요." 유도라는 젤리 봉지를 들어

올리며 말했다. 그는 로즈에게 활짝 웃어 보이고는 유도라를 보며 미소를 지었다.

"다 해서 7.79파운드입니다."

십 파운드 지폐를 건넨 후 받은 잔돈을 꼼꼼하게 확인하고 지갑에 넣었다. 우체국을 나서며 로즈에게 젤리 봉투를 건넸다. "고맙습니다, 유도라 할머니." 로즈는 그렇게 말하고 봉지를 뜯어 앞으로 내밀었다. "하나 먹어보세요."

봉지가 작아 손가락이 들어가지 않았다. 그걸 본 로즈는 손을 컵처럼 오므리고 그 안에 젤리 하나를 따라냈다. 아이의 부드럽고 따뜻한 손에 자신의 손가락이 닿은 순간, 유도라는 그 낯선 감각에 충격을 받았다. 입 안에 넣은 젤리는 놀랄 만큼 체리 향이 강했다. 아니, 그보다는 경이로운 맛이었다. "고맙구나, 로즈."

"아니에요, 유도라 할머니. 제가 더 고맙죠."

"지나갑니다!" 뒤에서 외치는 소리가 들렸다. 돌아보자 집배원이 편지와 소포가 든 커다란 회색 자루를 대기 중인 밴으로 옮기고 있었다. 그는 자루를 밴 안에 던져 넣고 문을 닫은 후 다음 목적지를 향해 차를 출발시켰다. 보기만 해도 마음이 놓이는 광경이었다. 일은 끝났다. 이제 할 일은 기다리는 것뿐이다.

1944년, 서픽, 월드링필드, 클리프 로드, 키 코티지

"더 해줘, 도라 언니." 작은 소녀가 말했다.

유도라는 미소를 짓고 금방이라도 부서질 듯한 그네를 조심조심 들어 올렸다. "준비됐어?"

"준비 완료!"

유도라는 그네를 놓았다. 공기를 가득 채우는 동생의 간질간질한 웃음소리를 들으니 사랑에 취하는 기분이었다. 그네가 앞뒤로 흔들릴 때마다 오크나무 가지에서는 삐걱거리는 소리가 났고, 작게 속삭이는 나뭇잎 사이로 아롱아롱 비쳐드는 햇살이 얼굴에 입맞춤을 해주었다. 예전에 아빠가 그네를 밀어주던 때가 떠올랐다. 유도라는 아빠가 무사히 돌아오게 해달라고 조용히 기도했다. 아빠의 마지막 편지는 희망적이었다.

사랑하는 우리 가족들, 보고 싶구나. 빨리 집에 돌아가길 희망하고 있어.

희망. 그 완벽한 단어. 유도라는 마치 부적처럼 아빠의 편지를 끌어안았다.

"더 높이! 더! 더 높이!"

스텔라는 까다로운 아이였지만 유도라는 개의치 않았다. 그녀는 동생을 애지중지했고, 엄마가 자신에게 동생을 맡긴 것이 기뻤다. 거기에 아빠와 한 약속도 있었다. 그 약속은 유도라의 심장이 뛰는 한 기필코 지켜야 하는 것이었다.

스텔라의 목소리는 점점 강도를 높여가고 있었다. 웃음소리에는 날카롭고 발작적인 울림이 있었다. 유도라는 이쯤에서 멈춰야겠다고 생각했다.

"잠깐 쉴까, 스텔라? 집에 들어가서 뭐 좀 마실래? 여기 너무 덥다."

"싫어! 싫다고! 또 해줘! 더! 더!" 스텔라가 악을 썼다.

"아이고, 왜 이리 시끄럽니?"

유도라는 엄마를 보자 움찔했다. 엄마는 목까지 시뻘게져서 손에 티 타월을 들고 이쪽으로 뛰어오고 있었다. 다른 애들 엄마는 스카프나 진주 목걸이로 치장을 하는데. 엄마의 액세서리는 고작 티 타월이라니.

"죄송해요, 엄마. 그냥 놀고 있던 건데." 이 전시에 유도라는 평화유지군의 역할을 매우 충실하게 수행했다. 처칠 총리도 그건 인정해줄 것이다.

베아트리스 허니셋은 딸들을 물끄러미 바라보았다. 엄마는 유도라를 볼 때는 부드러운 표정이더니, 스텔라에게로 향하자 눈빛이 날카로워졌다. 엄마는 동생에게 손가락질을 했다.

"쪼그만 게 왜 이렇게 요란하게 놀아? 소리도 좀 그만 지르고. 지금 전쟁 중이라는 거 몰라?"

스텔라는 턱을 삐죽 내밀고 엄마를 똑바로 쳐다보았다. 노골적으로 반항하는 딸을 노려보면서 엄마는 숨을 거칠게 몰아쉬었다. 유도라는 둘을 번갈아 바라보았다. 엄마는 칼처럼 날카로운 스텔라의 시선에 살짝 움찔했다. 새파란 눈, 마치 서퍽의 너른 하늘처럼 커다란 눈, 아빠를 꼭 닮은 그 눈. 베아트리스의 슬픔은 곧 분노로 바뀌었다. 그녀는 티 타월을 손으로 꼭 쥐고 스텔라를 향해 휘두르기 시작했다.

"아주 못됐어, 아주 못됐어!" 엄마가 소리쳤다.

유도라였다면 두려움과 수치심을 느꼈겠지만, 스텔라는 그러기는커녕 조롱하듯 꺅꺅거리며 엄마의 분노와 티 타월을 요리조리 피해 잽싸게 정원 끝으로 달아났다. 엄마는 휘청거리며 따라가려고 했지만 유도라가 엄마를 걸머잡았다.

"엄마, 괜찮아요, 괜찮아. 제가 잘 돌볼게요. 엄마는 가서 좀 쉬세요. 너무 덥잖아요. 다 너무 더워서 그래요."

베아트리스의 시선이 큰딸의 얼굴에 가닿자 그 눈에 눈물이 차올랐다. 엄마의 눈 속에는 끝을 알 수 없는 슬픔의 심연이 있었다. 유도라는 그걸 보자 겁이 났다.

네가 씩씩하게 지내면서 엄마랑 아기를 돌봐줘야 해…….

아빠의 말을 떠올리며 새로 용기를 끌어올린 유도라는 적당한 말을 찾았다. "엄마, 괜찮아요. 아빠는 곧 오실 거예요. 그러면 모두 런던으로 갈 거고, 다 좋아질 거예요."

베아트리스는 큰딸의 손을 꽉 쥐었다. "넌 참 착한 아이야, 도라." 그러고서 엄마는 집 안으로 들어갔다.

유도라의 등줄기로 땀이 흘러내렸고, 한낮의 더위는 주머니에 돌을 가득 넣은 듯 무겁게만 느껴졌다. 유도라는 정원 끝을 바라보았다. 스텔라가 사과나무 뒤에 숨어 이쪽을 노려보고 있었다. 동생의 작고 완벽한 얼굴에 악의 가득한 기쁨이 드러났다. 마치 이 모든 것이 거대한 게임이며 이 게임에서 자신이 승리했음을 확신하는 듯한 얼굴이었다.

유도라는 한숨을 쉬고 손을 내밀었다. "스텔라, 가자. 가서 저녁에 먹을 파이 만드는 것 좀 거들어줘." 파이를 만들기에는 말도 안 되게 더운 날씨였지만, 종조부는 아무리 더워도 들에서 일을 하고 난 후에는 뭔가 따뜻한 음식을 먹고 싶어 했다.

주방은 반가울 정도로 시원했다. 유도라는 반죽을 만들기 위해 기름과 밀가루를 손끝으로 문지르면서 콧노래를 불렀다.

"도라 언니, 무슨 노래야?" 식탁에 앉아 우유를 마시던 스텔라가 물었다.

"우리 다시 만나리." 유도라가 노래를 시작했다. "어디일지, 언제일지 모르지마-안!" 엄마의 폭발에도 불구하고 기분이 좋았다. 아빠가 가르쳐준 대로 라디오로 소식을 들었는데, 승리가 눈앞에 다가왔다는 느낌이 들었기 때문이다.

엄마는 라디오 듣는 것을 싫어했다. 유도라도 라디오를 들으면 너무 우울해진다는 것을 알았지만 안 듣고 배길 수가 없었다. 아빠를 위해 들어야만 했다. 라디오를 켜는 것이 마치 아빠를 지켜주는 방패 같았기 때문이다. 게다가 자신이 듣고 있다는 것을 아빠가 알 것이라는 어리석은 믿음도 품고 있었다. 아빠가 보낸 편지도 낙관적으로 느껴졌다. 물론 실제로 일어나고 있는 일을 전부 전해줄 수는 없었겠지만, 어쨌든 아빠가 무사하다는 것을 알았고 지금으로서는 그것으로 충분했다.

하루하루 지날 때마다 아빠가 집에 돌아오는 날이 가까워지고 있는 것이다. 유도라는 매일 밤 침대 옆에 무릎을 꿇고 온 맘을 다해 기도했다. 비록 아빠를 만난 적이 없었지만 스텔라에게도 같이 하자고 설득했다. 동생은 기도를 할 때면 늘 꼼지락거렸지만, 그래도 마지막에는 고분고분 '아멘'을 외쳐주었다.

이렇게 깊은 사랑에도 불구하고, 유도라는 동생에게 성가신 면이 있다는 것을 잘 알았다.

"저 녀석은 어딘가 사악한 구석이 있다니까." 언젠가 스텔라가 나비 날개를 떼어내는 걸 현장에서 붙잡은 후 종조부는 말했다. 그때는 유도라마저도 스텔라를 굶긴 채로 방에 가두는 벌이 합당하다고 느꼈다. 엄마가 시키는 대로 스텔라를 위층으로 데리고 가면서, 유도라는 동생이 발길질을 하고 소리를 지를 것이라 예상했다. 그런데 신기하게도 스텔라는 얌전했고, 아무런 표정도 없이 가만히 침대에 몸을 묻었다. 유도라는 잠시 무릎에 손을 올린 채 그 옆에 앉아 있었다.

"스텔라, 왜 그랬어? 왜 그렇게 잔인한 짓을 했어?" 유도라가 물었다. 뉘우치는 기색도 없이 올려다보는 스텔라를 보자 한기가 느껴졌다.

"날개가 없어도 날 수 있는지 궁금했어. 근데 못 날더라." 스텔라는 그렇게 말하고 돌아누웠다. 그녀의 커다랗고 파란 눈동자가 어딘가 먼 곳을 응시하고 있었다.

아직 어려서 그렇다고 유도라는 생각했다. 애들은 간혹 잔인해지기도 하니까. 크면 나아질 것이다. 아빠 얼굴도 모른 채 전쟁 통에 성장한다는 것은 힘든 일이다. 게다가 엄마는 물론이고, 종일 밭에서 일하고 밤에는 술을 마시는 종조부까지 자신을 탐탁지 않아 하니 더 힘들겠지. 유도라는 오직 자신만이 예측 불허의 삶에서 동생에게 길을 터줄 유일한 사람이라는 생각이 들었고, 그래서 기필코 스텔라를 지키겠다고 마음먹은 터였다.

"파이에 넣을 당근 좀 뽑아다 줄래, 스텔라?" 유도라가 부탁했다.

"알았어, 언니." 스텔라는 깡충깡충 뛰어 뒷문으로 나갔다. 유도라는 미소를 지었고, 멈췄던 콧노래를 다시 흥얼거리기 시작했다.

우린 다시 만날 거예요, 아빠. 그녀는 생각했다. 우리가 다시 만날 것을 난 알아요.

반죽을 마친 후 전날 종조부가 잡아 온 토끼를 손질했다. 가죽을 벗기고 도축하는 일은 이제 식은 죽 먹기였다. 처음 몇 번은 날카로운 칼에 베이기도 했지만 곧 능숙해졌다. 이곳으로 온 후 집안일에 도가 터서 엄마의 역할을 거의 대신할 정도였다. 하지만 개의치 않았다. 의사는 엄마에게 불안장애가 있다고 했고, 유도라는 그것을 아빠와의 약속을 지키기 위한 또 하나의 기회로 받아들였다.

스텔라가 당근을 트로피처럼 높이 쳐들고 주방으로 뛰어 들어왔다. "갖고 왔어!"

"잘했어. 물로 좀 씻어줄래?"

"알았어, 언니."

"얼씨구, 꼭 두 명의 꼬마 가정부 같네." 돌아보자 엄마가 문간에 서 있었다. 이렇게 잘하고 있는 모습을 보면 좋아하리라 생각했는데, 어쩐지 그 말투에서 질투의 감정이 느껴졌다.

"나 지금 당근 씻고 있어요!" 스텔라는 빙글빙글 돌며 흙과 물을 사방으로 튀겼다.

"바닥에 다 떨어지잖아!" 엄마는 붉게 상기된 얼굴로 소리를 질렀다.

"엄마, 괜찮아요. 제가 치울게요. 차 좀 드릴까요?" 유도라가 말했다.

그때 불쑥 현관문을 두드리는 소리가 들려왔다. 베아트리스는 가슴에 손을 올렸다. "오, 심장이야. 도대체 누구야?"

유도라는 얼어붙었다. *아빠다. 문을 열면 아빠가 있게 해주세요.* "제가 가볼까요?"

베아트리스는 손을 내저었다. "아니, 아니, 너는 차 내려야지. 내가 갈게."

엄마가 문을 열자 유도라는 누군지 보기 위해 목을 길게 뺐다.

"누구야, 언니?" 스텔라가 앞을 가로막으며 물었다.

유도라는 소년을 본 순간, 바로 알았다. '죽음의 천사'라고 불리는 자들. 무슨 말을 하는지는 들리지 않았지만 "유감입니다, 유감이에요" 하고 웅얼거리는 소리만은 똑똑히 들을 수 있었다. 유도라는 눈을 감고 주방문을 닫았다. 그리고 스텔라를 안고 동생의 귀를 막았다. 엄마의 비명 소리가 들렸다. 온 집을, 온 마을을, 온 세상을 가득 채우는 비명. 유도라에게 그 비명은 영원히 끝나지 않을 것처럼 느껴졌다.

4장

　무더운 날씨에 몸이 축축 처졌다. 수영을 하면 좋겠는데 걸어갈 엄두가 나지 않았다. 유도라는 바깥에서 부는 소중한 산들바람이 거실로 들어올 수 있도록 창문과 뒷문을 열어젖혔다. 그러고서 문가에 서서 말라비틀어진 잔디를 보며 시간을 보냈다. 잔디보다 흙이 더 많이 보였다. 오래 구운 파이 껍질처럼 금이 가고 갈라져 있었다. 전에 살던 이웃은 자기네 잔디를 돌보면서 이 집 정원도 살펴봐줬는데. 약간 날림으로 하는 경향이 있었지만 그래도 그런 친절함을 베풀어준 것은 고마운 일이었다. 그는 말수도 적었다. 그점 역시 고마운 일이었다. 이제 이사를 가고 없으니 앞으로 누가 잔디를 깎아줄까. 유도라가 할 수 있는 일이라고는 고작 화단을 돌보는 정도인데 그마저도 이제 힘에 부쳤다. 이런 우려가 곧 과거의 일이 되기를 그녀는 바랄 뿐이었다.

아침을 먹은 후, 집에 있기로 마음먹고 이것저것 정리하기 위해 자리를 잡았다. 일단 유언장을 쓸지 말지 고민했다. 쓴다고 한들 대체 무슨 의미가 있을까. 재산을 물려받을 사람이 없으니 아마 나라에서 모든 걸 가져갈 것이다. 가져가서 좋은 곳에 잘 써주면 좋으련만, 왠지 그럴 것 같지 않았다. 처칠 이후로 그 어떤 총리도 신뢰한 적이 없었다. 지역 정치인에 대해 말하자면, 유도라가 그와의 면담 자리에 참석했던 날 그가 무례하게 '유도라'라고 이름을 부르는 것을 듣고 그 사람의 존재를 머릿속에서 지워버렸다. 게다가 집 앞의 울퉁불퉁한 보도도 여태 고쳐주지 않았다. 몽고메리가 살금살금 방으로 들어와 유도라의 발목에 머리를 비벼댔다.

"아이고, 간지러워!" 유도라가 소리쳤다. 몽고메리가 멈추지 않고 계속하자 유도라는 몸을 수그려 머리를 쓰다듬어주었다. 고양이는 대답이라도 하듯 손에 얼굴을 들이밀었다. "오늘 기분이 좋은가 보구나." 몽고메리는 소파 뒤쪽, 마치 손짓해 부르듯 쏟아져 들어오는 햇빛 아래에 자리를 잡고는 벨벳처럼 부드러운 발바닥에 코를 묻고 잠이 들었다. 유도라는 충동적으로 메모지와 펜을 집어 들었다.

그리고 적었다.

이것은 유도라 허니셋의 마지막 소원입니다. 저는 지금 정신이 멀쩡한 상태이며 사후에 다음 사항이 준수되기를 희망합니다.

유도라는 윗입술에 펜을 톡톡 치고는 이어서 써 내려갔다.

이 집과 집기를 판 수익금, 그리고 은행 계좌에 남은 잔고를 더해 공공의료병원에 기부하기를 바랍니다. 또한 저의 고양이 몽고메리는 옆집에 사는 로즈 트레위드니 양이 키우게 해주십시오.

유도라는 의자 옆 선반에 놓인 서류철을 바라보았다. 그 안에는 금융 관련 서류가 모두 들어 있었다. 이것들에 대해서도 뭔가 자세하게 적어야 할 것 같았다. 하지만 이런 생각들은 우르릉 소리를 내며 지나가는 쓰레기 수거 차량에 의해 중단되었다.

"이런, 젠장." 버리려고 현관 앞에 내놓은 쓰레기봉투가 떠올랐다. 간신히 몸을 일으켜 다리를 절뚝이며 길가로 나갔는데 기다렸다는 듯이 차가 떠나버렸다. "제기랄!" 앙심을 담아 더 심하게 욕설을 내뱉었다. 유도라는 스탠리가 로즈와 얘기 중이고, 개들이 짖어대며 그들의 다리 사이를 왔다 갔다 하는 것도 알아채지 못했다. 그러나 스탠리가 유도라를 봤다. 그는 목줄을 로즈에게 건네고 미소를 지으며 다가왔다.

"제가 처리해드릴까요?" 그가 손을 내밀며 말했다. 유도라는 깜짝 놀라 돌아보고는 마치 강도라도 만난 듯 쓰레기봉투를 뒤로 숨겼다. 스탠리는 웃으며 쓰레기차를 바라보더니 손가락을 입에 넣고 아주 크고 당당하게 휘파람을 불었다.

유도라는 질겁한 반면, 로즈는 존경의 눈빛으로 그를 바라보며 말했다. "그거 어떻게 하는지 가르쳐주실 수 있어요?"

"물론이지."

미화원 한 명이 이쪽을 바라보았다. "하나 빼먹었어요!" 스탠리가 소리쳐 부르자 미화원은 엄지손가락을 들어 보이고는 이쪽으로 뛰어왔다.

"미안해요, 스탠리." 미화원이 활짝 웃으며 말했다. 그런 뒤 유도라의 손아귀에서 쓰레기봉투를 빼가며 이렇게 말하는 것이다. "고마워요, 자기."

누군가 자신을 이렇게 불러준 것이 언제였던가. 유도라는 뺨이 뜨거워지는 것을 느끼고 깜짝 놀랐다.

"멋졌어요." 로즈가 스탠리에게 말했다.

"고마워요." 유도라는 감사의 인사를 했다. 스탠리가 신사처럼 허리를 숙였다. 개들은 늘 그렇듯 심술궂게 짖어대

며 눈에 보이는 모든 사람들을 넘어뜨리려고 기를 썼다. 유
도라는 걷어차 버리고 싶은 충동을 억누르기 위해 애써 개
들을 외면했다.

"저희 집에 가서 같이 차 마시지 않을래요?" 로즈가 물었
다.

유도라는 잠시 로즈를 바라보았다. 전혀 내키지 않았지
만 로즈의 말은 왠지 거절하기가 어려웠다.

"그러고는 싫지만 이 악당들을 집에 데리고 가야 해서."
스탠리가 개들을 가리키며 말했다. "이 점은 미스 허니셋
도 동의하시겠지요?"

"물론이에요." 유도라가 수긍했다.

"그럼 네 시쯤 오시는 건 어때요?" 로즈가 제안을 바꿨
다. "그리고 방금 하신 것처럼 성을 부르는 것도 참 멋진 거
같아요. 그러면 할아버지는 미스터 마첨, 저는 미스 트레위
드니가 되겠네요. 약간 옛날 느낌으로." 로즈는 기분이 좋
아졌는지 팔로 자신의 몸을 감쌌다.

"아주 좋네요. 미스 트레위드니, 미스 허니셋, 네 시에 두
분과 함께 차를 마실 수 있기를 고대하고 있겠사옵니다."
스탠리가 허리를 굽혀 인사했다.

로즈가 킥킥 웃었다. "정말 재미있을 것 같아요."

집으로 돌아오는데 마음이 심란했다. 유도라는 그러고
싶지 않았다. 그들과 함께 있을 이유가 없었다. 오랜 세월

불필요한 인간관계 없이 완벽하게 잘 지내왔다. 그저 혼자서 상황을 정리하고, 이 모든 것에 종지부를 찍고 싶은 마음뿐이었다. 그런데 왜 사람들은 자신을 가만히 놔두지 않는 것일까?

그렇지만 무례하게 굴지 않았다는 점에서는 뿌듯했다. 그래, 고작 차를 마시는 거니까. 즐거운 척 있다가 가능한 한 빨리 기회를 봐서 탈출하면 된다.

정확히 3시 58분에 집을 나와 옆집으로 향했다.

"딱 맞춰 오실 줄 알았어요."

등 뒤에서 목소리가 들려 돌아보니, 스탠리가 입구를 지나 걸어오고 있었다. 가지런히 모은 스위트피 꽃 한 다발과 케이크가 담긴 틴 케이스를 손에 들고서.

"당연하죠. 늦으면 예의가 아니잖아요." 유도라가 초인종을 누르며 말했다.

"옳은 말씀입니다."

로즈가 문을 벌컥 열었다. 유도라는 전날도 로즈의 의상을 보고 깜짝 놀랐는데 오늘은 더욱 충격적이었다. '소녀들의 세상'이라는 글자가 장밋빛 스팽글로 새겨진 보라색 티셔츠에 주황색 줄무늬 반바지를 받쳐 입고, 목에는 형광 녹색의 깃털 목도리를 두르고, 머리에는 거대한 금색 리본을 매달고 있었다. "어서 오세요, 미스 허니셋, 미스터 마첨!" 로즈는 무릎을 살짝 굽혀 어설프게 인사를 했다.

"실례하겠습니다, 미스 트레위드니!" 스탠리가 유도라를 앞세우며 말했다. "여성분 먼저."

"안녕." 두 사람의 우스꽝스러운 역할극에 끼기 싫어서 유도라는 평범하게 인사를 건넸다.

복도에서 매기가 나타났다. "안녕하세요. 다시 뵈니 좋네요. 그리고 이쪽은 스탠리 씨 맞으시죠?" 둘이 악수를 나누었다. 매기는 헝클어진 머리를 빨간색과 금색이 섞인 스카프로 질끈 묶고 흰색 티셔츠에 여기저기 페인트가 묻은 작업용 데님 멜빵바지를 입고 있었다. 유도라는 그제야 매기가 임신했다는 사실을 알아차렸다. "이런 꼴로 인사드려서 죄송해요." 매기는 머리를 매만지며 말했다. "아기 방 꾸미느라 정신없거든요."

"오, 그 말은 로즈에게 동생이 생긴다는 뜻이구나. 남동생이든 여동생이든." 스탠리가 로즈에게 말했다.

"여동생이에요. 이름은 데이지고요." 로즈의 목소리에 심드렁한 기색이 묻어났다.

"파트너 직장 때문에 콘월에서 이사를 왔어요." 매기가 말했다. 유도라는 잠시 '파트너'라는 단어에 혼동을 느꼈지만 요즘은 '배우자'를 그렇게 부르기도 한다는 것을 기억해냈다.

"정원에서 차 마실까요?" 로즈가 물었다.

"좋지." 스탠리가 대답했다. "자, 일단 이것부터 받으시고." 그가 꽃과 케이크가 든 틴 케이스를 건넸다. 유도라는 자신이 빈손으로 왔다는 사실에 적잖이 당황했다.

"고맙습니다." 로즈가 말했다. "흠, 향기가 엄청 좋아요. 맡아봐요, 엄마."

로즈가 꽃을 내밀자 매기가 숨을 깊이 들이마셨다. "정말 좋은걸."

향기는 유도라에게도 전해졌다. 그 순간 유도라는 과거의 기억 속으로 순식간에 빨려 들어갔고, 슬픔으로 숨이 막혔다. "이쪽이 정원인가요?" 유도라는 지팡이로 뒷문을 가리키며 물었다. 이렇게 해서라도 마음을 가라앉히고 싶었다.

"네, 맞아요." 매기가 말했다. "테이블에 다 준비해놨어요. 로즈와 제가 복숭아 아이스티랑 스펀지케이크를 만들었거든요."

"케이크 앞으로 전진!" 스탠리가 말했다. "나의 에이다는 이렇게 말하곤 했지요. 케이크는 아무리 많아도 모자라다고요."

먹는 걸 언제 멈출지 모른다면 그렇겠지. 유도라는 마음속으로 응수했다.

"그럼 여기서부터는 두 분을 로즈에게 맡길게요." 매기가 말했다.

"미스 트레위드니라니까요." 로즈가 끼어들었다.

"미안, 미스 트레위드니. 위층에 있을 테니까 필요한 거 있으면 부르렴." 매기가 미소를 지었다.

유도라는 그 미소를 보고 그녀가 얼마나 아름다운지 새삼 깨달았다. 그것은 있는 그대로의 자신에게 만족하는 사람만이 지닌 자연스러운 아름다움이었다. 유도라는 감탄하는 동시에 샘도 났다.

두 사람은 로즈를 따라 정원으로 나갔다. 병든 잔디를 깎아보겠다고 어설프게 시도한 흔적이 보였다. 창고 맞은편 한쪽 끝에는 축 늘어진 트램펄린이 있었다. 정원은 우뚝 솟은 관목들로 둘러싸여 있고 드문드문 특이한 장미와 라벤더 덤불이 고개를 내밀고 있었다. 세 사람은 초록색 파라솔 아래에 자리를 잡고 앉았다. 여전히 더웠지만 나뭇잎 사이로 기분 좋은 바람이 불어오고 있었다.

"여기 참 좋은데요?" 스탠리가 물었다.

"네." 유도라도 동의했다.

로즈가 아이스티를 한 컵 가득 따르고 케이크 또한 넉넉하게 잘라 나눠주었다. "여기요."

"고마워." 유도라가 말했다.

"고맙습니다, 미스 트레위드니." 스탠리도 감사 인사를 했다.

"할머니 이름이 에이다였어요?" 로즈는 케이크를 큼직하게 베어 물며 물었다.

스탠리는 슬픈 표정으로 고개를 끄덕였다. "나의 천사였지. 함께 산 세월이 거의 육십 년이란다. 육십 주년 결혼기념일은 함께하지 못했지만."

"슬퍼요." 로즈가 말했다. 유도라는 아무 말도 하지 않았다. 감정을 터놓고 얘기하는 것을 그다지 바라지 않았다.

"슬픈 일이지. 그렇지만 에이다를 만날 수 있었으니 나는 행운아야." 스탠리가 말했다. "우리는 아주 오랫동안 멋진 삶을 살았지. 너보다 어렸을 때 학교에서 만났거든."

"몇 살이었는데요?" 홀린 듯이 로즈가 물었다.

"여섯 살." 스탠리가 다정하게 웃으며 대답했다.

"여섯 살!" 로즈가 외쳤다. "너무 귀엽잖아요. 첫눈에 반한 거예요?"

"그럼, 당연하지. 에이다는 학교에서 제일 예쁜 아이였거든. 크고 파란 눈에, 금발의 곱슬머리였어. 웃음소리는 또 얼마나 예쁜지, 작은 종소리가 울리는 것 같았어. 웃게 하려고 참 많이 노력했지. 나더러 코미디언이라고 놀리곤 했는데, 코미디언 싫어하는 사람은 없잖아, 안 그러니?"

싫어하는 사람도 있는데. 유도라는 생각했다. 스탠리 마첨에 대해 가졌던 의혹은 결국 사실로 드러났다. 그는 정말로 자기 목소리를 듣는 걸 좋아하는 사람이었다.

"여섯 살에 진정한 사랑을 찾았다니 정말 로맨틱해요." 로즈가 힘주어 말했다. "저한테도 과연 그런 일이 일어날까요? 제가 아는 남자애들은 거의 다 멍청이거든요."

스탠리가 웃었다. "남자애들은 대부분 멍청하지."

"미스 허니셋은 어때요?" 로즈가 물었다. "사랑에 빠진 적 있어요?"

유도라는 얼굴을 찌푸렸다.

"서 홉에도 참견 닷 홉에도 참견인가요?" 로즈가 말했다.

"알면 됐다."

"미안해요." 로즈가 말했다. "그럼 우리 몽고메리에 대해 얘기할까요?"

"네가 원한다면야."

"키운 지 얼마나 됐어요?"

"십이 년." 유도라는 엄마가 돌아가신 후 조금이라도 슬픔을 달래보고자 고양이를 들였다. 그러나 소용없었다.

"왜 이름이 몽고메리예요?"

"가만있어보자…… 그거, 육군 원수의 이름* 아닌가요?" 스탠리가 긴가민가하며 물었다.

"아니에요." 유도라가 대답했다. 사실 맞지만 밝히고 싶지 않았다.

"개 키울 생각은 안 하셨어요?"

---

* 제2차세계대전 당시 활약한 영국 육군 원수가 버나드 로 몽고메리다. 고집이 세고 성격이 나쁜 것으로 유명했다.

"안 했어요."

"왠지 개나 고양이를 좋아하실 거 같았어요." 스탠리가 말했다.

어련하시겠어요. 유도라는 속으로 혀를 찼다.

"우리 에이다는 개를 좋아했지요. 그렇지만 우린 늘 고양이를 키웠답니다."

"그럼 할아버지는 고양이를 좋아하는 거네요?" 로즈가 끼어들었다. "유도라 할머니처럼요."

스탠리가 고개를 끄덕였다. "하지만 에이다는 늘 개를 키우고 싶어 했지. 그래서 안 된다는 말을 할 수가 없었어. 하늘의 달을 따달라면 따줄 만큼 사랑했으니까."

"〈멋진 인생〉." 유도라가 말했다.

"멋진 인생이라뇨?" 로즈가 물었다.

스탠리가 미소를 지었다. "방금 달 어쩌고 한 말 말이다. 실은 〈멋진 인생〉이라는 영화에 나오는 대사거든. 지미 스튜어트가 나오는 영화지."

"그리고 도나 리드." 유도라가 덧붙였다.

"그 배우 참 예뻤죠." 스탠리가 말했다. "아주 훌륭한 영화야. 너도 좋아할 게다, 로즈."

로즈는 탁자에 팔꿈치를 얹고 두 사람을 번갈아 보았다. "두 분 얘기하는 거 들으니까 좋아요." 유도라와 스탠리가 눈빛을 교환했다. "그래서 체스와 데이브는 무슨 종이에요?"

"카발리에 킹 찰스 스파니엘." 스탠리가 대답했다. "귀 모양이 찰스 1세와 비슷하게 생겨서 그렇게 불리게 됐다고 하더구나."

"2세겠지요." 유도라가 끼어들었다. 스탠리가 그녀를 쳐다보았다. "2세가 맞아요. 왕정복고 시대의 그 찰스 2세요."

"인정하겠습니다." 스탠리가 꾸벅 절을 하며 말했다.

"그러셔야지." 유도라가 대꾸했다.

"개들은 몇 살이에요?" 로즈가 물었다.

"열 살. 그 전에도 개를 키웠는데 에이다는 지금 있는 그 두 녀석을 제일 좋아했어." 스탠리의 눈가가 촉촉해졌다. "이제 그 작은 녀석들이 내게 남은 전부야."

로즈는 벌떡 일어나 그 작은 몸으로 스탠리를 꽉 안아주었다. 유도라는 놀랍기도 하고 신기하기도 해서 그 둘을 지켜보았다. "보고 싶겠어요." 로즈가 말했다.

스탠리가 고개를 끄덕였다. 그리고 그가 울고 있다는 걸 안 순간 유도라는 경악했다.

"스탠리 할아버지, 괜찮아요." 로즈가 말했다. "가끔은 울어도 돼요. 울고 나면 기분이 좋아지거든요."

유도라는 노골적으로 슬퍼하는 모습에 당황했다. 어쨌거나 핸드백 속에 손을 넣어 깨끗한 손수건을 꺼냈다. 이것이 그를 멈추게 할 수 있는 유일한 방법이라고 생각했다.

"여기요." 유도라는 손수건을 건넸다.

"고맙습니다." 스탠리는 미소를 지으며 말했다. "미안해요. 가끔 이렇게 우울해져서. 갑자기 이런다니까요. 나이들어 노망났다고 생각하시겠네."

유도라는 입을 꾹 다물었다.

"아니에요!" 로즈가 소리쳤다. "할머니가 보고 싶어서 그런 거잖아요. 당연히 슬프죠. 사람이라면 누구나 울고 싶을 때가 있어요. 게다가 우린 친구잖아요. 안 그래요?" 로즈는 결코 놓아주지 않을 것 같은 짙은 갈색 눈으로 유도라를 바라보았다.

"케이크 한 조각씩 더 먹을까요?" 유도라가 제안했다. 이 상황에서는 이게 최선이었다.

"아주 좋은 생각이에요." 로즈가 말했다.

"고맙습니다." 스탠리는 잠긴 목소리로 말했다. "두 분다 아주 친절하시네요." 유도라가 고개를 끄덕이자 스탠리가 그녀의 옆구리를 쿡쿡 찔렀다. "피차 같은 처지인데, 안그래요? 두 명의 늙은 얼간이들!"

"난 아닌데요." 유도라가 반박했다.

스탠리는 웃으며 응수했다. "언제 한번 우리 밤에 춤이라도 춰야 할 것 같은데요? 식사도 좋고, 아니면 영화?" 유도라가 얼굴을 찡그렸다. "나이트클럽은 어때요?" 이번에는 몸서리를 쳤다. "농담이에요!" 스탠리가 활짝 웃었다.

"재미있는 분이시네, 미스 허니셋."

유도라가 그를 째려보았다. "누가 할 소리."

"제가 졌습니다!" 그가 말했다.

"새로 친구를 사귀는 건 정말 신나는 일이에요, 그렇죠?" 로즈가 말했다. "베프여, 영원하라!"

"베프?" 유도라가 물었다.

"베스트 프렌드요!" 로즈가 외쳤다.

유도라는 벌써 지쳤다. 이런 경망스러운 분위기에는 익숙하지 않았다. "이제 집에 가봐야 할 것 같아요. 고마워요, 오늘……." 어떻게 말할까 망설여졌다. "덕분에 즐거웠어요."

"저야말로 와주셔서 고마워요. 저도 재미있었어요." 로즈가 유도라를 따라오며 말했다. 유도라가 집을 나서려는 순간, 로즈가 다가와 허리를 감싸 안았다. 유도라는 오랜만에 느껴보는 인간의 온기에 그대로 굳어버렸다. 어색했지만 의외로 안락했다. "또 봐요." 로즈가 인사했다.

집에 들어오자마자 유도라는 세상으로 통하는 문을 잠그고 체인을 걸었다. 정신은 산란하고 몸은 기진맥진했다. 즐거웠다는 말은 거짓말이 아니었다. 스탠리라는 인간은 좀 짜증났지만 로즈는 사람을 끌어당기는 힘이 있었다. 그렇지만 유도라에게는 이럴 시간이 없었다. 계획해야 할 죽음이 있고, 거기에 인간의 친절함은 방해가 될 뿐이었다.

1948년, 런던 남동부, 시드니 애비뉴

스위트피 씨앗을 산 건 순전히 충동적이었다. 살 때만 해도 좋은 생각 같았다. 엄마에게는 힘이 될 테고 스텔라에게는 마음 둘 곳이 생길 테니. 아빠는 스위트피를 키우곤 했다. 어렸을 때 집 안 곳곳에 놓인 화병에는 은은한 향기를 머금은 스위트피 꽃이 꽂혀 있었다. 유도라는 아빠의 사진을 보거나 아빠가 좋아하는 노래를 들을 때처럼, 스위트피 꽃을 보면 행복한 추억이 되살아나거나 위안이 되리라 생각했다. 이것이 가져올 파국을 미리 알았다면, 그랬다면 씨앗을 그냥 상점에 두고 나왔을 것이다.

전쟁이 끝난 후 가족이 살던 집으로 돌아오자, 유도라는 아빠를 또다시 잃은 느낌이었다. 담배 냄새부터 침실 문 뒤에 걸려 있는 가운까지, 어디를 봐도 아빠의 부재가 느껴졌다. 엄마는 남편을 잃은 여자라는 망토를 뒤집어쓰고 온 집 안을 바삐 돌아다녔다. 베아트리스의 쪼그라든 얼굴에는 이것이 자신의 삶이라는 사실을 받아들이지 못하는 여자의 표정이 내려앉아 있었다. 유도라는 이 슬픔이 그들을 모두 삼켜버리기 전에 뭔가 손을 써야겠다고 생각했다. 고작 열세 살이었지만 그녀의 어린 시절은 예고도 허락도 없이 어른의 세계로 순식간에 진입한 것 같았다.

유도라는 공습경보가 울리던 날 대피소에서 했던 아빠의 말이 그 어느 때보다 중요하다는 것을 알았다. 엄마와 동생을 돌보는 것을 넘어 아빠 없는 세상에서 그들을 보호해야 했다.

유도라는 엄마를 부추겨 스텔라가 다니는 초등학교에 일을 다니게 했다. 엄마는 일을 즐기는 것처럼 보였고, 그것은 유도라가 엄마에 대한 걱정 없이 마음 놓고 학교에 갈 수 있다는 것을 의미했다. 유도라는 학교가 끝나면 항상 스텔라를 데리러 갔고, 집안일도 거의 도맡아 했다. 엄마의 일상에서 스트레스를 조금이라도 덜어낸다면 다툼을 줄일 수 있을 것이라고 생각했다.

이러한 갈등의 중심에는 항상 동생이 있었다. 유감스럽게도 스텔라는 반항기에서 조금도 벗어나지 못했다. 시골에 사는 몇 년 동안 길들여지지 않은 야생마처럼 더 거칠어졌다. 스텔라는 학교에서 늘 말썽을 피웠고, 틈만 나면 매를 벌었다. 유도라는 이유를 알고 싶었다. 스텔라는 어깨를 으쓱하며 자신도 왜 그러는지 모르겠다고 했다. 베아트리스는 스텔라를 전혀 품어주지 않았다. 제멋대로인 아이를 배 아파 낳았다는 수치심과 늘 따라다니는 과부라는 꼬리표에 대한 부담감은 뻔뻔한 딸을 향한 그녀의 분노를 부채질했다. 유도라는 격전이 벌어질 때마다 마지못해 중간에 끼어 이러지도 저러지도 못하는 불안한 삶을 살아야 했다.

하지만 이런 상황에서도 스텔라에게 남을 기쁘게 해주고 싶어 하는 간절함과 다정함이 있다는 것을 엿본 순간이 있었다. 이것이 스위트피 씨앗을 산 가장 큰 이유였다.

"깜짝 선물이 있어." 어느 날 오후, 유도라는 동생에게 말했다. 엄마가 늦게 오는 날이라 비밀 임무를 수행하기에 더없이 좋은 기회였다.

"뭔데, 도라 언니?" 스텔라는 기대감에 눈을 반짝였다. 유도라의 마음을 사랑으로 부풀게 하는 표정이었다. 심지어 이 작은 소녀는 소름끼칠 만큼 아빠를 닮았다.

"스위트피 씨앗을 좀 샀어. 잘 키워서 엄마한테 깜짝 선물 하자."

스텔라는 팔짱을 끼며 말했다. "싫은데."

유도라는 애초에 시작을 잘못했다는 것을 깨달았다. "오, 제발, 스텔라. 꽃이 피면 너도 좋아할 거야. 향기가 얼마나 좋은데. 나중에 향수로 만들 수도 있어." 엄마는 끔찍이 싫어했지만, 스텔라는 빈 잼 병에 물을 가득 채우고 장미 꽃잎을 떼다가 담가놓곤 했다. '샤넬 넘버 5'라고 말하며 뿌연 물이 담긴 끈끈한 병을 선물이라고 내밀었을 때 유도라는 미소를 지을 수밖에 없었다. 아빠도 같이 있었다면 아마 웃음을 터뜨렸을 것이다.

스텔라는 손톱을 물어뜯더니 결심한 표정을 지었다. "좋아. 어떻게 하는지 알려줘."

유도라와 스텔라는 상자에 퇴비를 채우고 작디작은 씨앗을 심으며 즐거운 한때를 보냈다.

"싹이 터서 정원에 옮겨 심을 수 있을 때까지는 뒤쪽 침실 창턱에 둘 거야. 잘 돌봐줘야 해. 절대로 말려 죽이면 안 된다."

스텔라는 진심을 다해 고개를 끄덕였다. "매일매일 내가 확인할게."

"착하기도 해라. 그리고 지금은 우리만의 비밀이다, 알았지?"

"쉬잇!" 스텔라는 히죽히죽 웃으며 입술에 손가락을 갖다 댔다.

오래 지나지 않아 싹이 텄다. "정원에 언제 심을 수 있어?" 퇴비 사이로 튼튼한 초록 잎이 올라온 날, 스텔라는 기뻐하며 물었다.

"내일 방과 후에." 유도라는 다음 날이 엄마가 늦게 끝나는 날이라는 걸 떠올리며 말했다.

"빨리 꽃향기 맡아보고 싶다." 스텔라가 말했다. 유도라는 승리감을 느끼며 흐뭇해했다. 동생이 진전을 보이고 있다. 모든 게 다 괜찮아질 거야.

유도라는 거미줄이 늘어진 헛간 뒤에서 아빠가 완두콩을 키울 때 직접 만들어 썼던 지지대를 찾아내 흙에 박아넣었다. "자, 이제 땅에 작은 구멍들을 판 다음 조심스럽게 옮겨 심을 거야. 그래야 지지대를 타고 올라가거든."

"알았어, 도라 언니." 스텔라는 모종삽을 공중에서 흔들어대며 대답했다. 동생이 정성을 다해 땅을 파고, 묘목을 심고, 땅을 다지는 모습은 인상적이었다. 일을 마친 후 둘은 자신들이 해낸 일을 바라보며 뿌듯해했다.

"아주 잘했어, 스텔라. 이제 조금만 있으면 꽃을 피울 거야. 물만 잘 주면 돼."

"그럼 그때 향수 만들 수 있어?"

"그럼 그때 향수 만들 수 있지."

스텔라가 유도라를 껴안으며 말했다. "사랑해, 도라 언니."

유도라는 동생의 정수리에 입을 맞췄다. 아빠가 자신에게 했던 것처럼. "나도 사랑해."

이삼 주 뒤 토요일 아침, 스텔라가 주방으로 뛰어 들어왔다. "도라 언니, 도라 언니, 꽃이 폈어! 와서 봐봐! 와서 좀 보라고!"

동생을 따라 정원으로 갔다. 정말이었다. 일렬로 자란 스위트피가 아름답고 향기로운 꽃을 피워낸 것이다.

"조금 따자!" 스텔라가 소리쳤다.

유도라는 가위를 가지고 와서 열 개가 넘는 줄기를 잘라냈다. "이만큼은 네 몫이고, 나머지는 엄마를 위해 꽃병에 꽂을게."

"고마워." 스텔라는 막 태어난 아기를 안듯 조심스럽게 꽃을 받아 들었다.

그런데 그날 오후, 침대보를 가는데 엄마의 고함 소리가 들렸다.

"너 이거 어디서 났어, 이 못된 것!"

"도라 언니랑 내가 심었어. 이거 내 거야!"

"거짓말하지 마! 남의 집 정원에서 훔쳐온 거잖아!"

"아니야! 내 거라고!"

"어디서 엄마한테 소리를 질러?"

"엄마도 소리 질렀잖아! 왜 나만 갖고 그래? 나 거짓말한 거 아니야! 엄마, 죽었으면 좋겠어!"

유도라는 주방으로 달려갔다. 다행히 엄마가 스텔라에게 따귀를 날리기 직전이었다. 그걸 맞았다면 스텔라는 날아갔을 것이다. "엄마, 그만해요! 제발요!"

엄마가 이쪽을 돌아보았다. 극심한 분노로 얼굴이 험악하게 뒤틀려 있었다. "쟤가 지금 나한테 뭐라고 했는지 너도 들었지? 감히 엄마한테. 내가 죽었으면 좋겠다잖아."

스텔라의 얼굴에도 분노가 서려 있었지만 눈물은 보이지 않았다. 유도라는 훗날 과거를 회상할 때면, 동생이 우는 걸 한 번도 본 적이 없다는 사실을 곰곰이 곱씹어보곤 했다.

"진심이야." 스텔라가 조용히 말했다. "엄마가 죽었으면 좋겠어."

"이 악마!" 베아트리스는 비명을 지르면서 휘청거렸고

결국 바닥에 쓰러졌다.

"엄마 싫어!" 동생은 소리치며 주방문을 박차고 밖으로 뛰쳐나가 버렸다.

유도라는 흐느껴 우는 엄마 옆에 무릎을 꿇고 앉아 위로 해보려고 애를 썼다. "진심이 아니었을 거예요, 엄마. 엄마가 안 믿어줘서 속상했던 거예요. 정말 우리가 심었거든요. 깜짝 선물이었어요. 엄마 주려고요."

베아트리스는 너무나 슬픈 모습으로 딸을 바라보았다. 세월이 흐른 후 유도라의 얼굴에서도 그때 그 엄마의 모습이 고스란히 묻어났다. 마치 거울처럼.

"나 주려고?"

유도라가 고개를 끄덕였다. "엄마가 좋아할 것 같았어요. 오셔서 보실래요?"

베아트리스는 살짝 고개를 끄덕이고는 딸의 도움을 받아 일어섰다. 그러나 정원으로 가던 그들은 스텔라를 발견하고 멈춰 섰다. 이미 스위트피의 얽힌 줄기는 물론이고, 지지대까지 뽑아 잔디 위로 모두 던져버린 뒤였다. 스텔라는 먹이를 노리는 늑대처럼 꽃대를 갈기갈기 찢고 있었다. 엄마와 유도라를 본 후에도 멈추지 않았다. 스텔라는 한기가 느껴지는 결연함으로 줄기와 꽃잎을 모조리 떼어내면서 베아트리스를 똑바로 응시하고 있었다.

5장

　답답할 정도로 끈적거리는 여름밤이었다. 그러나 이튿
날 아침, 신기하게도 유도라는 상쾌한 기분으로 잠에서 깼
다. 이상한 꿈을 꾸었다. 꿈에서 스탠리는 시든 스위트피
꽃으로 만든 작은 꽃다발 앞에서 울고 있었고, 어린 스텔라
는 뭔지 모를 것으로부터 구해달라고 유도라에게 애원하
고 있었다.

　"제발, 도라 언니. 지금 날 도와줄 수 있는 사람은 언니뿐
이야."

　유도라는 시선을 돌리고 싶었다. 하지만 스텔라의 얼굴
이 서서히 로즈로 바뀌었고, 유도라는 차마 애원하는 그 아
이를 외면할 수 없었다. "도와줘요, 유도라 할머니. 도움이
필요해요. 제발요. 하리보 체리맛 나눠드릴게요."

유도라는 겨우 몸을 일으켜 앉은 뒤, 머릿속에 남아 있는 터무니없는 꿈의 잔해를 털어내려고 노력했다. 커튼 틈 사이로 햇살이 비쳐들어 마치 보채는 아이처럼 일어나라고 재촉했다. 덩달아 몽고메리도 열려 있는 침실 문을 밀고 들어와 집요하게 야옹거렸다. 고양이는 침대 위로 뛰어오르더니 놀란 표정으로 유도라를 바라보았다. 마치 이렇게 말하는 듯이. 세상에, 지금이 몇 시인데 여태 침대에 있어요? 고양이 밥 주는 거 잊었어요?

앙상한 머리를 쓰다듬으려 손을 뻗자, 몽고메리는 가늘게 골골거리며 만족감을 드러냈다.

"갑자기 왜 이렇게 변한 거야? 예전에는 이런 소리 낸 적 없었잖아."

그러나 새로운 게임에 싫증이 났는지, 몽고메리는 이내 골골송을 멈추고 손을 앙 깨물었다.

"계속 기분 좋으면 어디 덧나냐?" 유도라는 손을 빼내며 말했다. "어서 따라와." 계단을 내려가는 발걸음이 느린데도 신기하게도 몽고메리는 발에 치대지 않았다. 대신 감사 표현이라도 하듯 사료를 준비해주는 주인의 발목에 코를 비볐다. 유도라는 자신이 먹을 아침을 준비해 거실로 가서 라디오를 켰다. 그리고 평소처럼 차를 마시고, 토스트를 먹고, 〈투데이〉를 들으며 못마땅한 출연자들을 질책했다. 오늘 유도라를 분노하게 한 사람은 일흔다섯 살 먹은 미국 여자로, 노화가 유익하다는 내용의 책을 홍보하는 중이었다.

"나이는 정말 숫자에 불과해요." 여자는 쾌활하지만 남부 특유의 느린 말투로 말했고, 이것은 유도라로 하여금 처음부터 그녀를 불신하게 만들었다. "인생을 긍정적으로 살고, 사랑하고, 아름다운 것들에 둘러싸여 잘 먹고 자주 운동을 하면 말 그대로 영원히 살 수 있어요."

"말 그대로 영원히 산다고?" 식사와 운동에 관해서는 동의하면서도 유도라는 콧방귀를 뀌었다. "도대체 저 밥통이 뭐라는 거야?"

진행자 역시 그 점을 꼬집었다. "하지만 인간이라면 누구도 영원히 살 수는 없잖습니까?"

여자가 웃었다. 유도라는 그 웃음소리에 도끼눈을 떴다. "이번 생에서는 아닐 수도 있지요. 그렇지만 이 세상을 떠나면 우리는 다른 세상으로 넘어갑니다. 그러니까 영원히 살 수 있다는 얘기지요."

토스트가 목에 걸려 캑캑거렸다. "다른 세상? 넘어간다고? 그걸 말이라고 하는 거야? 그게 죽음이라고, 이 사람아. 죽! 음! 말을 좀 돌려 말한다고 뭐가 달라지나, 이 정신 나간 여자야!"

때마침 진행자가 말을 이었다. "삶과 죽음의 실체를 마주하기 어려워 그런 식으로 말하는 것이라고 생각하는 사람들도 있을 텐데요."

"그 사람 여기 있소이다. 그 말에 찬성." 유도라는 라디오를 향해 동의하듯 고개를 끄덕였다.

그렇지만 출연자는 단념하지 않았다. "무슨 말인지 알아요. 우리 모두는 각자의 시선으로 세상을 바라볼 권리가 있고 더불어 타인의 시선을 존중해야 하죠. 저는 그저 제가 제 삶을 어떻게 사는지, 그게 얼마나 충만하고 행복한지를 말하는 것뿐이에요. 제 생각을 나누고 싶었어요. 누군가에게는 도움이 될 수도 있으니까요."

"굳이 그럴 필요 없는데 말이지." 유도라가 중얼거렸다.

"사람이라면 누구나 인생을 즐기고 싶지 않을까요? 제 인생철학이 그래요. 누군가 제 믿음을 비웃는다거나 거부한다면, 그건 그 사람들 몫이죠. 전 그런 사람들을 보면 짠해요. 겉으로는 어떨지 몰라도 마음속은 행복하지 않은 사람들이거든요."

유도라는 분노했다. "내가 행복한지 어떤지 네가 어떻게 알아! 어디서 그런 시답잖은 소리로 내 아침을 망치려고." 그녀는 과장된 동작으로 라디오를 껐다. "행복한지 어떤지 내 직접 보여주겠어." 그러고는 꾸역꾸역 자리에서 일어나 물건을 챙겨 수영 갈 채비를 했다.

나이 들어 가장 답답한 부분은 행동이 느려졌다는 점이다. 차를 끓이는 것부터 위층에 있는 화장실에 가는 것까지, 뭘 해도 노력이 필요했고 이건 사람을 미치게 만들었다. 유도라는 사람들이 노인을 보고 짜증을 내는 까닭을 완벽하게 이해하고 있었다. 비틀거리며 걷는 노인이 길을 막는 건 기분 좋은 일이 아니다. 그런데 경악할 노릇은 이제 그녀 자신이 그런 노인이 되었다는 것이다.

유도라는 엄마가 슬픔과 분노 속에서 몰락해가는 것을 지켜보았다. 삶을 희생하며 살았던 여자가 쪼글쪼글한 인간의 껍데기로 전락했다. 여기서 두려움 없이 세상을 바라볼 수 있는 사람이 과연 있을까? 나이 듦이란 어쩜 이리도 잔혹한지.

유도라는 그렇게 살지 않겠다고 작정한 터였다. 방치된 골동품 시계처럼 몸이 서서히 느려질수록, 그녀는 자신의 뜻대로 이 세상을 떠나겠다고 더욱 굳게 다짐했다. *내 죽음이니까. 내 방식대로.* 이 말은 이제 주문이 되었다.

특이하다는 건 안다. 사람들은 죽음에 대해 얘기하지 않는다. 정말 안 한다. 두려워하고, 못 본 척하고, 부정할 뿐이다. 지긋지긋한 비디오 게임에서 서로의 머리를 날려버리고 끔찍한 방법으로 사람을 죽이는 호러 영화를 즐기면서도, 성숙한 어른으로서 죽음이 무엇인지, 그게 어떤 의미를 갖는지에 대해서는 토론하기를 거부한다. 그래서 유도라는 정반대로 하는 것이다. 어쩌면 이건 성장 과정에서 전쟁을 겪으며 죽음이 일련의 구두점과 같았기 때문에 그러는 것일 수도 있다. 이유가 무엇이든 그녀는 두려워하지도, 못

본 척하지도, 부정하지도 않는다. 오히려 혈관에 늙음이 슬금슬금 스며드는 것을 느낄 때마다 소중한 친구를 반기듯 환영하고 있다.

준비하는 데 족히 삼십 분이 걸렸다. 그래도 수영할 생각에 답답한 마음을 억눌렀다. 나가려는 찰나, 전화벨이 울렸다. 유도라는 받을까 말까 망설였다. 받아봤자 성가신 일만 생기겠지. 성의 없는 목소리의 열아홉 살짜리 판매원이 동물 보험을 판다거나, 최악의 경우 직장에서 사고를 당했다면 보상을 요구할 수 있다고 멍청한 목소리로 말하는 녹음 메시지일 수도 있다. 그렇지만 이 시끄럽고 어리석은 세상에 놓쳐서는 안 되는 전화가 하나 있었다.

유도라는 가만히 서서 전화기에 귀를 기울였다. 이 유물 같은 자동응답기는 엄마와 썼던 물건을 현대화하려고 시도한 흔적으로, 그 짜증나는 침대보와 거의 같은 시기에 구입한 것이었다.

"할로(안녕하세요). 클리닉 레벤스발의 페트라예요. 허니셋 씨가 보내신 신청서와 관련해서 말씀드릴 게 있어서 전화했는데요."

유도라는 전화기 쪽으로 가려다 거의 넘어질 뻔했다. "이놈의 무릎, 제발 말 좀 들어라!"

다행히 전화기 근처로 갈 때까지 페트라는 여전히 녹음기에 대고 말을 하고 있었다. 유도라는 수화기를 집어 들었다. "여보세요? 나예요, 유도라 허니셋."

"아, 안녕하세요, 허니셋 씨. 집에 계셨군요. 클리닉 레벤스발의 페트라예요. 신청서 받았고요, 잠시 여쭤볼 게 있어서요. 시간 괜찮으세요?"

생각이 아침 수영에서 훨씬 더 긴급한 문제로 옮겨가자 괜스레 스릴이 느껴졌다. 유도라는 의자에 앉았다. "네. 물론이죠. 뭐가 궁금하신가요?"

"일단 제가 지난번에 절차를 따라야 한다고 말씀드렸던 거 기억하시나요?"

"그럼요. 그래서 신청서를 작성한 거잖아요. 제 결심을 분명히 하려고요."

"알겠습니다. 자, 그럼 본론으로 들어갈게요. 제 이름은 페트라 콘래드예요. 제가 그냥 유도라라고 불러도 괜찮을까요?"

안 괜찮다. 그렇지만 비협조적인 모습을 보이고 싶지는 않았다. 이 사람은 유도라와 유도라가 가장 원하는 것을 연결해주는 다리 같은 존재였다. "편하신 대로 하세요."

"좋습니다. 자, 유도라, 지금 여든다섯이시죠?"

"네."

"남편이나 자녀는 없으시고요?"

"없어요."

"혼자 사시나요?"

"네."

"지금의 삶이, 혹시 불행하신가요?"

이 질문이 어디로 향할지 짐작이 되었다. "나는 우울하거나 외롭거나 슬프거나 이 중 어느 것에도 포함이 안 돼요. 그저 나이를 많이 먹은 건데, 날마다 점점 더 큰 영향을 받고 있지요. 가족도 없고 친구도 없고요." 갑자기 로즈의 명랑한 얼굴이 머릿속에 떠올랐다. 유도라는 당황하여 눈을 꼭 감았다 떴다. "지난번에도 말씀드렸지만, 사람들에게 짐이 되고 싶지도 않고, 끔찍한 요양원에서 늙어가고 싶지도 않아요. 죽음을 스스로 선택함으로써 삶의 주도권을 잡고 싶어요. 내 의지가 그래요. 내게 닥친 현실과 내가 가진 능력에 대해 완전히 이해하고 있고요, 어떤 종류의 동의서든 서명할 준비가 되어 있어요. 필요한 약물이 있다면 직접 구입할 마음도 있답니다."

"이해해요. 정말이에요. 저는 유도라 편이에요. 이 대화로 상황이 바뀌지는 않을 거예요. 다만 저희에게는 신청자와 제대로 대화를 나눌 의무가 있어요. 모든 방법에 대해 다 논의해보고 양쪽 모두에게 이 길이 옳다는 확신이 들어야 하거든요."

"나는 확신하고 있어요."

"혹시 이 문제에 대해 다른 분과 얘기해보신 적은 있나요?"

유도라는 덜컥 겁이 났다. "아뇨. 그런 적 없고 그럴 필요도 없어요. 물론 이 질문을 꼭 해야 하고 체크할 게 많다는 건 이해합니다. 그렇지만 나랑은 그럴 필요가 없어요. 나는 결심을 끝냈어요. 내 마음은 확고합니다."

페트라는 목소리를 가다듬었다. "무슨 말씀인지 알겠어요. 하지만 인생에 백퍼센트란 없잖아요. 아무리 확고해도 의심은 해봐야겠죠. 게다가 이렇게 중대한 사안이라면 더욱 그래야 하고요. 지난번에 말씀드렸던 저희 할머니도 자발적 안락사를 결정하기까지 수없이 고민하셨어요."

"할머니가 아프셨나요?"

"네. 삶의 질이 떨어져서 감당이 안 될 정도였어요. 그렇지만 결정을 쉽게 내리지는 않으셨답니다."

"나는 쉽게 내렸다는 얘긴가요?"

"아니요, 그런 뜻은 아니에요. 제 할머니에게 그랬듯이 유도라에게도 대화 상대가 되어드리고 싶어요. 저랑은 무슨 얘기든 다 하셔도 돼요. 다른 사람들에게 발설할 일은 없을 거예요."

마음을 열라는 세상의 요구에 따를 바에야 차라리 팬티 바람으로 길거리를 돌아다니는 게 나을 것이다. 결국 유도라는 적당한 타협점을 찾았다. 협조하되 단호할 것. "친절하기도 하셔라. 질문에는 기꺼이 대답하리다. 다만 이 일에 대해 오랜 시간 고민해왔고 이제 와서 바꾸지는 않을 거라는 것만은 확실히 말해두지요."

"그럼 언제 처음으로 이 생각을 하셨는지 기억나세요?"

유도라는 곰곰이 되짚어보았다. 이 질문에 대한 대답은 셀 수 없이 많았다. 그러나 한 가지 확실한 건 기억하는 한 자신이 아주 오랫동안 숙고해왔다는 것이다. "엄마가 늙어가는 걸 보면서 그런 생각을 하기 시작했던 것 같아요."

"어머니를 직접 간호하셨나요?"

"그랬지요."

"얼마나 오래 하셨어요?"

"평생 이 집에서 엄마와 함께 살았고, 2005년에 돌아가실 때까지 내가 돌봐드렸어요. 그때가 엄마 나이 아흔다섯이었죠." 이런 얘기를 하면 사람들은 대부분 천수를 누렸다고, 잘 사시다 가셨다고 말하곤 했다. 하지만 엄마 인생 막바지에 '잘'이라는 건 없었다.

"힘드셨겠어요." 페트라의 통찰력 있는 대답에 유도라는 감명을 받았다.

"가끔은요. 하지만 엄마잖아요. 우리는 서로밖에 없었어요."

"최선을 다하셨네요."

이 말을 듣자 별안간 어떤 감정이 목덜미를 할퀴고 지나갔다. "그랬다면 다행이고요."

"유도라, 솔직하게 말씀드릴게요."

"아무렴요."

"제가 이 신청서를 리버만 박사님께 넘겨줄 수는 있지만 박사님이 받아주실지는 의문이에요."

"아니, 왜요?"

"박사님과 동료들 모두 유도라가 우울해서 그러는 거라고 생각할 거예요."

"난 우울하지 않아요." 유도라의 목소리가 날카로워졌다.

"아닐 수도 있지만, 현재 상황을 보면, 혼자 계시기도 하고……."

"외롭지 않다니까 그러네. 잘 먹고, 운동도 하고, 매일 십자말풀이도 맞추고, 라디오도 듣는다고요. 살 만큼 살았고, 더 늙기도 싫단 말이에요." 유도라는 말을 끝내자마자 날선 목소리로 말한 것을 후회했다.

"네, 이해해요. 정말이에요. 그렇지만 저희에게는 규칙이 있어요. 자발적 안락사는 주로 아프신 분들이나 삶의 질이 굉장히 떨어져서 인간다운 삶을 살 수 없는 분들에게만 제공해드릴 수 있거든요."

"아니, 내가 결정했다니까! 죽고 살고는 자신이 결정하는 거 아닌가요? 어떻게 사람이 동물보다도 못한 대우를 받느냐고! 내가 죽고 싶다는데 왜 그걸 말리냐는 말이에요."

"왜냐하면 세상은 그런 식으로 돌아가지 않으니까요. 죄송해요. 저는 그저 솔직하게 말씀드리는 거예요."

"그렇다면 세상이 좀 바뀌어야겠구먼. 세상한테 철 좀 들라고 해요. 죽음에 대해 어른다운 대화 좀 해보게."

"그 말씀이 맞네요."

"그래서 도와줄 수 없다는 건가요? 결국은 기저귀나 차고 모르는 사람들의 손길 속에서 죽어야 한다는 건가요? 그런가요?"

"유도라, 저는 도움을 드리고 싶어요. 우리가 처음 대화를 했을 때부터 돕고 싶었어요. 유도라랑 얘기를 하면 우리 할머니 생각이 나거든요."

"댁의 할머니도 이렇게 까다로웠나 봐요?"

페트라가 웃음을 터뜨렸다. 위안이 되는 소리였다. 유도라는 자신도 모르게 미소를 머금었다.

"아주 단호하셨죠. 유도라처럼요. 자기 마음에 확신이 있는 것도 똑같았어요."

"그래서 생을 마감하게 도와줬어요?"

"그랬죠."

"그러니 나도 좀 도와줘요. 제발요."

애원하는 목소리에 페트라는 대답을 망설이는 눈치였다. 바라던 바였다.

"전 물론 도와드릴 거예요. 그렇지만 박사님이 동의하실지는 확답을 드릴 수가 없어요. 그리고 저랑 약속 하나만 해주세요."

"뭔데요?"

"뭐가 됐든 이 일과 관련해서 의논할 게 있으면 저한테 연락하신다고요. 아주 사소한 일이라도 상관없어요. 궁금한 게 있으면 언제든 전화하세요. 항상 대화 상대가 되어드릴게요."

유도라는 멈칫했다. 이런 친절함이 너무 오래간만이라 경계심이 확 풀렸다. "고마워요." 그러고서 조용하게 물었다. "그래서 내 신청서는 접수해줄 거요?"

"그럴게요. 필요할 땐 언제든 전화하시는 거예요. 아셨죠?"

"그럽시다." 이 약속은 마치 결혼 서약처럼 신성하게 느껴졌다.

"좋아요, 유도라. 또 연락드릴게요. 제가 여기 있다는 거 잊지 마세요. 그럼 끊을게요."

"들어가요, 페트라."

유도라는 희망과 기진맥진함이 마구 뒤섞인 상태로 전화를 끊었다. 이제는 기도하면서 기다리는 수밖에 없었다. 의자에 기대고 앉아 눈을 감았다. 오늘 일과에 대한 생각은 잠시 접어두기로 했다.

잠시 후 요란한 노크 소리에 잠에서 깼다. 유도라는 계속 눈을 감은 채 못 들은 척하고 있었다. 중요한 일은 아닐 것이다. 중요한 일일 리가 없다. 그런데 또다시 문을 두드리는 소리가 들려왔다. 이번에는 좀 더 크고 단호하고 조급했다.

조금만 있으면 가겠지. 유도라는 한숨을 쉬며 생각했다.

아무래도 노크하는 사람을 얕본 것 같다. 이번에는 우편함 뚜껑이 들리는 소리가 났다. 곧 누군지 짐작이 갔다.

"유도라 할머니! 저예요, 로즈. 옆집이요!"

"그래, 너 아니면 누구겠니." 한숨을 쉬며 작게 중얼거렸다. "우편함 구멍에 대고 소리칠 사람은 너 말고 없지." 유도라는 로즈가 지칠 때까지 잠자코 있으려고 했지만 행운의 여신은 그녀의 편이 아니었다.

"유도라 할머니! 안에 계세요? 뭐 물어보려고 왔어요. 중요한 거예요!"

"그럴 리가 있나." 유도라는 듣는 사람도 없는데 혼자 대답했다. 밖에서 소리가 멈추고, 로즈가 마침내 포기하고 돌아갔을 거라는 희망이 살짝 고개를 들었다.

"여보세요! 유도라 할머니! 괜찮으신 거예요? 집에 계신 거 다 알아요! 왜냐하면 오늘 집에서 나오는 걸 못 봤거든요!"

"세상에나. 누가 보면 게슈타포 옆집에 사는 줄 알겠네." 유도라는 힘겹게 일어났다. "나간다, 나가!" 짜증을 담아 소리치면서.

"알겠어요! 기다릴게요!" 로즈는 유도라의 짜증 섞인 목소리에 아랑곳없이 활기차게 대답했다.

유도라는 씩씩거리며 걸어가 문을 홱 열었다. 째려볼 준
비를 하고. 그러나 성난 얼굴은 입을 떡 벌어지게 만드는
놀라움으로 바뀌었다. 로즈의 옷차림은 그래도 평범했다.
푸크시아 핑크색 라라 스커트에 은색 스팽글이 박힌 플립
플롭과 형광 노란색 티셔츠가 평범하다고 할 수 있을지는
모르겠지만. 문제는 거기에 더해진 파란색 수영모와 수경
이었다. 그 모든 것의 조화는 정말 놀라울 정도였다. 유도
라는 너무 놀라 잠시 말을 잇지 못했다.

로즈가 그 틈을 타 말했다. "안녕하세요, 유도라 할머니.
저랑 같이 수영장 가실래요?"

"뭐?" 할 수 있는 말은 이게 전부였다.

"수영." 로즈가 천천히 말했다. "나랑, 같이요."

유도라는 놀라서 어리둥절했다. "싫은데. 말은 고맙다."

"흠." 로즈는 뺨 안쪽을 씹으며 말했다. "걷는 게 싫어서
그래요? 그런 거라면 엄마가 태워다주실 거예요."

유도라는 잠깐 생각했다. 수영은 가고 싶지만 혼자 가고
싶었다. "근데 나랑 왜 수영을 같이 가고 싶어 하는지 모르
겠구나."

"아하. 왜냐하면 저는 조금 외로운데, 생각해보니까 유
도라 할머니도 좀 그러실 거 같아서요. 그리고 우리 둘 다
수영을 좋아하잖아요. 엄마는 애기 때문에 피곤해서 저까
지 돌봐주실 수 없거든요. 그래서 어쩌실래요? 제가 슬러

시 살게요."

"난 안 외로운데." 뒷덜미에 털이 곤두섰다. "난 여든다
섯이고 혼자 있는 걸 좋아한단다. 제안은 고맙구나. 근데
너는 또래 친구가 없냐?"

로즈가 어깨를 으쓱했다. "가장 친한 친구는 로티인
데요, 콘월에 살아요. 엄마랑 아빠 빼면 유도라 할머니
랑 스탠리 할아버지가 제가 아는 사람 전부예요. 아, 몬티
도 있다. 그렇지만 고양이는 수영을 못 하잖아요. 그러니
까……."

로즈의 기대에 찬 얼굴이 유도라의 마음을 콕콕 찔렀다.
"흠, 그러지 뭐." 유도라는 대답했다. 로즈에게는 왠지 저항
해봤자 소용없을 것 같은 기분이 들었다.

"아싸!" 로즈는 공중에 주먹을 날리며 소리쳤다.

〇 〇 〇

수영장까지 가는 길은 답답했다. 매기는 끊임없이 유도
라에게 괜찮은지 물었고, 유도라는 인내심이 바닥나기 시
작했다.

"제 딸 고집 센 건 제가 알죠."

"엄마, 저 여기 있거든요." 로즈가 뒷좌석에서 끼어들었다.

"가기 싫다고 하셨어도 저는 이해했을 거예요."

"내 입으로 가겠다고 했으니 두 번 말할 거 없어요."유도라는 딱 잘라 말했다.

로즈가 한 발 양보해 탈의실에 혼자 들어가 자존심을 지킬 수 있도록 해준 것이 고마울 따름이었다. 물론 문 앞에 딱 붙어 서서 기다리고 있었지만.

"혹시라도 무슨 일이 생길까 봐 바로 앞에서 기다렸어요."

"고, 고맙구나."유도라는 머뭇거리며 말한 후 함께 풀장으로 향했다.

강습용 풀장은 '가족 물놀이'가 한창이어서 와자지껄 난리였다. 그래서 둘은 메인 풀장의 얕은 곳으로 방향을 틀었다. 유도라는 갈망하는 눈빛으로 수영장 레인을 바라보았다. 평소처럼 저기서 자유롭게 수영하면 좋으련만.

"우리 점프할까요?"로즈가 제안했다.

"그럴 수는 없지. 나는 계단으로 갈 거다."

"저는 점프할까 봐요."

"원하신다면."

로즈가 활짝 웃었다. "할머니 말투가 참 마음에 들어요. 뭔가 옛날에 쓰던 말 같아요."

"그러냐?"유도라는 풀장에 몸을 담그며 대꾸했다. 물이 주는 상쾌함 덕분에 매기의 차에서 쌓인 갑갑한 열기가 빠져나가는 것 같았다. 그렇게 천장을 보고 누운 채 물에 둥둥 떠다니며 나이에서 오는 부담으로부터 잠시나마 멀어지는 순간을 즐겼다.

"자, 갑니다!" 로즈가 소리를 지르며 옆쪽에서 뛰어들었다.

"아이고, 조심해!" 유도라는 튀어 오른 물방울에 눈을 깜빡거리며 말했다.

"미안해요. 근데 일부러 피해서 뛴 건데."

"고맙기도 해라." 로즈도 유도라를 따라 물 위에 누웠다. 유도라가 물었다. "너 수영할 줄은 아나?"

"그런 편이죠." 로즈는 몸을 뒤집고는 개헤엄을 치며 사람들이 있는 쪽으로 나아갔다.

"자유형 하는 법 가르쳐주랴?" 이렇게 말한 순간 오래된 기억 하나가 머릿속을 마구 헤집고 돌아다녔다.

"네, 가르쳐주세요. 대충은 할 수 있는데, 가끔 물에 빠져 죽을 것 같은 느낌이 들 때가 있어요."

"그럼 안 되지. 평소에 어떻게 하는지 보여주렴."

로즈는 숨을 크게 들이쉬고 팔과 다리를 엉망으로 꼰 채 물속으로 사라졌다가 요란하게 숨을 내뱉으며 물 위로 올라왔다. 그런 다음 다시 허우적거리며 물속으로 들어갔다. 그 모습을 보고 유도라는 웃음이 나는 한편으로 걱정이 되었다.

"그만! 로즈, 그만!" 로즈는 물속에서 튀어나와 커다란 물안경 너머로 눈을 동그랗게 뜨고 유도라를 바라보았다. "네가 왜 물에 빠지는 느낌이 드는지 알겠다. 왜냐하면 진짜 물속으로 빠지고 있거든. 자, 이제 여기 서서 내가 하는 걸 봐라." 유도라는 침착하고 차분하게 팔다리를 움직이며 레인을 왕복했다.

유도라가 제자리로 돌아오자 로즈는 박수를 치며 환호했다. "정말 짱이에요! 물고기 같아요. 저도 배울 수 있어요?"

로즈의 열의를 보니 기분이 좋아졌다. "노력해보마. 자, 여기서 중요한 것은 몸을 평평하게 만들고 물속으로 뚫고 들어가듯이 미끄러지는 거야. 리듬을 타야 하고, 또 당황하지 않아야 하지."

"평평하게, 미끄러진다, 리듬, 당황은 안 됨. 알겠어요!"

"자, 골반에서부터 발을 차는데 너무 자주 차지는 말고, 팔은 손바닥을 바깥으로 향하게 해서 엄지부터 찔러 넣는 거야."

로즈가 고개를 끄덕였다. "알겠어요, 유도라 할머니. 한 번 해볼게요."

처음에는 무턱대고 하는 수준이었지만, 곧 아주 뛰어난 학생이자 배우는 데 소질이 있는 아이라는 것을 알게 되었다. 로즈는 여전히 발작하듯 팔을 휘둘렀지만 좀 더 신중하게 물을 타기 시작했다.

"아주 잘하는구나, 로즈. 감을 잡은 거야. 잘했다."

로즈가 활짝 웃었다. "고마워요. 이제 물에 빠지는 느낌이 안 나요."

"그렇다니 안심이네." 유도라는 벽에 걸린 커다란 시계를 보고서야 벌써 한 시간이 지났다는 사실을 깨달았다. "이제 갈 때가 된 것 같구나." 목소리에 아쉬움이 묻어났다. "곧 있으면 너희 엄마가 우릴 데리러 올 거야."

"우리 오 분만 더 있으면 안 돼요? 제발요. 저는 배운 거 연습하고 할머니는 아까처럼 왔다 갔다 하시고요."

듣고 보니 나쁘지 않은 생각 같았다. "괜찮겠니? 정말로?"

"전 괜찮을 거예요. 바로 옆 레인에 계실 거잖아요."

"좋아. 팔꿈치 드는 거 까먹지 말고."

"팔꿈치 들기." 로즈가 복창했다.

유도라는 레인을 왕복하며 로즈를 지켜봤지만, 로즈는 벌써 질렸는지 수영은 하지 않고 풀장 밖으로 기어 올라가서는 점프를 하거나 했다. 유도라가 풀장 끝에서 휴식을 취하는 동안 로즈는 팔 벌려 뛰기를 하고, 한 발씩 번갈아 뛰고, 폴짝거리며 풀장으로 들어가기를 반복하고 있었다. 흥분을 억제하지 못하는 것이리라. 유도라 자신은 과연 로즈처럼 천진하게 살아본 적이 있었던가. 인생을 숙제가 아닌 즐거운 놀이로 느껴본 적이 있었던가. 생각해보지만 그런 순간은 떠오르지 않았다. 심지어 자신은 애초에 어른으로 태어났고, 늘 자신을 필요로 하는 사람들을 돌보며 살았다는 생각이 든다. 물론 즐거웠던 때도 있었다. 그렇지만 자신이 원하는 대로 살아본 기억은 없다. 그녀 주변에는 늘 보살핌이나 위로가 필요한 누군가가 존재했다. 유도라는 로즈가 조금 부러워졌고, 동시에 궁금해졌다. 아빠가 전사하지 않았다면 과연 인생이 어떻게 달라졌을까. 이것은 종종 드는 생각이었고 답은 늘 같았다. 분명히 훨씬 더 기쁜 삶을 살았을 것이다.

유도라는 다시 레인을 따라 수영을 시작했고 한 바퀴만 돌고 나가야겠다고 생각했다. 즐거운 오후였지만 피곤하기도 했다. 그런데 수심이 깊은 곳에 이른 순간, 로즈가 물속에서 허우적대는 게 보였다.

"유도라 할머니, 살려줘요! 물에 빠졌어요!"

"로즈!" 유도라는 소리를 치며 허둥지둥 레인 아래로 넘어가 로즈를 겨우겨우 물 밖으로 끌어냈다.

캑캑거리며 기침을 하고 있는데 로즈가 웃고 있었다. "사실은 저 빠진 거 아니에요. 그냥 장난 친 거예요."

유도라는 화가 머리끝까지 나서 폭발할 지경이었다. "*다시는, 다시는* 그런 짓 하지 마! 알아들었어?" 유도라가 소리쳤다.

로즈의 얼굴이 침울해졌다. "미안해요, 유도라 할머니. 그냥 장난이었는데."

"그런 일로는 *절대* 장난을 해선 안 된다! 오늘 수영은 여기서 끝이다. 아니, 앞으로도 없어." 유도라가 수영장 밖으로 나가자 로즈가 쫄래쫄래 따라왔다.

둘은 따로따로 탈의실에 들어가 옷을 갈아입고 밖으로 나와 매기를 기다렸다. 유도라의 침묵은 귀가 먹먹할 정도였다. 집요할 만큼 발랄한 로즈도 그 음울한 분노를 느낄 수 있었다. 로즈가 말했다. "정말 죄송해요." 아주 조용한 목소리였다.

유도라는 고압적인 표정으로 로즈를 바라볼 뿐 여전히 묵묵부답이었다. 그녀는 수영 때문이 아니라 자신의 분노에 완전히 기진맥진해졌다. 머리를 흔들어 털어내고 싶었지만 끈질기게 자라는 잡초처럼 마음 깊은 곳에 뿌리박힌 기억 하나가 자꾸 고개를 쳐들었다.

"사과의 의미로 슬러시 사드려도 될까요?" 로즈가 물었다.

"아니, 됐다."

부산하게 문을 열고 들어오는 매기 덕분에 가라앉은 공기가 흔들렸다.

"늦어서 죄송해요. 길이 엄청 막혀서요. 수영은 어땠어요? 재밌으셨어요?" 두 사람의 표정을 본 매기가 얼굴을 찌푸렸다. "오, 이런. 무슨 일이 있었군요."

유도라는 이런 취조 따위는 집어치우고 그저 집에 가고 싶었지만 로즈는 자백할 준비를 하고 있었다. "엄마, 모든 게 다 좋았어요. 유도라 할머니가 자유형 하는 법도 알려 주셨고요. 저 진짜 잘했거든요. 할머니가 그랬어요, 잘한다고. 그랬는데 제가 멍청한 짓을 해서 할머니를 화나게 만들었어요. 잘못했어요, 정말."

매기는 유도라에게 사죄의 의미를 담아 어깨를 움찔해 보이고는 딸 앞에 무릎을 꿇고 앉았다. 매기가 딸의 삐져나온 머리카락을 귀에 꽂아주려고 하자 로즈는 고개를 돌려버렸다. "로즈, 무슨 일이 있었던 거야?"

로즈가 유도라를 흘끗 보더니 대답했다. "물에 빠진 척해서 유도라 할머니가 엄청 놀랐어요."

"오, 로즈." 매기가 탄식을 내뱉었다.

로즈의 눈에서 닭똥 같은 눈물이 떨어졌다. "그런 장난하면 안 된다는 거 알아요. 제가 잘못했어요. 제발 용서해 주세요, 유도라 할머니."

두 사람의 시선이 자신에게 고정되어 있다는 게 느껴졌다. 그들은 용서를 바라고 있고, 단순한 사과 한마디로 상대가 기분을 풀어주기를 기대하고 있었다. 유도라가 말했다. "그건 아주 무책임한 행동이었어."

로즈가 고개를 끄덕였다. "저도 알아요. 다시는 안 그럴게요."

유도라는 매기를 흘끗 보았다. 누가 봐도 용서를 구하는 표정이었다. 심지어 로즈와 똑같은 얼굴을 하고서. 유도라는 한숨을 쉬었다. "알았다. 알았으니까 이제 집에 가자. 아주 진이 다 빠졌어."

"그럼요, 가야죠! 고마워요." 매기가 감사를 표하며 유도라의 팔을 꽉 잡았다.

감정을 이렇게 노골적으로 표현하다니. 유도라는 차로 걸어가면서 생각했다. 그러니 세상이 이토록 엉망진창이 된 게야.

집에 도착하자 로즈가 차에서 뛰어내려 유도라의 차 문을 열어주었다. "내리는 거 도와드릴까요?" 로즈는 잘 보이고 싶어 안달이었다.

"아니, 혼자서도 할 수 있단다. 말은 고맙지만." 유도라는 천천히 내린 뒤 집으로 향했다.

"차라도 한잔하고 가시겠어요?" 매기가 물었다.

"아니에요, 괜찮아요." 유도라는 돌아보지도 않고 말했다. "안녕히들 가세요."

집에 들어온 후 유도라는 현관문을 닫고 문에 기댔다. 손이 떨렸다. 두려움 때문인지 분노 때문인지 알 수 없었다. 그렇지만 한 가지는 확실했다. 다시는 옷을 엉망진창으로 입는 꼬마 숙녀에게 마음이 휘둘릴 일은 없을 것이다.

        ✿ ✿ ✿

1950년, 런던 남동부, 브록웰 야외 풀장

"나 잡아봐라!"

"천천히 가, 스텔라. 그러다 넘어져!" 유도라는 탈의실에서 뛰어나가는 동생에게 소리쳤다. 햇살이 내리쬐는 풀장은 사람들로 붐비고 있었다.

"너무 그러지 마, 도라 언니. 꼭 엄마 같아." 스텔라는 뒤를 돌아보며 그렇게 대답했지만 그래도 유도라가 따라잡을 수 있게 잠시 멈춰주었다.

유도라는 동생의 머리에 손을 얹었다. "널 안전하게 돌봐줘야 하거든. 내 소중한 동생이니까."

스텔라는 고개를 들어 환하게 웃었다. "우리 같이 점프해서 들어갈까?"

"그래도 되는지 모르겠네." 유도라는 벽에 붙은 긴 주의 문구를 쳐다보며 대답했다.

"물을 튀기며 뛰어들거나 다이빙하면 안 된다는 말은 있어도 점프 금지는 없어. 근데 과도한 애정 행각은 무슨 뜻이야?" 스텔라가 표지판을 보며 찡그린 얼굴로 물었다.

"아, 그건 말이야……."

"안녕, 유도라? 오래만이다."

뒤를 돌아보니 학창 시절 가장 인기 있는 남학생이었던 샘 뷰캐넌이 그녀를 바라보고 있었다. 유도라는 눈에 띄게 드러난 그의 가슴 근육을 보지 않으려고 짐짓 미소를 지으며 똑바로 샘의 얼굴을 마주 보았다. "오, 안녕, 샘. 수영하러 왔어?"

이런 멍청이! 수영장에 당연히 수영하러 왔겠지, 왜 왔겠어!

샘이 고개를 끄덕였다. "빌이랑 에릭하고 같이 왔어. 아까 왔는데 조금 더 놀다 가려고."

"도라 언니." 스텔라가 유도라의 팔을 잡아당기며 말했다. "이제 들어가도 돼?"

"미안, 가봐야 할 것 같아."

"나중에 보자." 샘이 눈을 찡긋하며 대답했다.

스텔라를 데리고 풀장으로 가는데 심장 소리가 귀에 들릴 지경이었다. 샘 뷰캐넌이 말을 걸다니! 게다가 만나서 반갑다니! 유도라는 상상 회로를 돌리며 황홀해졌다. 따분한 삶에 뭔가 신나는 일이 생길지도 몰랐다. 엄마와 동생만 보며 집에만 갇혀 지내는 것은 쉽지 않은 일이었다. 자신은 두 사람의 고래 싸움에 캐스팅된 새우였고, 그 안에 있는 한 그 역할을 충실히 수행해야 할 운명에서 벗어나지 못할 것만 같은 생각이 들었다. 물론 유도라는 두 사람을 사랑했다. 하지만 그들의 갈등을 언제까지 더 견딜 수 있을지는 알 수 없는 노릇이었다. 샘 같은 남자와 도망가는 상상을 할 때가 유일하게 희망을 느끼는 순간이었다.

"가자, 도라 언니. 가서 점프하자."

유도라는 주변을 둘러보며 샘과 친구들이 어디에 있는지 찾아보았다. 그러다 눈이 마주쳤고, 그가 다시 한 번 환하게 웃어주었다. 계속 자신을 바라보고 있었다는 사실에 얼굴이 달아올랐다. 스텔라의 손을 잡고 가면서, 유도라는 그 미소에 대한 화답으로 과감하게 윙크를 보냈다.

"점프해!" 유도라가 소리쳤다.

"야호!" 스텔라도 고함을 질렀다.

킥킥거리며 요란하게 점프한 그들은 엄청 크게 물을 튀 겼고, 결국 안전요원의 꾸짖는 듯한 날카로운 호루라기 소 리에 그 시간은 금방 끝나버렸다.

"물 튀기면 안 됩니다." 그는 찡그린 얼굴로 빽 소리를 질렀다. "또 그러면 안 봐줍니다!"

"물 튀기려고 뛴 거 아니에요. 그냥 점프한 거예요." 스텔 라가 항의했다.

"그만해, 스텔라. 우리가 잘못한 거야." 유도라는 동생을 타이른 후 창피해서 빨개진 얼굴을 하고 안전요원을 올려 다보며 말했다. "죄송해요." 그는 대답 대신 고개를 끄덕여 보였다. 유도라는 샘이 있는 쪽으로 시선을 던졌지만 그는 어디에도 없었다.

"도라 언니?" 스텔라가 말했다. "우리 물속에서 얘기하자."

유도라는 미소를 지었다. 이건 그들만의 게임이었다. "좋아. 하나, 둘, 셋." 숨을 들이마시고 물속으로 들어갔다. 스텔라가 물속에서 뭔가 말하려고 입을 벙긋벙긋하는 모 습은 늘 재미있었다. 둘은 킥킥대며 수면 위로 올라왔다.

"내가 뭐랬게?" 스텔라가 물었다.

"전혀 모르겠어." 유도라가 웃으며 대답했다.

"여왕 폐하 만세!" 스텔라가 외쳤다.

"아주 좋아." 유도라가 선언하듯 말했다. "자, 그럼 이제 수영 가르쳐줄까?"

"아우, 수영은 재미없단 말이야!"

"물에 빠지고 싶지 않으면 해야 돼. 그리고 수영을 안 할 거면 여긴 대체 왜 온 거야?"

"물장난하려고!" 스텔라는 대답하며 손바닥으로 물을 튕겨냈다.

"그러지 말고, 한 번만 해보자. 물고기처럼 수영할 수 있게 해줄게. 약속."

스텔라가 황당하다는 표정을 지었다. "그럼 그러든지. 딱 오 분만 하는 거다?"

유도라의 인생에서 가장 긴 오 분이었을 것이다. 스텔라는 지지리도 말을 안 듣는 학생이었다. 뭘 시켜도 거부하고, 똑같은 실수를 반복하고, 틈만 나면 물을 튕기고 장난을 쳤다. "좀 제대로 하자, 스텔라. 할 마음이 있긴 한 거야?" 유도라는 짜증이 나서 소리를 질렀다.

"노력하고 있다고! 날 가만두지 않는 게 꼭 엄마 같아. 나빠. 언니 미워!"

"스텔라, 너 진심이야? 버릇없이 그게 무슨 말이야?"

"어쩌라고? 나 좀 내버려둬." 스텔라는 반대편으로 물을 헤치며 걸어갔다.

유도라는 한숨을 쉬었다. "학생이 말을 어지간히 안 듣나 봐?" 뒤에서 목소리가 들려 돌아보다가 하마터면 샘 뷰캐넌의 근육질 가슴에 부딪힐 뻔했다.

유도라는 가볍게 웃었다. "응, 조금. 배우는 데 소질이 없는 애라."

"고생이 많다." 샘이 미소를 지었다. 유도라는 저 입술에 키스하면 무슨 일이 벌어질지 궁금해졌다. 생각만 해도 짜릿해서 몸이 떨려왔다. "있잖아, 나 지금 가야 하는데, 혹시 나중에 나랑 같이 영화 보러 가지 않을래? 캐리 그랜트 영화가 새로 나왔는데 리치 극장에서 하고 있더라고."

유도라는 감미롭고 희망이 가득한 무아지경에 빠진 듯했다. "나도 정말……."

"언니! 살려줘!"

소리가 난 쪽을 보자 동생이 풀장 깊은 곳에서 허우적대고 있었다.

"스텔라!" 유도라가 비명을 질렀다.

그 후로는 시간이 마치 두 배속으로 지나간 것 같았다. 방금 전에 그들을 혼낸 안전요원이 영웅처럼 재빨리 물속으로 뛰어들어 덜덜 떠는 동생을 안전하게 끌어냈다. 유도라는 그쪽으로 달려가 무릎을 꿇고 스텔라를 꼭 안으며 머리를 쓰다듬어주었다.

"오, 스텔라. 정말 미안해." 유도라는 안전요원에게 감사의 인사를 전한 후 스텔라에게 사과했다. 동생은 인상을 쓴 채 잠자코 앉아 있었다. "괜찮은 거야, 내 동생?" 스텔라는 침묵으로 일관했다. "스텔라, 제발 대답 좀 해줘."

스텔라가 고개를 들어 절대로 용서하지 않겠다는 듯이 유도라를 쏘아보았다. 거만하고 포악한 표정이었다. "다 언니 때문이야. 저 멍청한 놈이랑 시시덕거리지만 않았으면 이런 일은 없었을 거라고."

유도라는 죄책감에 사로잡혔다. "그래, 네 말이 맞아. 정말 미안해, 스텔라. 널 지켜봤어야 했는데. 진짜 미안해."

"그래야지. 당연히 미안해야지. 나한테 못되게 굴었으니까. 다 언니 잘못이야. 언니 때문에 그런 거라고."

동생의 눈빛에서 반항심이 보였다. '언니 때문에 그런 거라고.' 스텔라의 앵앵대는 말투에, 헐레벌떡 뛰어오는 유도라를 보고 승리감을 느끼는 듯한 표정에, 뭔가 유도라의 심기를 건드리는 게 있었다. 유도라는 얼굴을 찌푸렸다. 아니야, 아닐 거야. 그런 식으로 나를 조종하기에는 너무 어린 애잖아. 게다가 스텔라는 나를 사랑해. 유도라는 이 사실을 알고 있었다. 단지 관심을 끌려고 그런 터무니없는 짓을 했을 리가 없다. 유도라는 오히려 그런 생각을 한 자신이 부끄러워졌다. 스텔라는 아직 어리다. 동생을 돌보는 건 이 언니의 몫이다. 그녀는 동생의 머리에 입을 맞추고 작은 몸을 수건으로 감싸주었다. "가서 옷 갈아입자."

유도라는 그다음 주에도 야외 풀장에 갔고 거기서 또 샘을 마주쳤다. "동생 괜찮아?" 그가 물었다.

"응, 괜찮아. 신경 써줘서 고마워."

"다행이다." 그가 얼굴을 누그러뜨리고 미소를 지었다. "근데 우리 극장은 언제 갈까?"

유도라는 시선을 떨궜다. "아무래도 안 될 거 같아. 어쨌거나 고마워." 뱉어내는 말들이 쓰디썼다. 마치 소독약처럼, 이 약들이 그녀에게서 무거운 죄책감을 씻어내줄 것이었다.

6장

　유도라는 끝도 없이 길게 뻗은 칙칙한 병원 복도를 바라보며, 도대체 공공의료병원은 무슨 생각으로 노인의학과를 복도 끝에 배치한 것인지 의아해했다. 어지러울 만큼 다채로운 사람들 틈에 섞여 버스를 타고, 녹아내릴 듯한 더위를 뚫고, 병원에 도착해 입구에 들어서면서, 여든이 넘어 에베레스트를 등반한다면 딱 이런 느낌일 것이라고 생각했다. 게다가 더 심란한 것은 이 진료가 시간 낭비라는 점이었다. 그저 일에 찌든 의사의 할 일 목록 한 줄을 지워주는 것일 뿐. 그런데도 유도라가 이 장대한 여정에 오른 까닭은, 양심이라고는 눈 씻고 찾아봐도 없는 이 나라에서 그나마 공공의료병원이 최후의 보루라고 여겨졌기 때문이다. 병원이 소환한다면 유도라는 산 넘고 물 건너 바다를 건너서라도 갈 의지가 있었다. 실제로는 벡슬리행 194번 버스를 타는 것이 전부였지만. 어쨌든 그게 유도라의 소임이었다.

숨을 깊이 들이쉬고 각오를 다진 후, 끝날 것 같지 않은 긴 복도를 걷기 시작했다. 벽에는 세인트 제임스 초등학교 학생들이 만든 작품이 걸려 있었다. 알록달록하게 모자이크한 글자들. 그중에서 분홍색과 노란색을 사용해 눈이 튀어나올 만큼 화려하게 만든 '행복'이라는 글자가 눈에 띄었다. 만든 사람은 7세, 로지. 로지와 로즈가 만나면 좋은 친구가 되겠다고 유도라는 생각했다. 재난에 가까운 색 조합을 좋아하는 것이 친해지는 계기가 될 것이다.

"오호, 미스 허니셋! 이런 데서 만나다니, 반가워요!"

뒤돌아보니 스탠리 마침이 이쪽으로 걸어오고 있었다. 활짝 웃으며 팔을 벌린 채. 자신을 안을까 두려워 유도라는 뒤로 물러섰다. 그리고 그를 만나서 반가운 건지 아닌지 아리송한 상태로 인사를 건넸다. "안녕하세요." 스탠리라는 남자는 타고나길 짜증나는 인간이었지만, 그래도 마음 둘 곳 없는 공간에서 아는 얼굴을 보니 다소 마음이 놓였다.

"저랑 같은 방향으로 가시나요?" 스탠리가 클리닉을 가리키며 물었다. 유도라가 멍한 눈길로 그를 바라보았다. "늙은이들 가는 클리닉이요." 그가 덧붙여 말했다.

유도라는 목을 가다듬었다. "노인의학과라고 부르는 게 더 좋지 않나요?"

"아무렴요." 스탠리가 눈을 반짝였다. "제가 에스코트해드릴까요?" 그러면서 팔을 내밀었다.

"혼자서도 갈 수 있어요. 말씀은 감사합니다만." 그러고서 문득 너무 무뚝뚝하게 대했다는 생각에 이렇게 덧붙였다. "뭐 보조를 맞춰주실 수 있다면 같이 가는 것도 나쁘지 않겠네요."

"기꺼이요." 그가 말했다. "우리 에이다도 말년에는 아주 느릿느릿했답니다. 그리고 이렇게 말하곤 했죠. 도대체 사람들은 왜 이렇게 서두르는 거야? 그렇게 정신없이 가다 보면 많은 것을 놓치게 된다고, 얼굴에 비치는 햇살 정도는 느끼며 살아야 한다고 말이에요."

"아주 현명한 분이셨네요."

"그랬지요."

스탠리의 목멘 소리를 듣고 유도라는 얼른 화제를 바꿔야겠다고 생각했다. "자녀가 있으신가요?"

"둘 있습니다." 목소리에서 자부심이 묻어났다. "폴은 이제 오십이고, 셰런은 쉰두 살이에요. 둘 다 결혼해서 애들도 있지요. 늙은 아비한테도 잘하고요."

"좋으시겠어요." 유도라가 맞장구를 쳤다.

스탠리는 미소를 지으며 말했다. "저는 운이 좋았지요.

애들 둘 다 잘 컸고, 손자손녀도 넷이나 있으니까요. 에이다만 있었다면 더할 나위 없었을 거예요."

"다 왔네요." 클리닉 입구에 도착한 것에 안도하며 유도라가 말했다.

"먼저 들어가시죠." 스탠리가 문을 열어주었다.

"고마워요."

그들은 안내데스크에 가서 접수를 한 뒤 말도 못하게 불편한 파란색 플라스틱 의자에 자리를 잡았다. 천국행 대기실이구먼, 하고 생각하며 유도라는 주변을 돌아보았다. 노부부가 나란히 앉아 있었다. 여자는 남편의 팔을 붙든 채 멍하니 있고, 남편은 찌푸린 얼굴로 《텔레그래프》 신문을 읽고 있었다.

바닥을 서성이는 한 여성이 보였다. 뭔가를 찾는 듯 눈을 좌우로 바삐 움직이고 있었다. 새처럼 작고 마른 체구에 흐트러진 진회색 머리카락. 그 모습을 보고 있자니 구슬처럼 빛나는 눈동자로 쉴 새 없이 주변을 살피는 까마귀가 떠올랐다. 초라한 그 몸에는 빛바랜 노란색 선드레스가 헐렁하게 걸쳐져 있었다. 더 이상 스스로 옷을 골라 입을 수 없는 사람이었다. 옷을 입는 것조차 다른 이에게 맡겨야 하고 스타일에 맞춰서가 아니라 편한 옷을 입을 수밖에 없는 상태인 것이다. 유도라는 엄마의 병실에 갔다가 추리닝 바지를 입고 있는 엄마를 발견한 날을 떠올리며 몸을 떨었다.

그러다 그 여자와 눈이 마주쳤다. 순간 여자의 눈이 커졌다. 그러더니 쏜살같이 달려와 유도라의 팔을 붙잡았다.

"마저리, 이 말썽꾸러기! 도대체 그동안 어디 있었던 거야?"

유도라는 난처한 표정으로 스탠리를 쳐다보았다. 스탠리는 이럴 때 어떻게 대처해야 하는지 잘 아는 것 같았다. "안녕하세요." 스탠리가 손을 내밀며 인사했다. "제대로 인사한 적이 없는 것 같네요."

여자는 스탠리에게 눈웃음을 지었다. 그 미소에는 요염하다는 수식어가 가장 잘 어울릴 것 같았다. "우리 인사했잖아요, 피터. 저예요. 에니드!"

"아, 에니드! 잘 지냈어요?"

"잘 지냈죠. 그런데 비행기가 지연돼서 얼마나 더 여기 있어야 할지 모르겠어요."

"아이고 저런, 일이 귀찮게 됐군요." 스탠리가 말했다. "오늘 출장은 어디인가요?"

"뉴욕이에요." 에니드가 대답했다.

"멋지군요."

"전 샌프란시스코가 더 좋은데 편집자가 가라고 하면 가야지 어쩌겠어요. 스토리를 따라가라, 뭐 그런 거죠."

"그렇군요."

"엄마, 가요." 진이 다 빠져 보이는 여자가 에니드의 등 뒤에서 나타났다.

"여기는 내 편집자, 캐서린이에요." 에니드가 자신의 딸을 가리키며 말했다.

"만나서 반갑습니다." 캐서린은 지친 기색으로, 그렇지만 누군가 엄마의 장단을 맞춰주고 있다는 사실에 고마워하며 친절하게 인사를 건넸다.

"비행기 뜬대요?"

"네. 곧 뜬대요, 엄마. 이제 가요."

"잘 가요, 에니드." 스탠리가 인사를 했다.

"잘 가요." 유도라도 인사를 전했다.

"다들 안녕." 에니드는 눈을 반짝이며 격앙된 목소리로 말했다. "저 일 끝나고 돌아오면 그루초에서 한잔할까요?"

"그날만을 기다리고 있겠습니다. 그렇죠, 마저리?" 스탠리가 말했다.

"그럼요, 그래야지요." 유도라도 장단을 맞췄다.

에니드의 딸이 고마운 듯 미소를 짓고 엄마를 데리고 나갔다.

"안됐어요." 유도라가 탄식했다.

"그래도 아주 행복해 보이던걸요. 뭐, 그렇지만 딸 마음은 이해가 가요. 에이다도 말년에 저랬거든요. 장단을 맞춰주지 않으면 아주 골치 아파졌지요."

"그래서 그런가, 아주 친절하게 잘 하시던데요." 유도라는 칭찬에 인색했지만 그래도 필요할 때는 공로를 인정해 주는 것이 바람직하다고 생각했다.

스탠리는 어깨를 으쓱했다. "누구라도 그렇게 했을 겁니다."

그럴 리가. 유도라는 생각했다. 세상은 친절하지도 관대하지도 않은 곳이다. 조급하고 서로 판단만 해대는 곳일 뿐.

"아, 깜빡할 뻔했네요. 지난번에 빌려주신 손수건 여기 있어요." 스탠리가 주머니에서 손수건을 꺼내며 말했다. "빨아서 다림질도 했습니다. 부인들이 으레 하듯이 말이죠. 잘 썼습니다. 언제 뵐지 몰라 이렇게 늘 갖고 다녔답니다."

"고마워요." 유도라는 그의 사려 깊은 행동에 감동했다. 시도 때도 없이 참견하는 것은 가끔 짜증을 유발하지만, 이 날만큼은 그가 옆에 있어줘서 고마웠다. 병원을 싫어하는 자신이 스탠리 덕분에 딴생각을 할 수 있었으니 말이다.

"그래서 저는 감옥 같다고 생각해요." 스탠리가 불쑥 말을 꺼냈다.

"뭐가요?" 유도라가 물었다.

"왜 왔는지 서로 물어볼 수가 없잖아요." 그가 빙그레 웃으며 말했다.

유도라는 혀를 찼다. 바로 이런 멍청함이 그녀를 짜증나게 하는 것이다. "혹시 궁금해하실까 봐 알려드리는데, 저는 낙상 때문에 온 거예요."

"아, 그렇지, 그렇지. 작년에 고주망태가 돼서 넘어진 적이 있으셨지. 그래서 오신 거군요." 스탠리가 그녀의 팔을 쿡쿡 찌르며 말했다.

유도라는 이 유치한 농담을 무시해버렸다. "그러는 그쪽은요?"

스탠리는 자기 이마를 톡톡 두드렸다. "기억력이 시원치 않아서요. 아들 말로는 에이다가 떠난 뒤로 제가 깜빡깜빡한다네요. 별일 아니겠지만 확인해보는 것도 나쁘지 않을 것 같아서요. 비스킷 드실래요?" 그는 주머니에서 무화과 비스킷 봉지를 꺼내 유도라에게 내밀었다. 유도라는 의심에 찬 눈초리로 비스킷을 바라보았다. "걱정 마세요. 독을 타지는 않았으니까."

"고마워요." 유도라가 한 개를 받아 들며 말했다. "준비성이 철저하시네요."

"여기서 기다리는 게 어디 한두 번이었어야지요." 그가 비스킷 하나를 깨물며 말했다. "오해하진 마세요. 그래도 혼자 집에 처박혀 자기비하에 빠져 있는 것보다는 낫지 않겠어요?"

"우리 집에서는 그런 행동은 금지예요." 유도라는 가방에서 십자말풀이 책을 꺼내며 말했다.

"아하, 퍼즐을 좋아하시는구나!"

"그쪽만 여기서 오래 기다려본 게 아니라고요. 저는 이

걸 하루에 하나씩은 꼭 푼답니다. 이렇게라도 해야 머리가 안 굳지요."

"에이다도 그렇게 말했답니다. 에이다도 퍼즐을 아주 좋아했지요. 십자말풀이, 단어찾기, 그런 게 아주 한 무더기 있었죠. 근데 저는 관심이 안 가서."

"기억력이 걱정되시면 한번 해보세요."

"용불용설이란 말인가요?"

"뭐 그런 셈이죠." 유도라는 펜을 건네며 말했다.

"스탠리 마첨 씨." 환한 미소를 장착한 간호사가 그를 호명했다.

"갑니다, 가요." 스탠리가 일어서며 소리쳤다.

"행운을 빌어요!"

"전 운 따위 필요 없는데요."

"간호사한테 한 말이에요."

스탠리가 웃었다. "좋은 농담이었어요, 미스 허니셋!"

유도라는 고개를 설레설레 젓고 십자말풀이로 시선을 돌렸다. 오늘 문제는 까다로웠다. 그렇지만 답을 찾기 위해 골몰해 있는 시간이 그녀는 좋았다. 가장 좋아하는 십자말풀이는 《더 타임스》 것이다. 예전에는 구독해서 봤지만 십자말풀이만을 위해 신문을 구독하는 사람은 자신뿐이라는 것을 깨달은 후 구독을 취소해버렸다. 이 책만 있으면 더이상 현실 세계를 지배하는 얼간이들의 소식이나 사진 같은 것을 볼 필요가 없다. 처칠이 살아 있었다면 이 위험한 바보들을 어떻게 생각했을까. 상상만으로도 두렵다.

그녀의 펜은 가로 17번 문제에서 대기 중이었다. 낱말 'gobbledegook'에 e가 몇 개 있는지 세는데 손이 떨리기 시작했던 것이다. 공황이 밀려와 떨림이 심해졌다. 그녀는 억지로 팔짱을 끼고 심호흡을 하려고 애썼다.

"미스 허니셋?" 자신의 이름을 부르는 목소리가 어렴풋이 들렸다. 유도라는 목소리의 주인공을 쳐다보았다. 이제 겨우 운전할 나이나 됐을까. 그렇게 어린 여자가 자신을 호출하는 것이 의아하게 느껴졌다. 그러다 여자의 목에 걸린 청진기를 보고 유도라는 한숨을 내쉬었다.

"네, 여기요." 유도라는 두 발을 딛고 일어서며 떨림이 가셨다는 사실에 안도했다.

의사가 다가오며 물었다. "도와드릴까요?"

"아니요. 혼자 할 수 있어요." 퉁명스러운 말투에 의사가 뒤로 물러서는 걸 보자 유도라는 미안한 마음이 들었다. "말씀 고맙습니다."

의사를 따라 작고 갑갑한 진료실로 들어갔다. 창문 밖은 살풍경한 주차장이었다. 에니드와 그녀의 딸이 팔짱을 끼고 차로 가는 모습이 보였다. 에니드가 뭔가를 말하자 딸은 웃음을 터뜨리고는 엄마의 뺨에 입을 맞췄다. 유도라는 자신이 그들의 관계를 부러워하고 있다는 것을 깨달았다. 자신은 엄마와 저랬던 적이 있었던가. 전혀 기억나지 않는다.

"자, 앉으세요." 의사가 말했다. "저는 애비 자비스라고 합니다. 시몬스 선생님 밑에서 노인의학 전문 수련의로 일하고 있어요. 작년 낙상 사고 건으로 검진 받으러 오신 거 맞죠?"

"네, 맞아요. 그런데 꼭 해야 할 필요는 없을 것 같아요." 유도라는 그제야 젊은 의사를 제대로 쳐다보았다. 커다랗고 둥근 안경 뒤에 감춰진 젊은 의사의 여린 마음과 부족한 자신감. 유도라는 또 이렇게 대뜸 밀어낸 것이 미안해졌다.

닥터 자비스는 환하게 웃었다. "그냥 절차니까 한번 받아보세요. 최대한 빨리 끝내드릴게요."

"좋아요." 유도라는 이 의사에게 최대한 협조하기로 마음먹었다.

"어떻게 넘어졌는지 기억나세요?"

"보도에 튀어나온 돌이 하나 있었는데 거기에 걸려 넘어졌어요. 그래서 지방의회에 민원도 넣었지요. 동네에 그런 데가 수백 군데는 된다니까요."

"부러진 데는 없었고요?"

"없었어요. 뇌진탕과 타박상을 입었고, 다행히 부러진 곳은 없었답니다."

"다행이네요. 그럼 다니시는 데는 별 문제 없으신가요?"

"지금은 지팡이를 써서 괜찮아요." 유도라의 손이 다시 떨리기 시작했다. 감추려 했지만 허사였다.

"이렇게 떨리는 일이 자주 있으세요?" 닥터 자비스는 눈썹을 살짝 찡그리며 물었다.

"가끔요. 별일 아닐 거예요."

"관절이 결린다든가 움직임이 둔해지지는 않으셨나요?"

"물론 그렇죠. 내 나이가 여든다섯인걸요."

의사가 앞으로 다가와 유도라의 떨리는 손을 잡았다. "시몬스 선생님께 한번 보여드리는 게 좋을 것 같은데, 괜찮으시겠어요?"

싫은데요. 물론 싫고말고요. 그냥 나 좀 내버려둬요. 늙어서 그런 거라고요. 왜 내 말을 안 듣는 거예요? 그렇게 생각하다가 유도라는 자신이 협조적으로 임하기로 한 사실을 떠올렸다.

"아무렴, 좋고말고요."

닥터 자비스는 유도라의 손을 살포시 쥐어주었다. 차갑지만 든든한 손길이었다. "금방 모셔 올게요."

유도라는 가만히 앉아 기다렸다. 비난하듯 자신의 손을 바라보며 제발 좀 가만히 있으라고 다그쳤다. 잠시 후 고문 의사가 노크도 없이 문을 벌컥 열고 들어왔다. 그는 누구보다도 자기 자신을 중요하게 생각하는, 과잉 연기의 대가처럼 보였다. 그를 보자마자 싫은 마음이 들었다. 곧이어 따라 들어온 닥터 자비스가 잔뜩 겁먹은 모습을 하고 있어서 유도라는 깜짝 놀랐다.

"시몬스라고 합니다." 목소리에는 따분한 기색이 역력했다. 마치 누가 시켜서 억지로 하는 듯한, 그러면서도 세상 모든 것을 자기 아래로 보는 듯한 느낌이었다. "닥터 자비스의 의견으로는 환자분이 파킨슨병 증상을 보인다고 하던데요."

닥터 자비스가 헉하고 숨을 들이쉬었다. "저는 그렇게 말씀드리지 않았는데요."

시몬스는 아무런 대꾸 없이 한숨만 내쉬었다. "근육이 뻣뻣하다거나 걸음이 예전보다 느려졌다거나 하지는 않으십니까?"

"조금요." 유도라는 입술을 삐죽였다. "나이 때문이겠죠."

"정말 그렇게 생각하십니까?" 그러고서 그는 닥터 자비스 쪽으로 몸을 돌렸다. "이건 진짜 기초적인 질문이야. 내가 자네 일을 대신 해줘야 되겠나?"

"아니요, 아닙니다. 죄송합니다." 금방이라도 눈물이 쏟아질 것 같은 얼굴이었다.

유도라의 팔이 다시 떨리기 시작했다. 시몬스는 가만히 쳐다보더니 마치 호통을 치듯 유도라의 손을 잡았다. 그러더니 콧방귀를 뀌고는 웬지 실망한 표정으로 손을 다시 놓아주었다. "떨림은, 노년에는, 아주 흔하게 나타나는 증상입니다." 그는 사람을 깔보는 듯이 아주 느릿느릿하게 말했다. "이런 증상이, 일상에, 영향을 주나요?"

유도라의 어깨가 빳빳하게 굳었다. "성가시기는 하지만 크게 영향을 준다고는 할 수 없죠."

"스트레스나 화가 많거나 혹은 카페인을 많이 섭취하면 그러기도 합니다." 그는 일어서며 닥터 자비스에게 말했다. "지역 보건의한테 연락해서 모니터하라고 전해."

"지금 떨리는 건 영락없이 그쪽한테 화가 나서 그런 거요." 유도라가 중얼거렸다.

"실례합니다만, 뭐라고 하셨죠?"

"잘 아시네요, 선생님이 실례하셨다는 거." 유도라가 눈을 흘기며 말했다. 시몬스는 당황한 것처럼 보였다. "뭐 좀 여쭤봐도 될까요?"

"그러시죠." 그는 팔짱을 끼고 대답했다.

"어머니께서 선생님을 자랑스러워하시나요?"

"뭐라고요?"

"선생님 어머니요. 아들이 이러고 다니는데 과연 자랑스러워하실까 싶어서요. 물론 아주 훌륭한 일을 하고 계시죠. 그런데 사람이 너무 양식이 없어." 시몬스가 뭔가 항변하려고 입을 벌렸지만 유도라가 손을 들어 가로막았다. "나는 여든다섯 살이란 말이에요. 당신 같은 못돼먹은 사람들이랑 얘기할 시간이 없다고요. 다른 직업을 찾아보는 건 어때요? 사람들을 돌봐주는 일은 영 적성에 안 맞는 것 같은데. 아주 무례하고, 품위도 없고, 친절하지도 않죠. 당신은 이 여자 선생님과 나한테 사과해야 해요."

시몬스는 한동안 유도라를 바라보더니 입을 꾹 다물고 말없이 방을 나가버렸다.

젊은 의사와 늙은 여인이 서로를 바라보았다. 그들 사이에서 서로를 인정해주는 눈빛이 오갔다. 나이를 불문하고 서로를 응원하며 연대한 두 여성. 유도라는 자신의 목소리를 찾은 느낌이었고, 또 놀랍게도 자신에게도 할 말이 있다는 것을 발견한 것 같았다. "나 때문에 선생님이 곤란해지지 않으셔야 할 텐데요."

"전혀요, 미스 허니셋." 의사가 고개를 저으며 말했다. "방금 일은 제가 사과드릴게요. 시몬스 선생님은……."

"그런 소리를 들어 마땅한 비열한 인간이지요." 유도라는 의자에서 일어나며 말한 뒤 젊은 의사를 가만히 바라보았다. "선생님이 미안해할 건 하나도 없어요. 나는 무례한 인간은 못 참아요. 선생님도 참지 마세요. 선생님은 친절하고 훌륭한 의사예요. 더 나은 대우를 받을 자격이 있다고요."

"감사합니다." 닥터 자비스가 말했다. "가끔 일을 잘못 골랐나 하는 생각이 들 때가 있어요."

"그런 생각 하지도 마요. 좀 더 강하고 용감해져야 해요.

능력이 아주 출중하시잖아요. 무엇보다 선생님이 안 계시면 다음번에 누구한테 진료를 받으라고? 선생님은 아주 중요한 역할을 맡으신 거라고요."

젊은 의사가 유도라의 얼굴을 유심히 바라보았다. "우리둘 다 그런 거 같은데요."

유도라는 잠시 마음이 풀어졌지만 금방 냉정을 되찾았다. "그럼 다 된 건가요?"

"네. 지역 보건의한테 서류를 보낼게요. 만약 손떨림이심해지면 꼭 연락 주셔야 해요." 의사가 손을 내밀었다. "만나서 반가웠어요, 미스 허니셋."

"나도 반가웠어요, 닥터 자비스."

◦ ◦ ◦

다시 대기실로 나오는데 닥터 자비스와 나눈 대화가 계속 머릿속을 맴돌았다. 나이가 들수록 쓸모없는 존재로 느껴지는 건 사실이다. 인생은 긴 복도이고, 거기에는 과거와 현재로 통하는 수많은 문들이 늘어서 있다. 젊었을 때 그녀는 이 문들을 열고 얼마든지 들어갈 수 있었다. 일하러 가기 위해, 친구를 만나기 위해, 바다로 여행을 가기 위해. 모든 게 가능했다. 그러나 지금, 대부분의 문에는 '출입 금지' 팻말이 걸려 있다. 이제 할 수 있는 거라고는 병원 진료를 받고, 매일 십자말풀이를 하고, 먹기 쉬운 음식을 준비하는 것뿐이다. 세상이 끝난 건 아니지만 그래도 쪼그라들긴 했다. 쓸모없는 존재가 된 것이다.

대기실에 도착한 유도라는 스탠리가 자신을 기다리고 있는 걸 보고 놀라지 않았다. 오히려 즐거워졌다.

"집에 태워다드리면 좋아하실 것 같아서요." 스탠리가 말했다.

"고마워요. 아주 친절하시네요."

"그래서 뭐라고 하던가요? 다 괜찮답니까?"

유도라는 손떨림이나 못돼먹은 의사 얘기는 하지 않기로 마음먹었다. 아직 자신의 머릿속에서도 정리가 안 되었으니까. "다 좋대요. 그러는 그쪽은요?"

스탠리는 어깨를 으쓱해 보였다. "좀 더 보고 싶어 하는 눈치인데, 나이 먹은 사람한테는 으레 그러잖아요. 안 그래요?"

"꽉 쥐고 안 놔주죠." 유도라가 맞장구를 쳤다.

스탠리가 웃었다. "맞습니다. 그래도 다 좋은 뜻으로 그러는 거니까."

"그건 그래요."

차에 도착하자 스탠리는 유도라를 위해 조수석 문을 열어주었다. 유도라는 버스를 타지 않아도 된다는 사실에 안도하며 차에 올랐다.

"있잖아요, 어디 나갈 일 있으면 말해요. 언제든지 태워드릴 수 있으니까." 그가 운전석에 올라 시동을 걸며 말했다. 에어컨에서 반가울 만큼 시원한 바람이 나오기 시작했다.

"고마워요. 근데 전 대중교통도 편해요."

"거짓말할 때 엄청 티 나는 거 알죠? 괜히 하는 말 아니에요. 전 하나도 안 귀찮아요. 저도 집 밖으로 나오고 좋죠 뭐. 이따 도착하면 전화번호 적어드릴게요."

"고마워요." 절대 전화할 일은 없겠지만 그래도 그의 제안이 고마웠다.

스탠리는 라디오를 켰다. 엘비스 프레슬리의 〈하운드〉라는 곡이 스피커에서 크게 흘러나왔다. 유도라는 깜짝 놀랐지만, 스탠리는 소리를 줄이기는커녕 뭔가에 씐 사람처럼 노래를 따라 부르고 위아래로 엉덩이를 들썩거렸다. 그가 유도라를 보며 말했다. "로큰롤의 제왕을 별로 안 좋아하시나 봐요?"

"저보다 좀 아래 세대 가수라서요."

"그렇군요. 그래도 춤은 추러 다니셨죠?"

"물론이죠." 유도라의 눈이 추억에 젖어 반짝였다. "토요일 밤이면 항상……."

"아주 멋진 시절이었죠."

"너무 오래 전 얘기네요."

"뭐 젊다고 생각하면 젊은 거라잖아요."

"그렇다면 나는 이백 살은 된 것 같은데요."

"아이고, 미스 허니셋, 그러면 안 되죠. 제가 제안을 하나 해야겠네요."

"아, 네." 유도라는 버스를 탔어야 했다고 후회하며 대답했다.

"주말에 아들 폴이 쉰 살 생일을 맞거든요. 그래서 그런데 저랑 같이 가주실 수 있을까요? 저쪽 모퉁이에 있는 댄스홀에서 할 거랍니다. 혼자 가기가 좀 뭣해서요. 어때요, 재미있을 것 같지 않아요?"

유도라는 흘낏 그를 보았다. 당연히 가기 싫었지만 차마 거절할 수가 없었다. 딱 하루 하고 싶은 대로 해준다고 해서 뭐 큰일이라도 나겠어? 죽기로 한 마당에 좋은 일 하는 셈 치지 뭐.

"아무렴, 좋고말고요." 유도라는 대답했다. "그렇지만 늦어도 밤 열 시에는 돌아와야 해요."

스탠리는 쓰지도 않은 모자를 벗는 시늉을 했다. "분부대로 모시겠습니다, 신데렐라 아가씨."

❖ ❖ ❖

1952년, 런던 남동부, 시드니 애비뉴

말다툼의 원인은 단추 하나 때문이었다. 갓 까놓은 마로니에 열매처럼 반짝거리는 갈색 단추. 그 블레이저에는 단추가 세 개 달려 있었다. 스텔라는 새 교복을 입는다는 기대감에 부풀어 중학교 입학 첫날까지 그 옷을 아껴두었다.

"아주 근사해." 한 발 물러서서 유도라가 말했다. "모험 준비 완료." 뒤쪽에서 엄마가 아무런 감흥도 없이 자신들을 바라보고 있었다. "엄마, 우리 스텔라 근사하죠?" 중재자답게 유도라는 엄마의 반응을 끌어내보려 했다.

베아트리스가 가까이 다가왔다. "칼라에 보풀이 있잖니." 그러더니 손톱으로 보풀을 긁어냈다. "이제 됐다."

스텔라는 언니를 흘끗 보았고, 유도라는 응원의 끄덕임을 해주었다. "그럼 이따 봐." 스텔라는 인사를 한 뒤 네모난 책가방을 집어 들고 현관으로 향했다.

"잘 다녀와, 내 동생." 유도라가 소리쳤다. 스텔라는 씩씩하게 웃고는 길 너머로 사라졌다. "오늘 잘 지내야 할 텐데."

"잘 지내겠지." 베아트리스가 무심하게 대꾸했다. "그러다 너 출근 늦겠다."

유도라는 학교를 졸업한 후 런던에 있는 은행에서 비서로 일하고 있었다. 일도 할 만했지만, 그보다는 매일 시내로 출근하는 것 자체가 좋았다. 마치 자신이 중요하고 필요한 사람처럼 느껴졌다. 유도라는 아빠와 약속한 대로 가족을 책임지고 있었다. 매일 아빠를 그리워했고, 종종 아빠가 있었으면 좋겠다고 생각했다. 그러면 엄마와 동생의 폭풍

같은 감정싸움에서 잠시나마 해방될 수 있었을 텐데. 아빠와 서로 눈빛을 교환하고, 웃음으로써 분위기를 누그러뜨리는 모습을 그녀는 상상하곤 했다.

스텔라의 까다로운 기질은 크면서 조금씩 수그러들었다. 유도라는 엄마가 동생에게 조금 부드럽게 대해주기를 바랐다. 하지만 불행하게도 아빠가 죽은 날 뿌려진 음울한 분노의 씨앗은 깊이 뿌리를 내리고 점점 더 단단하게 자라났다. 터무니없는 얘기지만, 베아트리스는 남편의 죽음이 스텔라 탓이라고 믿는 것 같았다. 남편이 살아 있을 때 그녀의 삶은 안정적이었다. 앨버트, 베아트리스, 유도라 세 사람은 조화로운 하나의 팀처럼 행복했다. 그러다 전쟁이 터졌고 앨버트가 전장으로 내몰렸을 때, 스텔라가 날카로운 비명을 내지르며 극적으로 세상에 발을 내디뎠다. 그것은 스텔라 본인에게도 안타까운 일이었는데, 베아트리스의 마음에서 스텔라의 이름이 비극과 동의어가 되었기 때문이다. 또한 때때로 잔인하기도 하고 까다로운 천성 때문에 사람들은 스텔라를 사랑하기보다는 견뎌야 하는 존재로 받아들였다.

유도라는 엄마가 동생에게 부정적인 태도를 보이는 것에 대해 자신이 대신 보상해야 할 책임이 있다고 생각했다. 그것은 부담스럽고, 생색도 안 나는 일이었다.

그런 그녀에게 일터는 고마운 도피처였다. 동료들은 친

절했고, 나이가 있는 선배 몇 명은 유도라를 살뜰히 챙겨주었다. 상사인 웰스 씨는 신사적인 사람으로, 다정하게 이름을 불러줄 때면 죽은 아빠가 떠오르기도 했다.

엄마는 유도라와 스텔라가 다녔던 초등학교에서 계속 일을 하여 사무실 책임자가 되었다. 작년에는 해리슨이라는 남자 선생님이 엄마한테 극장에 가자고 데이트 신청을 하기도 했다. 그러나 베아트리스는 그 일을 굉장히 불쾌해했고, 유도라는 엄마의 그런 반응을 '수치심'이라는 감정으로 해석했다. 엄마가 아빠를 그리워하는 것은 이해할 수 있었지만, 왜 그것이 남은 인생을 남자 없이 살아야 하는 것을 의미하는지는 이해할 수 없었다. 유도라는 아빠라면 분명히 엄마가 행복한 삶을 살기를 바랄 것이라고 확신했지만, 엄마는 슬픔의 무게에서 빠져나오지 못할 것 같았다.

그날 저녁, 유도라는 현관으로 들어서면서 스텔라가 학교 첫날을 어떻게 보냈는지 들을 생각에 들떠 있었다.

"나 왔어요! 엄마? 스텔라?" 정적에 이어 주방에서 흐느끼는 소리가 들려왔다. "엄마?" 엄마의 비통한 얼굴과 그 옆에 놓인 깎다 만 당근과 감자를 보자마자 유도라는 뭔가 나쁜 일이 일어났음을 직감했다.

"저 애는 악마야!" 베아트리스가 말했다.

"무슨 일 있었어요?" 유도라는 초조한 마음을 감추며 물었다.

"날 때렸어! 제 엄마를 때렸다고!" 베아트리스는 유도라를 향해 몸을 기울였고, 유도라가 안아주자마자 아이처럼 울기 시작했다.

"무슨 일인데요?" 유도라는 엄마의 머리칼을 쓰다듬으며 조용히 물었다.

"저 애가 학교에서 왔는데 옷에 단추 하나가 없는 거야. 그래서 무슨 일이 있었느냐고 물었지. 그랬더니 그냥 어깨만 으쓱하고 사람 말을 무시하더라고. 그걸 보니까 너무 화가 나서, 당장 앉아서 단추를 달라고 했어. 근데 글쎄 싫다는 거야. 믿어지니? 그래서 내가 시키는 대로 빨리 하라고 소리를 질렀더니, 도리어 나한테 지옥에나 가라고 악을 쓰는 게 아니겠니? 내가 그랬다면 우리 엄마는 나를 창고에 가뒀을 텐데." 유도라는 한숨을 쉬었다. "근데 애가 주방에서 나가려고 하잖아. 그래서 팔을 잡았는데, 글쎄 내 뺨을 때리더라고. 여기 봐." 베아트리스는 분노의 흔적이 새겨진 붉은 뺨을 내밀었다.

"오, 세상에." 피곤함이 몰려와 숨이 막힐 것 같았다.

"저 애를 도대체 어째야 하니? 애가 통제가 안 돼. 네 아빠가 있었다면 이런 일은 절대 없었을 텐데."

"제가 얘기해볼게요."

"오, 그래 줄래? 고맙다. 넌 이렇게 착한데. 너 없으면 난 어떡하니? 스텔라는 네 말만 듣잖아. 쟤는 나를 싫어하는 게 분명해! 내가 왜 이런 취급을 당해야 하는지 정말 모르 겠어."

유도라는 계단을 올라가 스텔라의 방 앞에서 조심스럽게 노크를 했다. "가!" 작지만 분노에 찬 목소리가 들려왔다.

"스텔라, 나야. 들어가도 될까?" 그러자 안에서 부스럭거 리는 소리가 들리더니 문이 살짝 열렸다. 유도라는 이것을 허락의 의미로 받아들이고 안으로 들어갔다. 스텔라는 여 전히 교복 차림으로 침대에 앉아 잡아먹을 듯이 어딘가를 노려보고 있었다. 유도라는 그 옆에 가까이 앉았다.

"그 여자한테 들었나 보네." 잠시 침묵이 흐른 뒤 스텔라 가 말했다.

"응, 그 여자가 엄마를 말하는 거라면." 유도라는 동생을 흘끗 보았다. 베아트리스가 눈물로써 반응했다면, 스텔라 의 반응은 오직 분노뿐이었다. "엄마를 때린 건 네가 잘못 한 거야. 너도 알지?" 스텔라가 어깨를 으쓱했다. "스텔라." 유도라가 힘주어 말했다. "누구든 때리는 건 안 돼."

"그 여자가 내 팔을 정말 세게 잡았다고!"

유도라는 침을 꿀꺽 삼켰다. 유도라도 엄마가 가끔 지나 치게 고압적으로 행동한다는 것을 알고 있었다. "그래도 뺨을 때린 건 너무 심했어."

"왜 언니는 늘 그 여자 편만 들어? 그 여자가 날 싫어하 는 걸 뻔히 알면서. 난 억울하다고."

동생 말이 옳다. 하지만 밤마다 이렇게 엄마와 동생 사이에서 심판을 보는 것도 유도라에게는 억울한 일이었다.

"엄마는 널 싫어하지 않아."

"싫어한대도." 스텔라가 팔짱을 꼈다. "뭐 상관없어, 나도 싫으니까. 아주 미친년이야."

"그런 말 하지 마, 스텔라. 아주 무례한 말이야. 그래도 엄마잖아."

"그래서 어쩌라고?" 스텔라가 일어서서 문을 벌컥 열었다. 그러고는 난간 아래를 향해 소리쳤다. "당신은 미친년이야. 내 말 들려? 엄마 좋아하시네. 미-친-년이라고, 미친년!"

"유도라!" 주방 문간에서 엄마가 외치는 소리가 들렸다. "애가 저러는데 넌 왜 가만히 있어?"

유도라의 어깨가 축 내려앉았다. 그녀는 그대로 침대에 누워버렸다. 자신이 아무리 노력해도 엄마와 동생을 동시에 행복하게 만들 수 없다는 자각이 슬며시 밀려왔지만 그 생각을 애써 털어버리려고 노력했다. 고개를 들자 협탁에 놓인 액자가 눈에 들어왔다. 그 안에서 군복을 입은 아빠가 격려의 미소를 보내고 있었다. 유도라는 한숨을 쉬고 겨우 일어섰다. 엄마와 동생을 마주할 준비가 되었다. 이제 끝날 것 같지 않은 그들의 격렬한 전투에 뛰어들어 평화를 위해 중재에 나서야 할 때였다.

7장

오래된 마호가니 옷장 문을 열자 좀약 냄새와 라벤더 향이 한꺼번에 끼쳐왔다. 유도라는 얼마 안 되는 옷을 샅샅이 뒤져보고 난 뒤 체념한 듯 한숨을 내쉬었다. 파티에 초대받은 건 정말 오래간만이었고, 따라서 누군가의 쉰 살 생일 파티에 입고 갈 만한 옷이 없는 것은 어쩌면 당연한 일이었다. 행거에는 장례식용 정장과 함께 회색, 갈색, 푸른색 옷들이 걸려 있었는데 그마저도 모두 어두운 톤이었다.

"언제부터 이렇게 칙칙해진 걸까?" 유도라는 침대 위에서 똬리를 틀고 있는 몽고메리에게 물었다. 그러고서 머리를 긁어주려는데, 몽고메리는 기지개를 켜며 하품을 하더니 날카로운 이빨을 드러냈다. 그녀의 행동이 반갑지 않다는 뜻이다. "뭐 네가 무슨 도움이 되겠니." 그렇게 말하고서 유도라는 하릴없이 옷장으로 몸을 돌렸다.

유도라는 자신의 외모에 자부심이 있었지만 옷에 관해서는 늘 소심했다. 그런데 이제 와서 그것을 후회하는 걸까? 내가 왜 이렇게 신경을 쓰고 있지? 그래 봤자 모르는 사람의 생일 파티일 뿐인데. 게다가 스탠리를 잘 아는 것도 아니다. 그래서 더 신경이 쓰이는 건가? 아니다! 유도라는 스탠리 마첨이 무슨 생각을 하든 조금도 개의치 않는다.

그렇지만 자신을 위해서 좀 노력하고 싶은 건 사실이었다. 젊은 시절, 토요일 밤에 외출할 때면 늘 외모에 신경을 썼다. 한껏 멋을 부렸을 때의 그 흥분과 기쁨을 지금도 기억하고 있었다. 새로 만 머리에 너무 진하지 않게 화장을 하고 아름다운 드레스를 입고 도망치듯 춤을 추러 나가곤 했다. 그런 삶이 있었나 싶을 정도로 아주 오래 전에.

유도라는 커다란 호박과 요정 할머니가 있기를 바라며 암담한 마음으로 다시 옷장 속을 들여다보았다. 그러고서 정원 손질을 할 때 입는 감청색 치마와 오래 우린 차 색깔이 나는 블라우스를 꺼냈다. 두 옷을 가만히 살펴보고는 이거면 됐다고 타협하기로 했다. 여기에 브로치를 달면 좀 달라지지 않을까? 아니면 엄마가 물려주신 진주 목걸이를 할까? 잘 빠진 정장 구두를 신어야 할까, 아니면 밑창에 쿠션을 댄 편하고 평범한 슬립온을 신어야 할까.

골몰해 있던 유도라는 정적을 깨는 소리에 화들짝 놀랐

다. 누군가가 필요 이상으로 길게 초인종을 눌러대고 있었다. "초인종을 좀 놔주렴, 로즈." 유도라가 난간 아래로 소리쳤다.

겨우 현관에 도착해 문을 열자 로즈가 물었다. "저인 줄 어떻게 아셨어요?"

"너 말고 누가 있겠니."

"제가 좀 믿을 만하죠. 엄마가 그러는데 저만큼 충성을 다하는 좋은 친구는 없대요."

"그런 말은 개를 표현할 때나 쓰는 건데."

로즈가 킥킥 웃었다. "그거 좋은데요."

"그래서 용건이 뭐냐? 수영 얘기라면 나는 오늘 못 간다."

"알아요. 오늘 아침에 수영 다녀오셨잖아요. 갔다 오는 거 봤어요." 로즈가 KGB 수준으로 자신을 감시하고 있다는 사실에 감동해야 할지 무서워해야 할지 헷갈렸다. "이거 드리려고요. 사과의 의미로요." 로즈는 빨강 하양 물방울무늬가 그려진 틴 케이스를 내밀었다. "레몬 드리즐 케이크예요. 엄마랑 같이 만들었어요. 엄마가 이거만 드리고 바로 집에 오라고 하셨어요."

유도라는 틴 케이스를 받아 들었다. "오, 고맙다, 로즈." 꼬마 숙녀가 유도라를 희망에 찬 눈으로 바라보았다. "넌 곧장 집으로 가는 일 같은 건 잘 못하지, 그렇지?"

"못하죠." 로즈가 대답했다. "제가 케이크를 같이 먹어주면 할머니가 혼자 드시면서 너무 돼지 같다는 생각을 안 하시게 되지 않을까요?"

"어찌나 남을 생각해주시는지."

"칭찬 감사합니다." 로즈가 자랑스럽다는 듯 고개를 까딱했다.

유도라는 로즈가 갈 생각이 없다는 사실과 그리고 무례하게 굴지 않는 이상 이 아이를 내쫓을 수 없다는 사실을 잘 알았다. "잠깐 들어와서 케이크 한 조각 먹고 갈래, 로즈?"

로즈의 얼굴이 환희로 빛났다. "좋아요! 고맙습니다, 유도라 할머니. 제가 스쿼시 만들어드릴까요? 할머니가 부르시는 대로 코디얼이라고 해도 되고요."

지난번에 마신 이가 시리도록 달았던 음료를 떠올리며 유도라는 고개를 저었다. "아니, 됐다. 나는 차를 마실 거야. 넌 코디얼이 먹고 싶으면 먹어도 돼."

"네, 알았어요." 로즈는 주방으로 따라오며 대답했다. 유도라는 유리컵과 코디얼 병을 꺼내준 후 차를 끓였다. 로즈는 코디얼을 족히 반 컵을 붓고는 그 위에 마치 장식하듯 물을 아주 조금 따랐다.

"너 그러다 이 다 썩는다." 유도라가 경고하듯 말했다.

"엄마랑 똑같은 말을 하시네요. 그렇지만 저는 양치질을 엄청 잘하거든요. 그러니까 괜찮아요." 로즈는 주변을 돌아보았다. "주방이 썰렁하네요. 냉장고에 자석도 없고 찬장에 그림이 하나도 없어요. 우린 많은데."

"그렇지."

"제가 그림 좀 그려드릴게요."

"안 그래도 되는데."

"괜찮아요. 그림 그리는 거 좋아하거든요." 유도라는 병원 복도에 걸려 있던 그림들을 떠올렸다. 언쟁을 해봐야 소용없을 것이다. 그리고 그림이 있으면 분위기가 좀 밝아질는지도 모른다. 허전한 옷장과 텅 빈 벽들. 삶이 점점 색채를 잃어가는 느낌이었다. "저 왔을 때 위층에서 낮잠 자고 계셨어요? 우리 할머니는 오후에 낮잠을 자거든요."

"아니. 사실은 말이다, 옷을 좀 고르고 있었어."

"오오, 제가 도와드리면 안 돼요? 제가 패션을 좀 알거든요."

유도라는 로즈가 입고 있는 옷을 흘끗 보았다. 분홍색 카고 반바지에, '더 유니콘처럼'이란 문장이 새겨진 보라색 티셔츠, 그리고 머리에 두른 금색 스카프까지. 어쩌면 유도라는 패션에 대한 이런 모욕에 익숙해졌거나 너무 더워서 거부할 기운이 없었던 것일지도 모른다. "아무렴, 좋고말고." 결국 이렇게 대답하고 말았다.

"근데 항상 그렇게 말씀하시네요?"

"무슨 말?"

"'아무렴, 좋고말고'요. 사실은 싫은데 예의상 그냥 할 때 그렇게 말씀하시잖아요."

"아무렴, 좋고말고." 유도라는 그 말을 반복해보았다.

"유도라 할머니 재밌어요." 로즈는 계단을 뛰어올라가며 말했다.

유도라가 침실 앞에 도착했을 때, 로즈는 팔짱을 낀 채 서 있었다. 모든 옷을 다 살펴보고 이미 퇴짜를 놓은 후였다. "옷이 죄다 갈색이나 회색인데요? 뭔가 더 화려한 색이 필요해요." 예상한 바였다. "그리고 궁금한 게 있는데요, 저 위에 저거 뭐예요?" 로즈는 '유도라의 보물'이라고 적힌 커다란 상자를 가리켰다.

"아무것도 아니다." 유도라는 옷장 문을 닫으려고 했다.

"서 홉에도 참견 닷 홉에도 참견이란 거죠?" 로즈가 자랑스러운 듯 말했다.

유도라는 입술을 삐죽거렸다. "자, 그럼 내 옷장에 대해 비평이나 해보렴."

로즈가 얼굴을 찌푸렸다. "그 말은 제가 할머니의 스타일 구루가 되길 원한다는 거예요?"

"나는 '스타일리스트'라는 말이 더 좋은데."

"아무렴, 좋고말고요." 로즈는 짐짓 진지한 표정으로 유도라의 말을 흉내 냈다. "제안을 받아들일게요. 그럼 쇼핑은 언제 해요?"

유도라는 이 어처구니없는 전개를 일찌감치 끊어버려야

겠다고 생각했다. "정말 그래야 하니, 로즈?"

"당연하죠. 할머니는 변신이 필요하고 그 일을 맡은 사람은 저잖아요." 로즈는 화장실이 급한 아이처럼 발을 동동 굴렀다.

"밤에 잠깐 입을 건데 꼭 그래야 하는지 모르겠구나."

로즈는 완전히 신이 났다. "밤이라니요! 혹시 파티예요?"

유도라는 고개를 끄덕였다. "스탠리 할아버지 아들이 쉰 살이 된다는구나."

로즈는 한껏 격앙되었다. "그러면 옷을 새로 사야죠! 나이가 들수록 자신을 놓지 않으려고 노력하는 게 중요하다고요!"

유도라는 웃겨서 입술을 씰룩거렸다. "그러냐?"

"그럼요." 로즈는 근엄하게 고개를 주억거렸다.

"뭐 그렇다면 노력을 한번 해봐야겠구나." 유도라는 이렇게 장단을 맞춰주고 있는 자신을 보며 깜짝 놀랐다.

"좋았어! 잠깐만요, 엄마한테 물어보고 올게요." 로즈는 깡충깡충 뛰어 계단 아래로 사라졌다.

유도라는 무슨 일이 일어난 건지 어리둥절했다. 그녀는 지금까지 살아오면서 이렇게 자연스러운 힘을 느껴본 적이 없었다. 삶의 환희로 가득 찬 수류탄 같은 이 어린 소녀는 도대체 왜 자신을 친구로 고른 걸까. 유도라는 로즈와 모든 것이 반대였다. 늙었고, 환멸에 가득 찼고, 감정을 숨길 줄 안다. 그런데도 이 아이가 주변에 있는 것이 그리 불쾌하지만은 않았다. 짜증이 날 만큼 집요하지만 한없이 친절한 아이. 로즈가 자신을 선택한 것은 할머니에 대한 그리움 때문이 아닐까. 유도라는 그렇게 생각했다. 학교에 들어가 또래 친구들을 만나면 로즈의 열정도 사그라질 것이다. 그때까지 죽음에 관한 문제로부터 잠시 떨어져 있는 것도 나쁘진 않겠지. 뭐 옷을 새로 사는 것도 좋은 일이고. 그 옷을 입고 관에 들어가면 될 일이다. 그러자 아이디어가 하나 떠올랐다.

유도라는 아래층으로 내려갔다. 차는 이미 식어 있었다. 차를 다시 끓여야겠다고 생각했을 때 거실에서 전화벨이 울렸다. 그리고 그 목소리를 듣는 순간 유도라는 심장이 고동치기 시작했다.

"안녕하세요, 미스 허니셋. 저는 클리닉 레벤스발의 닥터 그레타 리버만입니다."

맥박이 빨라졌다. "전화 주셔서 감사합니다."

"저도 통화하게 되어 기쁘군요. 페트라를 통해 신청서를 받았습니다. 그래서 직접 전화를 드리고 싶었어요. 모든 과정은 제가 맡아서 진행하게 될 거고, 최종적인 결정도 제가 하게 될 겁니다."

"그렇군요."

"신청서와 관련해서 얘기하고 싶은데, 시간 괜찮으세요?"

금방이라도 로즈가 뛰어 들어올 것만 같아서 문을 흘끗 보았다. 그러고서 유도라는 최대한 협조적인 목소리로 대답했다. "네. 괜찮아요."

"좋습니다. 일단은 제 소개부터 정식으로 드리지요. 저는 그레타 리버만입니다. 그냥 그레타라고 부르시면 돼요. 저도 유도라라고 불러도 될까요?"

"아무렴, 좋고말고요." 유도라가 대답했다.

"신청서에 적어주신 병력이 최신 정보인가요?"

"네, 맞아요."

"결정에 대해서 더 생각하고 싶진 않으시고요?"

"생각을 바꿨냐고 물으시는 건가요?" 유도라는 발끈했다.

"그런 분들이 종종 계시거든요."

"음, 저는 아니에요."

"좋아요. 이 결정에 대해 주변 사람과 대화해본 적이 있나요?"

"세상에, 당연히 없죠. 왜 그런 짓을 하겠어요?"

"이건 정말로 죽느냐 사느냐 하는 문제니까요. 이에 대해 얘기하는 건 중요합니다."

"그런 얘길 하려고 전화하신 건가요?"

"이 결정이 내포하고 있는 모든 의미를 다 이해하고 계신지 확실히 하고 싶었어요."

유도라는 신경질적으로 한숨을 내쉬었다. "이 얘기는 이미 페트라하고 다 했어요. 나는 여든다섯 살이고, 이제 삶이라면 지긋지긋해요. 몸은 점점 안 좋아지고 있고, 그래서 더 나빠지기 전에 내가 어떻게 죽을지 선택권을 갖고 싶은 거예요. 우울하지도 않고, 불행하지도 않아요. 그냥 너무 늦기 전에 나한테 일어날 일에 대해 얘기하고 싶어요."

"이해합니다, 진심으로. 하지만 유도라 또한 이 질문들을 해야만 하는 제 입장을 이해해주셔야 해요. 결정을 어느 쪽으로 내리든, 마음이 확실한지 아닌지 확인해야 하거든요."

유도라는 길게 한숨을 내뱉었다. "이해하고말고요. 미안해요. 이런 결정을 쉽게 내릴 수는 없겠지요."

"목소리만 들어도 결심이 얼마나 굳은지 느껴져요. 신청서는 꼼꼼하게 검토하겠습니다. 약속드릴게요. 말씀하신 대로, 삶에서와 마찬가지로 죽음에 대해서도 선택권을 가지는 것이 저도 중요하다고 생각해요. 신청서를 통과시킬지는 장담할 수 없지만, 동료들과 회의도 하고, 말씀하신 모든 면을 철저히 살펴본 후 다시 연락드리겠습니다. 최종 결정을 내리기 전에요."

"감사합니다." 의사의 말을 듣자 뜻밖의 희망이 생겼다. 드디어 자신의 말을 들어주는 사람이 생긴 것이다. 마침내 누군가가 자신을 이해해주고 있다.

현관에서 뭔가 부스럭거리는 소리가 났다. "걱정하지 마세요. 빈집털이범 아니에요. 저예요, 로즈." 로즈가 소리쳤다. "제가 살던 콘월에서처럼 문을 안 잠그고 닫기만 했는데요, 그러고 나니까 약간 걱정이 돼서요. 런던에서는 별의별 일들이 다 일어나잖아요. 뉴스에서 봤어요."

유도라는 몸이 굳었다. 로즈를 옆에 두고 닥터 리버만과 이런 이야기를 하고 싶지는 않았다. "미안해요, 선생님. 저는 이만 끊어야겠어요. 손님이 와서요."

"네. 저도 들었어요. 그런데 가족이 없다고 하셨으니 손녀는 아닐 테고……."

"당연히 아니죠. 로즈는, 그러니까 로즈는……." 유도라는 적당한 말을 찾지 못해 머뭇거렸다.

"스타일리스트예요!" 로즈가 유도라를 향해 엄지를 세우며 외쳤다.

"……이웃집에 사는 꼬마예요." 그제야 유도라는 문장을 완성했다.

"그렇군요." 의사의 목소리에 재밌어하는 기색이 역력했다. "그럼 이만 끊어야겠네요. 마지막으로 하나만 더 얘기해도 될까요?"

"아무렴, 좋고말고요." 이 대답에 로즈가 뭔지 알겠다는 듯이 고개를 끄덕였고, 유도라는 그걸 보며 어이없어 하는 표정을 지었다.

"죽음에 대한 결정을 내리는 동안만이라도, 삶을 선택해주시겠어요? 할 수 있는 한 최선을 다해 사는 것이 중요하니까요."

유도라는 코를 킁킁거렸다. "생각은 해보지요."

"좋아요. 그럼 다음에 또 얘기해요. 안녕히 계세요, 유도라."

"뭔가 분위기가 딱딱하네요." 전화를 끊자 로즈가 눈을 동그랗게 뜨고 말했다.

"사적인 일이다. 자, 이제 케이크를 같이 먹어볼까?" 유도라는 분위기를 바꾸려고 짐짓 과장되게 말했다.

로즈는 코 옆을 톡톡 치며 윙크를 했다. "사적인 일이라. 알겠어요. 네, 좋아요, 케이크 먹어야죠. 그리고 엄마가요, 유도라 할머니가 될 때 언제든 쇼핑하러 갈 수 있대요. 우리가 소원을 이뤄드릴게요!" 로즈는 희망에 찬 눈빛으로 유도라를 바라보았다. "원하신다면 '아무렴, 좋고말고'라고 말하셔도 돼요."

삶을 선택하라는 의사의 말이 유도라의 마음속에서 주문처럼 되풀이되었다. "고맙다, 로즈. 아주 재밌을 것 같구나."

"예이! 그럼 우리 케이크 먹으면서 〈포인트리스(무의미한)〉나 볼까요? 퀴즈 쇼인데, 우리 할머니가 좋아하시거든요."

"퀴즈 쇼에 그런 이름이라니 그야말로 터무니없네."

"맞아요. 그렇지만 리처드 오스만을 보면 좋아하실걸요. 할머니들은 다 그 사람을 좋아해요."

"난 혹평가인데."

"그 단어가 뭔지는 모르겠지만, 어쨌든 좋아요. 그럼 할머니가 차를 준비하시는 동안 제가 케이크를 자를까요?"

"그러면 되겠구나. 고맙다." 유도라가 주방으로 향하며 말했다.

로즈는 케이크를 큼지막하게 잘라낸 뒤 유도라를 보며 말했다. "할머니는 유도라라는 이름이 좋아요?"

"그 점에 있어서는 내가 선택할 수 있는 게 없었단다."

"이름이 길어서 싫으면 그냥 '도라'라고 줄일 수도 있잖아요." 이 말을 듣자 과거의 어떤 감정이 소용돌이쳐 올라와 유도라는 멍해지고 말았다. "도라라고 불러도 돼요? 〈도라 디 익스플로러〉*에 나오는 것처럼요."

"안 그랬으면 좋겠구나." 유도라는 떨리는 목소리로, 그러나 단호하게 대답했다.

"왜요? 그렇게 부르면 더 친근할 것 같은데."

유도라는 자신도 놀랄 만큼 순식간에 분노가 차오르는 것을 느꼈다. "그렇게 부르지 말았으면 좋겠구나, 로즈. 그 얘기는 그만하자. 나는 도라라고 불리는 게 싫어. 내 이름은 유도라니까!" 화를 내는 것이 이성적이지 않다는 건 알

---

* 아동용 교육 애니메이션으로 국내에서는 〈도라도라 영어나라〉라는 이름으로 방영되었다.

지만 어쩔 도리가 없었다. 아빠의 다정한 얼굴이 떠올랐다.

우리 사랑스러운 도라! 아빠는 그렇게 부르곤 했다. 내 작은 복숭아!

"미안해요." 로즈가 작은 목소리로 사과했다. "할머니를 슬프게 만들어서." 유도라는 로즈의 통찰력에 놀랐다. "얘기하고 싶으면 얘기해도 돼요."

"아니다. 하지만 고맙구나."

"그럼 사건을 종결하겠습니다, 판사님." 로즈가 고개를 끄덕이며 말했다.

이 아이는 놀랍다. 유도라는 그렇게 생각할 수밖에 없었다.

"그럼 우리 〈포인트리스〉나 봐요." 로즈는 케이크가 담긴 접시 두 개와 음료가 담긴 컵을 아슬아슬하게 들고 거실로 갔다.

유도라는 로즈 옆에 나란히 앉아 텔레비전을 보면서 자신도 모르게 레몬 드리즐 케이크와 리처드 오스만에게 빠져들었다. 누락된 글자를 맞히는 것도 재미있었고, 참가자가 존 스타인벡의 소설 제목을 '프랑스 포도'라고 말했을 때는 콧방귀를 뀌며 조소를 퍼붓기도 했다.

"아이고, 이 멍청한 사람아. 그건 《분노의 포도》라고."

"할머니는 참 많이 아시네요." 로즈가 감탄하며 말했다.

"그만큼 오래 살았으니까."

로즈는 케이크를 다 먹고 손등으로 입을 훔치며 물었다.

"죽는 게 무서워요?"

로즈의 직설적인 화법에 많이 익숙해지긴 했지만 이 질문에는 한 방 맞은 느낌이었다. 그러나 대답을 찾는 데는 시간이 그리 필요치 않았다. "아니. 너는?"

로즈는 잠시 생각에 잠겼다. "〈코코〉를 보기 전까지는 무서웠어요."

"그게 뭐냐?"

"죽은 자의 날에 대한 애니메이션 영화예요. 진짜로 멋진 파티가 열려요, 멕시코에서." 설명하는 로즈의 얼굴에서 빛이 났다. "그러니까 사람이 죽으면요, 예전에 먼저 죽었던 가족들을 만나서 함께 놀 수 있어요. 그리고 일 년에 한 번, 산 사람들이 죽은 사람 사진을 걸고 촛불을 밝히면 그들을 보러 갈 수 있어요."

"꽤 괜찮은 얘기 같구나."

"저도 그렇게 생각해요. 엄마가 올해는 할아버지를 추억하는 마음으로 보내자고 했어요. 엄마는 제가 너무 죽음에 집착한다고 생각하지만, 저는 무엇보다 두려워하지 않는 게 중요하다고 생각해요. 안 그래요?"

유도라는 가만히 로즈를 바라보았다. "그래, 그렇지."

"두렵지 않다니 다행이에요. 왜냐하면 죽음에 가까워질수록 더 무서워지기 쉽잖아요."

"자꾸 생각하게 해주니 고맙기도 하지."

"미안해요. 제가 말이 너무 많았죠? 저 갈까요?"

평소라면 이 말이 반가웠을 테지만 왠지 오늘은 서둘러 보내고 싶지 않았다. "좀 더 있으렴, 너만 좋다면 말이다."

"고맙습니다. 저는 할머니가 오래오래 사셔서 제 생일 파티에 오셨으면 좋겠어요."

유도라는 웃음이 나오는 것을 꿀꺽 삼켰다. "그래서 언제까지 더 살아야 하는 거냐?"

"10월 22일요."

"그때가 되면 학교 친구들을 초대하고 싶어질걸? 나처럼 고루한 사람이 아니라."

로즈가 씩씩거렸다. "할머니가 거기 있어야 해요. 스탠리 할아버지도요. 그리고 꼬드길 수만 있다면 몽고메리도요. 그때까지 살아 계신다고 약속해주실래요?"

"최선을 다해보마."

바로 그때, 커다란 노크 소리가 들려와 대화가 중단되었다. "로즈? 너 아직 거기 있니?"

로즈가 얼굴을 찡그렸다. "엄마예요. 가봐야겠어요. 케이크 나눠주시고 수다 떨어주셔서 고마워요. 정말 즐거웠어요."

"나도 즐거웠다."

로즈는 깡충깡충 뛰어가 현관문을 열었다. 매기가 딸을 나무란 후 거실로 들어왔다. "정말 죄송해요. 오래 있지 말라고 그렇게 일렀는데."

유도라는 손을 내저었다. "아니에요, 내가 더 있으라고 했어요. 그러니까 로즈한테 화내지 말아요."

"정말요?"

"정말이고말고요." 그때 매기에게 뭔가 지친 기색이 느껴졌다. "괜찮아요?"

매기는 하루가 다르게 커지는 배를 쓰다듬었다. "괜찮아요. 조금 피곤하긴 한데, 몸이 이러니 어쩔 수 없죠."

"그렇군요."

매기가 미소를 지었다. "자, 이제 가야지. 감사 인사는 드렸어?"

"그럼요." 그러면서 로즈는 눈을 굴려 유도라를 보았다. "근데 우리 쇼핑은 언제 해요?"

"오, 맞다." 매기가 대꾸했다. "변신을 위해 우리 도움이 필요하시다고요?"

"그렇다나 봐요."

매기가 미소를 지었다. "이번 주 토요일 어떠세요?"

"괜찮을 것 같아요. 파티가 저녁에 열리니까 하염없이 고르고 있을 일도 없을 테고."

"완벽한걸요? 그럼 열 시에 볼까요?"

"네. 고마워요. 아, 그리고 로즈?"

"네?" 로즈가 눈을 반짝이며 대답했다.

"'더 유니콘처럼'이 무슨 뜻이냐?" 유도라는 로즈의 티셔츠를 가리키며 물었다.

"아, 이거요? 음, 좀 더 반짝반짝 빛나고 황홀한 삶을 살라는 뜻이에요." 로즈는 마치 무대에서 가수가 피날레를 하듯이 두 팔을 양옆으로 펼쳐 보였다. "이해하셨어요?"

저항해봤자 소용없어, 유도라. 지금쯤이면 알고도 남았어야지.

"그래, 로즈. 완벽하게 이해했다. 그럼 토요일에 만나자꾸나."

❖ ❖ ❖

1955년, 런던 남동부, 오키드 무도회장

시폰 상체에 에이라인으로 떨어지는 담청색 드레스. 토요일 오후, 유도라는 실비아와 쇼핑을 갔다가 올더스 백화점에서 그 드레스를 발견했다. 하지만 가격이 거의 한 달치 월급에 해당했기 때문에 한참을 고민해야 했다.

"그레이스 캘리가 입을 것 같은 드레스다." 실비아는 꿈결 같은 눈으로 드레스를 바라보았다.

"이걸로 주세요." 유도라가 점원에게 말했다.

그다음 주 토요일에 에디가 데리러 왔을 때 그녀는 계단 위에 서 있다가 할리우드 배우처럼 뽐내며 내려갈 수 있었다. 계단은 LA의 저택처럼 매끈한 회색 대리석도 아니었고, 심지어 베이지색 액스민스터 카펫이 깔려 있어 도움이 되지 않았지만, 그래도 유도라는 우아하게 보이려고 최선을 다했다. 에디의 얼굴에서 감탄의 빛을 확인했을 때, 유도라는 자신이 쓴 돈이 그만한 가치가 있었다고 생각했다.

"온 세상을 다 얻은 사람 같네." 엄마라면 그렇게 얘기했겠지.

엄마는 에디를 못마땅해했다. 유도라는 알 수 있었다. 엄마는 늘 정중했고 예의를 갖춰 인사를 해주었지만, 거기에는 따뜻함이 없었고 뭔가 악취가 느껴지는 것처럼 늘 코를 찡그려댔다. 유도라는 그런 엄마의 행동을 모른 척하기로 했다. 에디는 그녀의 탈출구였다. 그에게는 런던 남동부 사람 특유의 장난꾸러기 같은 매력이 있었고, 그의 넘치는 자신감은 유도라에게 희망을 주었다. 웃음과 재미가 결핍되어 있던 그녀의 삶에 에디는 즐거운 대안이었다. 실비아의 응원에 유도라는 용기를 얻었다. 그래, 스물두 살에 재미를 포기한다면 결국에는 모든 걸 포기하게 될 수도 있어.

"생각해봐, 도라. 엄마랑 동생이 서로 죽일 듯이 싸우는 그런 집에서 언제까지 그러고 살 수는 없는 거잖아. 그러다 결국 정신병원에 가게 될 거야."

맞는 말이었다. 베아트리스와 스텔라의 서로에 대한 증오는 화강암처럼 차갑고 단단하게 굳어져 있었다. 둘의 대화는 피상적이었고, 언제 불붙을지 모를 도화선이었다. 밤이 되어 집에 돌아가면 살벌한 공기에 어깨가 굳어버리곤 했다.

에디는 이 세계와는 모든 면에서 반대였다. 유도라는 어느 토요일 밤, 실비아와 그녀의 남자친구 케니 사이에 끼어 춤을 추러 갔다가 그를 만났다. 유도라는 그냥 자리에 앉아 구경하는 것만으로도 즐거웠다. 그 안에 있는 것 자체가 그녀에게는 휴식이었다. 몇 번인가 에디라는 존재를 인식했지만, 처음에는 엄마와 마찬가지로 의심의 눈길로 그를 바라봤다. 그는 시끄럽고, 너무 자신만만했으며, 자존심도 대단했다. 그래서인지 같이 춤추자고 덤벼드는 아름다운 갈색 눈의 아가씨가 끊일 새가 없었다. 그런데 바로 그날 밤, 늘 앉던 자리에 앉아 레몬에이드 잔을 들고 음악에 맞춰 발을 구르는 유도라 앞에 그가 나타났다.

"세상 수많은 도시에 있는 수많은 댄스 플로어를 두고, 그녀가 바로 내 안으로 걸어 들어오네." 에디는 다리 하나를 옆 의자에 올리고 싱글거리며 몸을 기울여왔다.

빤한 수작이라는 것을 알았지만, 유도라는 성큼성큼 걸어와 자신을 선택한 그 방식에 웃음이 났고 얼굴이 빨개졌다. 에디는 이 반응을 긍정의 의미로 받아들이고는 손을 내밀었다.

"나는 에디 스펜서야."

"유도라 허니셋." 좀 더 간단한 이름이었으면 좋았겠다 고 유도라는 생각했다.

"예쁜 사람에게 걸맞은 예쁜 이름이네." 유도라의 뺨이 달아올랐다. "담배 피울래?" 그가 담뱃갑을 내밀었다.

"아니, 난 담배 안 피워." 이 말 때문에 젠체하는 느낌이 들지는 않을까 걱정이 됐다.

"자기가 원하는 걸 정확히 아는 여자가 난 멋져 보이더 라." 에디는 담뱃갑을 다시 주머니에 넣고 유도라를 향해 웃음을 지어 보였다.

유도라는 무슨 말을 해야 할지 몰라 입을 앙다물었다. 다 행히 에디는 이쪽으로 선수였다. "음악 들으면서 얘기나 할까?" 그가 한쪽 손을 내밀었다. 유도라는 그 손을 잡고 함께 춤을 추면서, 인생이 어떻게 달라질지 모른다는 생각 에 몸이 가벼워지는 것을 느꼈다.

그 후 몇 달 동안 유도라, 에디, 실비아, 케니는 함께 어 울려 다녔다. 유도라에게 토요일은 일요일만큼이나 신성 한 날이 되었고, 이제 자신도 뭔가 새롭고 멋진 곳으로 향 하는 길 위에 들어섰다고 믿게 되었다.

스텔라는 유도라에게 골칫거리였다. 자기도 데려가 달 라고 성가시게 졸랐고, 거절하면 다짜고짜 집을 뛰쳐나갔 다. 언젠가 열다섯 살인 스텔라가 친구 두 명과 공원에서 담배를 피우다 경찰에게 이끌려 집에 왔을 때, 베아트리스는 애절한 눈빛으로 유도라를 바라보았다.

"제발, 도라. 토요일 밤에 저 애 좀 데리고 나가. 낮부끄러워 살 수가 없어."

양심에 가책을 느껴 유도라는 그러겠다고 했다. 다 괜찮을 거야, 라고 주문을 걸면서. 스텔라는 십 대가 되면서 반항심이 더 심해졌지만 여전히 언니와의 관계는 공고했다. 어쨌든 유도라는 그렇게 믿었다.

"토요일에 따라와도 되는데, 예의 바르게 행동해야 돼. 술 마시면 안 되고 담배도 금지야, 알겠지?"

"오케이, 도라 언니." 스텔라는 어린애 목소리를 내며 놀리듯이 대답했다.

"너 그런 식으로 하면 안 데리고 간다."

스텔라는 정색을 하고 유도라를 쳐다보았다. "안 데리고 가면 후회할걸? 내가 또 밖에 나가서 엄마 얼굴에 먹칠을 하고 다닐 테니까. 그러면 언니는 또 베아트리스가 징징대는 소리를 들어야 하겠지. 사랑하는 남편이 죽지만 않았다면 이렇게 살지는 않았을 텐데 하는."

"스텔라!"

스텔라는 귀에 거슬리는 소리로 웃기 시작했다. "도라 언니, 농담이야. 진정해. 당연히 조심해서 행동해야지." 유도라는 스텔라의 눈을 가만히 들여다보았다. 동생을 믿고 싶었다. 스텔라는 곧 우스꽝스러운 표정을 짓더니 유도라의 뺨에 뽀뽀를 하고는 이렇게 속삭였다. "나 믿어도 돼, 언니. 실망시키지 않을게. 베아트리스는 날 싫어하지만, 언니는 날 사랑하잖아."

스텔라는 엄마를 자극하려고 엄마라고 하지 않고 이름으로 불렀다. 유도라에게 그것은 피 터지게 싸우는 형제자매 사이에서 괴로워하는 엄마의 역할로 캐스팅되었음을 의미하는 또 다른 메시지였다. 유도라는 이 역할이 싫었지만, 앞으로 더 밝은 날이 올 것을 기대하며 최선을 다해 견뎌냈다.

그날 밤 시작은 순조로웠다. 스텔라는 심플하고 얌전한 분홍색 드레스를 입었고 유도라의 머리를 만져주기도 했다. "도라 언니, 너무 예쁘다." 거울 앞에 서서 서로의 모습을 바라면서 자매는 미소를 지었다.

엄마는 어서 나가라며 손사래를 쳤다. "열한 시까지는 들어와. 그리고 스텔라, 행동 조심해." 엄마는 경고를 날렸고 스텔라는 눈을 흘겼다.

차를 타고 가면서 문제가 생길 것을 짐작했어야 했다. 유도라는 에디와 함께 앞자리에 앉았고, 뒷자리에는 스텔라와 케니 그리고 그의 왼쪽에 실비아가 앉아 있었다. 스텔라는 케니가 입만 열면 큰 소리로 웃어댔다. 관심을 끌기 위한 날카롭고 짜랑짜랑한 웃음소리였다. 그러다 어느 순간, 스텔라가 손을 뻗어 케니의 무릎을 꽉 쥐었다.

"케니 오빠, 정말 재밌다."

유도라는 케니가 헤헤거리고 실비아가 발끈하는 것을 곁눈질로 보고는 옆에 앉은 에디와 눈짓을 주고받았다. "동생이 좀 지나친 거 같은데?" 그가 중얼거렸다.

유도라는 창피했다. 그렇게 일렀건만. 잘하겠다고 약속했으면서. 재빨리 조치를 취하지 않으면 이기적인 동생이 모든 것을 망쳐놓을 것이다.

몸을 틀어 뒷자리를 돌아보았다. 스텔라가 케니에게 몸을 기울여 귓가에 대고 뭔가를 말하고 있었다. 케니의 놀란 웃음과 스텔라의 치뜬 눈썹으로 보아 뭔가 부적절한 얘기를 한 것 같았다. 유도라는 힐끗 실비아를 보았다. 당장에라도 폭발할 듯한 얼굴이었다.

"스텔라." 유도라가 말했다. "이런 얘기 듣기 싫겠지만 너는 열다섯 살이고 내 손님으로 여기 있는 거야. 내 친구들 앞에서 나를 곤란하게 만들지 마. 계속 그러면 너를 집으로 돌려보낼 수밖에 없어. 무슨 말인지 알지?"

"그래, 조금 진정해. 꼬마 아가씨." 에디도 거들었다.

스텔라의 얼굴이 수치심으로 일그러졌다. 언니에게 핀잔을 들은 건 대수롭지 않게 넘겼지만, 에디가 무심하게 던진 그 말에는 신경이 날카롭게 곤두섰다. 스텔라는 자리에 몸을 묻고 도착할 때까지 입을 열지 않았다.

코트를 맡기는 순간에도 스텔라는 유도라 옆에 서서 음

울한 모습으로 침묵을 지켰다.

유도라가 입을 열었다. "스텔라……."

"나 여기 있는 거 맘에 안 들지? 그냥 집에 있을걸 그랬어."

"그런 거 아니야."

"아니긴 뭐가 아니야. 언니도 그렇고 친구들도 그렇고 다 날 싫어하잖아."

"아니야, 스텔라. 우리가 널 왜 싫어해. 그냥 첫 단추를 잘못 끼운 것뿐이야."

"나는 친절하게 대해주려고 한 거야. 뭐 어쨌든 상관없어. 언니는 가서 그 잘나신 에디랑 같이 춤이나 춰. 나는 말 잘 듣는 착한 애니까 옆에 얌전히 앉아 있을게." 무도회장에 들어서며 스텔라가 말했다.

"가자, 유도라." 에디가 다가와 손을 잡았다. "네가 좋아하는 곡이잖아." 유도라는 그를 따라 플로어로 나가면서도 팔짱을 끼고 앉아 입을 삐쭉거리는 스텔라에게서 눈을 떼지 못했다.

"신경 쓰지 마." 에디가 말했다. "동생은 괜찮을 거야. 내가 잘 지켜볼게."

유도라는 그의 눈을 바라보고는 뺨에 입을 맞췄다. "고마워."

"너를 위해서라면 뭐든지 해야지." 에디가 유도라의 허리에 팔을 감고 그녀를 빙그르르 돌리며 말했다.

몸이, 심장이, 마음이 희망에 찬 즐거움으로 날아오르는
듯했다.

사는 건 이런 것이구나. 인생이란 이렇게 사는 거였어.

그런데 어느 순간 스텔라가 보이지 않았다. 유도라는 동
생이 앉아 있던 자리가 비어 있는 것을 보고 어쩔 줄을 몰
랐다.

"스텔라가 없어."

에디가 주변을 훑어보았다. "걱정 마. 코에다 분이나 바
르고 있겠지. 곧 나타날 거야."

그 말에 안심한 것도 잠깐이었다. 스텔라는 저 멀리 구석
에서 십 대 후반쯤 돼 보이는 애들과 시시덕거리고 있었다.
손에는 체리에이드 같은 붉은 음료가 들려 있었다. 유도라
는 심장이 쿵 내려앉는 것 같았다. 남자애 하나가 휴대용
술병을 슬쩍 꺼내 스텔라의 잔에 조금 따라주는 게 보였다.
유도라는 에디의 팔을 치며 스텔라가 있는 쪽을 가리켰다.
"에디."

에디는 눈을 부릅뜨더니 유도라의 손을 뿌리치고 그쪽
으로 돌진했다. 유도라는 놀라서 서둘러 그 뒤를 따랐다.
미처 말릴 새도 없이 에디가 술병을 들고 있던 남자애를
벽으로 밀어붙였다.

"너 지금 뭐 하는 짓이야? 쟤 나이가 몇인 줄 알아? 열다
섯 살이야, 열다섯!"

유도라는 경악했다. 단지 에디가 보인 폭력적인 행동 때문만이 아니었다. 스텔라는 그 모든 광경을 침착하게, 미소를 머금고, 무심하게 바라보고 있었다. 마치 그 애가 다 계획한 것 같았다. 남자애는 숨이 막혀 팔을 버둥거렸고 같이 있던 친구들은 놀라서 멍하니 보고만 있었다. 에디는 그들보다 나이가 많았고, 동경하는 대상이자 심지어 무서운 존재로 알려져 있었다. 유도라는 손을 덜덜 떨며 그의 어깨를 만졌다. "에디. 그만해, 제발."

에디가 흘끗 돌아보았다. 그의 눈빛에는 이전에는 몰랐던 냉혹함이 서려 있었다.

"야, 그만 놔줘, 응? 아직 어린애잖아." 어느새 케니가 옆에 와 있었다.

에디는 손아귀의 힘을 풀어 남자애를 땅에 내려놓았다. "다시는 그딴 짓 하지 마라. 또 그러면 그때는 내가 이 빌어먹을 팔을 부러뜨려줄 테니까. 알아들었어?" 에디는 이렇게 말한 후에야 그를 놓아주고는 넌더리가 난다는 듯이 홱 가버렸다. 케니가 서둘러 뒤따라가고, 남은 무리마저 흩어지고 나자, 유도라는 홀로 남겨졌다.

스텔라가 비틀거리며 다가왔다. 승리감에 취해 히죽거리면서. "언니 남자친구 완전 영웅이던데? 언니 정말 행운아다." 스텔라는 넘어지는 시늉을 했다. 유도라는 확신할 수 있었다. 체리색 음료가 유도라의 드레스에 튀자 스텔라의 미소가 더 깊어졌다.

"오오, 이런! 이 예쁜 드레스를!" 스텔라는 가슴에 손을 얹은 채 소리를 지르며 뒤로 몇 발짝 물러났다. 마치 자신이 만들어낸 피조물을 만끽하려는 듯이. 그리고 말했다. "얼룩이 남지 않아야 할 텐데."

유도라는 그 후 몇 주 동안 드레스를 문지르고 또 문질렀지만, 얼룩은 지워지지 않았고 스텔라는 결코 사과하지 않았다.

참을 수 없이 뜨거운 아침, 유도라는 이웃집 초인종을 누르며 도대체 왜 이 터무니없는 계획에 찬성했는지 의문이 들기 시작했다. 로즈가 문을 벌컥 열어젖히고, 그 사이로 만삭의 몸을 한 매기가 부엌에서 뒤뚱뒤뚱 걸어 나오는 것이 보이자 의문은 더욱 커졌다.

"유도라 할머니, 안녕하세요. 자, 변신할 준비 되셨어요?" 로즈가 소리를 치며 빙그르르 돌았다. 덕분에 유도라는 반짝이는 '패션 구루' 티셔츠, 보라색 하와이안 반바지, 은색 플립플롭, 거기에 매치한 반다나를 충분히 감상할 수 있었다.

"글쎄다." 유도라는 점점 두려운 마음이 들었다.

"안녕하세요, 처음 뵙겠습니다." 꾀죄죄한 모습의 남자가 계단을 터벅터벅 내려오더니 손을 내밀었다. "저는 로즈 아빠, 롭입니다. 말씀 많이 들었습니다."

"만나서 반가워요." 딱히 내키지는 않았지만 유도라는 악수를 받아들였다.

"몰골이 이래서 죄송합니다. 한 주 내내 정신없이 바빠서 오늘은 좀 늘어져 있었거든요."

"그러시군요."

"자, 그럼 갈까요?" 매기가 어깨에 가방을 메고 손에 차키를 들었다.

"데려다주지 않아도 정말 괜찮겠어?" 롭이 아내에게 키스를 하며 말했다.

로즈가 정색을 하고 아빠를 바라보았다. "안 돼요, 아빠. 오늘은 여자들의 날이에요."

롭이 고개를 절레절레 저었다. "이거 너무 남녀 차별인데." 그러면서 매기의 등을 쓰다듬었다. "괜찮겠어?"

매기가 미소를 지었다. "괜찮아. 이따 봐."

그가 엄지를 세웠다. "모두 성공을 빌어요. 유도라, 만나서 반가웠어요."

"저도요."

전혀 어울릴 것 같지 않은 세 사람이 주차장에서 쇼핑센터로 향하고 있다. 유도라는 아직까지도 이 미션이 과연 현명한 짓인지 의문을 떨칠 수가 없었다. 매기는 정말 당장에라도 애를 낳을 것처럼 보였다. 매기와 유도라가 이따금씩 멈춰 서서 이마의 땀을 닦거나 숨을 고르는 와중에도, 로즈는 혼자 흥분한 코커스패니얼처럼 저만치 갔다가 다시 돌아오기를 반복하고 있었다.

유도라는 눈에 띄는 모든 사람들이 무섭게 느껴졌다. 후드를 뒤집어쓰고 소리를 지르며 사람들을 밀치고 지나가는 십 대들. 이제 열 시밖에 안 됐는데 음식을 꾸역꾸역 밀어 넣고 있는 과체중의 부모와 자녀들. 핸드폰을 보느라 짜증날 정도로 가다 서다를 반복하며 길을 막는 좀비들. 여긴 지옥이다. 사람들, 소음 그리고 밀쳐대는 행동까지. 이 사람들은 타인에 대한 배려 없이 자신들의 삶에만 매몰되어 있다. 도대체 왜 다들 이렇게 서두르는 걸까? 그래 봤자 쇼핑하러 온 건데. 이건 그냥 여가 활동이란 말이지. 그런데 사람들은 마치 대회에 출전한 검투사처럼 보였다. 쇼핑하다 죽겠다는 듯이. 사느냐 죽느냐. 여기 오니 인간에 대한 환멸과 그들로부터 벗어나고 싶은 마음만 확고해졌다.

"자." 매기가 말을 꺼냈다. "우리 막스 앤 스펜서부터 갈까요?"

"데벤햄스가 더 나아요." 로즈가 끼어들었다. "거기서 파는 도넛이 더 맛있거든요."

"그게 말이다, 막스 앤 스펜서에는 지층에 화장실이 있고, 지금 네 동생이 엄마 방광을 내리누르고 있거든. 그래서 난 거기에 한 표."

유도라는 매기가 별 얘기를 다 한다는 의미로 헛기침을 했다.

"유도라 할머니는 화장실 얘기 싫어해요, 엄마. 하지만 엄마 말대로 해요."

"고마워." 매기는 안도하며 두 사람을 재촉했다. "그럼 먼저 구경하고 있어. 엄마도 금방 따라갈게."

"알겠어요. 우리 가요. 가서 노부인들이 입는 옷들 좀 봐야죠."

"나한테 굳이 맞추려고 애쓰지 않아도 돼, 로즈." 유도라가 말했다.

로즈는 당황했다. "미안해요. 그냥 우리 할머니가 좋아하는 옷들이라서 유도라 할머니도 좋아할 줄 알았어요. 그런데 정말 예쁘긴 하거든요." 그러는 것도 잠시, 로즈는 시뻘건 색에 목선과 밑단을 금색 가두리 장식으로 마감한 선드레스에 정신을 빼앗겼다. "와, 멋지다." 로즈는 더 자세히 보기 위해 옷을 들어 올렸다.

유도라는 얼굴을 찡그렸다. "내 손수건도 그것보다는 천을 많이 썼겠다."

"그건 그래요. 그래도 예쁘잖아요." 로즈는 실망한 표정으로 옷을 제자리에 다시 걸어두었다.

유도라는 자신이 괴팍하게 굴고 있다는 것을 깨달았다. 로즈는 뚜껑을 열면 튀어나오는 광대처럼 사람의 혼을 쏙 빼놓지만 그래도 친절의 화신이다. 게다가 지금 도와주겠다고 저러는 거 아닌가. 그러니 하고 싶어 하는 대로 놔두자. 그게 예의를 지키는 것이다.

"로즈, 내가 사과를 해야겠구나." 로즈가 놀라서 쳐다보았다. "나는 쇼핑하는 걸 좋아하지 않아. 덥고 귀찮고, 사람 많은 것도 싫어하지. 그런데 너는 지금 나를 도와주려고 하고 있어. 그러니까 나도 최선을 다해 네 의견을 받아들이려고 노력해보마."

"저는 괜찮아요." 로즈는 어깨를 으쓱하며 말했다. "그리고 이해해요. 할머니는 늙었고, 때때로 인생은 좀 부담되잖아요."

"그렇지." 유도라는 놀란 마음으로 대답했다. "내 말이 그 말이야."

"그럼 이렇게 할까요? 할머니는 우리 엄마랑 저기 앉아 계세요." 로즈는 신발과 의류 코너 사이에 놓인 동그란 청록색 소파를 가리켰다. "그리고 어떤 옷을 좋아하는지 말

쏨해주시면, 제가 찾아올게요."

유도라는 이 제안을 곰곰이 따져보았다. 실내는 에어컨 덕분에 쾌적했고 소파도 매력적으로 보였다. "아주 멋진 제안이구나, 로즈." 로즈가 활짝 웃었다. "그렇다면 나는, 기장이 무릎까지 오고, 심플하고, 몸에 딱 맞는 드레스가 있으면 좋겠구나. 목깃은 높고, 소매는 짧은 걸로. 빨간색은 싫지만 다른 색은 고려해보마."

"저한테 맡기세요. 실망하지 않으실 거예요."

매기가 숨을 헐떡이며 다가와 조심스럽게 소파에 앉으면서 물었다. "별일 없었죠?" 얼굴이 상기되어 있었다.

"따님은 지금 미션 수행 중이랍니다."

매기가 미소를 지었다. "로즈가 옷을 고르는 안목이 좋아요. 물론 입고 다니는 옷을 보면 좀 파격적이긴 하지만, 또 어떻게 보면 이상하게 어울린다니까요."

"음, 네." 유도라는 동의했다. 로즈의 패션은 확실히 눈을 괴롭게 하지만, 그래도 매기가 무슨 말을 하는지는 이해가 갔다. 둘은 소파에 앉아 꼬마 숙녀가 이리저리 뛰어다니며 옷을 들었다 놨다 하는 모습을 바라보았다. 유도라는 열 살짜리 아이를 혼자 내버려두는 게 불안했지만, 한편으로는 마음이 꽤 설렜다.

"아우." 매기가 자세를 바꾸며 한 손을 배 위에 올렸다.

"괜찮아요?" 유도라는 두려운 마음에 물었다. 오늘 산파

역할을 할 준비는 안 되어 있는데. 아니, 그 어떤 날에도.

매기가 한숨을 쉬었다. "괜찮아요. 이렇게 발로 차는 걸 보니 잘 나가는 스트라이커 한 명 나올 거 같아요." 그녀는 어깨를 돌리며 스트레칭을 했다. "임신한 뒤로는 쇼핑하러 온 적이 거의 없거든요. 이게 얼마나 피곤한 일인지 잊고 있었네요."

"예정일이 언제인지 물어봐도 될까요?" 유도라가 아주 조심스럽게 물었다. 그녀는 아기나 출산에 대해서는 별로 아는 것이 없었다.

"한 달쯤 남았어요. 로즈는 예정일을 채우지 못하고 나왔죠. 이 아이는 로즈만큼 힘들게 하지 않았으면 좋겠어요." 이렇게 말하던 매기는 유도라의 표정이 굳는 것을 봤는지 목을 가다듬고 화제를 바꿨다. "근데 무슨 파티에 가시는 거예요?"

"스탠리 씨 아들이 오십이 된대요. 날 초대한 이유는 당최 알 수가 없지만요."

"친해지고 싶은 거 아닐까요?"

"그럴 수도 있겠네요."

"참 자상한 분 같아요. 로즈도 스탠리 할아버지를 아주 좋아해요."

"네."

"아내분을 많이 그리워하시는 것 같아요."

"흠, 나는 그 뒤에 줄 서고 싶지 않은데." 유도라가 분하다는 듯 말했다.

매기가 쿡 웃음을 터뜨렸다. "그런 게 아니라 그냥 혼자 가기 싫어서 그런 걸 거예요. 저희 아빠가 돌아가셨을 때 엄마도 힘들어하셨거든요. 좋은 친구들이 많지만 그래도 남편이 있는 거랑은 다르니까요."

또 시작이군. 틈만 나면 이때다 하고 마음을 열어보라는 사람들이 꼭 있는데, 여기 또 있었네. 이런 사람들은 무슨 자석처럼 들러붙는단 말이지.

침묵이 길어질 조짐이 보였다. 유도라는 이쪽에서 먼저 대화를 시작하는 것이 예의라는 생각이 들었다. "아버지가 돌아가신 지는 얼마나 됐어요?"

"삼 년이요. 그 뒤로 하루도 아빠를 그리워하지 않은 날이 없어요."

매기의 대책 없는 솔직함에 유도라의 마음에 있는 어떤 버튼이 눌렸다. 그래서 제대로 생각하기도 전에 말이 먼저 튀어나왔다. "우리 아버지는 돌아가신 지 칠십 년이 넘었어요. 나도 그 심정 잘 알지."

매기와 유도라는 거울을 보듯 서로를 바라보았고, 똑같은 슬픔으로 잠시나마 서로를 이해했다. "힘드셨겠어요." 매기가 위로했다.

유도라는 허리를 펴고 앉아 눈앞에 보이는 터무니없이

높은 하이힐에 시선을 고정했다. "아주 오래전 일이지요. 그렇지만 다 어떻게든 살아지더이다." 매기의 시선이 느껴졌다. 두 사람은 이 말이 진실이 아님을 알고 있었다.

로즈가 한 팔 가득 옷을 안고 돌아오는 것이 보였다. 그리고 그 뒤에는 매장 직원이 더 많은 옷을 안고 따라오고 있었다.

"이분은 베릴 언니예요. 저를 도와주셨어요." 로즈가 말했다.

베릴이 미소를 지었다. "로즈 같은 손녀를 두셔서 행복하시겠어요. 아이가 햇살처럼 밝아요."

"아, 제 손녀 아니에요." 유도라가 정정했다.

"저는 패션 구루예요." 로즈가 안고 있던 옷을 옆 행거에 걸고 자신의 티셔츠를 가리키며 말했다.

"어쩜 이렇게 사랑스럽고 귀여울까. 두 분이 정말 부럽네요." 베릴 역시 자신이 가져온 옷을 행거에 걸며 말했다. "로즈가 더 재능 있어 보이니까 여기서 저는 물러갈게요. 필요하신 거 있으면 불러주세요. 어쩌면 제가 로즈를 데려갈 수도 있어요."

"고맙습니다, 베릴 언니." 로즈가 살짝 절을 했다.

"진짜 귀여워요." 베릴이 매기를 향해 입을 뻥긋거리며 말했다.

"일단 제가 가져온 건 대부분 드레스인데요, 예쁜 윗도리도 몇 벌 가져와 봤어요. 옷장에 생기를 좀 불어넣고 싶으실 것 같아서요."

"그 말에 상처 안 받도록 노력하마, 로즈."

"미안해요. 그냥 옷장에 회색 옷이 많아서요. 갈색도 그리고 검은색도."

"그래. 내 옷이 칙칙하다는 건 나도 잘 안다. 좋아, 그럼 이제 뭘 갖고 왔는지 보자꾸나."

로즈는 행거에서 옷을 한 벌씩 꺼내 들어 보이며 유도라와 매기의 평가를 기다렸다. 유도라는 다시 한 번 놀랐다. 로즈가 가져온 옷들이 대부분 좋았기 때문이다. 반짝반짝 빛나는 고동색 점프슈트만 빼면.

"오, 아니에요. 그건 할머니 옷 아니에요. 제가 좋아서 가져온 거예요. 엄마 보여드리려고."

마침내 유도라는 선택을 마쳤다. 파란 붓꽃이 섬세하게 그려진 에이라인 드레스와 작은 노랑 새가 그려진 암녹색의 웃옷이었다.

"드레스 정말 예쁜데요? 소재도 시원할 것 같고." 매기가 옷감을 만져보며 말했다.

"고맙구나, 로즈." 유도라가 말했다. "아주 탁출했어."

"탁출하다는 말이 무슨 뜻인지는 모르겠지만 뭔가 탁월하다는 말이랑 비슷하고, 또 할머니 표정도 밝으니까 일단 좋다는 뜻으로 이해할게요. 한번 입어보실래요?"

유도라는 고개를 저었다. "예전에 이런 비슷한 옷이 있어서 알지. 잘 맞을 거야. 그리고 윗옷도 아주 완벽해 보이는구나."

로즈가 기쁨에 겨워 손뼉을 쳤다. "무도회 여왕이 되실 거예요!"

"그럼 가서 계산할까요?" 매기가 물었다.

"좋아요. 드레스와 윗옷은 물론이고 제 스타일리스트를 위해 점프슈트도 사야겠어요."

로즈의 얼굴이 환하게 빛났다. "그러지 않으셔도 돼요." 매기가 만류했다.

"알아요. 하지만 그러고 싶어요." 유도라가 단호하게 고개를 끄덕였다. 그녀는 스탠리의 아들에게 줄 카드와 샴페인도 샀다. "차를 한 잔 마시면 좋겠는데, 두 분은 어떤가요?" 유도라가 매장을 나오며 두 사람에게 말했다. "데벤햄스의 도넛이 그렇게 맛있다던데."

"그래도 돼요, 엄마?" 로즈가 깡충깡충 뛰며 물었다.

"충분히 자격이 되는 것 같네." 매기가 대답했다.

"제가 사지요." 유도라가 말했다. 마지막으로 이 말을 한 것이 언제였을까. 그녀는 기억나지 않는다. 카페로 향하는 길, 지나가는 사람들이 아까만큼 성가시게 느껴지지 않았다. 유도라는 로즈가 도넛을 먹는 모습을 바라보았다. 입에 잼을 묻혀가며 맛있다고 미소 짓는 로즈를 보자니, 진짜 할머니들은 이런 순간에 얼마나 행복할까 문득 궁금해졌다.

❀ ❀ ❀

그날 저녁 로이스톤 댄스홀에 도착한 유도라는 마치 추억 속으로 한 걸음 걸어 들어간 것 같았다. 물론 사람들의 옷차림은 그때와는 많이 달랐다. 살을 횅하니 드러내놓았고 가슴도 많이 파였다. 그러나 공간은 그 시절과 똑같아서 먹먹할 지경이었다. 하얀 실크 커튼이 천장 중앙에서부터 각 모서리를 향해 펼쳐져 있고, 거기에 은은하게 빛나는 꼬마전구가 달려 있었다. 중앙에는 모든 것을 마법처럼 반짝거리게 하는 미러볼이 돌아가고⋯⋯. 로즈가 여기 왔으면 얼마나 좋아했을까, 유도라는 생각했다. 아마 중심을 잃은 팽이처럼 이리저리 뛰어다녔겠지.

한쪽에 마련된 무대에서 밴드가 몸을 풀고 있었다. 선글라스에 챙이 말린 중절모를 쓰고 딱 붙는 옷을 입은 리드 싱어의 모습이, 스윙 음악과는 거리가 멀어 보여서 살짝 걱정이 되었다. 빙 둘러 놓인 둥근 테이블에는 의자가 여섯 개씩 놓여 있어서 누구든 자리에 앉아 용기 있게 춤추는 사람을 구경할 수 있었다. 하얀색 리넨으로 만든 테이블보와 거기에 어울리는 의자 커버는 그런대로 품위가 있었다. 하지만 쉰 살 먹은 사람의 생일 파티에 헬륨 풍선은 글쎄……. 유난히 폭력적으로 보이는 애들 몇몇이 풍선을 샌드백처럼 쓰고 있었다. 게다가 요란하게 써 붙인 '폴의 50번째 생일을 축하합니다!'라는 현수막도 별로 탐탁지 않았다.

"여기 있습니다, 숙녀분께서 주문하신 오렌지 주스." 스탠리가 음료를 가지고 자리로 왔다.

"고마워요." 유도라가 말했다.

"오늘 굉장히 멋지십니다. 드레스가 아주 잘 어울려요."

"고마워요." 유도라는 같은 대답을 반복하면서 자신도 스탠리에게 뭔가 칭찬의 말을 해야 하지 않을까 생각했다. "그쪽도 근사한걸요."

그가 미소를 지었다. "그럼 자리에 앉을까요?"

"언제 물어보나 했네요." 그는 유도라의 의자를 빼주고 앉을 때까지 기다렸다가 자기 자리에 앉았다. 유도라는 이 행동에 감명을 받았다. 예절을 지킬 줄 아는 사람이 그리웠다. 요즘은 예절이 들어갈 자리에 친절이 들어선 느낌이다. "아주 옛날에 여기로 춤을 추러 오곤 했어요." 그녀가 말했다.

"그렇다면 어린 친구들에게 한수 가르쳐줄 수 있겠군요." 그는 삼십 대쯤 되어 보이는 젊은이 두어 명이 어색하게 춤추는 모습을 가리키며 말했다. 그들은 우아한 백조라기보다는 먹이를 쪼는 닭 같았다.

"뭐 춤뿐이겠어요? 다른 것들도 가르쳐줄 수 있죠."

"요즘 사람들은 사는 게 우리 때랑 참 다른 것 같아요."

"제 말이 그 말이에요."

"옛날에 여기 올 때 특별한 사람이랑 왔었나요? 미스 허니셋의 심장을 훔친 사람이 있었어요?" 스탠리가 물었다.

그건 그쪽이 상관할 바 아니라고 말하려는 찰나, 키 크고 젊은 버전의 스탠리가 나타났다. 물론 머리숱도 더 많았다. "아버지! 여기 계셨네요! 헬렌이 아버지를 봤다고 하더라고요."

스탠리는 일어나 아들을 안아주었다. "폴, 내 아들! 생일 축하한다." 폴이 스탠리의 등을 토닥였다. 유도라는 한눈에 느껴지는 그 둘의 친밀함에 호기심이 일었다. "폴, 여기는 유도라. 내 좋은 친구지."

유도라는 내 좋은 친구라는 말에 털이 곤두섰지만 우아한 표정을 유지하며 폴과 악수를 나눴다. "만나서 반가워요. 그리고 생일 축하해요. 선물은 탁자에 놓아두었어요." 폴이 몸을 수그려 뺨에 입을 맞추는 바람에 유도라는 어리둥절했다. 그에게서 맥주와 담배 냄새가 났다.

"와주셔서 고맙습니다. 아버지께 말씀 많이 들었습니다."

"네?" 유도라가 스탠리를 흘낏 보았다.

"술 취해 넘어진 거랑 나를 괴롭힌다는 말만 했지요." 스탠리가 놀리듯 쿡쿡 찌르며 말했다.

"아, 그렇군요." 유도라가 대답했다. "당신은 당해도 싸요."

"맙소사! 아버지를 제대로 파악하신 거 같은데요?" 폴과 스탠리가 서로 바라보며 빙그레 웃었다.

"마실 거 가져다주랴, 아들?"

"괜찮아요. 벌써 여섯 잔이나 마셨는걸요. 그리고 아버지, 조심하셔야 할 거예요. 글로리아가 아버지를 찾아다니고 있으니까. 여기 이 숙녀분을 방패로 삼으세요."

스탠리가 가슴에 손을 얹었다. "고맙구나, 아들. 잘 숨어 있어야겠다."

"알았어요. 자, 그럼 이따 또 뵐게요. 만나서 반가웠어요, 유도라."

"저도요." 유도라는 스탠리가 겁을 먹고 이리저리 둘러보는 모습을 보았다. "글로리아가 누군데 그래요?"

"폴의 장모예요. 두어 해 전에 남편을 여의고 난 후 저랑 데이트할 궁리를 하더라고요."

"그렇게 말씀하시는 걸 보니 관심이 없으신가 봐요?"

"당연히 없죠. 남자를 무진장 밝히는 여자라니까요! 일단 저는 아무한테도 관심이 없어요. 저한테 진짜 사랑은 에이다뿐이에요."

"그렇다면 최선을 다해서 방패가 되어드리죠."

"그럼 우리 이거 데이트인 척할 수 있을까요?"

유도라가 얼굴을 찡그렸다. 인생에서 오늘처럼 이상한

날이 또 있었던가. 아침에는 열 살 먹은 꼬마 손에 이끌려 변신을 하고, 저녁에는 가짜 연인 행세라니. 닥터 리버만이 말한 것이 이런 거였나 싶었다. 남은 인생을 최선을 다해 살라고 했지. 어쨌든 이 계획이 싫지만은 않았다. "좋아요. 그렇지만 오늘 밤만이에요."

스탠리는 잔을 유도라의 잔에 갖다 댔다. "건배, 친구여!"

밴드가 연주를 시작했다. 아는 곡은 없었지만 연주가 꽤 훌륭해서 유도라는 저도 모르게 발로 박자를 맞췄다. 모든 연령대의 아이들이 다 나와 플로어를 폴짝거리며 뛰어다니는 모습은 스탠리와 유도라를 즐겁게 했다. 스탠리는 음악 소리에 행여 목소리가 묻힐까 가까이 몸을 기울이고 사람들을 하나하나 가리키며 누가 누구인지 설명해주었고, 유도라는 그런 그의 모습을 보고 굉장히 세심한 사람이라고 생각했다. 그리고 그는 이 모임에서 꽤 유명 인사였다. 그와 악수하고 그의 뺨에 키스를 하려고 멈춰 선 사람이 셀 수 없을 정도였다.

"어, 할아버지." 반짝이는 연분홍색 드레스를 입은 아주 예쁜 소녀가 다가왔다.

"여기는 우리 리비." 그 말에서 따뜻함이 배어나 유도라는 감동을 느꼈다.

"유도라 할머니 맞으시죠? 할아버지가 얼마나 얘기를 많이 했는지 몰라요." 리비는 할아버지를 향해 윙크를 날리며 말했다.

"요 녀석은 농담을 나보다 더 잘한다니까." 스탠리가 말했다.

"근데 반지가 참 예뻐요." 리비가 유도라의 반지를 가리키며 말했다.

"이건 우리 할머니께 물려받은 거야." 유도라의 기억은 그 반지를 자랑스럽게 끼고 있던 과거의 어느 파티로 옮겨 갔다. "로즈 컷 다이아몬드인데, 꽤나 특별한 거란다."

"정말 화려해요." 리비가 미소를 지으며 화답했다.

"언니!" 리비처럼 사랑스러운 소녀 하나가 뒤에서 튀어 나왔다. "춤추자! 오, 안녕하세요, 할아버지!"

"저 아이는 엘리랍니다." 리비가 엘리에게 이끌려 떠가기 전에 스탠리는 두 아이 모두에게 키스를 날려주었다. "저한테는 천사 같은 애들이죠."

유도라는 스탠리의 얼굴을 보았다. 그는 사랑스러운 눈길로 넋을 놓고 손녀들을 바라보고 있었다. 아빠도 나를 저런 눈길로 바라본 적이 있었는데. 생각이 거기에 이르자 그리움이 주체할 수 없이 밀려왔다. 그만 가야 할 것 같았다. 그래서 스탠리에게 말하려는데, 웬 술 취한 여자가 이쪽으로 비틀비틀 걸어왔다.

"안녀어어엉, 스탠리이이이. 여기 있었네요! 폴한테 물어봤는데 어디 있는지 모른다고 하더라고요. 나 피해 숨어 있었던 거예요?"

이 사람이 글로리아구나.

복장으로 보나 행동으로 보나 상식적인 사람은 아닌 것
같았다. 검게 염색한 짧은 머리는 마치 밴더그래프 정전 발
전기에 감전된 듯이 바짝 서 있고, 은색 라메 드레스는 너
무 딱 붙고 너무 짧고 너무 노출이 심했다. 짙게 화장한 얼
굴이 땀으로 범벅되어 안타깝게도 마귀처럼 보였다. 조롱
당하거나 무시당하기 쉬운 사람. 그래서 오히려 안타까운
마음이 들었다. 뭔가 절박해 보였고, 혼자 있는 것에 대한
두려움 같은 것이 느껴졌다.

글로리아가 스탠리의 무릎 위로 미끄러지듯 올라앉아
어깨에 팔을 두르고 뺨에 마구 키스를 해대자 스탠리의 얼
굴이 공포로 가득 찼다. "이런, 미안해요. 립스틱이 묻었
네." 글로리아는 진홍색 얼룩을 손가락으로 문질렀다. "이
렇게 보니 좋잖아요, 스탠리. 그래서 우리 데이트는 언제
하는 거예요?"

스탠리는 뻣뻣하게 굳어서 유도라에게 도와달라는 눈짓
을 보냈다. 유도라는 목을 가다듬은 후 스탠리를 짝사랑하
는 여인의 팔을 톡톡 쳤다. 글로리아는 몸을 돌리더니 짙게
그린 눈썹을 추켜세웠다.

"우리 서로 인사를 못 한 것 같네요." 유도라가 손을 내
밀며 말했다. 맞잡은 글로리아의 손은 유도라가 우려한 대

로 축축한 생선을 움켜쥔 느낌이었다. "저는 유도라고요, 오늘 스탠리와 함께 왔어요. 일부러 결례를 범하려고 한 건 아니겠지만, 가능한 한 빨리 이 사람 무릎에서 내려와 주시면 좋겠어요."

글로리아는 놀라서 입을 떡 벌렸지만 시키는 대로 하긴 했다. 폴의 아내 헬렌이 나타나 글로리아의 팔을 잡았다. "엄마, 가요. 이제 집에 가셔야 할 것 같아요. 모셔다드릴게요."

글로리아는 스탠리를 향해 쓸쓸한 표정을 지으며 키스를 날린 후 딸을 따라나섰다. 그리고 어설프게 손을 까딱이며 인사했다. "안녕, 나의 왕자님."

스탠리가 유도라를 향해 몸을 돌렸다. "대단하시던데요. 가능한 한 빨리 이 사람 무릎에서 내려와 주시면 좋겠어요, 라니! 그런 말을 들을 거라곤 아마 상상도 못 했을 겁니다."

"겉모습은 그렇지만 아마 마음은 따뜻한 사람일 거예요." 유도라가 말했다. "솔직히 저분한테는 미안하지만, 상대가 마음이 없는데 괜한 희망을 줘서 뭐 하겠어요."

"마음 따뜻한 사람이 어디 글로리아뿐인가요, 안 그래요?" 스탠리가 말했다. 유도라는 무시하듯 고개를 저었지만 내심 만족스러웠다. "한바탕하고 났더니 술이 당기는군요. 샴페인 한 잔 가져다드리면 드셔주시려나?"

유도라는 습관처럼 '아무렴, 좋고말고요'라고 할 뻔했지만 다른 대답을 해보기로 마음먹었다. "안 될 거 없죠. 아드님의 건강을 위해서 건배도 해야 하니까요."

"좋아요!" 스탠리가 대답했다.

유도라는 그가 바 쪽으로 사라지는 모습을 바라보며 이곳에 오길 잘했다고 생각했다. 스탠리가 가족이며 친구들과 편안하게 어울리며 관계를 맺는 모습을 옆에서 지켜보자니 왠지 모르게 덩달아 즐거워졌다. 그들은 진심으로 함께하는 것을 즐기는 것 같았다. 자신의 가족과는 전혀 달랐다. 최선을 다해 노력했음에도 유도라의 가족은 깨지고 찢겨 쓰라린 상처만을 남겼다. 물론 행복했던 순간이 없었던 것은 아니다. 하지만 그런 순간은 오래가지 않았다. 바람에 흩날리는 깃털처럼 그런 순간은 그녀 앞에서 잠깐 팔랑이다가 손이 닿지 않는 곳으로 영영 날아가 버렸다.

"즐거운 시간 보내고 계신가요?"

폴이 유도라 옆에 앉으며 탁자에 맥주잔을 올려놓았다. 유도라는 정신이 번쩍 돌아왔다.

"아주 유쾌한 저녁이에요." 유도라는 진심을 다해 말했다.

"그러시다니 기쁩니다. 오신다고 아버지가 얼마나 좋아하셨는데요. 아버지한테 확실하게 존재감을 각인시킨 거 같더라고요. 사람들은 받은 만큼 베푸는 법이니까요. 아버지한테는 이런 게 필요했죠."

"말다툼 상대가요?"

폴이 웃었다. "네, 그런 셈이죠. 솔직히 말씀드리면 저희는 아버지가 걱정이 돼요."

"네?"

폴이 얼굴을 찌푸렸다. "어머니가 돌아가신 이후로 기억력에 문제가 생긴 것 같아요. 물건도 수시로 잃어버리고, 오늘이 무슨 요일인지, 방금 무슨 얘기를 했는지 기억을 잘 못 하세요."

"그렇군요. 지난번에 병원에서 만났을 때 대충 들었어요. 근데 아주 달관한 듯 보이던걸요."

"네. 그래도 겁이 나시긴 할 거예요. 남자들 어떤지 아시잖아요."

"알다마다요."

"죄송해요. 이런 말씀 드리려던 건 아니었는데. 그저 아버지가 신경 쓸 상대가 생겼다는 사실이 기뻐서요."

"두 사람 무슨 얘기 나누시나?" 스탠리가 샴페인 한 병과 잔 두 개를 내려놓았다.

"서 홉에도 참견 닷 홉에도 참견." 유도라가 대답했다.

"이제 유도라가 어떤 사람인지 알겠지, 폴?" 스탠리가 말했다.

"알지요. 아주 멋진 분이시네요."

"너무 그러지 마라. 콧대 높아질라. 그건 그렇고, 네 잔도 가져오렴. 유도라랑 같이 너를 위해 건배하고 싶구나."

폴은 잠시 후 잔을 가지고 돌아왔고 세 사람은 건배를 했다. 유도라는 결심했다. 세상에 오래 머물지는 않겠지만, 머무는 동안에는 최선을 다해 스탠리 마첨을 도와주겠다고. 에이다, 글로리아 그리고 그를 사랑하는 모든 사람들을 위해.

❖ ❖ ❖

1957년, 런던 남동부, 시드니 애비뉴

유도라는 주변을 둘러보았다. '축하합니다'라고 적힌 현수막과 샌드위치, 집에서 만든 키쉬, 소시지롤이 한가득 차려진 식탁을 바라보며 이보다 더 행복할 순 없을 것이라고 생각했다. 에디의 청혼은 그녀가 오랫동안 바라던 선물이었다. 엄마와 동생 사이에서 불행의 통로 역할을 하며 산지 몇 년 만의 일이었다. 누구에게도 결코 말하지 않았지만 마치 아빠가 메시지를 보내는 것 같았다.

넌 네 몫을 다 했어, 유도라. 이제 네 차례다. 너도 행복하게 멋진 인생을 살아야지.

아빠가 살아 있었다면 에디를 좋아했을 것이다. 아버지 밑에서 자동차 수리 일을 열심히 하고, 유도라를 잘 챙겨주는 사람일 테니까. 거친 면이 있긴 하지만 유도라에게 성질을 부린 적은 단 한 번도 없었다. 베아트리스의 마음을 얻기 위해서도 최선을 다했다. 엄마의 오래된 자동차 모리스마이너를 고쳐주기도 하고, 집 안에서 생기는 이런저런 잡다한 일들도 마다하지 않았다.

"이런 일 해주는 남자가 있으니 좋구나." 한번은 싱크대 배수관에서 물이 새는 걸 고치고 나오는 그를 보며 베아트리스가 말했다.

"별말씀을요. 전쟁이 끝나고 여러 가지로 힘드셨죠? 이제 제가 있으니까 필요하면 언제든 부르세요." 그는 평소와 다름없이 매력적인 미소를 지으며 대답했다.

엄마는 차와 함께 잘 구워진 비스킷을 접시에 담아 내왔다. "아주 친절하구나." 유도라는 그때 엄마의 목덜미가 붉게 상기되는 것을 보았다.

에디는 베아트리스에게 결혼 승낙을 받았다. 엄마가 좋아하는 것을 보자 유도라의 기분도 날아갈 듯 기뻤다.

"이제 너도 행복해져야지." 그날 저녁, 설거지를 끝낸 후 엄마가 말했다. 엄마는 유도라의 손을 꼭 쥐고는 촉촉한 눈으로 바라보았다. "네게 주고 싶은 게 있단다." 그러고는 위층으로 올라가더니, 잠시 후 초록색 펠트 상자를 가지고 나타났다. "할머니가 주신 거란다."

상자 안의 반지를 보고 유도라는 미소를 지었다. 로즈 컷 다이아몬드가 세 개 박힌 금반지였다. "할머니의 약혼반지네요."

"이제 네 거야." 베아트리스는 뿌듯해하며 말했다.

"고마워요." 유도라는 엄마의 뺨에 키스를 했다.

베아트리스의 눈이 흥분으로 반짝였다. "우리 축하 파티를 열자. 케이크 구워줄게. 우리 딸과 에디를 위해서 뭔가 특별한 걸 만들어야지."

"그래야죠. 사랑하는 에디와 유도라 언니를 위해서라면 뭐든지 최고로 해야죠." 스텔라가 문간에 서 있었다. 목소리는 평소와 같았지만 그 찡그린 눈썹이 진실을 말해주고 있었다.

"그럼, 그래야지." 베아트리스는 스텔라의 심술궂은 마음을 알아채지 못한 듯했다. "자, 이제 나는 좋아하는 티브이 프로그램을 봐야겠다."

유도라는 엄마가 나가는 것을 확인한 후 스텔라를 향해 돌아섰다. "스텔라, 너랑 엄마 사이가 편하지 않다는 거 알아. 그렇지만 난 네가 나를 위해 기뻐해주길 바랐어."

스텔라가 한숨을 쉬었다. "언니, 도대체 언제 깨달을 거야? 인생은 원하는 대로 흘러가지 않아." 유도라가 실망한 표정을 짓자 스텔라가 웃었다. "농담이야, 이 바보야! 물론 나도 기쁘지. 언니는 정말, 왜 모든 걸 그렇게 심각하게 받아들여?"

"미안." 유도라는 웃으며 말했다. "물론 네가 기뻐해줄 거라 생각했어. 그리고 걱정하지 마. 네가 원한다면 가까이에 있을 테니까."

스텔라가 어깨를 으쓱했다. "내 걱정은 하지 마. 난 준비만 되면 바로 여길 떠날 거야."

유도라는 발끈해서 동생의 눈을 뚫어지게 보며 말했다. "바보 같은 짓 하지 마. 알겠어?"

스텔라가 한쪽 팔을 언니의 어깨에 둘렀다. "또 그런다. 걱정, 걱정, 걱정. 언니 진짜로 좀 그만해. 계속 그러면 에디도 지쳐 나가떨어질걸. 나는 괜찮으니까, 언니나 행복하게 잘 살아. 나는 내가 알아서 할 테니까." 스텔라는 팔을 뻗어 언니의 뺨을 약간 세게 꼬집었다. 나중에 거울을 보니 그 자리가 붉게 부어 있었다.

✦ ✦ ✦

스텔라는 약속대로 파티에 참석했다. 유도라는 안도했다. 이웃 몇몇과 에디의 가족만 초대한 조촐한 파티였다. 스텔라보다 두어 살 많은 에디의 사촌을 보자, 혹시나 동생이 추파를 던져서 그를 난처하게 하지 않을까 걱정이 됐다. 그러나 스텔라는 수수한 꽃무늬 드레스를 입고 사람들에게 잔을 돌리며 천진난만하게 웃고 떠들고 있었다. 오후가 되자 유도라는 마음을 놓기 시작했다. 스텔라는 예의 바르게 행동했고, 베아트리스는 에디의 어머니와 친해졌으며, 에디는 줄기차게 윙크를 보내며 히죽히죽 웃고 있었다.

베아트리스는 약속한 대로 입이 떡 벌어질 만큼 멋진 과일 케이크를 만들었다. 케이크 위에는 파란색 아이싱으로 '유도라와 에디, 축하해'라고 흘날리듯 적혀 있었다.

"이 예쁜 케이크는 언제 자르나요?" 잠시 후 에디의 어머니가 베아트리스에게 미소를 지으며 물었다.

"지금이 딱 좋을 것 같은데." 에디가 목소리를 가다듬고 대답했다.

"앗, 케이크 자르는 칼을 깜빡했네." 베아트리스가 말했다.

"제가 가져올게요." 유도라는 주방으로 향했다. 스텔라가 싱크대 앞에 서 있었다. 처음에는 설거지를 하는 줄 알았다. 그런데 가만히 보니 남들이 남긴 술을 급히 들이켜고 있었다.

"스텔라?"

동생이 멍한 미소를 지으며 뒤를 돌아보았다. "우리 도라 언니!"

"너 취했어?" 유도라는 어깨 너머로 흘끗 바깥을 살폈다.

"걱정할 거 없어. 언니의 소중한 손님들께 실수하지 않을 테니까. 걱정하지 마, 난 괜찮아." 그녀의 흐리멍덩한 대답은 유도라를 안심시켜주지 못했다.

"유도라? 칼 안 가져오니?" 엄마의 목소리에서 신경질이 느껴졌다. "사람들 기다리잖니!"

동생을 바라보았다. 스텔라의 반항적인 표정은 마치 도전장을 던지는 것 같았다. 동생은 지나가며 팔꿈치로 언니를 툭 쳤다. "가자, 엄마 기다리잖아."

케이크 칼을 챙겨 동생을 따라 거실로 나갔다. "왔네요." 에디가 손뼉을 치며 말했다. 그가 약혼녀의 손을 잡자 사람들이 일순 조용해졌다. 엄마는 촉촉한 눈으로 미소를 지었다. 그 뒤에서 스텔라는 광기 어린 미소를 띤 채 몸을 건들거리고 있었다.

유도라는 조용히 기도했다. 제발 아무 일 없이 무사히 지나가게 해주세요. 부디 제가 이 순간을 누릴 수 있게 해주세요.

"제가 말주변이 없어서요." 에디가 말문을 열었다. "일단 이렇게 다들 와주셔서 감사하고요, 저희를 위해 자리를 마련해주시고 또 저를 가족으로 맞아주신 허니셋 부인께 감사하다고 말씀드리고 싶습니다. 저는 정말 행운아입니다. 유도라가 저를 행복하게 해주는 만큼, 저도 행복하게 해주려고 노력하겠습니다." 남자들이 시끌벅적하게 우우 소리를 내며 휘파람을 불자 에디가 활짝 웃었다.

"저도 한마디해도 될까요?" 스텔라가 엄마 옆을 지나 앞으로 나왔다.

"스텔라." 유도라는 동생의 이름을 불렀고, 베아트리스는 얼굴이 창백해졌다.

"아니, 그게 아니라." 스텔라가 손을 들며 말했다. "언니를 위해 축사를 할 사람이 없잖아. 그러니까 내가 해줄게."

"그냥 놔둬봐." 에디가 으르렁거리듯 말했다.

"고마워, 에디 오빠." 스텔라는 음흉하게 웃더니 말을 시작함과 동시에 팔을 펼쳐 보였다. "우리 도라 언니는 아주 멋진 사람이에요. 친절하고, 따뜻하고, 사랑이 가득하죠." 유도라가 에디를 쳐다보자 그는 다행이라는 듯이 고개를 끄덕였다. "그에 반해 우리 엄마는 차갑고, 냉정하고, 한을 품은 쭈그렁 할망구랍니다."

"스텔라!" 유도라가 동생의 어깨를 잡은 순간, 사방에서 난처한 웃음소리와 헉하고 놀라는 소리가 동시에 터져 나왔다. 베아트리스는 놀란 나머지 입을 벌린 채 굳어 있었다.

스텔라는 고개를 젖히고 마구 웃어댔다. "사실이잖아, 도라 언니. 아니라고는 말 못 할걸?"

"너 취했어. 창피하니까 그만해."

"하, 내가 창피해? 그래? 언니 인생의 완벽한 순간과 사랑하는 남자 에디와의 해피엔딩을 망쳐서 미안. 파티를 멈출 순 없지. 자, 케이크 잘라!" 유도라가 가만히 서 있자 스텔라는 칼을 쥐고 베아트리스가 만든 케이크를 난도질했다. "내가! 자르라면! 자르라고!"

공포에 질린 눈으로 유도라가 에디를 쳐다보았다. 그러자 그는 스텔라의 허리를 붙잡았고, 그녀가 칼을 떨어뜨리자 거실에서 데리고 나갔다. 유도라도 그 뒤를 따라갔다.

"이거 놓으라고! 놓으란 말이야!" 스텔라가 그의 손에서 빠져나가려고 발버둥을 쳤다.

"너 볼기짝 좀 맞아볼래." 에디가 말했다.

스텔라는 고개를 젖히고 웃더니 도발적인 표정으로 그를 노려보았다. "놀고 있네. 불결한 새끼. 이거 놔." 에디가 놓아주자, 스텔라는 몸을 풀더니 에디를 봤다가 언니를 봤다가 다시 에디에게로 시선을 돌렸다. "파티 망쳐서 미안." 스텔라는 이 말만 남기고 뒤도 돌아보지 않고 밖으로 나가 버렸다.

"멍청한 년." 에디가 말했다. "술 좀 마셔야겠어." 그는 유도라를 복도에 남겨두고 혼자 주방으로 가버렸다. 그녀는 가만히 서 있었다. 사방에서 벽이 짓눌러오는 것 같았다. 숨이 막히고 가슴이 답답했다. *정신 차려, 유도라.* 그녀는 약혼반지를 빙빙 돌리며 반짝이는 다이아몬드를 쓰다듬은 후, 머리를 매만지고 거실로 돌아갔다. 엄마를 위로하기 위해.

9장

사회복지사는 정확히 칠 분째 늦고 있고, 유도라는 뿔이 났다. 그녀는 평생 늦어본 적이 없었고, 늦는 사람은 성격적으로 문제가 있는 것이라고 여겼다.

사실 피곤해서 더 화가 난 것도 있었다. 주말에 참석한 파티는 즐거웠지만 남은 것은 피로와 짜증이었다. 지친 영혼에 생기를 주기 위해서 수영이 간절했다. 그러나 여름날의 열기는 식을 줄 몰랐고 어쩔 수 없이 또 하루를 집에 처박혀 있어야 했다. 맹렬하게 더운 여름과 하루가 멀다 하고 비가 오는 가을, 그리고 지독히 추운 겨울을 빼고 나면 노인들이 안전하게 밖으로 나다닐 수 있는 날은 한 줌에 불과하다. 유도라는 종종 텔레비전 속에서 웃는 얼굴로 악천후를 예보하는 기상 캐스터를 노려보며 못마땅하게 헛기침을 하고는 했다.

"뭐가 그리 좋아! 여든다섯 살 먹은 노인에게 빙판길은 웃을 일이 아니라고!"

창가로 다가가 음울한 하늘을 바라보며 비가 오게 해달라고 기도했다. 잠시나마 시원해지도록. 그리고 그때 마치 애들 장난감처럼 생긴 작고 빨간 자동차가 정차하는 것이 보였다. 여자 한 명이 서둘러 내리더니 불안한 시선으로 집을 바라보았다. 지난번에 방문했던 그 사회복지사다. 이름이 루스였던가, 아주 친절했지. 루스는 뒷좌석에서 커다란 검은 가방과 파일을 챙겨 정원을 지나 바삐 걸어왔다. 유도라는 노크 소리를 듣자마자 현관으로 향했다. 원래는 친절함을 중요하게 생각하는 사람이지만 오늘 루스를 위한 친절함은 없었다.

"십오 분이나 늦으셨군요." 유도라는 이 말로 인사를 대신했다.

"정말 죄송해요. 오늘 아들 녀석이 아파서 엄마가 와주실 때까지 기다려야 했거든요." 루스가 숨을 헐떡거리며 말했다. 걱정으로 눈이 일그러졌다.

유도라는 입술을 오므렸다. 이런 변명이라면 반박이 쉽지 않지. "아무렴요. 어서 들어오시죠."

"고맙습니다. 그리고 다시 한 번 죄송해요."

"그렇게 계속 사과하지 않아도 돼요."

"네, 알겠어요. 죄송해요." 유도라는 이 말에 눈썹을 들어 올렸다. 루스가 두 손을 바짝 들었다. "사과하는 게 버릇이 돼서요. 알겠습니다. 이제 그만할게요."

"차 드실 건가요?"

"드시고 계셨다면 저도 한 잔 마실게요. 괜찮다면 제가 할까요?"

이 질문은 무슨 테스트 같다. "아니요. 나도 할 수 있어요. 거실에 가 있어요. 금방 따라갈 테니."

"네. 고맙습니다."

유도라는 차를 내리며 자신이 스위스에 안락사 신청서를 보낸 걸 알면 루스가 어떤 반응을 보일까 궁금해졌다. 물론 겁을 집어먹겠지. 사람은 원래 자신의 경험에 근거해 판단하는 법이니까. 루스는 사람들의 생명을 보존하고 증진하는 데 대부분의 시간을 보내고 있다. 대의명분은 좋다. 하지만 만약 유도라 같은 사람이 있어서 생명이 보존되는 것을 원치 않는다면? 머지않아 손을 떨게 될 테고, 계속되는 고통으로 얼굴도 일그러질 텐데.

왜 죽고 싶으냐고? 살아야 할 이유가 많다고?

뭐, 이유가 많은 사람들이 있긴 하겠지. 하지만 나는 아니다. 그리고 전혀 섭섭하지 않다. 내가 내 삶을 어떻게 살지 선택해왔듯이 어떻게 죽을지도 선택하겠다는데 도대체 뭐가 문제람?

유도라는 이 문제에 대해 이성적으로 대화를 나눌 수 없는 세상에 절망을 느꼈다.

차를 내려서 거실로 내갔다. "정말 고맙습니다." 루스가 본차이나 머그를 받아 들며 말했다.

"자, 그래서." 유도라가 의자에 앉으며 대화를 시작했다. "오늘은 무슨 일로 오셨나?"

루스는 컵받침 위에 똑바로 머그잔을 올려놓았다. 이 행동은 유도라의 환심을 샀다. 루스가 꺼낸 파일은 무시무시했다. 공공의료병원이 이렇게 계속해서 관심을 가져주는 것은 고맙지만, 똑같은 질문에 똑같은 대답을 반복하는 것은 조금 피곤한 일이다.

이름은요? (허니셋. t가 두 개 들어가요.)

생년월일은? (자신이 꽤 늙었다는 사실을 담당자가 기재하는 동안 기다린다.)

혼자 사시나요? (그렇다고 대답하면 질문자는 안됐다는 표정을 짓는다.)

혼자 사시는 건 어떠세요? (눈을 흘겨 뜬다.)

누가 와서 집안일을 도와주면 어떨까요? (진저리를 친다.)

이런 질문들에 대답할 때마다 마치 돌림노래를 부르는 것 같았다. 그렇지만 해달라는 대로 해줘야 사람을 놓아주니 어쩔 수가 없다. 물론 그들의 친절한 마음은 충분히 헤아리고 있었다. 그리고 무슨 일이 있어도 생명은 지켜야 한다는 기본 원칙 때문에 그런다는 것도 잘 안다. 유도라는 일부 의료 전문가들이 노인과 대면하는 방법을 제대로 모른다는 사실을 통렬히 인식하고 있었다. 세 집 건너에 사는 카터 부인이 넘어져서 응급실에 갔던 때가 떠올랐다. 그녀는 삼 년 동안 병균 범벅인 응급실과 집을 오갔다. 그러다 결국 구급차 안에서 생을 마감했다. 카터 부인이 마지막으로 본 것은 구급차의 푸른 불빛과 괜찮다고 안심시켜주는 지친 구급대원의 얼굴이었다. 유도라는 절대 똑같은 일을 겪지 않으리라 다짐했다.

"어떻게 지내시는지 궁금했어요. 병원에 다녀가셨다는 얘기는 들었어요. 병원 측에서 많이 좋아졌다고 기뻐하더라고요."

좋아, 유도라. "난 꽤 잘 지내요. 고마워요."

"다행이에요. 제가 드린 지팡이는 쓰고 계시죠?"

"그럼요. 하늘이 준 선물 같던걸요. 수영하러 갈 때 쓴답니다. 집 안에서는 지팡이 없이도 다닐 만하거든요."

"요즘도 수영하러 다니세요? 대단하세요. 정말 모두에게 귀감이 되는 분이에요."

"칭찬 고마워요."

"집안일은 혼자 하시나요? 설거지나 변기 청소 같은 것도요?"

유도라는 소름이 끼쳤다. "네, 그럼요."

"의자나 침대에서 일어날 때 불편한 곳은 없고요?"

"다 괜찮아요. 정말로요."

"좋아요. 정신적인 문제는 없으시죠?"

유도라는 얼굴을 찌푸렸다. "난 멀쩡한데요."

"아, 문제가 있을 거라는 말은 아니에요. 그냥 혼자 사시니까 여쭤본 거예요." *또 시작이군.* "사실은 사람들과 어울려 다양하게 즐기실 수 있을 만한 활동이 좀 있어요."

맙소사. 처참한 노인들이 모여 앉아 넋두리나 늘어놓는 그런 모임을 말하는 건가? 유도라는 그루초 막스의 명언을 떠올렸다. '나 같은 사람을 회원으로 받아주는 모임에는 소속되고 싶지 않다.'

"말씀은 고맙지만, 저는 됐어요." 유도라가 단호히 거절했다.

"알겠어요." 루스가 말했다. "그래도 시간 날 때 한번 보시라고 전단지는 놓고 갈게요."

"뭐, 음." 유도라가 모호하게 말했다.

대화는 루스의 핸드폰 벨소리 때문에 중단되었다. 그녀는 화면을 보더니 울상이 되었다. "죄송해요. 잠깐 통화 좀 하고 올게요." 그러고는 핸드폰을 들고 복도로 나갔다. 유도라는 차를 홀짝이며 들려오는 대화에 귀를 기울였다. "엄마? 별일 없죠? 맥스는 좀 어때요? 네. 네. 칼폴 약은 여덟 시에 먹였어요. 열이 안 내려가요? 네, 그럼 누로펜을 먹여보고 삼십 분 후에 다시 재보세요. 무슨 일 있으면 알려주시고요. 고마워요, 엄마. 사랑해요. 맥스한테도 사랑한다고 전해주세요."

루스의 목소리는 떨리고 있었다. 유도라 자신은 엄마가 돼본 적이 없지만, 다른 누군가를 돌보는 게 어떤 일인지는 잘 알고 있었다. 루스는 창백하고 초조한 얼굴로 거실로 돌아왔다. 그러고는 의자에 다시 앉으며 말했다. "좋아요. 우리 어디까지 했죠?"

"집에 가요." 유도라가 말했다.

"네?"

"집에 가서 애랑 같이 있어줘요. 이것보다 그게 훨씬 더 중요한 일이니까." 루스의 눈이 눈물로 반짝이기 시작했다. 유도라는 행여나 루스가 울어버릴까 서둘러 말했다. "나는 늙었지만 전혀 문제없어요. 노력은 감사하지만 내 걱정은 안 해도 됩니다. 그렇지만 아들 걱정은 해야 하지 않겠어요? 그러니 지금은 돌아가요. 안 그러면 사무실에 전화해서 따질 거예요."

루스는 이게 농담임을 깨닫기까지 약간의 시간이 필요했던 같다. 그녀는 가슴에 손을 올리고 안도한 듯 웃었다. "정말 그래도 될까요? 맞는 말씀이긴 한데……. 아들 곁에 있어줘야겠죠, 그러는 게 좋겠죠?"

유도라는 이 젊은 엄마에게 그것을 허락해줄 사람은 오

직 자신밖에 없다는 것을 깨달았다. "물론이에요. 젊은 엄마들은 모든 걸 다 하려고 하잖아요. 가끔은 쉬는 것도 필요해요." 언젠가 〈여자들의 시간〉에서 들은 문장이었다. 직접 쓰자니 좀 계면쩍긴 했지만 옳은 말임은 분명했다.

루스가 재빨리 고개를 끄덕였다. "고마워요, 유도라. 옳은 말씀이세요. 아이가 우선이죠. 저는 이만 가볼게요. 이거 마무리해야 하니까 나중에 전화 드려도 될까요?"

"좋을 대로 해요. 하지만 아이부터 챙겨야 해요. 안 그러면 전화 끊어버릴 거예요."

루스가 미소를 지었다. "고마워요. 정말 친절한 분이시네요. 그럼 잘 지내세요."

"그쪽도요."

유도라는 현관문이 닫히는 소리를 듣고 의자에 몸을 묻었다. 피곤했지만 기분은 좋았다. '아름다움은 친절함과 함께 있는 법이니까요.'* 유도라는 이 생각을 하며 눈을 감고 잠 속으로 빠져들었다.

❀ ❀ ❀

로즈가 문을 두드린 건 점심때쯤이었다. 유도라는 그런

---

* 셰익스피어의 시 〈실비아〉에 나오는 문구.

대로 괜찮은 햄 샌드위치로 점심을 해결한 뒤 십자말풀이를 하고 있던 참이었다. 평소라면 방해를 받아 짜증이 났을 것이다. 그러나 문을 열어 로즈를 보는 순간 신기하게도 기분이 좋아졌다. 특히 그 의상. 로즈는 샛노란 색에, 목사님 가운에서 봤음직한 보라색과 형광 노란색이 섞인 기이한 옷을 입고 있었다. 로즈의 실험적인 패션에는 놀라울 만큼 사람을 안심시키는 힘이 있다.

"안녕, 로즈. 잘 지냈니?"

"안녕하세요, 유도라 할머니. 저는 잘 지내요. 그런데 스탠리 할아버지가 걱정이에요."

"그래?"

로즈의 얼굴이 심각했다. "개들이랑 산책을 안 나오셨어요. 그런 일은 절대 없었거든요. 근데 할아버지가 가끔씩 에이다 할머니를 생각하면 우울하다고 하셨잖아요. 그래서 엄마가 저한테 여기 와서 스탠리 할아버지가 어디 사시는지 물어보라고 하셨어요."

"오, 그건 내가 알지. 엄마랑 둘이 가서 확인하려고?"

"저 혼자 가려고요. 엄마는 그놈의 아기 때문에 너무 피곤하거든요."

"로즈!"

"죄송해요. 엄마가 그렇게 말했단 말이에요. 어쨌든 주소 알려주시면 제가 가볼게요."

문득 이 별난 소녀가 남의 집 배수관을 타고 기어오르는 광경이 떠올랐다. 이런 일에는 끼어들고 싶지 않았지만, 어쩐지 자기도 모르게 끼어들게 될 것만 같았다. 게다가 유도라 역시 스탠리 마침이 걱정되기 시작했다. "나도 같이 가마."

　"정말요? 엄마가 더울 때는 할머니 귀찮게 하지 말라고 하셨는데."

　"문제될 거 없어. 곧 비가 올 거 같거든. 같이 가자."

　"좋아요. 엄마한테 말하고 올게요."

　유도라와 로즈가 스탠리의 집까지 얼마 안 되는 길을 걸어가는 동안, 멀리서 으르렁대는 천둥소리가 들리고 하늘이 노한 듯 검게 물들었다. 비가 내리기 시작하자 로즈는 금색 라마가 그려진 우산으로 패션을 완성했다. 유도라는 한 손에는 지팡이를, 다른 손에는 디자인보다는 기능성에 중심을 둔 버건디색 우산을 들었다. 스탠리의 집이 보이고 커튼이 여전히 내려져 있는 것을 확인하자 두려움이 온 몸을 훑고 지나갔다.

　유도라는 고개를 흔들었다. 애초에 로즈랑 둘이서만 여기에 온 것이 잘못이었다. 의식을 잃은 채 바닥에 쓰러져 있으면 어쩔 것인가. 그걸 감당하기에는 너무 늦었다.

　"빨리 가요, 유도라 할머니." 로즈가 유도라의 팔을 잡으며 현관으로 향했다. 유도라는 마음을 단단히 먹은 후 초인종을 눌렀다. 집 안 어디선가 개들이 짖는 불협화음이 들려왔지만 인기척은 없었다. 유도라는 다시 초인종을 눌렀다. 개 짖는 소리만 더 커졌을 뿐 그 외에는 조용했다. 유도라는 고개를 숙여 로즈를 보았고, 로즈에게 이것은 신호였다.

소녀는 우편함 뚜껑을 밀고 몸을 수그렸다. "스탠리 할아버지! 저 로즈예요, 유도라 할머니도 같이 왔어요! 안에 계세요? 걱정이 돼서 왔어요!"

그러자 안에서 사람 목소리가 들리고 개들이 다시 짖기 시작했다. "알았다. 지금 나간다."

스탠리의 목소리는 작았고, 어딘지 주저하는 느낌이 들었다. 둘은 약간 물러나 스탠리가 문을 열기를 기다렸다. 유도라는 그를 보고 충격을 받았다. 허풍을 떨던 평소의 모습은 온데간데없고 웬 쭈그렁 노인네가 한 명 서 있었다. 이 사람이 주말에 같이 샴페인을 마시던 남자와 동일인이라는 것이 믿어지지 않을 정도였다. 오후 두 시가 훌쩍 넘었는데 여전히 파자마와 가운 차림이라니, 기함할 일이었다.

"오, 오늘 파자마 데이예요, 스탠리 할아버지?" 로즈가 물었다.

스탠리는 자신의 옷차림을 보더니 고개를 들어 유도라를 쳐다보았다. 그의 눈에는 수치심과 더불어 어떤 간절함이 담겨 있었다. "어, 나는……."

"일단 안으로 들어갑시다." 유도라는 끈질기게 내리는

빗줄기를 바라보며 말했다. "이러다 물에 쓸려 가겠어요."

"오, 그렇지. 어서 들어와요." 스탠리가 문에서 한 걸음 비켜섰다.

로즈는 문지방을 넘자마자 스탠리의 허리를 감싸 안았다. "괜찮으셔서 다행이에요."

유도라는 스탠리의 얼굴이 구겨지는 것을 보고 그 후에 벌어질 감정의 눈사태가 두려워 얼른 질문을 던졌다. "집에 코디얼 있어요?"

"스쿼시 말하는 거예요." 로즈가 손으로 입을 가리고 속삭였다. "유도라 할머니는 스쿼시를 저렇게 멋진 이름으로 부르더라고요."

스탠리의 표정이 혼란스러워졌다. "어, 아마 있을걸요."

"좋아요. 로즈, 스탠리 좀 놔줘라. 주방에 가서 우리 셋이 먹을 코디얼 좀 만들어줄래? 스탠리하고 나는 거실에 있으마."

로즈는 연대 병사처럼 무표정한 얼굴로 똑바로 섰다. "네! 캡틴!" 그리고 이어서 말했다. "그럼 제가 체스하고 데이브도 살펴볼까요?"

스탠리는 그제야 개들의 존재를 떠올린 듯했다. "아, 그래. 애들은 안쪽 방에 있어. 아마 배고플 거다. 사료랑 그릇은 옆쪽에 있고."

로즈가 가슴에 손을 올렸다. "저한테 맡겨만 주세요. 두 분은 가서 얘기하세요."

스탠리가 유도라를 바라보았다. "오늘은 아무것도 하기가 싫네요. 해서 뭐하나 싶어요."

"가서 앉읍시다." 유도라가 말했다.

스탠리 마첨의 거실은 그야말로 행복한 삶을 위한 성지였다. 텔레비전 맞은편 벽 쪽에 등받이가 높은 에르콜 의자가 두 개 나란히 놓여 있는 모습이 밝고 경쾌했다. 가까운 벽에 붙여 놓은 소파도 에르콜에서 만든 것이었다. 빨간색 벨벳 커튼과 공작 깃털 무늬 벽지는 유도라의 취향은 아니었지만 어쨌거나 멋져 보였다. 가장 눈길을 사로잡은 것은 벽에 줄지어 걸어놓은 사진들이었다. 디자인도 색도 제각각인 액자 속에서 아이들, 노인들, 아기들, 십 대들 그리고 수많은 스탠리와 에이다가 유도라를 보며 웃고 있었다. 사랑과 행복의 사진들.

로즈가 방에 들어가 사료를 주었는지, 개들이 흥분해서 짖는 소리가 들렸다. 로즈는 상냥하고 차분한 목소리로 얘기했고, 개들은 곧 짖는 걸 멈추고 이따금 "멍" 하는 소리만 냈다.

유도라는 소파에 앉고 스탠리는 고정석인 듯한 등받이 의자에 자리를 잡았다. 옆에 놓인 탁자에는 안경 케이스가 있고 그 옆에 손주들과 찍은 사진이 인쇄된 머그잔이 놓여 있었다. 머그에는 '우리 할아버지 세계 최고'라는 글귀가 새겨져 있었다. 스탠리의 오른쪽에 있는 빈 의자에는 체스와 데이브 사진을 박아 넣은 커다란 쿠션이 있었는데, 두 마리의 개가 뭔가를 열망하는 눈으로 이쪽을 보고 있었다. 아, 저것은 에이다의 의자구나.

"이게 다 무슨 일이에요?" 유도라가 물었다.

스탠리는 마치 엄마에게 추궁당하는 꼬마의 표정을 지었다. 그가 어깨를 으쓱했다. "나도 모르겠어요."

"무슨 일 있었어요?"

금방이라도 눈물을 쏟을 듯 그의 눈가가 촉촉해졌다. "에이다가 보고 싶어요."

유도라는 무릎 위에 두 손을 모았다. "그러는 게 당연해요."

스탠리는 먼 곳을 응시하며 말했다. "꿈을 꿨어요. 우리는 댄스파티에 가려는 참이었죠. 에이다는 무척 아름다웠어요. 한껏 멋을 냈죠. 향수 냄새가 느껴졌어요. 다시 볼 수 있어서 어찌나 좋던지. 계속 같이 있었다는 착각이 들 정도였어요. 떠난 게 오히려 꿈인 것 같았죠. 그랬는데 잠에서 깨고 보니……." 스탠리는 고인이 된 아내의 의자를 바라보더니 울기 시작했다. 그는 두 팔로 몸을 감싸고 어깨를 들썩이며 흐느꼈다.

유도라는 얼어붙었다. 로즈가 얼른 돌아오길 간절히 바라며 문가를 바라보았지만, 꼬마 숙녀는 여전히 방에서 나올 기미가 보이지 않았다. 이것은 결국 자신이 처리해야 할 문제라는 것을 의미했다. 유도라는 자리에서 일어나 스탠리에게 다가갔다. 그는 마치 추락하는 사람처럼 앞으로 몸을 수그리고 있었는데, 그것은 그야말로 가슴이 미어지게 애통한 사람의 형상이었다. 그녀는 탁자에 놓인 에이다의 사진을 바라보고 자신에게 힘을 달라고 빌면서 머뭇머뭇 손을 뻗었다. 유도라의 손바닥이 스탠리의 어깨에 닿자, 그는 울음을 멈췄다. 다만 웅크린 몸은 꿈쩍도 하지 않았다.

"그래요, 그래요." 유도라는 이렇게 말해놓고 이 말이 얼마나 이 상황과 어울리지 않는지 뒤늦게 깨달았다. 그녀는 좀 더 나은 말을 찾기 위해 머리를 굴렸다. "속상해하지 마요. 에이다도 스탠리가 슬퍼하는 모습을 원치 않을 거예요."

스탠리가 멍한 얼굴로 유도라를 바라보았다. "내가 풀이 죽어 여기 앉아 있는 걸 보면 멍청한 노인네라고 하겠죠?"

유도라는 고개를 끄덕였다. "그럴 거예요. 그러니까 이제 그만해요. 눈물 닦고요. 곧 로즈가 눈이 번쩍 뜨일 만큼 달콤한 코디얼을 가지고 올 거예요. 그거 마시면 진저리는 쳐지지만 기분은 좀 나아질 거예요."

"사랑을 담아 만들겠죠?"

"뭐 그렇겠죠."

스탠리는 손수건을 꺼내 눈물을 닦았다. "미안해요, 유도라."

"대체 뭐가 미안하다는 거예요? 남편이 자기 아내가 보고 싶다는데. 슬픈 일이잖아요. 누구라도 이해할 수 있을 거예요. 그런 거 가지고 사과하지 마요."

"그렇지만 유도라는 이렇게 울고 짜는 거 싫어하잖아요."

"사람은 다 다르니까요." 그녀가 대답했다.

"와줘서 고마워요."

"내가 같은 상황이면 똑같이 할 거잖아요."

"당연하죠."

"왔어요, 왔어." 로즈가 쟁반을 들고 거실로 왔다. "그리고 초콜릿 버번을 찾아냈어요. 스탠리 할아버지, 괜찮죠?"

스탠리가 미소를 지으며 끄덕이는 것을 보고 유도라는 그가 원래의 모습으로 조금은 돌아온 것 같다고 생각했다.

"물론 괜찮지, 로즈. 빛나는 갑옷을 입은 내 기사 두 명을 위해서라면 뭐든 좋지."

"여자 기사도 있어요?" 로즈가 정말 궁금해하며 물었다.

스탠리가 두 여자를 향해 팔을 활짝 펼치며 말했다. "나한텐 가능한 거 같은데?"

"기분은 좀 괜찮아졌어요?" 로즈가 잔 하나를 건네며 물었다.

스탠리가 한 모금 마시고는 몸을 움찔했다. 그러나 곧 자세를 바로 하고 말했다. "훨씬 나아졌어. 고맙구나, 로즈."

"다행이다." 로즈는 비스킷을 아작아작 먹으며 말했다.

"왜냐하면 제가 두 분을 초대할 일이 있거든요."

스탠리는 유도라를 흘끗 보고 미소를 지었다. 유도라는 어정쩡하게 웃고는 다시 에이다의 사진을 바라보았다. 그 눈에는 반짝임이, 모험심 가득한 영혼이, 깊은 배려심이 담겨 있었다. 알고 지냈으면 좋았으련만. 유도라는 마음속으로 에이다에게 약속했다. *스탠리가 잘 지내게 도와줄게요, 에이다. 내가 할 수 있는 한 최선을 다할게요.*

로즈는 신나서 자리에서 엉덩이를 들썩거렸다.

유도라가 로즈를 바라보았다. "자, 로즈. 그만 궁금하게 하고, 무슨 일을 벌이고 있는지 말해줄래?"

❧ ❧ ❧

1958년, 런던 남동부, 시드니 애비뉴

드레스는 완벽했다. 그레이스 켈리가 불과 이 년 전에 결혼식에서 입었던 그 드레스. 레이스로 된 얌전한 하이넥 칼라와 높은 허리선에서부터 떨어지는 우아한 풀 스커트에 경의를 표하며 유도라는 드레스를 입었다. 더 이상 바랄 게 없을 만큼 아름다운 드레스였다. 드레스를 입은 딸을 보고 엄마는 실비아의 팔을 움켜잡으며 탄성을 질렀다. 심지어 스텔라마저도 고개를 끄덕이며 애정 어린 미소를 보냈다. 엄마는 스텔라에게 들러리인 실비아를 데리고 런던으로 쇼핑을 가자고 했고, 다행히 스텔라는 그 말에 따라주었다. 모든 것을 제대로 하겠다는 베아트리스의 마음은 확고했다.

"신부 드레스는 엄마가 사야 하는 거야. 그게 전통이지." 엄마는 눈물을 글썽이며 말했다.

유도라는 엄마가 이런 곳에 돈을 쓰는 것을 원치 않았지만 결혼식 준비로 기뻐하는 엄마를 보니 마음이 놓였다. 그녀는 엄마의 손을 잡았다. "엄마, 고마워요. 그럼 우리 스텔라랑 실비아한테도 물어볼까요? 들러리 드레스도 같이 고르면 좋을 것 같아서요."

엄마는 잠시 망설이더니 곧 그러라는 듯 고개를 끄덕였다. "좋은 생각이구나."

유도라는 미소 지었다. 엄마와 동생은 여섯 달째 휴전 중이었고, 그사이 스텔라에게 변화의 기미가 보이기 시작했다. 이것은 더운 날 땀을 식혀주는 산들바람처럼 반가운 일이었다. 스텔라는 지역 교회에서 운영하는 청소년 클럽에 다니며 아이들을 위한 활동에 봉사자로 참여하고 있었다. 더욱 안심이 되는 건 에디가 있다는 사실이었다. 그는 종종 스텔라를 따라가 아이들에게 기계에 관해 가르쳐주곤 했다. 유도라는 동생을 챙겨주는 약혼자를 보며 마침내 삶이 희망적으로 변하고 있구나 하고 생각했다. 미래가 눈앞에 있었고, 그녀는 기꺼이 팔 벌려 맞을 준비가 되어 있었다.

결혼식은 한 달 앞으로 다가왔고, 유도라는 그 어느 때보다 흥분으로 들떠 있었다. 그녀는 드레스에 큰돈을 들인 것 외에는 비용을 최소화하려고 노력했다. 비록 배급을 받던 시절은 옛날 일이 되었지만, 그녀의 절약 정신은 여전히 대단했다. 그래서 결혼식을 올릴 성당 옆 홀에서 애프터눈 티를 곁들인 화려한 피로연을 열 생각은 애당초 하지도 않았다. 유도라는 에디와 함께 여섯 시쯤 피로연을 빠져나와 이스트본으로 가는 기차를 타기로 했다. 그곳에는 에디 어머니의 친구가 운영하는 민박집이 있었는데, 바다가 보이는 방을 저렴하게 빌려준다고 해서 그곳에서 일주일을 지낼 계획이었다. 유도라는 이 계획이 무척 마음에 들었고, 그와의 인생을 하루빨리 시작하고 싶었다.

결혼식 이 주일 전, 실비아가 함께 시내에 가서 애프터눈 티를 마시자고 제안했다.

"내가 살게. 결혼하기 전에 마지막으로 한 번 놀아야지. 스텔라랑 어머니도 같이 와도 되고."

다행히 두 사람 다 이 초대를 거절해주었다. 유도라는 그 둘을 진심으로 사랑했지만 이날만큼은 실비아와 단둘이 시간을 보내고 싶었다.

"날씨가 좋을 때 정원 관리를 해놔야지." 베아트리스가 말했다. "실비아랑 재밌게 놀다 와."

그럴 작정이었다. 따뜻하고 아름다운 날, 그녀는 가장 좋아하는 선드레스를 꺼내 입었다.

"예쁘다, 언니. 언니는 그 드레스가 참 잘 어울려." 나갈 준비를 거의 다 마쳤을 때, 스텔라가 계단을 내려오다 멈춰서서 칭찬을 해주었다.

"고마워, 스텔라." 유도라는 거울을 보며 머리를 매만지다 말고 스텔라를 쳐다보았다.

"오늘 같이 못 가서 미안해."

유도라는 동생을 똑바로 바라보았다. 그 푸른 눈이 미안함으로 실그러졌다. 유도라는 스텔라의 팔을 토닥여주며 말했다. "괜찮아. 이해해. 청소년 클럽 일이 당연히 더 중요하지."

"응." 스텔라는 바닥을 보며 대답했다.

유도라는 손을 뻗어 스텔라의 턱을 들어 올렸다. "정말이야. 괜찮대도. 그냥 실비아랑 차 마시는 거야."

"우리 도라 언니." 스텔라가 팔을 둘러 언니를 꼭 안았다. "언니, 행복해야 해."

유도라 역시 동생을 안고 미소를 지었다. "나 행복해."

스텔라는 언니의 눈을 바라보더니 고개를 끄덕였다. "그래, 언니는 행복할 거야. 그리고 이제 내 걱정은 안 해도 돼."

"난 늘 네 걱정을 할 거야. 언니니까 당연히 그래야지." 유도라가 말했다. "그렇지만 난 네가 자랑스러워. 상황이 좋지 않았던 거 알아. 하지만 이제 너도 뭔가 전환점을 돈

거 같아."

스텔라는 적당한 말을 찾으려는 듯 잠시 입을 벌린 채 머뭇거렸다. "내 생각도 그래. 도라 언니, 사랑해. 내가 사랑한다는 거, 잊으면 안 돼."

유도라는 동생의 이마에 키스했다. "바보 같기는. 그걸 내가 왜 잊겠어."

◦ ◦ ◦

실비아와 보낸 오후는 완벽했다. 춤을 추며 지새웠던 그 황홀했던 밤들을 회상하며 함께 웃고 떠들었다. 그들은 또 미래에 대한 희망과 비밀스러운 갈망을 서로 나눴다. 실비아는 케니가 청혼해주기를 기다리고 있었다. 유도라는 자신에게 일어난 동화 같은 일을 떠올리며, 그런 일이 곧 일어날 거라고 실비아를 안심시켰다. 행복한 결혼 생활과 아이들이 가득한 집에 대한 꿈을 이야기했고, 이 모든 것이 아주 가까이에 있다고 확신했다.

훗날 그날 오후를 돌이켜보니, 그때가 인생에서 마지막으로 행복했던 순간이었다. 그 모든 것은 엄청난 충격으로 다가왔다. 일말의 조짐도 느끼지 못한 순진했던 자신이 원망스러웠다. 화물열차가 그녀의 인생을 짓밟고 달려가는 동안, 기적 소리도 열차가 덜커덩거리는 소리도 듣지 못했다.

그날, 오후 늦게 귀가했을 때 집 안은 온통 고요했다. 엄마와 동생의 오랜 전쟁 뒤에 찾아온 이 평화를 유도라는 즐겼다.

"도라? 우리 딸 왔니?"

"네, 엄마." 그녀는 코트를 걸고 주방으로 갔다. 베아트리스는 찻주전자에 뜨거운 물을 붓고 있었다.

"차 마실래, 우리 딸?"

"아니요, 괜찮아요. 벌써 몇 리터는 마신 기분이에요."

엄마가 미소를 지었다. "실비아랑은 재밌게 놀았어?"

"좋았어요. 스텔라는 아직 안 왔어요?"

"들어오는 소리는 못 들었어. 근데 내가 오후 내내 정원에 있었거든. 콩이랑 상추를 심었어."

"어, 이상하네. 혹시 방에 있을지도 모르니까 제가 가서 확인해볼게요." 유도라는 계단을 올라 스텔라의 방으로 갔다. 방은 평소와 달리 깨끗하게 정리되어 있었고, 동생의 모습은 어디에도 없었다. 방 안을 한번 둘러보고 옷장 문을 열었다. 입이 바싹 말랐다. 안이 텅 비어 있었다. 옷장 위에 놓여 있던 여행 가방도 없었다. "나갔어요!" 유도라가 층계참으로 뛰쳐나가며 소리쳤다.

"나갔다고?" 베아트리스는 복도로 나와 물었다. "나갔다니, 그게 무슨 소리야?"

유도라는 급히 계단을 내려갔다. "그러니까, 짐을 싸서 집을 나갔다고요."

"어떡해. 그럼 경찰을 불러야 하니?"

유도라는 그때 직감했다. 자신이 영원히 엄마를 책임져야 한다는 것을. 베아트리스는 어떻게 해야 할지 몰라 쩔쩔맸다. "네, 그래야 할 거 같아요." 유도라가 계단을 다 내려왔을 때 전화벨이 울렸다. 재빨리 수화기를 낚아챘다. "스텔라니?"

"나 에디야." 그의 목소리가 들렸다.

"에디? 오, 마침 잘됐다. 있지, 좀 와줘야겠어. 스텔라가 사라졌어. 지금 걱정돼 죽겠어."

그는 잠시 망설이더니 대답했다. "나랑 같이 있어."

"아, 다행이다. 어디서 찾은 거야?"

에디가 목소리를 가다듬었다. "음, 도라…… 이걸 도대체 어떻게 얘기해야 할지 모르겠는데, 그러니까, 스텔라랑 나는, 지난해부터 가까워지기 시작했고, 그래서…… 정말 미안한데 결혼은 취소해야겠어."

유도라는 무슨 말이라도 해야 했다. 설령 그 말이 도움이 되지 않더라도. "뭐라고? 무슨 말이야?"

"흠, 그러니까 우리는…… 사랑하게 됐어. 우리 결혼하려고."

"너랑 스텔라가?" 농담처럼 들렸다. 말도 안 되는 끔찍한 농담.

에디의 목소리에서 짜증이 느껴졌다. "그 말 하려고 걸었어. 미안해. 그렇지만 이런 일은 흔히 있는 일이잖아."

"스텔라는 아직 애야."

"흠, 글쎄. 열여덟 살이면 자기가 원하는 대로 할 수 있는 나이 아닌가? 어쨌든 미안해. 그리고 어차피 너랑 나랑은 잘 안 됐을 거야. 너는 너무……."

너무 사람을 믿어?

너무 바보야?

너무 순진해 빠졌어?

"너무 뭐……?" 끔찍한 진실을 굳이 들으려는 삐딱한 마음이 고개를 들었다.

"너무 반듯하고 너무 착해. 나한테는 과분하지. 나는 좀 단순하잖아. 스텔라도 그렇고. 받아들이기 힘들겠지만 이게 모두에게 최선이야. 너도 알게 될 거야. 우리는 네가 행복해졌으면 좋겠어. 그냥 다 잊고, 케니처럼 착하고 믿음직한 사람 만나서 잘 살아."

"무슨 말을 해야 할지 모르겠어."

"우리 지금 기차를 타야 해서. 서로 좋게 끝내자, 오케이? 어, 스텔라가 할 말 있대."

에디가 수화기를 넘겨주는지 뭔가 달그락거리는 소리가 났다. 유도라는 자신이 숨을 멈추고 있다는 것을 깨달았다.

"도라 언니? 미안해. 직접 말하려고 했는데, 에디 오빠가 이렇게 하는 게 좋겠대서. 근데 내가 언니한테 했던 말은 진심이야. 난 언니를 사랑하고 언니가 행복했으면 좋겠어. 우리가 없어야 언니가 행복해질 거야."

동생의 목소리를 듣자, 유도라는 마치 뜨겁게 달아오른 증오로 가슴에 구멍이 난 것 같았다. 따귀를 한 대 맞은 듯 경고등이 번쩍 켜졌다. "다시는 연락하지 마. 너는 나한테 이제 죽은 사람이니까." 유도라는 수화기를 내려놓고는 바닥에 털썩 주저앉았다.

유도라 허니셋은 회전목마를 타려고 줄을 서서 기다리는 자신을 발견하고 조금 당황했다. 최근 그녀의 인생에 일어난 이상한 사건들 대부분이 그랬던 것처럼, 이번 역시 로즈가 원인이었다. 물론 스탠리의 잘못도 있다. 대체로 로즈탓이지만.

생전에 에이다가 회전목마를 얼마나 좋아했는지를 말하는 스탠리의 슬픈 표정과 사진에서 요란하고 화려한 회전목마를 발견하고 눈이 휘둥그레진 로즈의 환희에 찬 얼굴, 이 강력한 조합에 유도라는 차마 거절을 할 수가 없었다.

집에 가만히 들어앉아 죽기만을 기다릴 수도 있었다. 이렇게 뜨거운 8월의 열기 속에서, 죽은 여자에게 한 허황된 약속과 어린 소녀의 과한 흥분 때문에 이러고 있는 자신을 유도라는 이해할 수 없었다.

"엄청 재밌을 거예요!" 로즈가 소리쳤다. "어디에 앉을 거예요? 저는 윌리엄 얼굴이 좋더라고요." 로즈는 놀란 표정을 짓고 있는 말을 가리켰다. 그 요란한 무지개색 몸체와 금색 갈기는 마치 로즈 트레위드니 디자인 학교에서 막 뛰쳐나온 것처럼 보였다.

유도라는 잠시 고민했다. 붉은색과 금색 안장을 얹은 위엄 있고 늠름한 종마가 눈에 띄었다. 유도라는 그 말의 이름을 보았다. 마치 과거로부터 그녀에게 손을 뻗어오는 것 같았다. "나는 앨버트를 타겠어." 유도라가 말했다.

"오, 할머니 아빠 이름이랑 똑같네요." 로즈가 말했다.

"너 그걸 어떻게 아냐?" 유도라는 고마워해야 할지 화를 내야 할지 어리둥절한 상태로 물었다.

"말해주셨잖아요." 로즈가 대답했다. "제가 한 기억력 하거든요."

"네 기억력을 한 덩어리 떼서 나한테 좀 주면 좋겠구나." 스탠리가 말했다.

"언제든지요, 스탠리 할아버지. 언제든지요."

줄 앞까지 갔을 때 입구에 선 청년이 예순다섯 살이 넘은 손님을 처음 본 사람처럼 유도라와 스탠리를 빤히 쳐다보았다. "저기, 데이브!" 그가 누군가를 향해 소리쳤다.

비바람에 찌든 얼굴을 한 사람이 짜증스러운 표정으로

그들을 쏘아봤다. "왜!"

청년이 고갯짓으로 유도라와 스탠리를 가리켰다. "어디 앉혀야 돼요?"

"원한다면 부두 끝에서 밀어버리든지." 유도라가 구시렁거렸다.

데이브가 어깨를 으쓱했다. "글쎄, 2인승 좌석에 앉히면 되지 않을까?" 그가 낮게 매달린 은색의 2인용 용 모양 의자를 가리켰다.

유도라는 인내심이 바닥났다. 그녀는 앞을 헤치고 나가 청년과 정면으로 맞섰다. 그는 유도라보다 족히 삼십 센티는 더 크고 반세기나 젊었지만 그럼에도 겁을 집어먹은 것 같았다. "이것 봐요, 젊은이. 나는 앨버트를 탈 거예요. 알겠어요? 그러니 길을 좀 비켜주쇼. 그래야 타지."

데이브가 낄낄 웃었다. "말씀 잘 하셨네요. 들여보내줘, 딘. 밥통 같은 녀석."

딘은 앨버트의 안장 색깔만큼이나 붉어진 얼굴로 자리를 안내했다. 의기양양해진 유도라는 자신이 탈 말을 한 번 쓰다듬고 조심히 올라탔다. 다행히 앨버트의 디자인 덕분에 유도라는 고삐와 장대를 단단히 잡고 안장에 앉을 수 있었다. 로즈와 스탠리는 유도라를 사이에 두고 양옆에 있는 말에 앉았다.

"너 윌리엄 탄다고 하지 않았냐?" 유도라가 로즈에게 말했다.

로즈가 고개를 저었다. "이렇게 타야 더 재밌어요."

"그 청년 콧대를 아주 제대로 누르시던데요, 미스 허니셋." 스탠리가 감탄의 눈빛으로 말했다.

"한소리 들어야 알아먹는 사람들이 있더라고요." 유도라가 말했다.

드디어 기분 좋은 오르간 음악이 흘러나오고 회전목마가 움직이기 시작했다. 처음에는 느리게, 그러나 점차 속도를 높여갔다.

"유후!" 구경하던 엄마와 아빠 앞을 지나는 순간 로즈가 소리쳤다. "엄마, 아빠, 우리 좀 봐요! 우리 날고 있어요!"

유도라는 회전목마가 올라갔다 내려갔다 하는 것에 적응하기까지 약간의 시간이 필요했지만 곧 수영할 때와 마찬가지로 어떤 해방감 같은 것을 느끼기 시작했다. 스탠리는 신나서 소리를 지르는 로즈를 보며 웃고 있었다. 과연 우리의 모습은 남들에게 어떻게 보일까. 팔순이 넘은 두 노인과 작은 소녀가 회전목마를 타는 모습이라니. 좀 우스꽝스럽긴 하다. 유도라는 고개를 들어 사람들을 보았다. 사람들은 손가락으로 그들을 가리키며 미소를 짓고 있었다. 그녀는 자신도 모르게 손을 들어 마치 왕족이 하듯 흔들어 보였다. 미소만 짓고 있던 사람들도 손을 흔들고 환호성을 질러주었다.

"여왕 같아요!"

"둘 다 너무 멋져요!"

"나도 저렇게 나이 들고 싶다."

유도라는 시원한 바닷바람을 들이마셨다. 기분 좋은 시끌벅적함에 마음이 들떴다. 유도라는 로즈와 눈이 마주쳤다. 꼬마 숙녀의 신난 미소가 유도라의 마음을 파고들었다.

"네 말이 맞았다, 로즈." 유도라가 말했다. "이거 재미있구나." 로즈는 의기양양하게 엄지를 들어 보였다.

회전목마가 느려지다가 이내 움직임을 멈추자 유도라는 아쉬움을 느꼈을 정도였다. 스탠리는 말에서 내려오며 손을 내밀었다. "여왕 마마, 내리시지요."

"뻔뻔도 하셔라." 말은 그렇게 했지만 유도라는 그의 손을 잡았다.

"멋지지 않았어요?" 회전목마를 빠져나오며 로즈가 물었다.

"조금 어지럽기는 했다만 정말 즐겁더구나." 유도라가 대답했다.

"유도라가 인정하다니!" 스탠리가 웃으며 말했다.

그들은 그늘 밑 의자에 앉아 있는 매기와 롭에게 다가갔다. 처음에는 로즈네 가족의 해변 나들이에 끼는 것이 탐탁지 않았다. 그러나 에이다에게 약속한 것도 있고, 무엇보다 나들이 장소가 브로드스테어라는 얘기를 듣자 유도라의 심장이 뛰었다. 애틋한 추억이 있는 장소였기 때문에 마지막으로 한 번 오는 것도 좋을 듯싶었다.

매기는 유도라에게 롭과 함께 앞자리에 앉으라고 했지만, 만삭인 젊은 엄마를 두고 절대 그럴 수는 없었다. 다행히도 현대 사회가 발명한 에어컨과 다리를 충분히 펼 수 있는 넓은 공간 덕분에 유도라는 편하게 갈 수 있었다. 특히 소음 차단 헤드폰은 로즈가 동승자들을 방해하지 않고 좋아하는 팝송을 조용히 듣고 있을 수 있게 해주었다. 유도라는 가끔씩 들리는 로즈의 불안정한 흥얼거림을 무시하고 잠을 자기도 했다.

유도라는 만약 로즈네 가족과 하루를 온종일 보낸다면 어떨까 하는 궁금증이 일었다. 현대 가족의 변화를 잘 이해한다고 말할 수는 없지만, 로즈네 가족을 보며 세상이 조금씩 나아지고 있다고 그녀는 생각했다. 롭과 매기의 평등한 관계가 유도라에게는 생경했지만 그녀는 내심 박수를 보냈다. 무엇보다 가장 보기 좋았던 것은 편안한 부녀 관계였다. 자신이 아버지와 맺었던 그 관계가 시간을 뛰어넘어 현재에 재탄생한 것 같았다. 그래서 그 둘을 보는 것만으로도 유도라는 신기할 만큼 안정감을 느꼈다.

"아이스크림 드실 분?" 롭이 물었다.

"저요, 저요, 저요!" 로즈가 아빠 앞에서 손을 들고 깡충 깡충 뛰었다.

롭은 별 반응 없이 로즈를 건너뛰어 뒤에 선 유도라와 스탠리를 바라보았다. "아무도 없어요? 유도라? 스탠리? 대답하는 사람이 아무도 없는데, 두 분 정말 안 드실 거예요?"

"아빠, 하지 마요!" 로즈가 소리쳤다.

"로버트, 제발 애 좀 그만 놀려." 매기가 말했다.

"오오, 로버트!" 그가 말했다. "날 로버트라고 부르다니. 이제 어쩌면 좋지? 모두에게 사과할 방법이 필요한데."

"그럼 아이스크림을 사주시면 되겠네요." 유도라는 그들의 농담에 스스럼없이 끼어드는 자신을 보며 놀랐다.

"그거 좋은 생각이네요." 롭이 말했다. "고마워요, 유도라. 같이 가시죠. 그럼 로즈 빼고 다 아이스크림 드시는 거 맞죠? 로즈는 당근이면 되니까." 로즈는 대답 대신 아빠 등 뒤로 뛰어올랐다. 롭은 로즈를 높이 업고 아이스크림 가게로 뛰어갔다.

"이런 가족을 두셔서 좋으시겠어요." 그 뒤를 따르던 유도라는 매기에게 말한 후 스탠리 쪽으로 몸을 돌렸다. "스탠리도요. 아주 멋진 가족을 두셨더라고요."

"언제든 환영이니까 저희랑 함께해요." 매기가 말했다.

"고마워요." 생각나는 대답이라곤 이것뿐이었다.

매기가 유도라를 흘끗 보았다. "유도라, 혹시 가족 없어요?"

평소라면 이런 질문이 거북했겠지만, 매기에게는 뭔가 슬픈 진실을 끌어내는 재주 같은 것이 있었다. "없어요. 아버지는 전쟁 때 돌아가셨고 어머니는 몇 년 전에 따라가셨지요."

"형제자매도요?" 매기가 한 손으로 배를 문지르며 물었다.

유도라는 잠시 망설이다가 대답했다. "동생이 하나 있었죠."

매기는 대답이 과거 시제라는 걸 알아챘다. "오, 정말 안됐어요."

세 사람이 아이스크림 가게에 도착했을 때 로즈는 아이스크림을 받아 들고 있었다. "그건 무슨 맛이야? 정말 맛있어 보이네." 매기가 물었다.

로즈는 혀로 한 번 핥더니 아이스크림이 잔뜩 묻은 입술로 만족스러운 미소를 지었다. "바닐라 토피넛 초콜릿 아이스크림에 견과류랑 시럽이랑 스프링클을 뿌렸어요."

"뭐 드실래요?" 롭이 유도라에게 물었다.

"흠, 로즈는 패션에 있어서 실망시킨 적이 없으니 아이스크림 고르는 센스도 한번 믿어볼까 봐요." 유도라가 대답했다.

"바닐라 토피넛 초콜릿 아이스크림에 견과류, 시럽 그리고 스프링클 뿌리는 거 잊으면 안 돼요, 아빠." 로즈가 자랑스러운지 가슴을 한껏 내밀고 말했다.

"고맙구나." 유도라가 감사를 표했다.

롭이 미소를 지었다. "곧 나갑니다."

그들은 아이스크림을 들고 바다가 내려다보이는 벤치에 자리를 잡았다. 의자 하나에는 로즈를 사이에 두고 매기와 스탠리가, 그리고 다른 의자에는 유도라와 롭이 나란히 앉았다. 유도라는 구름 한 점 없는 히아신스 빛 하늘을 바라보았다. 하늘과 맞닿은 옅은 모래사장에서는 아이들이 모래성을 쌓거나 소리를 지르며 물속으로 뛰어들고 있었다. 유도라는 감히 꿈을 꾸었던 이 해변과 그 신성한 날을 떠올렸다. 다른 삶. 다른 세상. 눈을 깜빡여 추억을 떨쳐냈다.

"따님의 아이스크림 고르는 실력이 아주 출중한데요." 유도라가 롭에게 말했다. "그래서 런던 생활은 어떤가요? 콘월과는 아주 다를 것 같은데."

"정말 다릅니다." 그가 숨을 깊이 들이쉬었다. "오늘 일 쉬고 여기 오길 참 잘한 것 같아요. 바다가 그리웠거든요. 런던에서 출퇴근하는 건 즐거운 일이 아니에요. 특히 이렇게 더울 때는." 그가 유도라를 흘끗 보며 물었다. "계속 시드니 애비뉴에서 사셨던 건가요?"

유도라가 고개를 끄덕였다. "전쟁 중에 피난 갔을 때만 빼고요."

"사람들이 들고 나는 걸 다 보셨겠어요."

"들고 난다는 표현으로는 부족하죠. 로즈네 가족은 저한테 열인가 열한 번째 이웃이에요."

"그렇지만 우리가 최고죠? 그렇죠?" 롭이 장난기 가득한 눈빛으로 물었다.

이런 가벼운 농담에 저항하기란 쉽지 않다. "아직 평가 중입니다만."

롭이 웃었다. "좋습니다. 그렇다면 저희가 마음을 얻기 위해 최선을 다하겠습니다. 물론 로즈가 이미 작업에 들어 갔겠지만 말이죠. 제 딸이지만, 쟤가 사람을 구슬리는 재주가 있거든요."

"로즈는 확실히 제 삶으로 살금살금 들어왔어요." 유도라가 말했다. "대단한 아이에요. 제 생각에, 우리 꽤 잘 어울리는 것 같아요."

"그렇죠. 제가 퇴근하고 집에 오면 늘 듣는 소리가 이겁니다. 오늘 유도라 할머니가 뭐랬는지 알아? 아니면, 유도라 할머니가 오늘 아침에 엄청 웃긴 얘기를 해줬어."

유도라는 놀랐다. "정말요?"

"그렇다니까요."

"이러다 학교 들어가고 또래 친구들 만나면 또 바뀌겠죠."

롭이 바다를 바라보며 말했다. "글쎄요. 로즈는 늘 친구 사귀는 걸 힘들어했어요. 지난번 학교에서도 따돌림을 당했죠."

"저런." 유도라가 말했다. "너무 안타까운 일이네요."

"학교 측에서도 뭔가 조치를 취했지만 거기에는 한계가 있었죠. 여기로 온 데에는 그런 이유도 있었습니다. 새롭게 시작하려고요."

"그렇군요."

"어쨌거나 로즈에게 친구가 생겨서 기쁩니다. 덕분에 로즈가 자신감이 많이 늘었어요." 두 사람은 나란히 옆 벤치로 시선을 돌렸다. 로즈는 파격적인 닭 춤으로 엄마와 스탠리를 즐겁게 해주고 있었다. 롭이 웃었다. "압니다. 가끔 별나게 구는 거요."

"매력 있는 사람들이 으레 그런 법이죠." 유도라가 말했다.

롭이 미소를 지었다. "로즈를 제대로 파악하셨을 줄 알았다니까요. 고맙습니다."

"이게 뭐 고마워할 일인가요."

"친절하시잖아요. 매기와 제가 얼마나 고마운지 모릅니다."

로즈가 끼어들어 바다를 향해 놓인 망원경 쪽으로 아빠를 끌고 가면서 대화는 끝이 났다. 유도라는 롭의 말을 곱

씁으며 그들을 바라보았다. 자신이 로즈의 삶에서 그렇게 중요한 역할을 하고 있는 줄은 미처 몰랐다. 이 사실은 사람을 약간 불안하게 하면서도 한편으로는 기쁘게도 만들었다. 엄마가 돌아가신 후 그녀는 누군가에게 필요한 사람이 돼본 적이 없었다. 그런데 지금 자신은 두 사람의 인생에 개입 중이었다. 도대체 어쩌다 이렇게 됐는지 알 수 없었지만 생각했던 것보다는 덜 성가셨다. 이로써 앞으로의 계획은 약간 복잡해질 수도 있을 것이다. 병원에서 의사를 기다리는 동안 십자말풀이를 하는 것처럼 단순히 시간을 때우는 것이라고 생각하자. 유도라는 그렇게 자신을 타일렀다.

그들은 퇴근길의 혼잡을 피하고자 피시 앤 칩스로 저녁을 먹고 밤늦게 집으로 돌아왔다. 로즈는 차 안에서 그림을 그렸고, 헤어질 때가 되자 스탠리와 유도라에게 각각 그림을 선물했다.

"이 그림은 갈매기가 스탠리 할아버지 칩스를 뺏어 먹으려고 했을 때 싸우는 모습이에요."

"아하, 그 녀석." 스탠리가 말했다.

"그리고 이건 유도라 할머니랑 저예요. 우리가 같이 케이크 먹고 〈포인트리스〉 퀴즈 쇼 보는 모습이에요. 몬티는 소파에서 자고 있어요. 보이죠? 텔레비전 속 리처드 오스만도 그렸어요."

"정말 비슷하게 그렸네." 유도라가 말했다.

"이거 주방에 붙여놓으세요. 그럼 주방에 좀 더 생기가 돌 거예요."

"고맙구나."

◦ ◦ ◦

유도라는 찬장 안을 뒤졌다. 혹시 몰라 쟁여두었던 끈이며 쓸모없는 열쇠 같은 것들이 쌓여 있었다. "찾았다!" 소리를 치며 오래된 블루택* 접착제를 꺼내 들었다. 누렇게 변한 가격표를 보니, 지금은 없어진 시내 중심가 체인점에서 75페니를 주고 산 거였다. 유도라는 찬장 문에 있는 귀여운 고양이 달력 옆에 로즈의 그림을 붙였다. 올해 초 우체국에 갔을 때 유일하게 남아 있던 달력이었다. 딱히 자신의 취향은 아니었지만, 8월 달 모델인 푸른 눈의 연회색 고양이가 화분 안에서 카메라를 바라보는 모습은 그야말로 매력적이었다.

"봐라, 몬티." 고양이가 어슬렁어슬렁 주방으로 걸어오자 유도라가 말을 걸었다. "로즈가 우리를 그려줬어." 고양이는 지루하다는 듯 고개를 들어 그녀를 보더니 방금 부어

---

* 재사용 점토접착제.

놓은 사료로 관심을 돌렸다. 유도라는 한 발 떨어져 걸어놓은 그림을 감상했다. 그러고는 달력을 들추다가 '자유'라고 쓴 글자에 시선을 고정했다. 고작 한 달 전에 쓴 것이었다. 차를 마셔야겠다고 생각한 찰나 전화벨이 울렸다. 유도라는 다리를 절뚝이며 거실로 갔다.

"여보세요?"

"유도라? 저 페트라예요."

심장이 빨리 뛰기 시작했다. "안녕하세요, 페트라. 안 그래도 연락 기다리고 있었어요."

"어떻게 지내세요?"

"잘 지내고 있어요. 신경 써줘서 고마워요. 그나저나 신청서는요? 무슨 소식 없나요?"

"아직은요. 지난주에 리버만 박사님과 통화하셨죠? 저는 어떻게 지내시나 궁금해서 전화한 거예요. 어제도 걸었는데 안 받으시더라고요."

"어제는 외출했었어요." 생각 없이 말이 먼저 튀어나왔다.

"어디 좋은 데 가셨나 봐요?"

유도라는 천성적으로 거짓말을 못하게 프로그램이 된 사람이었다. "친구들과 해변에 갔었지요."

"와, 정말 좋았겠어요."

"네, 아주 즐거웠어요. 물론 피곤하기도 했고요."

"피곤함을 무릅쓸 만큼 즐거웠던 거죠?"

어젯밤 헤어질 때 로즈가 "인생 최고의 날!"이라고 외친 것이 떠올랐다. 유도라는 머리를 흔들어 생각을 털어냈다. "즐거운 시간이긴 했지요. 그렇다고 신청서를 낸 마음이 달라진 건 아닙니다. 계속 진행할 거예요."

"무슨 말씀인지 알겠어요." 페트라가 말했다. "저기, 리버만 박사님은 지금 유도라의 신청서를 굉장히 신중하게 검토하고 계세요. 그러니 곧 소식이 있을 거예요."

"그렇군요." 더 기다리고 기대해야 해, 유도라. 평생을 그렇게 살아왔는데 몇 주 더 기다린다고 힘들 건 없겠지.

"지금 인생을 열심히 즐기고 계신 것 같아 기뻐요, 유도라."

"누워서 죽기만을 기다리는 것보다는 낫지 않겠어요?"

"그럼요, 당연하죠. 정말 대단한 분이세요."

대단하다니, 말이 되는 소리를 해야지. 유도라는 수화기를 내려놓으며 생각했다. 단지 삶과 죽음에 대해 현실적으로 대처하는 것일 뿐이다. 모름지기 사람이라면 그렇게 살아야 하는 법이니까.

힘겹게 일어나 삐걱대는 관절에 짜증을 내며 주방으로 향했다. 차를 마시면 기운이 좀 날 것 같았다. 벽에 붙은 로즈의 그림을 다시 한 번 본 후 펜을 하나 집어 들고 달력을 넘겼다. 얼마간 '자유'라는 단어를 응시한 후, 그 옆에 물음표를 적어 넣고 만족의 미소를 지었다. 이런 것들에 대해서는 현실적으로 생각하는 게 중요하니까.

◦ ◦ ◦

1958년 크리스마스, 런던 남동부, 오키드 무도회장

크리스마스가 다가오고 있었다. 실비아는 그 핑계로 토요일 밤에 춤을 추러 가자고 했다. 거절하고 싶었지만 실비아는 한번 말을 꺼내면 끝까지 밀어붙이는 아이였다.

"넌 좀 집에서 나와야 해. 새로운 사람도 만나고 해야 잊지. ……잊어야지, 어쩌겠어."

친구들에게 에디와 스텔라의 이름을 절대 꺼내지 말라고 엄포를 놓은 터였다. 그들을 잊고 싶었다. 존재 자체를 지우고 싶었다. 잘 되지는 않았지만 그래도 노력은 해야 했다.

유도라가 일하는 은행에는 패트릭 니콜슨이라는 고위 간부가 있었다. 아버지가 이사회에 있다는 이유로 높은 자리를 꿰찬 사람으로, 그레고리 펙처럼 잘생긴 얼굴에 흠잡을 데 없는 패션 센스를 갖고 있었다. 비서 대다수는 그의 환심을 사려고 애썼지만 유도라는 딱히 매력을 느끼지 못했다. 그래서 그가 춤을 추러 가자고 제안했을 때, 유도라는 실비아와 비서들이 보내는 기대에 찬 눈빛이 부담스럽게 느껴졌다. 결국 항복하는 마음으로 유도라는 그에게 오키드 무도회장으로 오라고 말했다.

"정말 섹시하더라." 실비아는 코트를 맡기며 말했다. "게다가 매너까지 좋고. 너 차에서 내릴 때 도와주는 거 보니까, 어쩜 세상에……. 정말 케니가 프러포즈해서 망정이지 안 그랬으면 나, 너 엄청 질투했을 거야."

"그래. 매력 있지." 유도라는 건성으로 대꾸하며 익숙한 무도회장 안을 둘러보았다. 애당초 왜 오겠다고 했는지 후회가 들었다. 자신도 모르게 에디만 찾고 있었다. 욕지기가 올라올 정도로 울적해졌다.

처음에는 분위기가 좋았다. 패트릭은 당당하고 한눈에 보기에도 멋진 사람이었지만, 우아한 춤꾼은 아니었다. 그러나 폭스트롯 춤을 출 때는 그럭저럭 유도라를 이끌었고, 그녀 역시 조금씩 즐기기 시작했다. 모두가 축제 분위기였다. 무도회장은 종이 리본과 종이 종, 그리고 크리스마스 방울로 꾸며져 있었다. 유도라는 패트릭이 자신에게 해답이 되어줄 사람인가 따져보았다. 그를 거부하는 건 어리석은 일일 것이다. 어쩌면 이제 행복해질 때가 된 것인지도 모른다. 자기 연민에서 빠져나올 때가 된 것인지도.

유도라가 잠시 화장실에 다녀오겠다고 하자 패트릭은 손에 키스를 해주었고, 이 행동은 그녀에게 새로운 희망을 주었다. 그 희망은 화장실 안에서 우연히 두 여자가 얘기하는 것을 듣고 사라져버렸지만.

"그레고리 펙같이 생긴 남자 봤어?"

"지금 나더러 봤냐고 물은 거야? 그 사람 나만 계속 쳐다보던데?"

"도리스! 왜 이렇게 뻔뻔해졌어." 말을 마친 여자가 깔깔 웃어댔다.

"뭐, 그 사람만 탓할 수는 없지. 데리고 온 여자 봤어? 차갑고 거만하기 짝이 없더라. 그 남자도 잠깐 데리고 놀 여자가 필요했던 거겠지."

유도라는 두 눈을 질끈 감고 그들의 웃음소리가 멀어질 때까지 가만히 기다렸다. 잠시 후 문을 열고 나와 손을 씻고 화장실을 빠져나왔다.

"아, 왜 이제 와요." 바에 다가가자 그가 말했다. "없어진 줄 알았잖아요. 뭐 한 잔 할래요?"

유도라는 술을 즐기는 사람이 아니었다. 패트릭은 이미 취해 있었고, 화장실에서 들은 대화가 귓가에 계속 맴돌았다. "베이비쉠*으로 할게요, 고마워요." 유도라는 최대한 세련되게 말했다.

"금방 대령하겠습니다." 패트릭은 기분이 좋은 듯 히죽히죽 웃으며 말했다.

주변을 둘러보았다. 댄스플로어에 있는 실비아와 케니는 마치 할리우드 커플처럼 우아하게 떠다니고 있었다. 부

* 베이비 샴페인이라는 뜻으로 알코올 도수가 낮은 탄산음료 상표.

러운 마음을 꿀꺽 삼킨 순간 패트릭이 음료를 가지고 돌아왔다.

"숙녀분을 위한 베이비쉠 왔습니다. 자, 건배할까요?" 그는 자신의 파인트 잔을 유도라의 잔에 부딪쳤고 그러다 맥주를 조금 쏟았다.

"건배." 유도라는 억지로 미소를 지으며 말했다. 주변에는 질투의 시선으로 자신들을 바라보는 여자들이 잔뜩 있었다. "우리 자리 좀 옮길까요?"

"숙녀분이 원하신다면." 패트릭이 어설프게 허리를 숙이며 말했다.

유도라는 앞장서서 구석에 있는 테이블로 갔다. 생각보다 자리가 어두워 덜컥 겁이 났다. 음료를 홀짝이자 찐득한 단맛에 몸이 움찔했다. 패트릭은 의자를 가까이 끌고 와 유도라의 어깨에 팔을 둘렀다. 유도라는 꼼짝 않고 앉아 그저 댄스플로어만 바라보았다. 패트릭이 가까이 다가오자, 그의 뜨겁고 퀴퀴한 숨결이 뺨에 닿는 게 느껴졌다.

"유도라, 당신은 정말 대단한 여자예요." 그가 몸을 기울여오며 말했다. 값비싼 애프터셰이브의 강렬한 냄새와 싸구려 맥주 냄새가 동시에 끼쳤다.

유도라는 억지로 음료를 마시면서 패트릭이 자신의 무릎에 손을 얹은 사실을 애써 무시했다. 마침내 마지막 한 방울까지 다 마신 후에는 과장된 몸짓으로 잔을 들어 보였다. 한 잔을 더 부탁한 후 그사이 덜 구석진 자리로 옮기려는 심산이었다. 그러나 패트릭의 생각은 딴 데 있었다. 유도라가 테이블에 잔을 내려놓자마자 앞으로 확 다가와 입을 맞추고 혀를 입 안으로 밀어 넣었다. 무방비로 있다가 당한 유도라는 자신도 모르게 힘을 실어 그를 세게 밀어버렸다. 패트릭은 바닥으로 나동그라졌고 주변 사람들은 구경거리에 재밌어했다.

"이 사람아, 여자가 당신을 안 좋아하는 거 같은데!" 한 남자가 소리쳤다.

"그러게, 다음엔 더 잘해보라고!" 또 다른 사람이 말했다.

패트릭은 두 발로 비틀거리며 일어서더니 유도라를 노려보았다. "왜 이래? 도대체 뭐가 문젠데?" 그가 소리를 질렀다.

"패트릭, 미안해요. 실수예요. 자리를 여기로 옮기는 게 아니었는데." 두려움이 걷잡을 수 없이 밀려들었다.

"허, 그러셔? 너도 결국 그 뻔한 여자들 중의 하나였구나, 안 그래?" 그의 매력이 사라지고 그 자리에 앙심이 들어앉았다.

사람들이 모두 쳐다보자 유도라는 얼굴에서 핏기가 사라졌다. "제발 소란 피우지 마요."

패트릭이 어깨를 으쓱했다. "왜? 사람들도 네가 얼마나 남자를 괴롭게 하는 여자인지 알아야 하지 않겠어? 먼저 꼬셔놓고 언제 그랬냐는 듯이 차갑게 굴고."

"미안해요."

"미안하셔야지." 패트릭의 얼음처럼 차가운 눈빛과 모욕으로 몸이 차갑게 식었다. "몸만 달아오르게 하는 년."

소름이 끼쳤다. 유도라는 낄낄거리는 사람들을 헤치고 나가 코트를 찾아 들고 어두운 밤거리로 도망쳤다.

❖ ❖ ❖

유도라는 패트릭이 그 사건을 잊어주길 바랐다. 그러나 허사였다. 월요일 아침에 출근하자 동료 비서들이 서로 팔꿈치로 툭툭 치며 수군거리는 게 보였다. 애써 무시했다. 오늘의 신문은 내일의 피시 앤 칩스 포장지로 쓰이는 법이니까.

그러나 그녀는 화장실에 가는 길에 패트릭이 한 여성 관리자와 나누는 이야기를 우연히 듣고 말았다.

"이런 얘기 해도 되나 모르겠는데, 도대체 유도라는 왜 그러는 거예요?"

관리자가 한숨을 쉬었다. "니콜슨 씨, 제가 원래 뒤에서 남 얘기 하고 그런 사람은 아닌데요, 글쎄, 약혼자가 동생이랑 눈이 맞아서 도망갔다고 하더라고요." 동정심이라고는 느껴지지 않는 말투였다.

"오, 세상에, 그런 일이. 그렇다고 그렇게 행동해도 되는 건 아니지만, 어쨌든 이제 이유는 알겠네요."

"제가 얘기해볼까요?"

"아니요, 고맙지만 괜찮아요. 혹시 인사기록카드에 그런 부분을 적어주실 수 있나요? 확실히 사람이 좀 불안정해 보여서요. 고객들을 위해서라도 알고 있으면 좋을 것 같아요."

"물론이죠."

"고마워요. 솔직히 좀 안됐네요. 불쌍한 유도라 허니셋. 그렇게 혼자 살다 혼자 죽겠어요."

관리자가 서류를 정리하는 소리가 들렸다. 곧 사무실을 나올 것이다. 유도라는 화장실로 급히 몸을 숨겼다. 문을 닫자마자 눈을 꾹 감고 나오려는 눈물을 참았다. 그녀는 두 가지 사실을 깨달았다. 하나는, 마음에 드는 직장이지만 떠나야 한다는 것. 또 하나는, 패트릭 니콜슨이 예상한 자신의 미래는 거의 들어맞을 것이라는 사실이었다.

11장

"라인댄스."

"오, 그거 재밌겠는데요?"

"설마요. 도대체 누가 나란히 줄을 서서 춤을 추고 싶어 한대요?"

스탠리는 다른 전단지를 살폈다. "노르딕 워킹*?"

유도라가 얼굴을 찡그렸다. "그냥 걸으면 안 돼요?"

그가 한숨을 쉬었다. "앉아서 하는 운동은요?"

"전혀요."

"알겠어요." 스탠리가 남은 전단지를 카드처럼 펼치며 말했다. "그냥 하나 뽑아요." 유도라는 의심의 눈초리로 쳐

---

* 양손으로 스틱을 사용하여 걷는 스포츠.

다보았다. 스탠리가 어깨를 으쓱했다. "같이 모임에 간다고 약속했잖아요. 그래 놓고 다 싫다고 하니 그쪽에서 골라 봐요."

맞는 말이었다. 사회복지사 루스가 두고 간 전단지를 보고 유도라는 스탠리를 집 밖으로 끌어낼 완벽한 방법을 떠올렸다. 그리고 지금, 이 잘못된 판단으로 섣불리 한 약속을 후회하고 있다. "아무렴, 좋고말고요." 유도라는 눈을 감은 채 스탠리의 손에서 전단지를 하나 뽑았다. 내용을 본 유도라의 얼굴이 밝아졌다. "이건 생각보다 꽤 괜찮을 것 같은데요."

"그 정도면 극찬이네요." 스탠리가 중얼거렸다.

유도라는 그의 비꼬는 소리를 무시하고 크게 읽었다. "그때 그 시절. 시니어를 위한 활동. 퍼즐, 음악, 차 그리고 담소."

"괜찮은데요. 특히 음악이."

유도라가 경고의 눈빛을 쏘아붙였다. "이상한 거 할 생각일랑 하지도 말아요."

스탠리는 정중히 절을 하는 시늉을 했다. "네, 마님."

"바보 같은 사람."

"그래서 절 좋아하는 거잖아요."

"그렇다 쳐요."

두 사람의 관계를 어떻게 정의해야 할까. 로즈에게 묻는다면 아마 '베프'라고 하겠지. 확실히 두 사람 사이에는 가족같이 유쾌한 면이 있긴 했다. 스탠리는 마치 누나에게 핀잔을 들어도 마냥 좋아하는 남동생 같았다.

그들은 이른 저녁이면 전화를 주고받았다. 그것은 유도라의 제안이었다. 스탠리가 하루 동안 있었던 일을 수다로 풀 사람이 있었으면 좋겠다고 말했기 때문이다. 처음에는 속박이 될까 걱정했다. 그런데 걱정한 것이 무색하게 점점 이 시간이 기다려졌다. 스탠리는 이 통화를 아랑곳 않고 '19시 보고'라고 불렀다. 그의 보고는 대부분 실없는 농담이었지만, 그녀는 그런 가벼운 말장난과 그의 엉뚱한 일화를 듣는 것이 즐거웠다. 종종 스탠리는 그날의 음악 퀴즈 점수를 보고하고 어떤 문제가 까다로웠는지 설명하기도 했다. 그러면 유도라는 매일 하는 십자말풀이에서 골치 아픈 문제를 골라 얘기해주었다. 그러다 그들의 이야기는 늘 변함없이 로즈와 로즈가 한 재미있는 일들로 옮겨갔다. 그래 봤자 고작 십 분 남짓한 시간이었지만 그것으로도 충분했다.

"안녕히 주무십시오, 설득의 대가여." 스탠리는 항상 끔찍한 남부 억양으로 말했다.

"잘 자요, 스탠리."

❁ ❁ ❁

이튿날 아침 모임에 갈 생각을 하자 미리부터 겁이 났다. 하지만 유도라는 이 상황을 여왕의 마음으로 바라보자고 마음먹었다. 이것은 사명감으로 하는 일인 것이다. 부디 이번 한 번으로 끝나기를. 스탠리는 원래 사교성이 좋으니 거기서 많은 친구를 사귀게 될 테고, 그러면 자신은 이 난국에서 벗어나게 될 것이다.

그렇게 선행 하나가 마무리되겠지.

에이다에게 한 약속을 지키는 것이다.

이 계획에 로즈도 끌어들였다. 흥분한 로즈는 아침 내내 수그러들지 않는 열정으로 정신을 쏙 빼놓을 테지만, 유도라는 이 기회에 매기를 좀 쉬게 해주고 싶었다. 요즘 들어 부쩍 지친 모습이 눈에 띄었기 때문이다. 그래서 매기에게는 쉬겠다고 약속해야만 로즈를 데려가겠다고 엄포를 놓은 터였다.

유도라와 스탠리는 열 시 정각에 로즈를 데리러 갔다. 문을 열어준 매기의 지친 표정은 이 결심이 옳았다는 것을 증명하기에 충분했다.

"고맙습니다." 매기는 부른 배를 탓하듯 내려다보며 말했다. "얘가 밤새도록 파티를 하는 바람에 잠을 통 못 잤어요."

"아이고 이런." 유도라가 말했다. "그럼 좀 쉬어요. 우리는 점심때쯤 올 거예요."

"엄청 재밌을 것 같아요!" 로즈가 계단을 뛰어 내려오며 소리쳤다. 선명한 주황색 선드레스에 노란 테를 두른 선글라스를 끼고 반짝이는 은빛 샌들을 신고 있었다.

"옷이 참 예쁘구나, 로즈" 스탠리가 말했다. "햇살이 뛰어다니는 것 같아."

"딱 여름에 어울리는 옷이야." 유도라도 동의했다.

"할머니는 우리 같이 쇼핑 갔을 때 산 옷옷 입으셨네요!" 로즈가 큰 소리로 말했다.

"몰라보면 어쩌나 했네." 유도라가 말했다. 옷장에 다시 넣을 뻔했지만 '오늘을 즐기자'라는 생각에 그냥 입기로 한 옷이었다.

"사랑스러워요."

"앞으로는 나도 좀 차려입어야겠군." 스탠리가 말하며 둘에게 팔을 내밀었다. "가실까요?"

"재밌게 놀다 오세요!" 모두가 차에 오르자 매기가 외쳤다.

모임까지 가는 여정은 짧지만 유쾌했다. 심지어 유도라는 스탠리가 라디오 채널을 마음껏 고르게 놔두었다. 쉴 새 없이 떠드는 중간중간 음악이 나오는 방송이었다. 디제이는 공격적이지도 않고, 종종 재치 있는 입담을 보였다. 스탠리가 가장 좋아하는 음악 퀴즈가 시작되었다. 디제이는 퀴즈에 참여하려고 전화를 건 청취자와 다정하게 대화를 시작했다. 이어서 엘라 피츠제럴드의 음악이 나왔다. 유도라는 괜찮은 선택이라고 생각하며 고개를 끄덕였다.

"우리 아빠도 〈팝마스터〉 좋아해요." 로즈가 말했다.

"괜찮은 친구구먼." 스탠리가 대답했다.

"무슨 말인지 도통 모르겠네요." 유도라가 끼어들었다.

"내가 매번 얘기하는 퀴즈가 〈팝마스터〉 퀴즈예요." 스탠리가 설명을 곁들였다.

"유도라 할머니도 분명 좋아하실 거예요." 로즈가 말했다. "그렇지만 아주 조용히 있어야 해요. 그래야 문제가 들려요."

"누가 누구한테 조용히 있으라고 하는 거니, 로즈."

"쉿, 시작했어요!" 노래가 끝나고 디제이가 청취자에게 말을 걸자 로즈가 말했다.

"자, 필, 60년대 히트송과 섹시 송 가운데서 하나 고르실 수 있습니다."

"맙소사!" 유도라가 탄식을 내뱉었다.

"60년대 히트송 하겠습니다."

"60년대 히트송을 선택하셨군요. 자, 그럼 문제 나갑니다."

퀴즈가 시작되자 스탠리가 놀라울 정도로 진지하게 집중하기 시작했다. 그러나 더 놀라운 것은 그가 모든 문제의

정답을 알고 있다는 사실이었다.

"로니 도니건의 곡으로, 1960년대 1위를 달성한, 청소부에 관한 곡은 무엇일까요?"

"〈우리 아버지는 청소부*My old man's a dustman*〉!" 필과 스탠리가 동시에 대답했다.

"정답입니다. 일레인 페이지와 바바라 딕슨이 나온 뮤지컬로, 1985년 차트 1위 곡 〈나는 그를 잘 알아요*I know him so well*〉가 수록된 뮤지컬은 무엇일까요?"

"〈체스〉!" 두 남자가 동시에 외쳤다.

"에이다는 일레인 페이지를 아주 좋아했지요." 스탠리가 애틋한 미소를 지으며 말했다.

유도라는 스탠리의 생기 넘치는 표정을 보며 자신도 동참하고 싶다고 생각했지만 슬프게도 그녀는 지난 사십 년이 넘는 세월 동안 대중문화를 멀리해온 터였다. 그렇다고 그리움이 남는 것은 아니었다. 한 번도 가져본 적이 없는 것을 그리워할 수는 없는 노릇이니까. 스탠리의 즐거움에 함께할 수 없다는 것이 조금 아쉬울 뿐이었다.

"자, 그럼 마지막 문제 나갑니다. 로렐과 하디의 곡으로 인기 순위 10위에 올랐던 이 곡은, 1937년 영화 〈웨이 아웃 웨스트*Way out west*〉에 수록되어 1975년 영국 차트에도 진입했습니다. 과연 무슨 곡일까요?"

"〈외로운 소나무의 길*The trail of the lonesome pine*〉." 이번에는

유도라, 스탠리, 필이 동시에 외쳤다.

스탠리가 웃음을 터뜨렸다. "잘하셨어요, 미스 허니셋. 6점 드립니다!"

"완전히 드림팀이에요!" 로즈가 뒷좌석에서 소리쳤다.

❦ ❦ ❦

모임에 대한 첫 인상은 꽤 좋았다. 보통 이런 지역사회 활동을 위한 시설은 대부분이 20세기 초반에 지어진 건물이었는데, 유도라는 이런 양식의 건물이 좋았다. 깔끔하게 도장된 천장과 대리석 벽난로를 바라보며 역사가 주는 안도감을 마음껏 들이마셨다.

쾌활한 이미지에 머리끝이 보라색인 여성이 다가와 그들을 방으로 안내해주었다. 어두운 나무판자를 덧댄 공간에 들어서자 유도라는 심장이 쿵 하고 내려앉았다. 자신과 똑같이 생긴 노인들이 삼십여 명이나 있었다. 노인이라고 해서 이렇게 늙어 보여야 한다는 것은 정말 짜증나는 일이다. 마치 자두를 말려놓은 듯 쪼그라든 모습은 보기만 해도 마음을 뒤숭숭하게 했다. 유도라는 이 사람들과 둘러앉아 자신의 모습이 어떤지 끊임없이 상기하고 싶은 마음은 조금도 없었다. 그런데도 여기 그러고 앉아 있다니.

"환영해요! 잘 오셨어요!" 키가 작고 야무지게 생긴 여자가 주스병을 들고 나타났다. "제 이름은 수예요. 이름이 어떻게 되시죠?"

왜 여길 왔을까, 후회가 들기 시작했다.

로즈가 첫 타자로 대답했고, 유도라는 열 살짜리의 그 성급함이 이날따라 고마웠다. "저는 로즈예요. 예순다섯 살이 안 넘었지만 유도라 할머니가 따라와도 괜찮다고 해서 왔어요. 아, 이분이 유도라 할머니고요, 저분은 스탠리 할아버지예요. 우린 가족이 아니고 그냥 친구예요."

수가 활짝 웃었다. "모두 환영해요. 앉고 싶은 자리에 앉으시면 되고요, 그러고 나서 이름표를 만들 거예요. 수줍어하지 마시고, 서로 자기소개도 하고 그러세요. 퍼즐, 게임 등등 다양한 활동이 준비되어 있고, 아, 그리고 음료수는 맘껏 드세요. 돈 안 내셔도 됩니다. 기부하고 싶다면 말리지는 않겠지만요. 약 삼십 분 후에 강연이 시작될 거예요."

"고마워요, 수." 스탠리가 평소와 같이 매력적인 미소를 장착하고 말했다. 그 미소가 수에게 미치는 영향을 보고 유도라는 고개를 절레절레 흔들었다.

"잠시 후에 다시 올게요." 수가 말했다.

"이름표라니." 유도라가 질색하며 중얼거렸다. "나이가 들면 퇴행한다지만 그래도 너무하네."

"괜찮아요, 유도라 할머니." 로즈가 끼어들었다. "할머니 건 제가 만들어드릴게요. 저, 만들기 좋아하거든요. 오! 반짝이 펜으로 적어야겠다!"

한 커플이 앉은 테이블에 남는 자리가 있었다. 로즈는 이미 작업에 착수한 참이었다. 스티로폼 글자를 모으고, 풀을 챙기고, 찾을 수 있는 반짝이 펜은 모두 거둬 왔다.

"안녕하세요." 스탠리가 인사를 건넸다.

"안녕하세요, 안녕하세요, 안녕하세요." 앉아 있던 남자가 모두에게 인사를 건넸다. 스탠리와 비슷한 나이로 보였다. "저는 제임스라고 합니다. 사람들은 저를 짐이라 부르지요."

"안녕하세요, 짐." 스탠리가 인사했다. "여긴 유도라, 그리고 로즈예요."

짐 옆에 앉은 여자가 미소를 지었다. "유도라. 참 특이한 이름이네요. 저는 짐의 아내 오드리예요. 꼬마 아가씨는 바빠 보이네?" 그녀가 로즈를 보며 말했다.

"전 뭘 만드는 걸 좋아하거든요. 근데 두 분 결혼하신 지 얼마나 됐나 여쭤봐도 돼요? 혹시 이런 거 묻는 거, 좀 버릇없는 걸까요?"

오드리가 미소 지었다. "아니, 전혀. 거의 오십육 년 됐단다. 두 분은요?" 오드리가 유도라를 바라보았다. 유도라는 놀라 움찔하고 말았다.

"우린 결혼한 사이 아니에요." 스탠리가 대답했다. "그러기엔 제가 아깝죠." 유도라가 눈을 흘겼다. "우린 그냥 친구예요. 로즈는 우리 경호원이고요." 로즈는 역도 선수 자세를 취하고는 양쪽 알통에 차례로 입을 맞췄다.

오드리가 웃음을 터뜨렸다. "이런 친구가 있어서 정말 좋으시겠어요. 우리는 손자도 거의 못 보고 살아요."

"슬프시겠어요." 로즈가 말했다. "만약 멀리 사시는 거 아니면 제가 놀러 갈 수도 있어요." 이 말을 들은 오드리의 표정이 스르르 녹아내리는 듯했다. "아 참, 여기 이름표요. 너무 화려하게 하면 싫어하실까 봐 안 그러려고 엄청 노력했어요."

이름표는 형광 주황색 바탕에 보라색 스티로폼 글자와 초록색 반짝이로 꾸며져 있었다. "세상에, 이게 자중한 거라니. 화려하게 했다면 어땠을지 상상하기도 싫구나."

"내 이름표는 네 맘껏 꾸며봐라, 로즈." 스탠리가 말했다. "무지갯빛 색깔도 넣고 반짝이도 실컷 쓰고."

"예썰!"

스탠리가 유도라 쪽으로 몸을 돌렸다. "여왕님께 차 한 잔 대령할까요?"

"자꾸 그렇게 부르실 거예요?"

"아마도요."

"그럼 한 잔 주세요. 비스킷이 먹을 만하면 그것도 하나 부탁해요."

그는 구두 뒤꿈치를 붙이며 소리를 냈다. "알겠습니다.

주방장에게는 오이샌드위치를 재빨리 만들어줄 수 있는지 물어보도록 하겠습니다." 유도라가 입을 삐죽였다. "로즈는 주스 마실래?"

"네, 좋아요, 주세요."

"뭐 더 필요한 건 없으세요?" 스탠리가 오드리에게 물었다.

"아니, 괜찮아요."

"좋습니다. 금방 다녀오지요."

"너무 멋진 분이세요." 스탠리의 뒷모습을 보며 오드리가 말했다.

"아, 네." 유도라가 얼버무렸다.

"나이가 들수록 친구라는 존재가 참 소중해져요. 의지도 되고."

"그런 거 같네요." 유도라가 대답했다. 오드리를 보니, 그녀의 시선은 로즈에게 머물러 있었다. 로즈는 마치 목숨이라도 걸린 듯이 신중하게 반짝이를 바르며 이름표 만들기 프로젝트에 열중하고 있었다.

"오드리, 화장실 가고 싶어." 짐이 겁을 먹은 표정으로 말했다.

오드리의 눈빛이 다시 현실로 되돌아왔다. "그래, 알았어. 갑시다." 그녀는 남편을 일으켜 세웠다. "저희 친구들은 요즘 거리를 두더라고요. 짐을 어떻게 대해야 할지 모르겠나 봐요."

"안타깝네요." 유도라는 무슨 말을 덧붙일지 몰라 짧게 말했다.

오드리의 얼굴이 지쳐 보였다. "인생이란 게 그런 거죠."

그래, 그렇지만 꼭 그래야 하는 건 아니지. 이렇게 살 필요는 없어. 유도라는 속으로 생각했다. 인간의 수명은 연장됐는지 몰라도 삶의 질은 나아지지 않았다. 이건 뭔가 잘못되었다.

유도라는 고개를 돌려 주변을 둘러보았다. 직소퍼즐을 하는 사람, 도미노를 하는 사람, 그리고 그냥 차를 마시며 수다를 떠는 사람들도 있었다. 분위기는 나쁘지 않았고 사람들은 대체로 호의적이었다. 스탠리와는 확실히 어울리는 공간이라는 생각이 들었다.

"대령이오." 스탠리가 음료와 비스킷을 담은 접시를 가지고 돌아왔다.

"우와, 젖소 비스킷이다. 저 이거 좋아해요." 로즈가 비스킷 하나를 집어 들며 말했다.

"고마워요." 유도라는 차를 마시며 말했다. "나쁘지 않네요."

"안녕하세요, 여러분?" 수가 큰 소리로 인사했다. "익숙한 얼굴들도 계시고, 새로운 얼굴들도 많이 보이네요. 모두 반갑습니다. 서로 얘기들은 좀 나눠보셨나요? 저는 이 모임이 여러분에게 의지가 되고 친근한 모임이 되었으면 좋겠어요. 많이들 아시겠지만, 제가 하는 일은 어르신들이 권리를 행사할 수 있도록 도와드리는 거예요."

권리라고? 유도라는 생각했다. 벗어놓은 안경이나 잘 찾으면 다행이지. 권리를 행사할 여력 따위 없다고.

수가 말을 이었다. "제가 가장 싫어하는 게 뭔지 아세요? 사람들이 자율성을 박탈당하는 거예요. 그러면 자신감을 잃게 되고, 결국은 자기 삶에 대한 통제권을 잃어버리거든요. 자주 오시는 분들은 아시겠지만, 저는 무거운 주제라고 해서 꺼리거나 하지 않아요. 최근에 최종위임권에 대한 내용과 자금관리법에 대해 대화를 나눴는데 다들 도움이 됐다고 해주셔서 아주 기뻤어요. 자, 그래서 오늘 나눌 주제는, 우리 모두가 피할 수 없는 것인데……." 수는 긴장감을 주기 위해 잠시 멈췄다가 말을 이었다. "바로 죽음이에요."

방 안에 있는 모두가 숨을 죽인 그때, 로즈 혼자 추임새를 넣었다. "오오." 유도라는 의자에 앉은 채 허리를 곧게 폈다.

"자자, 걱정하지 마세요. 우울한 얘기가 아니에요. 제가 오늘 아주 멋진 분을 모셨는데요, 좋은 죽음이란 무엇인지 우리에게 말씀을 전해주실 거예요. 제가 이전에 이분 강의를 들은 적이 있어서 오늘 자신 있게 추천드릴 수 있답니다. 죽음 전문가 해나 리브를 소개합니다. 큰 박수로 환영해주세요."

해나가 일어서자 고요함이 사람들 사이로 잔물결처럼 퍼져 나갔다. 놀랄 만한 광경이었다. 해나가 청중을 바라보는 눈빛에서는 긍정의 힘이 느껴졌고, 검은색 곱슬머리는 마치 왕관처럼 얼굴을 감싸고 있었다. 효과는 즉각 나타났다. 완벽한 침묵이 공간을 감쌌다. 심지어 로즈마저도 꼼지락거림을 멈추고 그녀에게 집중하고 있었다.

"감사합니다. 우선 이곳에 오게 되어 기쁩니다. 다시 한 번 말씀드리지만, 걱정하지 않으셔도 됩니다. 오늘 우리는 우울한 얘기는 하지 않을 거예요. 여러분께 희망을 드릴 거고, 또 제가 무슨 일을 하는지 알려드릴 겁니다. 여러분은 그저 생각과 마음만 활짝 열어주시면 됩니다." 그녀의 나긋나긋한 목소리에는 마음을 가라앉히는 무언가가 있었고, 입에서 나오는 모든 단어에는 조용한 권위가 있었다. 유도라는 자기도 모르게 몸을 앞으로 당겨 앉았고, 옆을 보니 로즈도 같은 자세를 취하고 있었다. "제 가장 큰 바람은 모든 사람이 좋은 죽음을 맞이하는 것입니다. 그게 무엇일까, 다 함께 생각해보는 시간을 가졌으면 좋겠어요. 자, 좋은 죽음이란 무엇일까요?"

"집에서 죽는 거요." 스탠리가 대답했다. "제 아내 에이다가 그랬죠." 그러자 사람들이 안타깝다는 듯 웅성거렸다. 로즈가 스탠리의 어깨를 다독였다.

"삼가 고인의 명복을 빕니다." 해나가 그를 다정하게 바라보며 말했다. "경험담을 얘기해주셔서 대단히 감사해요."

"사랑하는 사람들에게 둘러싸여서 죽는 거요." 오드리가 짐의 손을 두드리며 말했다.

해나가 미소를 지으며 고개를 끄덕였다. "그렇습니다. 잠깐 칠판에 좀 적을게요." 그녀는 주머니에서 보드 마커를 꺼내더니 화이트보드에 적기 시작했다. 그러자 사람들이 저마다 의견을 내기 시작했고, 화이트보드에는 '고통 없이 죽는 것', '두려움 없이 죽는 것' 등등 꽤나 많은 의견들이 나열되었다. 특히 로즈는 '거대한 피자와 체리맛 콜라 한 캔을 먹고 죽는 것'이라고 말해서 사람들을 웃게 만들었다. 해나는 몸을 돌려 사람들을 바라보았다. "다 멋진 의견들입니다. 고맙습니다. 확실히 구급차 안에서 처치를 받다가 죽는 것을 좋은 죽음이라고 생각하는 분은 없는 것 같군요." 사람들이 당연한 것 아니냐며 웅성댔다. "물론 그럴 겁니다. 아무도 그렇게 죽길 원하지 않아요. 그렇지만 여전히 이 나라에서는 많은 사람들이 그런 식으로 죽음을 맞이합니다."

"끔찍해요." 로즈가 말했다.

"나도 네 생각에 동의한단다, 로즈."

"와, 내 이름을 알아요." 로즈가 유도라에게 속삭였다.

"하지만 좋은 소식이 하나 있어요." 해나가 말을 이었다.

"사는 동안 작은 일 하나만 수행한다면, 그런 식의 결말은 피할 수 있다는 겁니다. 그게 뭘까요?" 대답을 찾지 못해 초조해하는 시선들이 교차되었다. "틀려도 괜찮습니다. 이건 시험이 아니에요." 해나가 말했다. "답은 아주 간단합니다. 여러분이 해야 하는 일은, 말하는 거예요. 어떻게 죽음을 맞이하고 싶은지, 그것에 대해 얘기를 나누는 거죠. 유서에 적으셔도 되고, 가족들에게 쪽지를 남기셔도 돼요. 무엇보다 중요한 것은, 일단 뭘 원하는지 말을 하는 겁니다."

유도라가 몸을 앞으로 기울였다.

"죽음은 탄생만큼이나 중요한 문제입니다. 사람들은 탄생은 기뻐하지만 죽음은 두려워하죠. 이젠 그러지 않아도 됩니다. 저는 이 일을 하면서 이런 중요한 순간을 맞이하는 사람들과 그 가족들을 많이 만나봤고 그 여정을 함께했습니다. 제가 말씀드릴 수 있는 건, 죽음의 순간이 사랑, 웃음, 눈물, 희망, 기쁨으로 가득 찬 시간이 될 수 있다는 겁니다. 물론 두려운 순간도 있어요. 그럴 때는 제가 안심시켜드립니다. 고통이 따를 수 있어요. 그럴 때는 그 고통을 최소화할 수 있게 통증 완화 팀과 함께합니다. 무엇보다도 저는 좋은 죽음이 가능하도록, 그리고 남은 이들이 긍정적인 기억을 간직할 수 있도록 도와드립니다. 저는 사람들이 편안하고 두려움 없이 이 세상을 떠나길 바랍니다. 죽음은 피할 수 없지만, 그렇다고 두려워해야 하는 대상은 결코 아닙니다."

자신의 성격이 조금만 달랐다면 유도라는 분명 벌떡 일어나 기립 박수를 보냈을 것이다. 대신에 그녀의 심장이 박수를 치듯 빠르게 뛰고 있었다. 해나의 말은 살면서 들은 말 중에 가장 분별 있고 현명한 말이었다.

해나가 말했다. "차분하게 이성적인 마음으로 토론을 하면 두려움을 떨칠 수 있어요. 열린 마음, 긍정적인 마음으로 죽음을 맞이할 수 있고요." 그녀는 모두를 향해 미소를 지었다. "제 이야기가 여러분에게 잘 전달되었는지 모르겠군요. 오후 내내 이곳에 있을 테니까 궁금한 게 있으신 분은 언제든지 오십시오. 최선을 다해 답해드리겠습니다. 존엄사 희망 유언장 양식이나 제가 하는 일에 대한 안내 책자도 있으니 필요하신 분은 받아 가셔도 되고요. 그럼, 지금까지 들어주셔서 감사합니다."

사람들이 보내는 형식적인 박수에 유도라는 별로 놀라지 않았다. 사람들은 진실을 듣는 것을 싫어하는 법이니까. 그게 특히 마지막에 대한 얘기라면 더욱 그럴 것이다.

"저는 해나 선생님한테 가서 얘기하고 싶어요." 로즈가 말했다. "같이 갈래요?"

"글쎄, 아마 스탠리라면……."

"스탠리 할아버지는 벌써 딴 사람이랑 얘기하고 있어요." 로즈가 말을 끊었다. 로즈가 가리키는 곳을 보니 스탠리는 그와 비슷한 연배의 한 여성과 대화에 열중하고 있었다. 그 여자는 눈처럼 하얀 머리카락과 완벽한 대조를 이루는 선홍색 재킷을 입고 있었다.

유도라는 스탠리가 예상대로 행동하는 것을 보자 괜스레 그가 원망스러웠다. "아무렴, 좋고말고." 유도라는 로즈를 따라갔다. 수와 해나가 대화 중이었다. 해나는 두 사람을 보더니 거부할 수 없는 따스한 미소로 맞아주었다.

"질문 하나 해도 돼요?" 로즈가 물었다.

"물론이지." 해나가 대답했다.

"왜 사람들은 죽음에 대해 얘기하는 걸 싫어해요?"

해나는 유도라를 잠깐 쳐다본 다음 질문에 대답했다. "무서워서 그런 거 아닐까?"

"죽는 게요?"

"응, 그렇지."

"저는 바다에서 수영하는 게 무서웠는데, 아빠랑 계속 얘기했더니 더 이상 무섭지 않더라고요. 무서워하는 것에 대해서 얘기를 하는 건 아주 중요하다고 생각해요."

해나가 고개를 끄덕였다. "나도 똑같은 생각이란다. 사람들이 죽음을 두려워하는 건, 그게 너무 끝이라서 그런 거야."

"하지만 사실이 아니잖아요. 죽은 사람들은 죽은 자의 날에 다시 돌아오니까요. 적어도 제 생각은 그래요."

"똑똑하구나, 로즈. 그 믿음 잃지 말고, 앞으로도 계속 대화로 풀어나가렴."

"걱정 마세요, 해나 선생님. 전 얘기하는 거 좋아해요. 그렇죠, 유도라 할머니?"

"그렇고말고." 유도라가 말했다. "사실 어떤 때는 네가 말을 하다가 숨이 넘어갈까 걱정이 될 정도야."

로즈가 웃음을 터뜨렸다. "할머니 너무 재밌어요. 다행히 그런 적은 한 번도 없어요. 해나 선생님, 제 친구 유도라 할머니를 위해 해주실 말씀 없으신가요? 왜냐하면, 그러니까, 제 친구한테는 죽음이 좀 가까운 문제인 거 같아서요."

해나가 웃음을 참고 물었다. "궁금한 거 있으세요, 유도라?"

"로즈 때문에 죽을 날을 받아놓은 사람처럼 느껴지는 거 말고요?" 유도라가 말했다.

"제 생각에는 로즈가 유도라를 진심으로 생각하고 있는 것 같은데요." 해나가 대답했다. "존엄사 희망 유언장을 쓰실 생각은 없으신가요? 그럴 경우 상황이 힘들어져도 사람들이 유도라가 원하는 것을 알 수 있거든요."

"하세요, 유도라 할머니." 로즈가 끼어들었다.

"뭐 해될 건 없겠네." 유도라가 해나에게서 종이를 받아 들었다.

"형식은 간단해요. 지역 보건의의 확인만 받으시면 돼요."

"알겠어요. 그리고 오늘 말씀 감사했어요. 아주 흥미롭더군요. 선생님 말이 옳아요. 사람들은 죽음에 대해 더 많이 얘기해야 해요."

"그렇게 말씀해주셔서 고마워요. 혹시 모르니 제 명함 하나 드릴게요."

유도라는 명함을 받으며 해나의 흑갈색 눈동자를 똑바로 보았다. 그 안에는 친절함 말고 다른 것은 없었다. 유도라는 자신의 마지막 순간에 해나가 큰 위안이 되리라는 것을 상상할 수 있었다.

"저도 아주 굉장한 죽음 전문가가 될 수 있을 거 같아요." 뒤돌아 나오며 로즈가 말했다.

"네 고객들은 수다스러운 죽음을 맞겠구나." 유도라가 말했다.

"전 조용한 게 싫단 말이에요."

"그건 나도 이미 안다."

"유도라 할머니, 만약 때가 온다면 제가 할머니의 죽음 전문가가 되어드릴게요."

"기억하마."

"안녕, 숙녀님들, 즐거운 시간 보내고 계신가요?" 현관홀에서 마주친 스탠리가 질문을 던졌다.

"아주 흥미롭더군요." 유도라가 말했다.

"저는 이름표 만드는 게 좋았어요. 비스킷도, 죽음에 대한 얘기도요." 로즈가 대답했다. "스탠리 할아버지는요?"

"밖에 나와 새로운 사람을 만나니 좋더구나. 쉴라라는

아주 멋진 여성분을 만났지. 내가 에이다를 잃은 것과 비슷한 시기에 남편이 돌아가셨대."

"어쨌거나 다들 좋은 경험을 하고 돌아가는군요." 유도라가 말했다.

"와주셔서 감사해요!" 셋이 현관을 나서는데 수가 소리쳤다. "9월 12일에 또 오세요. 발라드 가수 크리스가 와서 노래를 부를 예정이에요. 아주 유명한 분이랍니다."

"빨리 그날이 왔으면 좋겠군요." 스탠리가 화답했다.

"저는 그날 병원 예약이 있는 거 같아요." 유도라는 거짓말을 했다. 스탠리의 표정에 실망이 어렸다. "그쪽은 오셔야죠. 쉴라가 찾을 테니까."

❦ ❦ ❦

늦은 오후 집에 돌아온 유도라는 해나에게 받은 존엄사 희망 유언장을 꺼냈다. 한 글자라도 놓칠세라 눈을 굴려가며 꼼꼼하게 읽었다. 내용은 간단했다. 너무 늦어서 스스로 결정을 내릴 수 없을 때 치료를 거부하겠다는 의사 표명서였다. 그렇다면 늙어서 힘들고 아프고 삶이 고달픈 사람들은? 그런 사람들이 조용하고 품위 있게 가고 싶다면 어디다 체크해야 하지? 유도라는 종이를 한쪽으로 던져놓고 눈을 감았다. 좋은 죽음. 그것은 간단하면서도 달나라 여행만큼 그럴듯한 농담으로 느껴졌다.

전화벨 소리에 화들짝 정신이 들었다. 전화를 받으려고 버둥거리다가 반쯤 남은 차를 좀 전에 던져놓은 종이 위에 엎고 말았다.

"염병할!" 유도라는 쏟은 차를 손수건으로 훔치며 수화기를 들었다. "여보세요?"

"유도라?"

억양을 듣고 쥐고 있던 손수건을 떨어뜨렸다. "네, 저예요."

"안녕하세요, 유도라. 전 클리닉 레벤스발의 그레타 리버만이에요. 지금 통화 괜찮으신가요?"

가까운 의자에 몸을 묻었다. "네, 괜찮아요." 그녀의 이니셜 E가 수놓아진, 한때는 새것 같았던 손수건이 찻물에 젖어들고 있었다. 그것은 엄마가 주신 선물이었다.

"좋습니다. 약속드린 대로 보내주신 신청서는 동료들과 함께 잘 살펴봤고요, 거기에 대해서 얘기를 나누고 싶어서 전화 드렸습니다."

입이 말랐다. 차를 다 쏟아버린 것이 한탄스러웠다. "그렇군요."

그레타가 말을 이었다. "자료를 다 봤는데, 여기에 써주신 의료 정보는 아직 유효한가요?"

"당연하죠." 할 수 있는 한 최대로 당당하게 대답했다.

"좋아요. 그리고 페트라한테도 자세하게 상황 설명을 들었습니다."

유도라의 마음에 희망이 싹텄다. 페트라라면 자신을 실망시키지 않을 것이다. "그러면 제 상황을 아시겠네요."

"네, 압니다." 의사가 말했다. "그렇지만 전에도 말씀드렸다시피, 어떤 결정을 내리든 그 전에 철저하고 엄격하게 대화가 먼저 이루어져야 하거든요."

"이미 다 말씀드린 것 같은데 무슨 말을 더 해야 할지 모르겠군요."

"그럼 질문을 몇 가지 드릴게요. 여기 적어주신 것 말고, 혹시 다른 질병을 앓고 계신 게 있나요?"

"아니요. 늙은 나이와 그 때문에 겪는 굴욕, 노화로 인한 질병으로 이미 충분하다고 생각하는데요. 동물이 이런 상황이면 사람들은 주저하지 않고 고통을 없애주잖아요."

"그렇긴 하죠. 하지만 사람에게는 선택권이 있고 목소리도 있으니까요. 저희가 일을 진행하려면 의뢰인이 건강한 정신 상태에서 결정했는지의 여부를 반드시 확인해야 합니다."

"저 또한 그렇다는 걸 분명하게 말씀드릴 수 있어요."

"가족 없이 혼자 사신다고요?"

무슨 말이 나올지 감이 왔고 거기에 대해서는 이미 준비가 되어 있었다. "네. 그렇지만 난 우울하지 않아요. 그냥 삶이랑 볼 장 다 본 사이가 된 거죠."

"자신이 우울하지 않다고 어떻게 확신하세요?"

유도라가 한숨을 쉬었다. "나는 최대한 활동적으로 살고 있어요. 매일 수영을 하고, 그게 아니더라도 적어도 집에서 나가려고 노력하죠. 잘 먹고 잘 자고요. 그렇지만 난 늙었고 이제는 내가 원하는 죽음을 실행할 권리를 행사하고 싶어요."

"유도라, 저를 믿어주세요. 뭘 원하는지, 왜 그러는지 다 압니다. 유도라 같은 분이 처음이 아니에요. 어쨌거나 저희 쪽에서는 옳은 결정을 내렸다는 확신이 있어야 합니다."

"원하신다면 어떤 서류에도 사인해드릴 수 있어요."

"그렇게 말씀해주시니 다행입니다. 안 그래도 존엄사 희망 유언서 작성을 요청하려고 했거든요."

유도라는 협탁으로 눈을 돌려 차에 젖어 엉망이 된 종이를 흘끗 보았다. "아무렴, 좋고말고요. 그럼 이쪽으로 용지를 한 장 보내주시겠어요?"

"네, 오늘 발송하겠습니다."

"고맙습니다. 또 더 필요한 건 없나요?"

"주치의에게 발급받은 최근 병력서가 필요합니다. 발급받을 때 이유는 말씀하지 마시고요."

"무슨 말인지 알겠어요."

"해당 정보가 있어야 저희가 제대로 된 결정을 내릴 수 있을 거예요."

"그러니까 제 신청서를 거부하지 않는다는 말씀인가요?"

"아니요, 그건 아닙니다. 결심이 굳은 것도, 확신을 가지고 계신 것도 잘 알지만, 이런 절차 없이 주먹구구로 일을 진행한다면 저는 의학계에서 퇴출당할 거예요. 앞으로도 본인이 결정한 일에 대해서 진지한 고민을 계속 해주셨으면 좋겠습니다. 조금이라도 의구심이 들거나 마음을 바꿀 이유가 생긴다면, 반드시 결과는 달라져야 하니까요. 삶이란 소중한 것이고 우리에게 계속 살아야 할 이유가 있는 한 우리는 그 여정을 따라야 합니다."

몽고메리가 어슬렁어슬렁 거실로 들어와 유도라의 무릎 위로 뛰어올랐다. 그러고는 의사의 말에 동의하라는 듯이 그녀의 뺨에 머리를 비벼댔다. "그럴게요." 유도라가 대답했다. "서류도 다 채우고 필요한 자료도 모을게요."

"고맙습니다. 언제든 대화 상대가 필요하면 저나 페트라에게 꼭 연락하시고요."

"알겠어요." 유도라는 거짓으로 대답했다. "고마워요, 닥터 그레타."

"아닙니다. 그럼 끊을게요, 유도라."

수화기를 내려놓는데 손이 벌벌 떨렸다. 마치 던져진 동전 같았다. 끊임없이 회전하다가 어느 쪽으로 떨어질지 모르는 동전. 앞면이 나온다면 그토록 오랫동안 원해왔던 것을 얻게 된다. 뒷면이 나온다면 계속해서 삶을 살아가야 한다. 몽고메리는 아직도 유도라의 손에 머리를 들이밀고 있었다. 놀랍도록 깊은 애정을 보이면서.

"넌 나를 그리워해줄 거니, 몬티? 아니면 그냥 로즈네 집에 가서 그 애를 귀찮게 하며 살래?" 몽고메리는 대답하듯 차갑고 축축한 코를 그녀의 뺨에 문질렀다. "감정을 보여주다니 고맙구나." 머리를 긁어주자, 고양이는 주인의 손길에 기대 목을 좌우로 움직였다. "근데 내가 계속 여기서 살면 어쩌냐? 이 집에 너랑 나뿐인데, 나한테 무슨 일이 생겨도 너는 구급차를 부를 수도 없잖아? 안 그러냐?" 고양이는 자리에 앉아 눈도 깜빡이지 않고 유도라를 바라보았다. "꼭 그렇게 해달라는 건 아니고." 유도라는 부모님과 함께 웃으며 찍은 사진을 흘끗 보았다. 순수하게 행복했던 그때로 돌아갈 수만 있다면 무슨 일이라도 할 수 있을 것 같았다. "모든 건 다 순간이야. 영원히 지속되는 건 없지." 몽고메리는 주인의 자기성찰 따위 지겨워졌는지 손을 앙 깨물었다. "아우! 저리가, 이 말썽쟁이 고양이 같으니라고!" 유도라는 몽고메리를 거실에서 쫓아냈다. 동전이 어느 쪽으로 떨어질지는 모른다. 하지만 그 문제를 어느 정도 좌우할 수 있도록 최선을 다하자. 유도라는 의사와 진료 시간을 잡기 위해 수화기를 들었다.

1959년, 런던 남동부, 시드니 애비뉴

"생일 축하한다, 우리 딸."

"고마워요, 엄마." 유도라는 몸을 기울여 엄마의 뺨에 입을 맞췄다. "차 좀 내릴까요?"

"아니, 넌 앉아 있어. 내가 할게. 우리 둘이 근사한 아침을 먹자꾸나. 오늘 메뉴는 삶은 달걀에 훈제 청어, 토스트와 마멀레이드야. 특별히 로즈 레임 앤 라임 마멀레이드를 샀어. 네가 좋아하는 거잖아."

"고마워요." 유도라는 식탁 의자에 앉으며 대답했다. 왜 이리 피곤한지 알 수 없었다. 스물여섯 살의 지친 몸. 식탁 위에 놓인 카드 뭉치가 눈에 띄었다. "이거 저한테 온 거예요?"

베아트리스가 끄덕였다. "아침 준비할 동안 읽어보렴. 내 카드는 나중에 줄게."

"알았어요, 고마워요."

"자, 이거. 아빠가 쓰시던 편지 봉투용 칼이야." 베아트리스는 작은 은색 칼을 내밀었다. 유도라는 잠시 칼을 응시했다. 타임머신이 있다면 공습경보가 울리기 전 아빠와 함께 찻집에 앉아 있던 그 순간의 피카딜리 거리로 돌아가고 싶었다. 인생의 쓴맛을 모르던 그때로. "자자, 몽상가 아가

씨!"베아트리스가 큰 소리로 말했다. "카드 안 볼 거니?"

"죄송해요." 첫 번째 봉투를 칼로 뜯었다. 도리스 고모와 헤이즐이 보낸 카드였다.

베아트리스가 콧방귀를 꼈다. "생일이나 크리스마스 때 아니면 연락도 안 해. 사람들이 부끄러운 줄 알아야지."

유도라는 아무런 대꾸도 하지 않았다. 그들은 아빠의 친척으로, 베아트리스와는 친하게 지낸 적이 없었다. 그래서인지 아빠가 돌아가신 후 거의 연락이 끊겼다. 왜 사이가 틀어졌는지 그 이유는 알지 못했다. 확실한 것은 엄마 역시 그들을 잊고 산다는 것이었다. 유도라는 종종 몰랐던 친척이 짠 하고 나타나는 상상을 하곤 했다. 엄마 말고도 다른 가족이 있다면 얼마나 좋을까. 나이가 비슷한 친척이라면 더 좋을 테고. 다 같이 클랙턴으로 소풍을 가거나 이스터본으로 휴가를 떠날 수 있을 텐데. 실비아처럼 말이다.

유도라는 다음 카드를 열었다. 호랑이도 제 말 하면 온다더니.

생일에 못 가서 미안해, 도라. 케니의 부모님과 결혼식 얘기를 하기로 해서. 이제 얼마 안 남았어! 조만간 우리 둘이 극장이나 가자. 내가 쏠게.

카드를 한쪽으로 밀어두었다. 가슴이 답답해졌다. 실비

아가 그리웠지만 이제 더 안 좋아질 상황만 남았다. 결혼, 아기, 살림. 실비아는 이제 이런 것들을 우선순위에 둘 것이다. 그러나 자신에게는 뭐가 있지? 기록이 남은 은행 인사기록카드와 둘뿐인 베아트리스와의 생활.

갑자기 죄책감이 느껴졌다. 나는 엄마를 사랑하고 엄마를 보호하길 원한다. 지금까지 그랬듯이 그것은 나의 의무니까. 게다가 엄마한테는 나 말고 아무도 없잖아? 외조부모님은 돌아가신 지 오래되었고 엄마는 외동딸이다. 결국 남은 것은 나뿐이다. 그러니 제 몫을 다해야 한다. 다행히 삶이 그렇게 나쁘지만은 않았다. 유도라가 친절을 베풀 때마다 엄마는 늘 고마워했다. 딸의 뺨을 감싸고 눈을 바라보면서 이렇게 말하기도 했다.

"도라, 넌 세상에서 가장 훌륭한 딸이야. 너 없으면 내가 어떻게 됐을지 모르겠구나."

베아트리스는 아침 준비를 하며 콧노래를 흥얼거렸다. 유도라는 엄마가 기분 좋은 이 상황을 잠시 즐겼다. 이런 일은 흔하지 않으니까. "달걀은 이 분이면 다 될 거야."

"네, 엄마." 유도라가 말했다.

달걀은 별로였다. 완숙에 가까웠다. 차는 너무 진했다. 그나마 마멀레이드가 맛있어서 다행이었다.

"미안하다, 도라." 베아트리스가 촉촉해진 눈으로 말했다. "생일 아침상을 망치고 말았어."

"아니에요, 엄마. 토스트 맛있어요!" 유도라는 웃으며 엄마를 다독였다.

엄마도 살짝 미소를 지었다. "우리 딸, 도라. 늘 좋은 면만 보는구나. 자, 여기 선물이야."

갈색 종이에 싸서 끈으로 묶은, 신생아만큼이나 크고 두툼한 꾸러미였다. 뜯어보니 직접 손으로 뜬 카디건이 들어 있었다. 세이지 색에 커다란 갈색 단추가 달린 옷이었다.

"너 주려고 만들었어." 베아트리스가 말했다. "잘 맞으면 좋겠다."

소매에 팔을 꿰며 떠오르는 생각을 무시하려 했지만 소용없었다. *나는 스물여섯이나 먹고도 아직도 나에게 카디건을 떠주는 엄마와 함께 살고 있어.* "예뻐요, 엄마. 고마워요." 목소리가 목에 걸렸다.

"그래서 오늘 뭐 할 거니?"

"공원에 가서 산책이나 하려고요. 날씨가 좋잖아요. 엄마도 같이 갈래요?"

베아트리스는 마음의 셔터를 내리며 눈을 여러 번 깜빡였다. 엄마는 학교에 일하러 가는 것 말고는 거의 집 밖에 나가는 일이 없었다. 기껏해야 뒤뜰이 다였다. 베아트리스가 손을 목으로 가져가며 말했다. "오후에 비가 온다는 예보가 있었던 것 같은데."

"아니요. 아닐 거예요." 유도라는 원망스러운 마음을 감추지 못하고 그렇게 대답했다. 오늘은 내 생일이잖아. 오늘 하루만이라도 좀 노력해주면 안 되나? 유도라는 상상했다. 오랫동안 억눌러온 분노의 판도라 상자가 열리고, 테이블을 주먹으로 내리치며 한 번이라도 제발 딸처럼 대해달라고 소리를 지르는 자신의 모습을. 하지만 곧 머릿속 이미지를 털어내고 올라왔던 화를 삼켰다. 결코 자신이 그런 식으로 행동할 일은 없을 것이다. 이건 스텔라의 방식이니까. 유도라는 자신이 스텔라와 모든 면에서 반대라는 것에 자부심을 느꼈다. 아니, 그녀는 배신자인 동생보다 훨씬 나아야만 했다. 그것이 그녀의 유일한 위안이었다.

"산책하러 같이 가요, 엄마. 부탁이에요." 유도라가 말했다. "아이스크림 사드릴게요." 미소도 곁들였다. *계속 웃어. 계속 나아가. 침착하게 정진해.*

"그래, 좋다. 우리 딸 생일인데 거절할 수 없지. 그렇지만 오늘 아이스크림은 내가 살 거야."

◈ ◈ ◈

런던 남동부에서 가장 매력적인 장소를 꼽으라면 아마 이 공원일 것이다. 커다란 호수를 따라 난 길은 산책하기에 좋았다. 오리와 백조가 꽥꽥거리며 앙상블을 만들어내는 곳. 호숫가 녹지에는 결혼하는 신부처럼 예쁜 떡갈나무와

밤나무가 군데군데 서 있었다. 한여름의 기운이 가득한 풀숲은 파란색, 노란색, 주황색, 분홍색이 서로 어우러져 눈부실 만큼 아름다웠다.

유도라와 베아트리스는 7월의 햇살을 받으며 팔짱을 끼고 걸었다. 아이스크림을 사서 호수가 내려다보이는 벤치에 앉았다. 고개를 들어 눈을 감자, 얼굴에 쏟아지는 따뜻한 햇살과 부드럽게 부는 미풍에 마음이 진정되었다.

"아, 좋다." 유도라가 조용히 말했다.

"바람이 불어서 조금 쌀쌀한데." 베아트리스가 대답했다.

짜증을 날려버리려고 숨을 몰아쉬자 어깨가 살짝 굳어졌다. 매사 잘못된 부분부터 찾는 엄마. 엄마는 부당한 인생을 살아왔다. 1944년, 베아트리스는 삼십 대에 혼자가 되었다. 그때는 그런 사람이 많았다. 그렇다고 해서 괜찮았다는 얘기는 아니다. 물론 스텔라와의 관계 역시 상황을 악화시켰다. 엄마와 유도라 모두 스텔라 때문에 힘들었고, 거기에 '그 사건'까지 있었으니까. 둘은 그 일에 대해 함구했고, 에디와 스텔라의 이름조차 언급하는 일이 없었다. 유도라는 스텔라가 적어도 안부를 묻기 위해 연락해오지 않을까 생각했다. 하지만 동생은 절대 그러지 않았고, 한편으로는 그게 마음이 놓이기도 했다. 무소식이 희소식이니까. 그것은 유도라가 최선을 다해 자신의 삶을 살아갈 수 있다는 것을 의미했다.

물론 유도라는 종종 동생을 떠올렸다. 가족의 인연을 어떻게 쉽게 끊어낼 수 있을까. 그러나 그녀는 동생을 떠올릴 때마다 분노로 활활 타올랐고, 혈관을 통해 순조롭게 흐르던 사랑은 어두운 증오로 끈적끈적해졌다. 그러니 이번만큼은 용서할 수 없었다.

베아트리스는 스텔라가 떠난 후 몇 주 동안, 아니 몇 달 동안은 엄마의 역할에 충실했다. 남은 딸을 위해 케이크를 굽고, 하염없이 차를 내려주었으며, 어깨를 토닥이며 위로해주었다.

"따뜻한 차가 도움이 될 거야." 엄마는 찻잔을 딸 앞에 놓아줄 때마다 이렇게 얘기했지만, 곧 다른 일을 하느라 바쁘게 사라졌다. 실제로 마음을 내준 적도, 사려 깊게 조언을 해준 적도 없었다. 놀랄 일은 아니었다. 오히려 뭔가 조언을 하려고 시도했다면 그게 더 이상했을 것이다. 엄마가 유일하게 진심을 담아 한 말은 그 일이 있던 날 에디에 대해 한 말이었다.

"난 걔가 암적인 존재란 걸 계속 알고 있었어." 엄마는 그렇게 말하고는 고개를 저으며 주방으로 가버렸다. 유도라는 멀어지는 그 뒷모습을 보며 너무나 큰 외로움에 사로잡혔다. 숨을 쉬라고 자신을 다그쳐야 했다.

유도라는 아이스크림을 다 먹고 손수건으로 손가락을 닦았다. 익숙한 실루엣이 다가오는 게 보였다. 심장이 날뛰기 시작했다. 샘 뷰캐넌. 동생과의 의리 때문에 멀리했던 그 애. 이미 청년이 된 그 소년, 나의 짝이 될 수도 있었던 그 소년……. 짝이 안 됐더라도 그 이후 다른 누군가를 찾을 용기라도 주었을 텐데. 멀리 떨어져 있었지만 자신만만한 걸음걸이와 근육질의 몸이 그가 틀림없었다. 햇살을 받으며 어여쁜 아내와 팔짱을 끼고 어깨에는 남자아이를 올린 채 이쪽으로 걸어오고 있었다. 그들 앞에는 머리에 노란색 리본을 매고 폴짝폴짝 뛰어다니는 어린 소녀가 있었다. 완벽한 가족의 모습이었다.

유도라는 서둘러 일어섰다. "엄마 말이 맞는 것 같아요, 바람이 세네요. 그만 집에 갈까요?"

❖ ❖ ❖

둘이 함께 저녁을 준비하는데 전화벨이 울렸다. 폭찹과 통조림 토마토(하루쯤은 껍질 까는 것에서 해방되어야 하지 않겠냐고 엄마는 말했다), 그리고 채소 샐러드에 더해 생일 케이크까지 준비하는 중이었다.

"제가 받을게요." 유도라는 복도를 따라 걸어갔다. "에든햄 7359입니다."

잠시 침묵이 흐르고 목소리가 들려왔다. "도라 언니?"

유도라는 아무 말도 하지 않았다. 오랫동안 이 전화를 기다려왔고, 머릿속에서 몇 번이나 할 말을 정리했지만, 지금은 아무 말도 나오지 않았다. 들리는 것은 쿵쿵거리는 심장 소리와 동생의 숨소리뿐이었다.

"도라 언니, 듣고 있어?"

"응."

"언니가 날 싫어할 거라는 거 알아. 그래도 생일 축하한다는 말은 해주고 싶었어. 난 늘 언니 생각을 하거든. 언니가 그리워. 언니도 내 생각 해?"

스텔라는 열아홉이라는 나이보다 더 앳된 목소리로 말했다. 만약 그렇게 애처롭고 불쌍한 척하며 얘기하지 않았다면 유도라는 아마 연민을 느꼈을 것이다. 그러나 그 목소리는 자신이 동생을 경멸하는 모든 이유를 상기시켜주었다.

"다시는 전화하지 마." 유도라는 전화를 끊은 후 주방으로 되돌아왔다.

"누구야?" 엄마가 물었다.

"전화가 혼선된 거 같아요." 유도라가 말했다. "아무것도 아니에요."

베아트리스는 딸의 어깨에 한 팔을 두르고 뺨에 입을 맞췄다. "우리 딸, 생일 잘 보내고 있는 거 맞지?"

유도라는 엄마의 눈을 가만히 들여다보았다. 눈빛에서 절박함이 느껴졌다. "그럼요, 잘 보내고 있죠. 고마워요, 엄마.” 그녀는 프라이팬에 감자를 넣고 레인지에 올리면서 그렇게 거짓말을 했다.

12장

다음 날, 쇼핑을 하다가 해바라기를 보았다. 크고 노란 꽃에는 뭔가 로즈를 떠올리게 하는 것이 있었다. 매기 역시 이걸 보면 좋아하겠지. 유도라는 사탕 코너에서 '유니콘 포미'를 발견하고 꽃과 몇 가지 물건들과 함께 장바구니에 넣었다.

여름날의 끈질긴 더위도 한풀 꺾여 얼굴에 와닿는 햇살이 기분 좋게 따뜻했다. 유도라는 가게를 나와 서둘러 로즈네 집으로 향했다. 선물을 빨리 전해주고 싶었다. 로즈네 집에 도착해 잔디에 들어서자마자 문이 활짝 열렸다.

"유도라 할머니!" 로즈는 문간에 서서 소리를 쳤다. 웬일로 수수한 흰색 블라우스를 입고 있었다. 그리고 아래는 속바지 차림이었다. 물론 밝은 분홍색의. "들어오실래요?"

"네가 바쁘지 않다면야." 유도라는 로즈의 옷차림을 이상한 눈으로 쳐다보며 대답했다.

"엄마 때문에 교복 입어보고 있었어요. 대단히 지루하다는 얘기죠. 그러니까, 우리 안 바빠요. 할머니가 오셔서 너무 좋아요. 한 시간 전에 나가시는 거 봤는데 여태 안 돌아오셔서 걱정하고 있었거든요."

유도라는 집 안으로 들어갔다. "궁금해서 그러는데 말이다, 로즈, 너 하루 온종일 내가 뭐하는지 감시하면서 지내냐?"

로즈는 이 질문에 시소처럼 고개를 왼쪽 오른쪽으로 까딱까딱 움직였다. "할머니한테만 그러는 거 아닌데. 스탠리 할아버지도 확인해요. 물론 아빠도요. 아빠는 대략 일곱 시 십삼 분쯤에 집에 오시죠."

"그게 대략이냐?"

로즈가 고개를 끄덕였다. "아빠는 일곱 시 오 분에 기차에서 내리는데 집까지 걸어오는 데는 팔 분이 걸리거든요."

"일 분이라도 늦으면 무사하지 못하죠." 매기가 복도에서 나타났다. "잘 지냈어요, 유도라?"

"비밀경찰이 내 일거수일투족을 감시하고 있다니 좀 걱정이 되네요." 유도라가 말했다. "하지만 그거 빼고는 잘 지내고 있어요. 매기는 오늘 어때요?"

"피곤하고 불편하지만 이제 얼마 안 남았으니 버텨야죠.

차나 커피 한 잔 드실래요?"

"차로 부탁해요."

"이쪽으로 오세요." 매기가 앞장서서 주방으로 향했다.

"이거 받아요." 유도라가 꽃을 건넸다. "늦었지만, 해변 나들이에 대한 보답이에요."

"어머, 이런 거 안 주셔도 되는데." 매기가 꽃을 받으며 말했다. 유도라는 사람들이 왜 이런 식으로 말하는지 항상 궁금했다. 당연히 누구에게나 뭔가를 하지 않을 자유가 있지. 그렇게 딴 생각을 하고 있는데 갑자기 매기가 다가와 뺨에 입을 맞추었다. "고마워요, 유도라."

매기에게서 풍기는 딸기 향에 마음이 편해졌다. "그리고 이건 네 거다, 로즈." 유도라는 간식을 내밀며 곧 있을 포옹에 저항하기 위해 버티고 섰다.

로즈는 기대를 저버리지 않았다. "유니콘 포미! 고마워요, 유도라 할머니. 할머니가 최고예요." 그러더니 유도라의 허리를 감싸 안았다.

매기가 주전자에 물을 채우다 말고 잠시 숨을 고르는 모습이 눈에 들어왔다. "로즈, 엄마더러 앉아서 쉬라고 하고 우리가 차를 준비하는 게 어떠냐?"

"좋은 계획이에요." 로즈가 말했다. "할머니 집에서도 제가 매번 차를 준비해줄 수 있어요."

이건 약속일까, 위협일까. "아무렴, 좋고말고. 주전자를 좀 채워주렴. 그리고 티팟도 좀 찾아주고." 유도라는 식탁에 앉았다.

매기가 맞은편 의자에 앉으며 얼굴을 실그러뜨렸다. "미안해요, 유도라. 집에 티팟이 없어요."

유도라가 움찔하고 놀랐다. "문명이 붕괴 직전이라 해도 당황하면 안 되지. 좋아요, 그럼 뭐가 있어요?"

"음, 머그잔이랑 티백?"

유도라가 눈을 가늘게 떴다. "무슨 차예요?"

"요크셔 차요."

"그래도 하늘이 나를 버리지는 않는구먼."

로즈가 웃음을 터뜨렸다. "엄마, 유도라 할머니 말하는 거 너무 재미있지 않아요?"

매기가 미소 지었다. "응, 재미있어."

"그럼, 로즈. 머그잔에 티백을 넣고 주전자 물이 끓으면 부으렴. 이건 아주 중요한 작업이야."

"예, 분부대로 하겠습니다!" 로즈는 지시에 따라 조심조심 물을 따랐다. "이제 뭐 해요?"

"삼 분 동안 우러나게 두는 거야. 티백을 물에 담가 놓으면 향이 진해진단다."

"우러나다. 그 단어 좋은데요?" 로즈가 꼼지락거리기 시작했다. "아직 시간 안 됐어요? 다 우러났어요?"

유도라는 심각한 표정으로 로즈를 바라보았다. "인내심

이 없구나, 로즈." 매기가 동의한다는 듯이 헛기침을 했다.

"저는 원래 기다리는 걸 싫어해요." 로즈는 발을 동동 굴렀다.

"그럼 가서 남은 교복을 마저 입고 오는 게 어떠냐? 그러면 내가 비밀 하나를 얘기해주마."

로즈의 눈이 동그래졌다. "비밀? 좋아요!"

"그럴 줄 알았지." 유도라는 로즈가 거실로 뛰어가는 모습을 보며 말했다.

"어쩜 그렇게 애를 잘 다루세요?" 매기가 감탄스럽다는 듯이 말했다.

"나라고 뭐 평생 늙은이였겠어요? 나도 저럴 때가 있었지요."

매기가 웃었다. "그나저나 그때 그 모임이 재미있었나 봐요. 갔다 오더니 자기는 이제 죽음 전문가가 되겠다고 난리예요."

"흥미롭긴 했죠. 혹시라도 로즈를 거기 데려간 거에 대해서 기분 나쁘게 생각하지 말아요. 그날 그런 얘기를 할 줄 누가 알았겠어. 어린 딸이 죽음을 운운하면 어떤 부모라도 싫지."

매기가 미소를 지었다. "우린 한 번도 로즈와 대화하면서 죽음이나 그런 무거운 주제에 대해 회피한 적이 없어요. 아버지가 돌아가셨을 때, 또 제가 몇 번 유산을 겪었을 때,

로즈도 죽음을 경험한 거나 다름없으니까요."

유도라의 어깨가 뻣뻣해졌다. "안타깝네요." 억지로 매기와 눈을 맞추며 위로를 건넸다.

"고마워요, 유도라." 매기의 얼굴에 슬픔이 서렸다. "근데 이런 감정들을 잘 다룰 수 있는 방법이 있더라고요. 바로 대화를 하는 거예요." 그 말에 유도라가 헛기침을 했다. "물론 모든 사람에게 적용되는 건 아니겠지만요." 매기가 다정하게 덧붙였다.

유도라는 매기의 시선을 좀 더 오래 마주한 후 입을 뗐다. "이런 말을 해도 괜찮을지 모르겠지만, 많이 지쳐 보이네요."

매기가 한숨을 쉬었다. "사는 건 참 피곤한 일이에요. 로즈는 항상 기운이 넘치는데 임신한 몸은 도움이 안 되네요. 요즘은 통 잠도 잘 못 자고요."

"힘들겠어요."

"네. 그리고 요즘 엄마 때문에도 걱정이 커요. 남편 직장이랑 로즈를 위해 이쪽으로 이사 온 건데, 저희가 없어서 엄마가 힘들어하세요. 저도 엄마가 그립고요."

"어머니가 이쪽으로 오실 수는 없나요?"

매기가 고개를 저었다. "엄마는 무슨 일이 있어도 콘월을 떠나지 않을 거예요. 물론 주변에 좋은 친구들이 있긴 하지만, 아버지가 돌아가신 후로는 예전 같지 않으세요."

"함께 산 세월이 긴가 보네요."

"오십 년이 넘어요. 사람들은 저마다 다른 방식으로 슬픔을 다루죠. 슬픔이란 완전히 개인적인 감정이지만, 마음만 먹으면 우리를 더 나은 존재로 만들어준다고 생각해요. 저는 이번에 제가 어떤 사람이 되고 싶은지 확실히 알게됐어요."

유도라는 흥미가 일어 몸을 앞으로 기울였다. "그래서 어떤 사람이 되고 싶은데요?"

매기는 바다처럼 푸르고 맑은 눈으로 유도라를 바라보았다. "아버지가 돌아가셨을 때 모두가 정말 친절하게 대해주었어요. 잘 모르는 사람도, 정말 오랜만에 만난 사람도, 모두가 아버지의 죽음에 얼마나 슬퍼하고 있는지, 아버지가 얼마나 사랑받는 분이었는지를 들려주셨죠. 친절함에는 아주 큰 위안이 있다고 생각해요. 요즘에는 친절보다 더 중요한 게 없다고 생각할 정도죠. 제가 무슨 말 하는지 이해가 가세요?"

"그럼요." 유도라가 대답했다.

매기가 말을 이었다. "사람들이 인생이 짧다고들 말을 할 때마다 그 말이 참 바보 같다고 생각했어요. 하지만 이제는 아니에요. 우리가 여기 살다 가는 건 정말 짧은 시간이에요. 그러니 주변 사람들에게라도 친절을 베풀며 살아야 하지 않겠어요? 그런데 사람들은 이런 사실을 너무 쉽게 잊어버리는 것 같아요."

유도라는 매기의 말에 가슴이 벅찼다. 마치 위대한 진리가 갑자기 발밑으로 뚝 떨어진 것 같았다. "사람들도 이런 마음을 갖고 살아야 할 텐데."

"오, 저는 그럴 거라 생각해요." 매기가 말했다. "사람들이 부정적인 것만 말하고 들어서 그렇지, 확실히 세상에는 악보다 선이 더 많아요."

유도라는 이 말을 믿고 싶었지만, 이것이 진실이 아님을 경험을 통해 알고 있었다. "숭고한 신념이네요."

"저 왔어요! 이제 비밀 들려주세요!" 로즈가 주방으로 뛰어 들어왔다. 교복을 다 갖춰 입긴 했지만 로즈의 독특한 패션 감각이 그대로 반영되어 있었다. 하얀색과 파란색이 섞인 넥타이는 머리끈으로 변신했고, 칼라는 바짝 세운 모습에, 블라우스는 중간에서 묶어 배가 살짝 드러나 보였다.

"그렇지. 일단 차부터 해결하고, 그런 다음 네 옷 문제로 넘어가자." 유도라가 말했다.

"비밀은요? 알려주실 거죠?"

"차가 마실 만하면."

로즈는 남은 일을 진지하게 수행했고, 곧 모두가 앉아 차를 마시며 유니콘 간식을 먹게 되었다. 유도라는 로즈에게 넥타이를 제대로 매는 방법을 알려주었고, 교복은 만들어진 의도대로 입어야 한다고 충고했다. 그리고 마침내 완벽하다는 신호로 고개를 끄덕였다. "근사하구나. 옷을 제대로 입으라고 한 건 말이다, 바로 네가 다닐 학교가 어렸을 때 내가 다녔던 학교라서 그런 거란다."

"정말이에요?" 매기가 놀라서 물었다.

"흠, 대단한 비밀이 고작 그거였어요?" 로즈가 팔짱을 꼈다.

"같은 학교라고 좋아할 줄 알았더니?" 매기가 물었다.

"기뻐요." 로즈의 얼굴에 구름이 꼈다. "그런데 학교에 가고 싶은지 어떤지는 잘 모르겠어요."

유도라는 로즈의 표정을 자세히 살폈다. 원래는 모든 고민을 남김없이 공유하는 현대 사회를 혐오하지만, 해맑던 얼굴에 근심이 가득한 걸 보니 마음이 좋지 않았다. "왜 그러냐, 로즈?"

로즈는 곁눈질로 흘끗거렸다. "만약에 지난번 학교에서처럼 애들이 못되게 굴면 어떡해요?" 목소리가 기어들어 갔다.

"아니야, 안 그럴 거……." 매기가 달래주려고 말을 꺼냈다.

"만약 그러면 나한테 와라. 내가 해결해줄 테니." 유도라가 끼어들었다. 어찌나 결의에 찬 목소리였는지 유도라 자신도 놀라고 말았다. 매기가 미소를 지었다.

"정말요?" 로즈가 물었다. "그런데 어떻게요?"

유도라가 입술을 삐죽 내밀었다. "나만의 방식이 있지.

이 지팡이로 애들을 넘어뜨릴 수도 있고."

로즈의 얼굴이 밝아졌다. "저를 위해서 그렇게 해주신다고요?"

유도라가 로즈의 눈을 바라보았다. "나는 이제 너무 늙어서 그런 조무래기들하고는 거래 따위 하지 않는단다. 그러니 개들을 아주 잘 다룰 수 있고, 또 내가 아는 방법을 다 가르쳐줄 수도 있지."

"엄마가 '나만 믿어' 할 때랑 비슷한 거예요?" 이렇게 묻는 로즈의 얼굴이 희망으로 가득 찼다. 매기가 손을 뻗어 딸을 꼭 안아주었다.

"네가 그렇게 표현하고 싶다면야." 유도라는 두 모녀의 애정에 감동하며 대답했다. 요즘 세상은 기괴할 만큼 과잉 공유에 빠져 있지만, 그것은 또한 낙심한 이들을 언제 안아주어야 하는지도 잘 알고 있다는 것을 의미한다.

"그럼 유도라 할머니도 그렇고, 스탠리 할아버지도 그렇고, 저만 믿으세요."

"고맙구나, 로즈."

"아, 내일이 스탠리 할아버지 생일인 거 아세요?"

"몰랐다."

"내일 밤 시간 있어요?" 로즈가 매기를 향해 뭔가 의미심장한 웃음을 지었다.

"둘이 무슨 꿍꿍이가 있는 거 같은데?"

"아무것도 아니에요." 로즈와 매기가 입을 맞춰 대답했다.

유도라가 팔짱을 꼈다. "어서 털어놔 봐요."

매기가 미소를 지으며 대답했다. "스탠리한테 들었는데 매년 생일이면 에이다와 시내에 있는 피자집에 갔었대요. 가족은 주말에나 만난다고 해서 로즈와 제가……."

"우리가 가서 스탠리 할아버지 생일을 축하해야 한다고 생각해요!" 로즈가 기세등등하게 외쳤다.

"피자라고?" 유도라는 질겁하며 말했다. 빵이라고 주장하는 반죽 위에 기름기와 치즈가 줄줄 흘러내리는 이미지의 테이크아웃 전단지가 떠올랐다.

"그건 보통 피자랑은 달라요, 유도라. 주문 즉시 만드는 데다 거기 올리브는 둘이 먹다 하나가 죽어도 모를 만큼 기가 막혀요. 아마 좋아하실 거예요." 매기가 공언했다.

"제발요!" 로즈가 말했다. "스탠리 할아버지를 위해서 가주면 안 돼요?"

유도라는 두 사람을 번갈아 보다가 졌다는 듯이 손을 들어 올렸다. "오, 아무렴, 좋고말고. 부디 샐러드라도 먹을 만하게 만들어주는 곳이면 좋겠구먼."

❧ ❧ ❧

누메로 우노 피자집은 번화가에 있는 네일숍과 복권가

게 사이에 자리하고 있었다. 유도라는 가게 안을 보고 깜짝 놀랐다. 빨간 캐노피가 소박하게 달린 그곳을 수도 없이 지나다녔건만, 막상 안으로 들어가니 바깥 인상과는 딴판으로 마치 지중해를 그대로 옮겨놓은 것 같은 분위기였다. 벽에는 이탈리아 풍경을 묘사한 벽화가 있었다. 아말피 해변, 풀랴 마을, 베네치아의 산마르코 광장까지. 낮은 들보에는 등불과 화환이 매달려 있었는데, 마치 올리브와 월계수 잎으로 만든 것처럼 보였다.

"우와, 여기 너무 좋아요. 아늑하고 포근해요." 로즈가 유도라의 생각을 읽은 듯 그렇게 말했다.

"어서 오세요, 어서 오세요, 어서 오세요, 미스터 스탠리." 수염을 멋들어지게 기른 작고 통통한 사내가 서둘러 오더니 스탠리와 악수를 나눴다. "제가 여러분을 위해 최고로 좋은 자리를 남겨두었지요."

"고맙습니다. 프란체스코." 스탠리가 말했다. "얼굴 보니 좋네요."

"그러게 말입니다. 이렇게 보니 새삼 에이다가 그리워지는군요. 아마 천국에서 그리시니 빵을 씹고 있을 겁니다." 스탠리가 슬픈 얼굴로 고개를 끄덕이자 프란체스코가 등을 토닥여주었다. "자, 그럼 여기 이 아름다운 분들은 뉘신가요?"

로즈가 활짝 웃었다. "저는 로즈예요. 그리고 여기는 유도라 할머니. 우리는 스탠리 할아버지를 축해주려고 왔어요."

프란체스코가 손바닥으로 이마를 쳤다. "아이쿠, 오늘이 미스터 스탠리의 생일이었지! 알려줘서 고마워요, 미스 로즈. 지노!"

쾌활해 보이는 검은 곱슬머리 남자가 바에서 칵테일을 만들다 고개를 들었다. "네, 사장님?"

"여기 이분들께 프로세코 한 병이랑 우리 가게의 명물 올리브 좀 내오게."

"바로 갑니다, 사장님."

프란체스코가 테이블 앞에서 허리를 숙이며 말했다. "즐거운 저녁 시간 보내시길 바랍니다. 필요한 거 있으면 언제든 부르시고요."

"저 아저씨 좋아요." 로즈가 그의 뒷모습을 보며 말했다. "스탠리 할아버지 여기에 오니까 무슨 연예인 같아요."

"기념일이나 휴가 때면 에이다와 어김없이 여길 왔거든. 에이다야말로 진짜 연예인이었어. 한번은 노래도 불렀단다. 프란체스코랑 같이 저기 위에서 〈그것은 사랑*That's Amore*〉을 불렀지." 스탠리는 중이층을 가리키며 말했다. "그 모습을 보며 생각했단다. 어떻게 나한테 이런 행운이 왔을까, 하고 말이야." 그는 눈물을 슥 닦았다.

"자, 여기 메뉴 있어요." 유도라가 끼어들었다.

"고마워요, 유도라. 그래서 여기 어때요?" 스탠리가 기대에 찬 눈망울로 물었다.

"분위기가 아주 따뜻하네요." 유도라가 메뉴를 읽으며 대답했다. "저는 니스풍 샐러드를 시킬까 봐요."

"이 집에서는 피자를 드셔야 합니다. 콰트로 스타지오니 (4계절) 피자가 정말 명물이라니까요." 스탠리가 부추겼다.

유도라는 얼굴을 찌푸렸다. "저는 원래 피자를 좋아하지 않아서요."

"여기 피자는 다른 데랑 달라요. 재료가 아주 신선하죠." 종업원이 커다란 피자를 올린 나무판을 옆 테이블에 올려놓는 게 보였다. 확실히 생각하던 것과 다르기는 했다. 마늘 향과 허브 향이 기분 좋게 풍겨왔다.

"저는 피자 좋아해요. 햄이랑 파인애플 피자도요. 근데 우리 아빠는 그게 악마의 음식이래요."

"너희 아빠는 아주 현명하신 분이구나, 로즈." 유도라가 말했다.

"아휴, 아빠도 유도라 할머니 좋아해요."

종업원이 음료와 올리브를 들고 나타났다. 그는 속이 뻥 뚫릴 만큼 커다란 소리를 내며 프로세코 병을 땄다. 그리고 유도라와 스탠리에게 한 잔씩 따라주었다. "꼬마 아가씨는 뭘 드릴까요?"

"레몬에이드 있어요?"

"바로 가져다드리지요."

로즈가 올리브 하나를 입으로 가져갔다. "와, 정말 맛있어요. 하나 드셔보세요, 유도라 할머니."

"아무렴, 좋고말고." 통통한 그린 올리브 하나를 입에 넣은 유도라는 깜짝 놀랐다. 처음 먹어보는 맛이었다. 짭짤하고, 크림처럼 부드러웠다. "아주 괜찮구나." 그녀는 올리브 씨를 컵받침 위에 놓으며 말했다. 로즈의 레몬에이드까지 나오자, 스탠리가 건배를 하자고 제안했다.

"오늘 밤 두 분과 함께하게 되어 영광입니다. 제 생일을 이렇게 특별한 날로 만들어주신 두 분께 무한한 감사를 드리며, 건배!"

"건배!" 세 사람은 잔을 들고 함께 건배를 외쳤다. 유도라는 와인을 한 모금 마셨다. 입 안에서 톡톡 터지는 거품이 의외로 상쾌했다.

"스탠리 할아버지를 위해 제가 뭘 좀 만들었어요." 로즈가 A4 크기의 봉투를 내밀었다.

"뭐가 들어 있으려나?" 스탠리가 카드를 꺼냈다. 그는 그림을 보자마자 활짝 웃었다. "이거 우리 세 사람이냐?" 로즈가 신나서 고개를 끄덕였다. "아주 멋지구나, 로즈. 유도라, 이것 좀 봐요. 우리가 회전목마 타는 모습이에요." 유도라는 카드를 보자마자 낄낄대고 웃을 수밖에 없었다. 그림은 세 사람에 대한 온전한 평가였다. 유도라와 스탠리의 얼굴은 오래된 종이봉투처럼 주름이 자글자글했고, 로즈의 눈은 우스꽝스러울 만큼 컸다. 그렇지만 모두가 무척 행복해 보였다.

"아빠가 찍은 사진을 보고 그렸어요." 로즈의 목소리에는 자부심이 그득했다. "얼마나 오래 걸렸는지 몰라요."

"그랬을 것 같구나." 유도라가 말했다. "스탠리는 복도 많으셔라."

"걱정 마요, 유도라 할머니." 로즈가 말했다. "할머니 생일에도 똑같이 해드릴게요. 대신 다른 그림을 그릴 거예요. 왜냐하면 그때쯤 되면 우린 더 많은 모험을 했을 테니까요."

그런 일은 없을 것이라고 생각하자, 후회가 마음을 훑고 지나갔다. 그녀는 생각을 털어버리고 가방을 열었다. "나도 선물 준비했어요."

"오, 고마워요, 유도라." 스탠리는 마시던 잔을 내려놓았다.

유도라는 평범한 갈색 포장지로 싼 꾸러미를 내밀었다. "미안해요, 포장이 이래서."

스탠리는 선물을 손에 들고 이리저리 흔들어보았다. "아주 친절하시네요. 저 감동했어요."

"뜯어봐요! 뜯어봐요!" 로즈가 거의 노래를 불렀다.

스탠리가 미소를 짓고 포장지를 뜯기 시작했다. 마치 크리스마스 아침에 불룩한 양말을 발견한 어린 소년처럼 기대에 찬 얼굴로 안에서 책을 꺼냈다. 제목을 보고 그가 웃음을 터뜨렸다. "십자말풀이! 사려 깊은 선물이네요. 고마워요." 스탠리는 자리에서 일어나 유도라의 뺨에 입을 맞췄다.

이 모습을 본 로즈는 마치 기쁨으로 터질 듯 보였고, 유도라는 깜짝 놀라 잠시 아무 말 못 하다가 겨우 입을 뗐다. "그거라면 좀 유용하게 쓰겠다 싶어서요. 맨날 머리통을 좀 굴려야 한다고 했잖아요."

"머리통!" 로즈가 소리쳤다. "이 단어 좋아요."

"안에 메시지도 적었어요. 한번 해보고, 하다가 막히면 언제든지 물어봐요."

스탠리가 표지를 열고 메시지를 읽었다. "스탠리에게. 연필은 날카롭게, 머리는 더 날카롭게. 생일을 진심으로 축하하며. 유도라." 그가 가슴에 손을 올렸다.

"정말 멋져요, 유도라 할머니." 로즈가 자기 몸을 팔로 감싸며 말했다.

"뭐 별것도 아닌데."

"나한테는 세상을 준 것이나 다름없어요." 스탠리가 말했다. "정말이에요. 로즈와 유도라 두 사람을 알게 되고 또 이렇게 생일까지 같이 보내는 건 나한테는 진짜 행운이에요. 이 나이에 친구를 사귄다는 것 자체가 대단한 일이니까요. 솔직히 에이다가 죽고, 다시는 행복할 일이 없을 줄 알았어요. 오해는 마요. 가족들은 다 좋아요. 그렇지만 그들도 그들만의 삶이 있고 그들만의 친구가 있죠. 그런데 두 사람이 내게 새로운 희망을 줬어요. 고마운 마음을 말로 다 어떻게 표현해야 할지 모르겠군요." 스탠리의 눈이 눈물로 반짝였다.

평소라면 이렇게 과하게 감정을 표출하는 것이 불쾌하게 느껴졌을 텐데 오늘은 왠지 심금을 울렸다. 그렇지만 그가 그만 울기를 바랐다. 유도라 자신을 위해서가 아니라, 단지 그가 슬픈 것이 싫었다. 이 유쾌한 남자가 매일 행복했으면 하는 마음이었다. 그 정도는 누릴 자격이 있는 사람이니까. "오늘 밤은 울지 마요, 스탠리." 유도라가 말했다. "에이다도 원치 않을 거예요. 생일을 즐기길 바랄 거라고요." 그녀가 잔을 들었다. "우리, 에이다를 위해 건배해요. 그리고 스탠리, 생일 축하해요!"

스탠리는 눈물을 삼키고 모두와 잔을 부딪쳤다. "고마워요, 유도라. 제가 바른 생활 사나이가 될 수 있게 도와주시는군요."

"아무래도 그 일을 내가 떠맡게 된 거 같네요." 유도라가 다 이해한다는 듯이 미소를 지었다.

"멋진 연설이었어요, 유도라 할머니." 로즈가 말했다.

"자, 그럼 이제 주문하시겠어요?" 종업원이 물었다.

"저는 콰트로 스타지오니요." 스탠리가 주문했다.

"저도요." 유도라는 메뉴판을 덮고 스탠리를 흘끗 보며 말했다. "맛없으면 그쪽 탓이에요."

"탓할 일 없을 겁니다."

"그럼 저는 살, 시, 차 피자요." 로즈가 메뉴 이름을 조심스레 읽고는 제대로 읽었는지 확인하기 위해 종업원을 쳐다보았다.

"페르페토(완벽해요)!" 종업원이 활짝 웃으며 말했다.

❖ ❖ ❖

잠시 후, 유도라는 접시에 남은 마지막 티라미수까지 싹싹 긁어먹고 냅킨으로 입을 닦았다. 이렇게 즐겁게 식사를 한 게 언제였을까. 로즈는 얼굴에 초콜릿 범벅을 하고 접시를 핥고 있었다.

종업원이 왔다. "식사는 어떠셨습니까?"

"훌륭했어요. 잘 먹었습니다." 스탠리가 대답했다.

종업원은 미소를 짓고는 접시를 치우기 시작했다. "고맙습니다." 로즈는 접시를 넘겨주며 감사 인사를 했다.

"손녀분이 아주 예의가 발라요." 종업원이 유도라와 스탠리를 보며 말했다. "자랑스러우시겠어요."

"고마워요." 유도라가 스탠리의 눈빛을 피하며 대답했다.

종업원이 가자 스탠리가 입을 뗐다. "그러니까 우리 이제 로즈를 입양한 건가요?"

"오늘 밤만요." 유도라는 놀랍게도 찰나의 소망에 사로

잡혔다. 인생이 다른 방향으로 흘러갔다면 어땠을까. 초콜릿이 묻은 끈적끈적한 얼굴의 손녀가 있었다면, 그 애가 생일 카드를 만들어주는 인생을 살았다면.

"언제라도 손녀 해드릴 수 있어요." 로즈가 유도라의 어깨를 두드리며 말했다.

"고맙구나, 로즈." 유도라가 자세를 고쳐 앉았다. "자, 이제 우리 계산할 때가 된 거 같은데요. 아무도 토 달지 말아요. 내가 낼 테니."

"잘 먹었습니다, 유도라 할머니." 로즈가 말했다.

"여자가 단호하게 나올 때는 토 달지 않는 법이지요. 저도 잘 먹었어요." 스탠리도 감사를 표했다.

"별말씀을요."

"그렇지만 이 말은 해야겠네요. 유도라가 내는 줄 알았으면 스테이크를 먹을 걸 그랬어요." 스탠리가 로즈를 향해 윙크를 했다. 로즈가 낄낄거렸다.

"실없는 양반 같으니라고." 유도라가 투덜댔다.

"오, 까먹을 뻔했네요." 뭔가가 생각난 듯 스탠리가 말했다. "이번 주 토요일에 가족 바비큐 모임이 있는데 폴이 두 분을 초대했어요."

로즈가 심각한 표정을 지었다. "소시지도 있어요?"

스탠리가 고개를 끄덕였다. "버거도 있지."

"그럼 전 갈래요."

"유도라는 어때요?"

지금까지 바비큐 파티라는 것을 해본 적이 없었다. 오늘 저녁이 아니었다면 아마 그런 것 따위 없었어도 행복하게 무덤으로 갔을 것이다. 그렇지만 오늘 저녁에서야 피자를 먹어봤고, 먹어보니 꽤 괜찮았다. 유도라는 대답했다. "고마워요, 아주……."

"멋질 것 같아요!" 스탠리와 로즈가 동시에 말을 가로챘다. 유도라는 재미있다는 듯이 그 둘을 보았다.

"항상 보면 평소보다 더 좋을 때 그렇게 얘기하더라고요." 로즈가 스탠리와 손뼉을 마주쳤다.

"내가?" 유도라가 입술을 오므려 미소를 지었다. "아닌데. 원래는 아주 재미있을 것 같다고 말하려고 했는데."

"거짓말쟁이!" 스탠리가 반박했다. "어쨌거나 와주신다니 기쁩니다. 폴의 생일 파티 때 가족들 모두 유도라를 만나서 좋아했거든요."

"오, 정말 다행이네요." 유도라가 냅킨을 접어 테이블에 올려두며 말했다. 자신이 이 모임을 기대하고 있다는 사실에 적잖이 놀랐다. "자, 너희 엄마한테 밤 열 시까지 데려다준다고 약속했으니 어서 서두르자."

그날 밤 잠자리에 들었을 때 평온함이 온몸을 감쌌다. 음식 때문일 수도 있고, 아니면 프로세코 와인 때문일 수도 있었다. 어쨌든 잠이 들 때까지 똑같은 생각을 하고 또 했다. 삶이란 소중한 것이고 우리에게 계속 살아야 할 이유가 있는 한 우리는 그 여정을 따라야 한다고.

♋ ♋ ♋

1961년, 런던 남동부, 시드니 애비뉴

아기 양말만큼 사랑스러운 것이 또 있을까. 유도라는 그것을 손바닥 위에 올려놓고 부드러운 손길로 하얀 털실과 새틴 리본을 어루만졌다. 양말은 완벽했다. 구색을 맞춰 만든 유아용 상의와 모자 옆에 양말을 내려놓았다. 이번 달 엄마가 뜨개질로 만든 세 번째 작품이었다.

"크기별로 다 있어야지." 베아트리스는 만족하며 웃었다. "아기들은 눈 깜짝할 사이에 크거든."

유도라는 엄마의 어깨를 토닥였다. 엄마가 뜨개질을 하며 행복해하는 것이 기뻤다. 매일 저녁 〈더 라이트 프로그램〉 소리를 배경으로 뜨개질하는 기척이 들려오면 유도라는 안심이 되었다. 그것은 베아트리스가 최대로 만족스러운 상태라는 뜻이었다.

일을 마치고 집에 왔을 때 집 안이 고요하면 덜컥 겁이 났다. 그럴 때면 아빠가 쓰던 엔필드 시계의 째깍거리는 소리가 유난히 크게 들렸다. 그리고 엄마는 여지없이 어둑한 주방에 멍하니 앉아 있었다. 식어빠진 차가 옆에 있으면 그나마 긍정적이었다. 적어도 학교에서 일을 마치고 돌아와 차를 내렸다는 뜻이니까. 그런 경우에는 엄마를 다시 일상으로 불러올 수 있었다. 그러나 차도 없고 침묵과 어둠만 있다면 그것은 자포자기의 삼위일체와 다름없었다. 앞으로 긴 밤이 기다리고 있다는 예고이기도 했다.

그래서 임신 소식을 듣고 베아트리스가 뜨개질에 열중하기 시작했을 때 유도라는 내심 기뻤다. 자신의 아이는 아니었지만 그런 것은 상관없었다. 결혼해서 아이를 낳을 거라는 희망은 버린 지 오래였기 때문에 유도라는 실비아의 임신 소식에 진심으로 기뻐해주었다. 실비아에게는 엄마가 되는 일이 중요했으니까. 그 애가 그토록 바라던 일이었으니까.

"도라, 어서 빨리 아기를 낳고 싶어." 실비아가 유도라를 아기 방으로 데려갔다. 한 손으로는 둥근 배를 쓰다듬고 다른 손으로는 친구의 팔짱을 낀 채. 방에는 반짝이는 새 침대와 정갈하게 갠 기저귀 더미가 있었다. 유도라는 자신을 대신해 실비아가 이 여정을 걷게 된다는 사실에 안도했다.

"정말 축하해." 유도라가 말했다.

실비아는 친구의 어깨에 손을 얹고 가만히 눈을 들여다보았다. "너도 아직 안 늦었어. 너의 왕자님도 곧 나타날 거야."

"난 이대로도 행복해. 정말이야."

한쪽으로 고개를 갸웃하는 실비아의 얼굴에 동정심이

어렸다. "넌 아주 용감해, 도라. 나라면 그렇게 못 할 거 같은데."

그날 오후 집으로 돌아가며 유도라는 생각했다. 이거 말고 다른 방법이 있을 것 같아? 그리고 난 행복해. 아니, 적어도 불행하지는 않아.

그건 사실이었다. 직장 일은 여전히 좋았고, 다행히도 패트릭 니콜슨은 무분별한 행동으로 해고되었다. 말이 거친 젊은 비서의 표현을 빌리면 그는 임원 아내와 놀아나다 그 꼴이 난 것이었다. 그 말은 이제 회사에서 안전하게 일할 수 있고, 상급 비서로서 인정도 받고, 보수도 약간 더 올려 받을 수 있다는 의미였다. 게다가 엄마와의 생활도 훨씬 좋아졌다. 엄마가 만족의 단계에 들어섰기 때문이다. 스텔라에 대한 생각도 거의 하지 않게 되었다. 눈에서 멀어지면 마음에서도 멀어지는 법. 차라리 이편이 훨씬 나았다.

그러니 정말 불평거리가 없었다. 원할 때면 극장에 갈 수 있는 돈도 있고, 그런대로 안락한 삶을 꾸리고 있었다. 어떤 단계에 이르면 남편이나 가족을 원할 수도 있겠지. 하지만 가져본 적이 없는 것 때문에 슬퍼할 수는 없는 노릇이다. 지금의 생활이면 충분했다. 전쟁 중에 사라진 불쌍한 영혼들은 차치하고라도, 궁색하게 사는 사람들이 얼마나 많은데. 적어도 유도라는 자유를 즐길 수 있었다. 그러니 투덜거릴 이유가 전혀 없었다.

유도라는 시계의 초침 소리만으로도 깨질 것 같은 먹먹한 침묵의 공간으로 발을 들였다.

"엄마? 어디 계세요?" 엄마가 잠시 밖에 나갔기를 바라며 소리쳐 불렀다. 주방에서 작은 목소리가 들려왔다. 그쪽으로 가는데 심장이 요동치기 시작했다. "엄마, 무슨 일이에요? 왜 그래요?"

베아트리스는 여느 때처럼 한 손에는 티 타월을, 다른 한 손에는 손수건을 들고 앉아 있었다. 마치 엄마가 필요한 아이처럼 연약하고 겁에 질려 보였다.

손을 뻗어 엄마의 어깨를 만졌다. "엄마, 무슨 일인지 말해봐요." 그녀가 조용히 물었다.

"스텔라." 베아트리스가 비통함과 절망을 담아 그 이름을 내뱉었다. "그 애가 전화를 했어."

"왜 했대요?" 유도라가 물었다.

"나한텐 말 안 하겠대." 베아트리스가 소리를 질렀다. "내가 엄만데 나한테는 말을 안 할 거래. 너하고 말하겠다면서 전화를 끊었어."

한숨이 절로 나왔다 "목소리는 어땠어요?"

베아트리스가 고개를 저었다. "몰라. 모르겠다고!"

엄마의 흐느낌이 격렬해졌다. 유도라는 눈을 감았다. "진정해요, 엄마. 괜찮아요. 속상해하지 마요."

"나는 실패했어." 베아트리스가 울다가 딸꾹질을 했다.

"엄마로서 실패한 거야."

"아니에요. 스텔라는 그냥 선택을 한 거예요. 그건 엄마 탓이 아니라고요."

베아트리스는 딸의 말이 믿고 싶은지 고개를 끄덕였다. "그 애는 나를 왜 그렇게 싫어하니, 도라?"

"싫어하지 않아요. 그냥 길을 좀 잃은 거예요. 이러지 말고, 우리 맛있는 차 한 잔씩 해요. 그럼 기분이 좀 나아질 거예요. 아, 그리고 실비아가 엄마가 만들어준 그 아기 옷 받고 엄청 좋아했어요."

"그랬어?" 베아트리스의 얼굴이 조금 밝아졌다.

"네, 정말 좋아했어요. 감사 편지 쓸 거래요."

"그 애도 엄마가 없어서 힘들 거야. 아기한테 그런 거 떠 줄 사람이 없을 거 같아서 해준 것뿐이야."

"정말 잘하셨어요." 엄마가 자신의 가장 친한 친구에게 모성애를 느낀다는 것에 조금 질투가 났다. 정작 딸인 자신은 그런 대접을 받아본 적이 있었던가. 아마도 없었던 것 같다. 유도라는 주전자에 물을 채워 스토브에 올렸다. 바로 그때 전화벨이 울렸다.

"아." 베아트리스가 손수건을 목에 가져다 댔다.

"괜찮아요." 유도라가 엄마를 달래주었다. "제가 다 알아서 할게요." 복도로 향하는데 심장이 벌떡거렸다. 떨리는 손으로 수화기를 들고는 목소리를 좀 더 단호하게 내려고 애썼다. "에든햄 7359입니다."

"도라 언니, 나 스텔라야. 제발 끊지 마."

유도라는 망설였다. 그런 일을 겪고도, 머릿속에 콘크리트처럼 단단하게 자리 잡은 배신감을 느끼면서도, 여전히 동생을 거부할 수 없었다. "다시는 연락하지 말라고 했잖아."

"알아. 근데 언니, 나 지금 너무 힘들어. 집에 가고 싶어."

쓴웃음이 나왔다. "그래?"

"제발, 내 말 좀 들어봐."

"그래, 해 봐. 이번엔 또 뭐야? 에디가 널 버리기라도 했니?"

"아니, 나 임신했어."

"축하한다."

"도라 언니, 제발. 나한테는 이게 쉬운 일이 아니야."

마치 댐이 터진 것 같았다. 유도라의 말이 빠르고 흉포하게 쏟아져 나갔다. "허, 그러면 나한테는 쉽다고 생각한 거야? 그래? 버려지고, 배신당하고, 남겨지고. 그것도 가장 믿었던 사람들한테. 넌 이게 놀러 가듯이 쉬운 일이라고 생각했니? 그런 거야?"

스텔라의 목소리는 작았고, 공허했다. 이전과는 달랐다. 좀 더 나이 들고, 좀 더 결연한 그런 목소리였다. "아니야. 언니는 안 믿겠지만, 내가 제일 후회하는 건 언니한테 상처를 준 거야. 도라 언니, 언니는 늘 내게 따뜻했잖아."

"그것 참 뜻밖이네. 왜냐하면 내가 제일 후회하는 건, 너한테 따뜻하게 대해준 거거든."

잠시 침묵이 흘렀다. "나 무서워, 언니." 유도라는 아무런 대꾸도 하지 않았다. 스텔라가 말했다. "에디가 술을 너무 많이 마셔. 그래서 같이 있기가 좀 그래. 아기가 걱정돼. 갈 곳이 필요해. 내가 부탁할 수 있는 사람은 언니뿐이야. 제발, 내가 이렇게 부탁할게. 나 때문이 아니라 아기를 위해서 좀 도와줘."

유도라는 엄마와 나눴던 대화를 떠올렸다. 그런대로 평온하고 평화로운 지금의 일상을 떠올렸고, 그동안 열심히 지우려 애썼던 상처를 떠올렸다. 오랜 시간이 걸렸지만 그래도 결국 해냈는데…….

"도라 언니? 제발 도와줘, 응?"

테이블에 놓인 사진 속에서 제복을 갖춰 입은 아빠가 바라보고 있었다. 늘 그렇듯 부드럽게 웃고 있었지만 왠지 모르게 심각한 표정으로 보였다.

그러니 엄마랑 아기를 잘 돌봐줄 거지? 아빠를 위해서라도 말이야.

아빠의 말이 과거로부터 잔물결처럼 밀려와 그녀의 머릿속에서 소용돌이쳤다.

그러겠다고 했지만 영원히는 아니었어요. 난 아빠가 다시 돌아올 거라 생각했다고요. 혼자 다 감당해야 하는 줄은 몰랐단 말이에요.

"도라 언니?" 스텔라가 간절히 불렀다.

유도라가 눈을 감았다. "너 어디야?"

"나……." 그 순간 찰칵 하는 소리와 함께 전화가 끊겼다.

"스텔라? 스텔라?" 수화기 버튼을 눌러봤지만 동생의 목소리는 다시 돌아오지 않았다. 수화기를 잠시 이마에 대고 머릿속에서 똬리를 트는 안도와 후회를 호흡과 함께 날려버리려 애썼다. 시계가 여섯 시를 알렸다. "차 마실 시간이네." 유도라는 아빠의 부드러운 시선을 피하며 혼잣말을 하고는 수화기를 놓고 주방으로 향했다.

13장

"소시지 더 드실 분?" 폴이 접시를 들며 물었다.

"저요!" 로즈는 선생님의 관심을 끌려는 학생처럼 공중으로 손을 번쩍 치켜들며 소리쳤다.

"그렇게 먹다가 배 터질라." 유도라가 경고하듯 말했다.

"이 정도는 괜찮아요." 로즈가 소시지 두 개를 접시에 담았다. "고맙습니다, 폴 아저씨."

"마음껏 먹어라." 그러고서 폴이 유도라를 보며 물었다. "더 안 드세요?"

"아니요, 괜찮아요. 오늘 포식했어요."

로즈가 웃었다. "유도라 할머니가 말하는 방식, 정말 좋지 않아요? '포식'이라는 말, 너무 웃겨요. 근데 그게 무슨 뜻이에요?"

"물리도록 먹었단 얘기야." 유도라가 삐죽 웃었다.

폴과 로즈가 아무 말 없이 시선을 주고받았다. "배부르다는 뜻이지." 스탠리가 덧붙였다. "십자말풀이에 한 번 나온 문제였어. 나도 사전을 찾아보고 알았다."

"아주 훌륭해요, 스탠리." 유도라가 박수를 쳐주었다.

그가 신사처럼 절을 하자 로즈가 웃었다. "진짜 재밌어요. 따분한 엄마랑 집에 있는 것보다 훨씬 좋아요."

"로즈, 엄마 좀 봐주렴. 엄마가 요즘 많이 피곤하실 거야." 유도라가 말했다.

"맞아요. 그 멍청한 애기 때문에요."

"걱정 마, 로즈. 나도 동생이 태어났을 때는 기분이 별로였어." 스탠리의 손녀 리비가 유도라 옆에 접시를 내려놓으며 말했다. "근데 나이 먹으면 꽤 쓸 만해. 옷도 빌려 입을 수 있고."

"그렇다면 내 동생은 패션 감각이 좋아야 할 거예요."

리비가 표범 무늬 레깅스에 형광 주황색 티셔츠를 입은 로즈를 보더니 미소를 지었다. "흠, 네가 언니로서 동생을 좀 많이 가르쳐줘야 할 거 같은데?"

"그건 걱정 마요. 동생이 알아야 할 것들을 하나하나 적어서 목록을 작성하고 있거든요. 그리고 내 방에 붙일 '출입 금지' 표지판도 벌써 대문짝만하게 만들어놨어요."

"아주 똑똑하네." 리비가 말했다.

"할머니도 동생이 있다고 하지 않았어요?" 로즈가 유도라에게 물었다. "이렇게 질문하면 너무 참견하는 건가요?"

유도라는 음료수 잔 안에서 얼음이 떠올랐다 가라앉는 것을 가만히 바라보았다. "참견하는 거 맞는데, 뭐 괜찮다, 로즈. 여동생이 있었지. 옛날에."

"아." 로즈가 말했다. "미안해요. 슬프게 하려던 건 아닌데."

"아니, 난 괜찮아." 스탠리의 가족이 서로를 사랑하는 방식에는 뭔가 특별한 것이 있었고, 그것은 그녀를 편안하게 해주었다. "동생 이름은 스텔라였어. 나보다 일곱 살 어렸지."

"스텔라." 로즈가 그 이름을 되뇌었다. "이름이 마음에 들어요."

"'별'이라는 뜻이야." 스탠리가 설명을 덧붙였다.

"그렇지." 유도라가 말했다.

"일곱 살이나 어렸어요? 전 두 살 차이도 짜증나는데." 리비가 끼어들었다.

"데이지하고 저는 열 살 차이예요." 로즈가 가슴을 내밀며 말했다. "그래서 둘은 잘 지냈어요? 아니면 동생이 짜증나게 굴었어요?"

유도라는 부드러운 눈빛으로 생각에 잠겼다. "동생이 어렸을 때는 아주 애지중지했지. 반짝반짝 빛나고 재미있는 아이였어. 약간 너랑 비슷했단다, 로즈."

"정말요? 고마워요. 근데 무슨 일이 있었던 거예요? 아니면 사이좋게 잘 지냈어요?"

유도라의 몸이 뻣뻣하게 굳었다. 로즈는 궁금한 것이 있으면 무엇이든 꼬치꼬치 캐묻는 아이라는 것을 깜빡하고 있었다. 행복한 추억의 길을 따라 감상적인 산책을 하는 것은 그렇다 처도, 쓰라린 진실의 막다른 골목으로 방향을 트는 것은 전적으로 바람직하지 않은 일이었다. 유도라는 목을 가다듬었다. "실은 동생이 이사를 갔는데, 그 이후로는 보지 못했어."

"아, 가슴 아파요. 동생이 보고 싶겠어요."

"아주 오래된 얘기란다." 로즈는 마치 큐 사인을 기다리는 강아지처럼 안아줄 태세였다. 유도라는 얼른 스탠리의 며느리 쪽으로 몸을 돌렸다. "그런데 헬렌, 똑똑한 따님의 얘기를 듣자니 자기는 텔레비전 방송 쪽에서 일하고 싶고, 동생은 수의사가 되고 싶어 한다고 하던데요?"

"어디서 그런 생각을 하게 됐는지 모르겠어요." 폴이 대화에 끼어들었다. "아마 엄마의 영향이 크겠죠." 그는 이렇게 말하며 아내에게 윙크를 보냈다.

헬렌이 미소를 지었다. "애들이 착해요. 애들이랑 제가 친하게 지내기도 하고요. 그런데 이번 주에 우리에게 시련이 좀 있었지, 리비?"

리비가 천천히 고개를 끄덕였다. "남자친구랑 깨졌거든요. 열네 살 때부터 사귀었는데."

"아, 가슴 아파요." 로즈가 말했다.

"안타깝구나." 유도라는 대화의 주제가 자신의 상심에서 또 다른 누군가의 상심으로 바뀐 것에 안도했다.

"내가 미리 엄포를 놨어야 했는데." 폴이 말했다. "내 딸을 두고 바람을 피우면 가만두지 않겠다고 말이죠."

"나도 가만있지 말았어야 했는데." 스탠리가 덧붙였다.

리비와 헬렌은 서로 마주 보고 어이없다는 표정을 지었다. "가만히 있어줘서 얼마나 다행인지." 헬렌이 말했다. "대신 벤앤제리 아이스크림 두 통을 먹으면서 프렌즈 시리즈를 싹 다 봤답니다."

"흠, 나는 그 벤이고 제리고 프렌즈고 뭐 그런 건 잘 모르겠고, 들어보니 너희 엄마가 최고로 좋은 엄마라는 건 확실한 것 같구나." 유도라는 이렇게 말하며 자신의 엄마를 떠올렸다. 헬렌과는 전혀 달랐던 엄마. "이런 엄마를 둔 너희는 정말 운이 좋은 거야."

"알아요." 리비가 한 팔로 헬렌을 감싸 안으며 말했다. "엄마는 늘 제가 더 잘할 수 있다고 용기를 주시거든요. 저는 엄마 말을 믿어요."

"그러니까 잘해야 한다." 유도라가 말했다. "자존감을 깎아먹은 남자라면 만날 가치도 없지."

"네. 근데 오랫동안 친하게 지낸 친구 사이였거든요. 우정까지 이런 식으로 깨져버린 게 조금 슬퍼요."

"그렇지. 그런데 아무리 가까운 사람이라도 여전히 실망을 줄 수 있어. 그럴 때 우리가 할 수 있는 일은 아무것도 없지. 너는 자신감도 있고 똑똑한 여성이야. 꼭 맞는 사람이 나타날 거라는 데는 의심의 여지가 없지. 근데 그런 사람이 나타나지 않는다? 그래도 넌 개의치 않을 거야. 도도하게 말이야."

"그렇게 말씀해주셔서 고마워요, 유도라 할머니." 리비가 말했다.

"나도 자신감 있고 똑똑한 여성이에요?" 로즈가 기대에 차서 물었다.

유도라와 리비가 웃으면서 눈빛을 교환했다. "너는 최고지, 로즈." 유도라가 말했다.

"자자, 노래할 준비 됐나요?" 모두가 고개를 들어 헬렌을 보았다. 그녀는 커다란 직사각형 케이크를 들고 있었다. 케이크에는 '할아버지 생일 축하해요!'라는 글자와 함께, 두건을 두르고 선글라스를 쓰고 접의자에 누워 있는 스탠리의 모습이 아이싱으로 그려져 있었다. 스무 개 정도의 촛불이 미풍에 날리고 흔들렸지만, 헬렌은 신기하게도 노래하는 내내 그것을 지켜냈다. 유도라는 모두의 얼굴을 둘러보았다. 이들은 마치 해바라기가 해를 바라보듯 스탠리를 향해 미소를 짓고 있었다. 이 가족의 편안한 관계, 서로를 향한 순수하고도 곧은 사랑이 부러웠다. "소원 비세요!" 노래가 끝나자 로즈가 소리쳤고, 스탠리는 몇 번의 시도 끝에 촛불을 껐다.

"아버지 나이만큼 초를 꽂지 않은 게 천만다행이네요! 아닌 게 아니라 화재 보험이 좀 비싸야죠." 폴이 농담을 했다.

"아빠!" 엘리가 눈을 흘겼다. "그 농담 몇 번째예요! 지겹지도 않아요?"

"재밌잖아!" 폴이 딸의 머리를 헝클어트리며 말했다.

"아빠! 머리 만지지 마요!" 엘리가 정색을 하고 말하자 폴이 웃음을 터뜨렸다.

"설마 너 그 머리 일부러 그렇게 한 거였어?" 리비가 눈을 동그랗게 뜨고 물었다.

엘리가 입술을 삐죽이며 되받아쳤다. "설마 언니는 그 얼굴 일부러 그렇게 한 거야?"

"얘들아." 헬렌이 두 딸에게 말했다. "오늘은 그 어떤 걸로도 싸우지 말자, 알겠지?"

"그냥 농담한 거예요, 엄마. 진정해요."

"네, 엄마. 농담이었어요. 진정해요."

헬렌이 유도라와 로즈를 바라보았다. "우리 딸들 착하다고 했던 말, 취소할게요."

엘리와 리비가 엄마를 안고는 양쪽 뺨에 각각 입을 맞췄다. "엄마는, 진심도 아니면서."

로즈가 킥킥 웃었다. "나도 데이지 나오면 언니들처럼

저렇게 지내고 싶어요."

함께 미소 짓던 유도라는 앞으로 이 모습을 볼 수 없을지도 모른다는 생각에 우울해졌다. "네 생각대로 될 거다, 로즈." 유도라가 말했다. "자, 이제 집에 가볼까? 엄마가 기다리시겠다."

❧ ❧ ❧

스탠리에게 손을 흔들어 인사하고 집으로 들어왔다. 바깥은 눈부시게 환한데 복도는 어두컴컴했다. 순간 현기증이 일었다. 아마 오후 내내 진을 뺐기 때문일 것이다. 즐거웠지만 피곤했다.

"앉아서 차 좀 마셔야겠구먼." 몽고메리가 주방에서 나와 짜증스럽게 야옹거렸다. "그래, 너한테도 먹을 걸 좀 줘야지. 걱정 마라." 몽고메리는 소원이 이뤄질 때까지 끈질기게 발목 주위에서 얼쩡거렸다. 이 모습을 보고 유도라는 자신에게 아이가 없다는 사실에 다시 한 번 안도했다. 요구와 결핍. 이것은 인간에게 있어 가장 매력 없는 두 가지 특징이다. 때로 엄마도 그런 모습을 보일 때가 있었지만, 그래도 엄마는 늘 감사의 마음을 잊지 않았다. 특히 삶의 마지막 날들에 이르러서는 유도라가 베푸는 작은 친절에 항상 고마움을 표현했다. 그런 생각들을 하자 유도라는 심장이 조여왔다.

물이 끓기를 기다리는 동안 정원에서 까치 한 마리가 귀에 거슬리게 까악까악 울어댔다.

한 마리면 슬픔.

까치 한 마리가 더 날아와 잔디에 앉았다. "두 마리면 기쁨." 유도라는 안도하는 마음으로 중얼거렸다.

고양이 밥을 주고, 차를 내리고, 그러고서 자리에 앉았다. 숨이 차고 피곤했다. 나는 여든다섯이라고. 천방지축 로즈를 꽁지에 달고 다니며 사람들과 어울리는 사회 활동이 익숙하지가 않다고. 진이 빠지는 게 당연하지.

그때 자동응답기에 빨간 불빛이 깜빡거리는 것이 보였다. 재생 버튼을 눌렀다.

"안녕하세요, 유도라. 저 페트라예요. 리버만 박사님과 통화했다는 얘기 들었어요. 그냥 어떻게 지내시는지 궁금해서요. 대화하고 싶을 때는 언제든지 연락 주세요."

유도라는 의자에 몸을 묻고 차를 홀짝였다.

어때, 유도라? 정말로 기분이 어때? 진심으로 말이야.

마음을 터놓고 얘기하는 것에 반감이 느껴지지만, 그만큼 이 질문에 대답하는 것이 중요하다는 것을 잘 알고 있었다. 이 질문에 대답하지 못한다면 페트라와 닥터 리버만은 도움을 주지 못할 것이다. 그런데도 대답하기가 두려웠다. 두려워서 침묵을 지켰던 것이다. 침묵은 힘이 세다. 침묵은 동의도 반대도 하지 않는다. 침묵은 시간을 벌어준다. 유도라가 바랐던 대로. 조금 더. 조금 더 살 때까지만.

❦ ❦ ❦

이 생각에 더욱 날카롭게 초점을 맞추게 된 것은 우연한 만남 때문이었다. 수영을 끝내고 스포츠센터를 나와 어떻게 집까지 걸어갈까 고민하던 중이었다. 여든다섯 살 노인에게 피로는 일상적인 일이지만, 오늘은 왠지 더 심하게 녹초가 된 기분이었다.

"안녕하세요? 유도라, 맞죠?" 당밀처럼 마음을 달래주는 목소리. 유도라는 따뜻한 향료 향을 느끼고 놀라서 돌아보았다. "저 해나예요. 모임에 오신 적 있죠? 그 꼬마 아가씨하고. 로즈였나요?"

"기억력이 아주 좋으시네요." 유도라가 말했다.

해나의 미소 덕분에 금세 마음이 편안해졌다. "어떻게 지내세요?"

"아직 땅에 발을 붙이고 있지요."

해나가 웃었다. "그런 오싹한 농담을 하셨던 게 기억나네요. 강연이 끝나고 저를 찾아오신 분은 유도라뿐이었어요. 사람들은 대부분 저를 변장한 저승사자쯤으로 생각하거든요."

"그렇다면 변장을 끝내주게 잘하셨네요." 유도라가 말했다. "그리고 정확히 말하자면 선생님을 만나고 싶어 한 건 로즈였지요."

해나가 고개를 끄덕였다. "많은 아이들이 죽음에 대해 얘기하고 싶어 해요. 아이들은 죽음이 세상의 이치에 어떻게 들어맞는지 궁금해하거든요. 그런데 어른들은 얘기하려 하지 않죠. 너무 우울하니까요." 해나는 우울이라는 단어를 말할 때 허공에 대고 따옴표를 그렸다.

"그렇죠." 유도라는 빨리 집에 가고 싶었다. "그럼 이만 가볼게요. 만나서 반가웠어요."

해나가 유도라의 지팡이를 보았다. "태워드릴까요? 책자 몇 권 놓고 가려고 잠깐 들른 건데, 이제 막 가려던 참이었어요."

"아니에요, 안 그래도 돼요."

"괜찮아요."

"그렇다면 신세 좀 질까요?" 유도라는 약간 안심이 됐다.

차에 오르자 해나가 물었다. "혹시 짐 소식은 들으셨어요?"

"짐?"

"그때 오드리와 함께 있던 남편분이요."

"아, 딱 한 번 갔던 거라. 누군지는 알아요. 왜요, 그분한테 무슨 일이라도 생겼나요?"

해나가 목을 가다듬었다. "지난 주말에 짐이 세상을 떠났어요. 마지막 순간에 저도 그 자리에 함께 있었답니다. 제가 조금이나마 도움을 드릴 수 있어서 다행이었죠."

"아이고, 오드리가 상심이 크겠어요."

"그래요." 해나가 대답했다. "오드리는 몇 년을 힘들어했어요. 그나마 짐이 사랑을 느끼며 고통 없이 간 것에 대해 다행이라 생각할 거예요."

"그러면 더 바랄 게 없죠." 유도라가 중얼거렸다.

차가 시드니 애비뉴에 도착해 유도라가 손가락으로 집을 가리킬 때까지 두 사람은 침묵을 지켰다. 해나는 집 앞에 차를 세우고 시동을 껐다. "뭐 하나 물어봐도 될까요?" 유도라가 안전벨트를 풀면서 물었다.

"물론이에요."

"사람들이 각자 어떻게 죽을지 선택할 수 있어야 한다고 생각하시나요?"

해나는 친절하고 진심 어린 눈빛으로 유도라를 바라보았다. "온당한 범위 안에서는, 네, 그래요. 저는 우리가 제일 먼저 해야 할 일은, 바로 죽음에 대해 이야기하는 것이라고 생각해요. 근거 없는 믿음과 두려움을 없애기 위해 우리는 죽음이라는 단어를 제대로 말할 줄 알아야 하고 성숙한 어른으로서 죽음에 대해 논의해야 해요."

"그런데 애초에 두렵지 않다면요?"

해나가 유도라를 가만히 바라보았다. "그렇다면 할 수

있는 한 삶을 포용해야죠. 소중하게 여기고, 그 가치를 인정하고요. 저는 유도라를 잘 모르지만 로즈와 함께 있는 모습을 봤잖아요. 둘 사이에 특별한 우정이 있다는 걸 알 수 있었어요. 운이 좋으신 거예요. 그렇게 생각하지 않으세요?"

"그래요." 유도라는 대답했다. "운이 좋은 것 같긴 하네요."

❀ ❀ ❀

유도라는 컵을 손에 들고 달콤한 차향을 들이마시며 심호흡을 했다. 조금 전에 라디오에서 명상에 관한 프로그램을 들은 터였다. 평소 같았으면 헛소리를 한다고 채널을 돌려버렸을 것이다. 그러나 라디오 속 전문가는 차분하고 절제된 목소리로 권위를 담아 말했고, 그것은 해나가 말하는 방식과 비슷했다. 듣다 보니 정말 설득력이 있었다. 거실을 둘러보았다. 전화 테이블에 놓인 부모님 사진, 벽난로, 책, 커튼, 그리고 모든 것을 따뜻한 살굿빛으로 물들이는 크고 우아한 플로어스탠드. 손에 쥔 컵에서 부드럽고 편안한 온기가 느껴졌다. 몽고메리는 한가로이 거실에 들어와 소파로 뛰어오르더니 제자리에서 두 바퀴를 뱅뱅 돌고 나서야 자리를 잡았다. 마치 숨 쉬는 털로 만든 작은 꾸러미 같았다. 유도라는 아픈 데가 없나 자신의 몸을 쭉 훑었다. 기력이 없다는 것과 평소에도 아팠던 곳이 말썽을 부리는 것만 제외하면 모든 게 좋았다. 이런 말썽은 자세만 바꿔줘도 사라지니까. 이 시간, 이 순간, 모든 것이 좋고 지금은 그걸로 됐다.

이런 내적 평화는 오래가지 않았다. 곧 급하고 끈질기게 현관문을 두드리는 소리에 이어 필요 이상으로 긴 초인종 소리가 났다. 이런 짓을 할 사람은 한 명뿐이다.

"맙소사, 로즈. 이번엔 또 무슨 일이냐?" 힘겹게 복도를 지나 현관으로 가면서 소리쳤다. "달나라로 여행이라도 가냐? 아니면 런던 동물원에 가서 야간 습격이라도 하려고?" 유도라는 꼬마 아가씨의 잿빛 얼굴을 보고 입을 다물었다. "무슨 일이냐, 로즈?"

"엄마가, 도움이 필요해요. 아기가 나와요."

❀ ❀ ❀

1961년, 런던 남동부, 시드니 애비뉴

그날의 매순간을 기억한다. 모든 것은 매우 평범하게 시작되었다. 그럼에도 그때를 떠올릴 때마다 그날의 가장 사소한 것까지 모두 딸려 나왔다. 아침으로 먹은 것(삶은 달걀과 토스트에 골든 슈레드표 오렌지 잼을 얹어 먹었다), 버스 정류장에서 쿠퍼 부인과 마주친 것, 쿠퍼 부인의 막내 손자

앤서니가 불쌍하게도 수두에 걸렸다는 얘기를 들은 것까지. 마치 그 이후의 충격으로 인해 모든 것의 초점이 정확히 맞춰진 채 영원히 되풀이되는 것만 같았다. 머릿속에서 돌고 도는 영화처럼.

그날은 금요일이었다. 실비아와 아기를 위해 하루 연차를 낸 터였다. 그날을 고대하고 있었다. 실비아가 필립을 낳은 이후로 유도라는 새로운 목적의식이 생긴 듯했다. 자신은 결코 아이를 갖지 않겠지만, 절친한 친구의 아들에게는 원하는 것을 다 해줄 요량이었다.

'천사 같은 아이'라는 말은 필립을 두고 하는 말이라고 생각했다. 커다란 눈동자와 포동포동한 허벅지는 어떤 강심장이라도 녹일 것 같았다. 유도라는 필립을 보자마자 한눈에 반했고, 필립 역시 유도라를 좋아했다. 처음 만난 날, 아기는 유도라의 손가락을 잡고 마치 영혼을 읽는 듯이 눈을 뚫어지게 바라보았다.

"필립이 너 좋아하나 봐." 실비아가 말했다. "다행이다. 왜냐하면 우리는 네가 필립의 대모가 되어주길 바라고 있거든."

유도라는 놀라서 실비아와 케니를 보고 다시 필립에게로 시선을 돌렸다. "정말이야?"

케니와 실비아는 너그러운 미소를 지으며 서로를 쳐다보았다. "그럼." 실비아가 대답했다. "너 말고 누구한테 부탁하겠어?"

베아트리스는 유도라만큼이나 기뻐하며 필립이 세례 때 입을 겉옷을 짜기 시작했다. "끝단에는 레이스를 달아야 겠어. 그럼 더 특별하게 보일 거야." 유도라는 엄마의 어깨를 다독였다. 스텔라의 전화 사건 이후, 그들의 세계는 다시 평온한 일상을 회복했다. 감사하게도 베아트리스는 그 모든 일을 깡그리 잊은 듯 행동했다. 유도라는 마음이 놓였다. 이렇게 지내는 게 훨씬 나았다.

유도라는 아침 식사 후 아기를 위해 만든 스카프, 모자, 장갑 따위가 담긴 꾸러미를 들고 실비아의 집으로 향했다. 실비아와 케니는 최근에 교외로 이사한 터였다. 그들의 집은 1930년대식 연립주택으로 아주 쾌적했고, 침실 세 개에 커다란 정원이 있었다.

"필립은 이곳에서 아빠와 축구를 하게 될 거야." 실비아가 말했다. 가정주부의 전형을 보는 것 같았다. 최근 실비아는 반자동 세탁기를 들였는데, 이것은 그녀가 아기를 소망했던 것만큼이나 절실히 원했던 것이었다. "기저귀 빨 때 정말 좋아." 실비아가 말했다. "삶이 완전히 바뀌어버렸다니까."

유도라는 앞길을 걸어 올라갔다. 9월로 접어들면서 나뭇잎은 색이 조금씩 변하고 있었지만 실비아네 장미는 활짝 피어 있었다. 몸을 기울여 꽃향기를 맡자 달콤하고 신선한 내음에 기분이 좋아졌다. 사소한 것에 기쁨을 느끼는 이 짧은 순간, 몸은 희망으로 차올랐다.

"왔구나, 도라!" 실비아가 현관문을 열며 소리쳤다. 필립은 엄마의 팔에 안겨 초롱초롱한 표정으로 웃고 있었다. 아기는 유도라를 보자마자 포동포동한 손을 내밀었다.

"안녕, 우리 꼬맹이." 실비아에게서 필립을 받아 안고 이마에 뽀뽀를 했다. 예전에는 실비아가 결혼을 하고 엄마가 되면 사이가 멀어질 줄 알았다. 하지만 괜한 걱정이었다. 오히려 유도라와 실비아는 거의 자매처럼 그 어느 때보다 친하게 지냈다. 실비아는 외동딸로 엄마를 여의고 아빠도 거의 본 적이 없던 터라, 유도라와 베아트리스는 실비아를 가족처럼 대해주었다.

"어서 와." 실비아는 유도라를 복도로 안내했다. "오늘 날씨 참 좋다. 선룸에서 커피 마시자." 유도라가 미소를 지었다. 실비아는 집 공간을 거창한 이름으로 부르는 것을 좋아했다. 그래서 '살롱'이라든가 '마스터룸'이라든가 하는 말을 굉장히 뿌듯해하며 쓰곤 했다. 유도라는 개의치 않았다. 집을 자랑스럽게 여긴다는 것은 기특한 일이니까.

"어떻게 지냈어?" 유도라가 물었다. 실비아는 설탕통과 각설탕 집게까지 한 세트인 찻잔을 쟁반에 내와 커피를 따르기 시작했다. 필립은 유도라의 무릎 위에 마주 보고 앉아 있었다. 손뼉치기 놀이를 몇 판 한 참이었다. 필립은 행복해하며 몇 번이나 까르르 웃었고, 유도라는 그 모습만 봐도 흐뭇하기 그지없었다.

"응, 다 잘 지내. 케니는 직장 일로 바쁜데, 미래를 위해서는 그 정도는 감수해야지, 안 그러니?"

"그렇지. 그런데 넌 괜찮은 거 맞지, 실비아?" 유도라는 친구의 목소리에서 뭔가 조심하는 낌새를 느끼고 물었다.

실비아가 입술을 오므렸다. "난 괜찮아. 정말이야. 넌 어때? 은행 일은 괜찮고?"

실비아가 뭔가 숨기고 있다는 것을 알 수 있었다. "응, 다 좋아. 걱정해줘서 고마워. 실은 나 얼마 전에 승진했어."

"우아, 멋진데!" 실비아는 유도라의 커피 잔을 받침에 올려주며 말했다. "그러다 곧 팀장 되는 거 아냐?"

"그건 잘 모르겠고, 어쨌든 인정받은 거 같아서 좋긴 해."

"어머니는 잘 계셔?"

"응, 잘 계셔. 엄마가 안부 전해달래. 그리고 이 꼬마 신사를 위해서 뜨개질을 왕창 해주셨어." 유도라는 필립의 보송보송한 머리카락을 어루만졌다. 그런데 고개를 들었더니 실비아가 울고 있었다. "실비아, 왜 그래?"

"도라, 이 말을 어떻게 해야 할지 모르겠어."

두려움이 엄습했다. "무슨 말인데, 실비아? 무슨 일 있어? 필립한테 안 좋은 일이라도 생긴 거야?"

실비아는 재빨리 고개를 저었다. "아니, 필립은 괜찮아.

미안, 괜히 겁부터 준 거 같네. 실은 케니가 직장에서 새로운 자리를 제안받았어."

"그럼 잘된 일이잖아." 유도라가 말했다. "케니야말로 곧 높은 자리에 오르겠는걸."

실비아가 희미한 미소를 지었다. "회사에서 케니가 지사를 하나 맡아주길 바라고 있어."

"어디서?" 유도라는 스코틀랜드라는 답변을 기대하며 물었다.

"캐나다."

"캐나다⋯⋯."

실비아가 고개를 끄덕였다. "정말 미안해. 이 말을 어떻게 해야 할지 모르겠더라고."

"케니가 제안을 받아들이기로 한 거야?

"아마도. 케니한테는 좋은 기회니까. 캐나다는 아름답기도 하고."

"그렇지만 너무 멀어, 실비아." 유도라는 목이 메었다.

"알아." 실비아가 고개를 끄덕였고, 둘은 동시에 울음을 터뜨렸다.

필립은 어리둥절한 표정으로 그들을 쳐다보았다. 유도라가 필립을 안고 머리에 입을 맞췄다. "괜찮아, 꼬마 신사님. 내가 보러 갈게. 약속해." 이 말이 가능한지도 확신하지 못한 채 유도라는 말했다.

"편지 쓰면 되지." 실비아는 희망을 담아 얘기했다.

"연락이 끊기는 일은 없을 거야." 유도라가 말했다. "우린 항상 서로를 위해 그 자리에 있을 테니까. 무슨 일이 있어도."

❀ ❀ ❀

유도라는 무거운 마음으로 집에 돌아왔다. 아무것도 바뀌는 게 없을 거라고 서로 태연한 척했지만, 그건 다 거짓말이었다. 마음을 추스르기 위해 스스로에게 하는 거짓말. 집에 거의 다 도착했을 때 순경 한 명이 이쪽으로 걸어오는 것이 보였다. 나이는 많아봤자 자신보다 몇 살 위일 것 같았다. 그는 집들을 돌며 주소를 하나하나 확인하고 있었다.

"뭐 도와드릴까요?" 동시에 집 앞에 다다랐을 때 유도라가 그에게 물었다.

"아, 괜찮습니다." 그가 헬멧을 만지며 말했다. "집을 찾는 중이거든요."

"이 주소는 저희 집인데요." 유도라가 놀라서 말했다.

순경의 얼굴이 벌게지고 눈이 동그래졌다. 이 모습을 보자 아까 본 필립의 표정이 떠올랐다. "아, 그렇군요. 혹시 아버님을 좀 만나볼 수 있을까요?"

"아버지는 돌아가셨어요."

"죄송합니다. 그러면 어머니는요?"

"엄마는……." 유도라의 목소리가 작아졌다. "일단 안으로 들어오세요."

"감사합니다."

현관문을 열자 음악 소리와 함께 달그락거리는 뜨개질 바늘 소리가 들려왔다. 좋은 징조였다. "엄마? 누가 찾아왔어요." 베아트리스는 차 한 잔을 옆에 놓고 거실 벽난로 근처에서 뜨개질을 하고 있었다. 유도라는 그쪽으로 순경을 데리고 갔다. 엄마는 고개를 들어 만족스러운 표정으로 미소를 지었다. 훗날 유도라는 이날을 떠올리며 엄마의 미소를 본 것이 이때가 마지막이었다고 생각하곤 했다.

순경은 헬멧을 벗고 목소리를 가다듬었다. "허니셋 부인? 죄송하지만 안타까운 소식을 전하게 됐습니다."

베아트리스는 유도라와 순경을 번갈아 쳐다보았다. 자신의 큰딸이 여기 이렇게 멀쩡하게 있는데 도대체 뭐가 문제냐는 듯이. "무슨 일이시죠?" 베아트리스는 약간 짜증스럽게 물었다.

"스텔라라는 따님이 있으시죠? 사고가 있었습니다."

"도라?" 베아트리스는 놀라서 손을 뻗어 유도라를 찾았다.

"괜찮아요, 엄마. 저 여기 있어요." 유도라는 순경을 보았다. "무슨 사고인데요? 스텔라는 괜찮나요? 아기는요?"

"아기라니?" 베아트리스가 소리를 질렀다.

유도라는 엄마의 손을 꼭 쥐었다. 그리고 다시 한 번 순경에게 물었다. "무슨 일인데요?"

그의 얼굴은 마치 유령 같았다. 아마도 나쁜 소식을 전하는 일이 처음이었을 것이다. "안타깝게도 계단에서 추락해 치명상을 입었습니다."

"죽었군요." 유도라가 말했다.

순경이 고개를 끄덕였다. "유감입니다."

"죽었군요." 유도라가 같은 말을 되뇌었다. "그럼 아기는요?"

순경이 고개를 저었다. "유감입니다."

"어쩌다가요? 왜 떨어진 거예요? 무슨 일이 있었던 거예요?"

순경이 불편한 듯 자세를 고쳐 잡았다. "누가 밀었습니다."

"남편이 밀었군요." 유도라가 말했다. "그 사람이 그런 거죠, 맞죠?"

그가 살짝 고개를 끄덕였다. "남편은 구속됐습니다. 죄송합니다. 고인의 명복을 빕니다."

그날 그 순간까지 있었던 모든 일을 기억하지만 그 이후의 일은 흐릿하게 남아 있다. 차를 내리고, 엄마를 위로하고, 식사까지 준비했던 것 같지만, 이 모든 것은 기억에 없었다. 그저 기억하는 것이라고는 인생을 통틀어 그렇게 외롭고 그렇게 비참하고 그렇게 죄책감을 느낀 적이 없었다는 것뿐이었다. 사람이란 선택을 하면 그 결과를 안고 살아야 하는 법이다. 유도라는 그 순간 깨달았다. 자신의 선택이 죽는 날까지 따라다닐 것이라는 사실을.

14장

"유도라 할머니? 유도라 할머니? 제 말 듣고 계세요? 도움이 필요해요. 아기가 나온다고요."

유도라는 화들짝 놀라 현재로 되돌아왔지만, 과거의 알싸한 맛은 시큼한 우유처럼 남아 있었다. "난 못해."

로즈가 눈을 깜빡였다. 한 번. 두 번. 곧 눈물로 위협하겠구나. "아무도 없단 말이에요. 할머니 말고는 도움을 청할 사람이 없어요."

찰칵거리는 셔터처럼 과거의 간절한 부탁이 떠올라 당혹스러웠다.

내가 부탁할 수 있는 사람은 언니뿐이야.

유도라는 머리를 흔들어 생각을 떨쳐냈다. "구급차를 부르는 게 낫지 않겠니?"

로즈가 고개를 저었다. "엄마는 병원에서 안 낳을 거예요. 산파 일 하시는 베스 아줌마한테 전화했는데 빨라야 삼십 분이래요. 아기는 지금 나온단 말이에요." 로즈가 망설이는 유도라의 팔을 잡았다. "제발요, 유도라 할머니."

유도라는 로즈의 등 뒤를 멍하니 바라보았다. "난 나이가 너무 많아."

"전 너무 어리단 말이에요."

그들은 서로를 마주 보았다. 서로가 서로를 완벽하게 이해하는 순간이었다.

너와 나, 우리는 같아. 둘 다 무력하지. 그러니 둘이 힘을 합쳐야 해.

"지팡이 좀 찾아주렴."

로즈는 평소의 장난기는 온데간데없이 재빨리 움직였다. "여기 있어요. 저 버릇없다고 생각하지 마세요. 근데 진짜 빨리 가야 해요. 엄마가 비명을 지르고 있어요. 지금 혼자 두면 안 될 거 같아요."

"물론이지. 그래, 어서 가자." 유도라는 로즈를 따라 최대한 빨리 걸었다. 신기하게도 피곤함이 느껴지지 않았다. 아드레날린이란 엄청난 것이로구나. "아빠는 어디 계시냐?" 로즈의 집에 들어서며 물었다. 문을 열자마자 짐승의 울부짖음 같은 소리가 들려왔다. 심장이 빨리 뛰기 시작했다.

"오고 계신데 어디쯤인지는 모르겠어요. 이름을 들었는

데 기억이 안 나요. 삼십 분마다 한 번씩 전화하고 있어요."

로즈는 복도를 지나 거실로 향했다. 매기는 별 모양처럼 팔다리를 벌린 채 벽을 짚고 서서 숨을 크게 들이쉬고 내쉬기를 반복하고 있었다. 심호흡을 할 때마다 낮고 긴 신음 소리가 새어 나왔다. 유도라는 그 모습을 그저 망연히 지켜만 보았다.

"엄마? 괜찮아요?" 로즈의 목소리에 두려움이 가득했다.

유도라는 자신이 뭔가 해야 한다는 사실을 알았지만 두려움에 몸이 움직이지 않았다.

"괜, 괜찮아, 로즈." 매기가 어깨 너머로 말했다. "아기가 나오고 있어서 수축이 올 때마다 힘을 줘야 해." 그녀는 심호흡을 하다가 또다시 수축이 오자 몸을 움찔했다. 힘을 주며 비명을 지르자 얼굴이 일그러졌다.

"유도라 할머니?" 로즈가 작은 목소리로 불렀다. 눈이 간절하게 애원하고 있었다. "제발 엄마를 도와주세요."

머뭇머뭇 매기에게 다가가 어깨를 살짝 건드렸다. 매기는 고개를 돌려 유도라의 손을 꽉 잡았다. 매기의 손은 차가웠지만 강했다. 그것이 유도라에게 힘을 주었다.

"내가 왔어요." 유도라가 말했다. "로즈도 있고요. 다 잘될 거예요. 아주 잘하고 있어요." 이 말이 사실이길 바랐다. *제발 아기가 무사하게 해주세요. 제발 매기가 잘 견디게 도와주세요.* 매기는 재빨리 고개를 끄덕였다. "로즈, 우리 수건이 필요해. 찾을 수 있는 건 다 찾아와라. 그리고 뜨거운 물이 필요한데, 주전자에 물 끓이는 법 기억하지? 그것도 해줄 수 있겠니?"

"알겠습니다, 대장님! 저, BBC 드라마 〈산파를 불러요〉에서 이런 장면 봤어요. 와주셔서 정말 다행이에요. 혼자서 무서웠거든요." 원래의 모습으로 돌아온 로즈가 그렇게 말하고 거실을 나갔다.

유도라는 매기의 눈을 지그시 바라보며 손을 꽉 쥐었다. "아기는 괜찮을 거예요. 매기도 물론 괜찮을 거고."

잠시 후 로즈는 수건 여섯 장을 가지고 돌아왔다. 매기는 헐떡거리던 숨을 멈추고 힘을 주며 또다시 비명을 지르는 중이었다. "엄마 괜찮은 거예요?" 로즈가 창백한 얼굴을 하고 물었다.

"괜찮다." 유도라는 마음으로 기도를 올리며 대답했다. "그렇지만 우리 도움이 필요해. 수건을 좀 깔아주겠니? 엄마가 그 위에 설 수 있게. 그리고 저쪽 손을 잡아줘라. 그래야 엄마가 네 힘을 받을 수 있어."

매기는 바닥에 깔아놓은 수건 위에 올라섰다. 그리고 로즈의 손을 잡고 그 손에 입을 맞췄다. "무서워하지 마. 엄마 이거 처음 하는 거 아니야. 네가 세상에 나올 때 해봤어. 로즈야, 사랑해. 엄마는 네가 곁에 있어서 기뻐."

"엄마, 저도 사랑해요." 로즈는 눈물을 글썽이며 말했다.

매기는 다시 힘을 주기 시작했다.

아기 머리가 보이기 시작하자 유도라는 겁이 나면서도 신비로운 광경에 매료되었다.

"저거 혹시……?" 로즈는 질문을 하다 말고 입을 떡 벌린 채 유도라를 보았다.

유도라가 고개를 끄덕였다. 두려움이라는 감정은 새로운 생명에 의해 밀려났다. "동생이 나오고 있어, 로즈. 괜찮아요, 매기? 아주 잘하고 있어요. 지금처럼만 해요."

매기가 숨을 몰아쉬며 고개를 끄덕였다. "지금." 매기가 말을 끊고 숨을 쉬었다. "지금인 것 같아요."

"좋아, 로즈." 유도라가 말했다. "엄마 손 계속 잡아주렴. 나는 수건으로 아기를 받을 테니."

"럭비공을 받는 것처럼요?" 로즈가 기대감에 가득 차 눈을 동그랗게 떴다.

유도라는 달래주듯 미소를 지었다. "그렇게 말하고 싶다면야." 매기는 눈을 질끈 감고 있었다. "자, 매기. 할 수 있어요." 유도라가 깨끗한 수건을 받쳐 들었다.

"네, 엄마. 할 수 있어요!" 로즈가 소리쳤다.

매기는 세상에서 여자만이 지를 수 있는 비명을 지르며 새로운 생명, 새로운 희망을 이 우주에 선물처럼 내놓았다. 유도라는 두 손으로 작고 끈적끈적하고 피투성이인 그 완벽한 형태의 선물을 받아 들었다. 매기가 바닥에 눕자 유도라는 새 생명을 수건으로 감싼 후 조심스럽게 코와 입을 닦아주었다. 아기는 날카로운 울음소리로 사람들에게 자신의 탄생을 알렸다.

"계속 저렇게 울어대면 어쩐담." 로즈의 말에 다 같이 웃음을 터뜨렸다.

유도라는 소중한 아기를 엄마에게 건네주었다. "축하해요."

"고마워요. 정말 유도라가 없었으면 어떻게 됐을지 상상만 해도 아찔해요."

"그렇지만 다 매기가 해낸 거예요. 정말 대단해요." 유도라는 감격에 겨워 몸을 떨며 말했다.

그때 누군가 다급하게 현관문을 두드렸다. 로즈는 뛰어나가더니 얼굴이 체리만큼 벌게진 여자와 함께 들어왔다. "아기를 벌써 낳았다고요? 혼자서요?" 그녀가 말했다. "세상에, 축하드려요."

"유도라와 로즈가 없었으면 못해냈을 거예요." 매기가 대답했다.

"잘하셨어요, 두 분 모두." 여자가 말했다. "저는 베스예요. 감격스러운 순간을 함께하지 못해서 미안해요. 자, 로즈, 네가 동생의 탯줄을 잘라줄래?"

"좋아요." 로즈가 대답했다. "제가 뜨거운 물을 좀 끓여놨는데, 필요해요?"

"기특하구나." 베스가 말했다. "주방에 같이 가자. 그럼 내가 필요한 걸 가지고 올게." 로즈가 베스를 데리고 주방으로 향했다. 유도라는 그 자리에 남아 매기가 아기를 보살피는 모습을 지켜보았다.

"완벽한 아기예요." 유도라는 작고 섬세한 아기의 모습에 감탄을 금치 못했다.

"고마워요." 매기가 대답했다.

"저는 크면 산파가 될 거예요." 로즈가 베스와 함께 거실로 들어오며 말했다. "이미 경험도 있고, 베스 아줌마가 그러는데 새 생명을 세상에 내놓는 일은 최고로 보람된 일이래요."

"정말이야." 베스는 로즈가 탯줄을 자를 수 있게 집게로 고정하며 말했다. "자, 여기를 자르렴." 베스는 로즈에게 가위를 건넸다.

"탯줄을 자르겠노라!" 로즈가 외치자 모두가 웃음을 터뜨렸다.

"아주 잘했어요." 베스가 말했다. "자, 이제 엄마가 어떤지 확인해봐야겠다. 그리고 태반이 분리되도록 도와야 해. 보고 싶니?"

"으윽, 아니요. 듣기만 해도 이상해요." 로즈가 대답했다.

베스가 웃었다. "너는 이 일은 안 되겠다. 그럼 내가 하는 동안 동생을 좀 봐줄래?"

"물론이죠. 그런데 아기를 안는 건 유도라 할머니가 하시는 게 나을 거예요."

"좋아. 그럼 저기 소파에 앉아서 보시면 되겠는데요." 베스는 옆방을 가리키며 말했다.

유도라는 그 말을 따라 옆방으로 갔고 로즈가 그 옆에 자리를 잡았다. 베스는 잠든 아기를 유도라의 품에 안겨주었다. "안녕, 데이지." 로즈가 인사를 건넸다. "난 네 언니 로즈야. 여기는 내 제일 친한 친구 유도라 할머니." 로즈의 말은 유도라의 마음을 따스하게 감쌌다. 유도라는 막 세상에 나온 아기를 내려다보았다. "다행히 계속 울지는 않네요?" 로즈가 물었다.

유도라는 웃었다. "그럼. 조금만 지나면 너보다 훌쩍 클 수도 있어."

로즈가 어깨를 으쓱했다. "얘가 짜증나게 굴면 할머니 찾아갈게요." 그러고서 로즈는 뭔가가 생각난 듯 벌떡 일어섰다. 아기가 놀랐는지 눈을 번쩍 떴다. "아빠한테 전화하는 걸 까먹었어요! 잠깐만요."

유도라와 아기는 서로를 바라보았다. "저 애가 네 언니다. 잠시도 쉬지 않고 움직여대지. 둘이 있으면 아마 재미있을 게야. 넌 아주 운이 좋은 아이구나. 그러니 항상 언니한테 잘해주렴. 스텔라가 나한테 한 것처럼 하지 말고." 아기는 다 알아들었다는 듯이 작게 꺅 하고 소리를 내고는 유도라를 계속 바라보았다. 신생아는 초점을 맞추지 못한다는 것을 알았지만 데이지의 시선이 자신의 얼굴에 머물 때는 뭔가 특별한 게 있었다. 마치 넋을 잃고 유도라의 영혼을 들여다보는 것 같았다. 이 눈빛은 축복이었다. 이 눈을 보자니 그때의 기억이 되살아났다. 또 다른 엄마와 아기를 도울 수 있었지만 그러지 못했던 그때. 유도라는 데이지의 뺨 위에 눈물이 떨어지는 것을 본 후에야 자신이 울고 있다는 것을 깨달았다.

❡ ❡ ❡

롭이 집에 돌아왔다. 로즈는 함께 축하를 하자고 졸랐지만 유도라는 서둘러 그곳을 빠져나왔다.

"아기 머리에 물을 묻힌다든가 뭐 그런 거 할 거예요." 로즈가 말했다.

"초대는 고맙지만 나는 집에 가야겠다. 큰일을 치르고 나니 피곤하구나. 다음에 또 보자."

"내일요?"

"로즈." 롭이 말렸다.

"괜찮아요. 유도라 할머니는 우리랑 만나는 걸 좋아하시거든요." 로즈가 말했다.

유도라는 딱히 부정하지 않았다. "아마도 그럴걸." 그러고 새로운 식구를 맞이한 가족을 향해 미소를 지었다. "축하해요. 아기가 정말 예뻐요."

"고마워요." 소파에 앉아 있던 매기와 아기 옆에 바짝 붙어 있던 로즈가 동시에 대답했다.

롭이 유도라를 현관까지 배웅해주었다. "혼자 가셔도 괜찮으시겠어요?" 그가 농담을 했다.

유도라는 미소를 지었다. "저기 세 사람이나 잘 챙겨요."

"그러겠습니다." 그는 유도라의 뺨에 입을 맞췄다. "정말 감사해요. 덕분에 살았습니다."

유도라는 그의 눈을 잠시 바라보았다. "저야말로 영광이었어요."

집에 돌아오자 머리가 약간 어찔했다. 너무 흥분해 있었던 모양이다. 아드레날린이 몸을 아주 헤집어놨구면. 완전히 녹초가 되었지만 잠이 올 것 같지는 않았다. 차를 내려서 안락의자에 자리를 잡았다. 이 놀라운 소식을 함께 나누고 싶은 마음에 공연히 방 안을 둘러보았다. 몽고메리는 눈치도 없이 소파에서 자고 있었다.

"흠, 넌 이럴 때 도움이 안 되는구나." 전화기에 시선이 닿자, 불현듯 누군가가 떠올랐다. 지금 전화하기에 너무 늦었나? 전화번호가 집 번호인지 직장 번호인지는 모르겠지만 어쨌든 걸어봐야겠어.

신호음이 오래 울렸다. 한 번, 또 한 번, 계속해서. 포기하려는 찰나 목소리가 들려왔다.

"여보세요?"

"안녕하세요, 페트라?"

"어머, 유도라?"

"어떻게 알았어요?"

"목소리 듣고요. 그리고 영국에서 전화가 걸려오는 경우는 흔치 않거든요."

"통화 가능한가요?"

"그럼요, 물론이죠. 언제든 전화하라고 말씀드렸잖아요. 고마워요, 전화 주셔서. 기분 좋은 놀라움인데요?"

따뜻한 목소리에 마음이 안정되었다. 그래서인지 페트라에게는 모든 것을 다 말하고 싶어졌다. "좋은 소식을 하나 전하고 싶어서요."

"오, 뭔데요?"

"그러니까 내 이웃 중에 로즈라는 아이가 있는데, 그 애 엄마가 아기를 낳았어요. 내가 분만을 도왔고요."

"어머나, 정말 대단하세요. 그리고 축하드려요. 분만을 도우시다니, 정말 놀라운 경험이었을 것 같아요."

"기적 같았어요."

"생명의 기적이죠."

침묵이 모든 것을 말해주었다. "네, 그 표현이 딱 맞아요."

"이렇게 소식 전해주셔서 정말 기뻐요. 행복해 보여요,

유도라."

생각에 잠기며 또다시 침묵이 내려앉았다. "네, 행복하네요." 유도라는 페트라에게 모든 것을 말하고 싶었다. 동생과 자기 때문에 죽은 아기에 대해. 데이지의 탄생이 용서처럼 느껴지는 것에 대해. 죄책감은 항상 짊어지고 살아가겠지만 그 짐이 조금은 가벼워진 것 같았다.

"고마워요, 유도라."

"뭐가요?"

"전화 주셔서요. 이 소식을 저에게 전하고 싶었다니 영광이에요."

"들어줘서 고마워요, 페트라."

"그럼 잘 지내요, 유도라."

"페트라도요."

이제는 정말 잠자리에 들 시간이었다. 고양이는 위층까지 따라 올라오더니 유도라가 침대에 눕자마자 사뿐히 뛰어올라 발밑에 자리를 잡았다. 깜짝 놀랄 일이었다. 몽고메리는 야행성에 유별난 쥐잡이인데. 유도라는 스르르 눈을 감으면서 고양이의 부드러운 호흡이 놀랍도록 쉽게 깊은 잠으로 빠져들게 해준다는 사실을 새삼 깨달았다.

❀ ❀ ❀

1961년, 런던 남동부, 에든햄 화장터

예배당 건물은 한낮의 가을 햇살로 눈부시게 빛났고, 종탑은 피처럼 붉은 담쟁이덩굴로 온통 뒤덮여 있었다. 그 풍경에 몸이 떨려와 유도라는 옷깃을 세워 목을 덮고 발걸음을 서둘렀다. 하늘이 어두워지고 화살처럼 날카로운 빗줄기가 떨어지기 시작했다. 신부님이 문 앞에 서서 피상적인 인사를 건넸다. 장례식 절차를 의논하기 위해 만났을 때가 생각났다. 그는 무뚝뚝했고, 진지하지만 정신이 딴 데 가 있는 사람처럼 보였다. 아무래도 여자를 상대하는 것이 탐탁지 않아서 그런 것 같았지만, 유도라 역시 스물한 살 먹은 동생의 장례식 절차를 의논하는 일이 탐탁지 않기는 마찬가지였다. 때로 삶은 불공평하다.

예배당 앞쪽에 자리를 잡고 앉아 앞만 바라보았다. 다른 조문객들과 알은척을 하고 싶지 않았고, 또 조문객이 거의 없다는 사실을 두 눈으로 확인하고 싶지도 않았다. 가족으로 참석한 사람은 유도라뿐이었다. 엄마는 참석을 거부했고, 또한 유도라가 친가 쪽에 스텔라의 부고를 알리는 것을 허락하지도 않았다.

"우리를 불쌍하게 여길 거야." 엄마는 한이 서린 목소리로 말했다. "나는 불쌍한 사람 취급 받고 싶지 않다."

뒤쪽에서 코를 훌쩍이는 소리며 속삭이는 소리가 들려왔다. 그중 몇 명은 스텔라의 친구들인 것 같았다.

"믿을 수가 없어."

"아직 어린데……."

"무슨 일이 있었던 거래?"

"작년에 편지를 받았어. 집에 돌아가고 싶다고 하더라고."

"근데 왜 안 갔대?"

상대방이 목소리를 낮추는 바람에 무슨 말을 하는지 들을 수는 없었지만, 유도라는 그 말이 무엇일지 듣지 않아도 알 수 있었다.

그건 유도라의 잘못이었다. 스텔라는 제대로 말하지도 못했다. 유도라가 너무 모질고 독하게 굴었으니까. 그녀가 이기적인 감정에 붙들려 혈육을 도와주지 않았던 거다. 요즘, 유도라는 자기 눈에만 보이는 진실 때문에 머릿속이 계속 혼란스러웠다.

"모두 일어나주십시오." 신부님이 말했다.

유도라는 동생의 관이 들어오는 내내 정면을 응시하고 있었다. 사람들의 흐느낌이 격렬해졌다. 운구하는 사람들이 관을 받침대 위에 조심스럽게 내려놓고 노란 미니 장미를 관 위에 올린 후 묵념을 하고 자리를 떠났다.

장례식은 금방 끝났지만 영원과도 같은 시간이었다. 찬

송가도 음악도 없었고, 삶을 추억하는 시간도 없었다. 유도라는 신부님의 말씀도, 기도도, 축복도, 내용 없는 추도 연설도 귀담아 듣지 않았다. 어떤 위안도 위로도 받을 수 없었다. 자신의 책임을 받아들이고 죄책감과 고통을 직시할 때였다. 유도라는 안에 있을 두 사람을 생각하며 관을 바라보았다. 두 생명이 사라졌다. 한 명은 짧은 생을 살다 갔고, 또 한 명은 세상의 빛도 보지 못한 채 떠났다. 그 둘 모두를 구할 수 있었는데.

쏟아지는 비가 창문을 세차게 두드렸고, 바람이 불어 문이 덜컹거렸다. 유도라는 마치 이 폭풍우의 원인이 동생인 것만 같아 두려운 마음으로 주위를 둘러보았다. 그 애라면 과거를 그냥 덮어두지 않을 것이다. 살아 있을 때도 인생이 극적이었으니까. 과연 죽는다고 달라질까?

신부님은 목청을 높여 마지막 축도와 축복의 말을 전했다. 커튼이 내려지고 조문객들이 하나둘 자리를 떠났다. 유도라는 그대로 자리에 남아 분홍색 벨벳 커튼만을 응시하고 있었다. 아무하고도 얘기하고 싶지 않았다. 사람들이 다 나갈 때까지 자리를 지킬 참이었다.

"유도라?"

가까이서 들려온 목소리에 정신이 들었다. 뒤를 돌아보고는 깜짝 놀라 일어섰다. "샘." 본능적으로 그녀는 한쪽 손을 내밀었다.

그는 손을 부드럽게 맞잡고는 다정하게 미소 지으며 유도라의 눈을 바라보았다. "상심이 크겠다."

"걱정해줘서 고마워. 여기까지 와주다니 감동이다."

"어머니는?"

열 가지가 넘는 대답이 떠올랐다. 적당한 변명과 거짓말도. "몸이 안 좋으셔. 그래서 오늘 못 오셨어." 이 정도면 백 퍼센트 거짓은 아니었다.

"힘드시겠다. 어머니께 안부 전해줘."

"그럴게. 고마워." 둘은 텅 빈 예배당을 바라보고 떠나야 할 시간임을 깨달았다.

"집까지 태워다줄까?" 샘이 물었다.

"괜찮아, 난 산책 좀 하다 가려고. 바람을 좀 쐬고 싶어."

"그래." 이 말은 샘의 퇴장을 알리는 말이었지만 웬일인지 그는 그 자리에 그대로 서 있었다. "혹시 같이 걸어도 될까? 조용히 걷고 싶다면 말 시키지 않을게. 나도 바람 쐬고 싶어서."

"안 될 거 없지."

마지막으로 한 번 더 커튼을 바라본 후 샘과 함께 밖으로 나왔다. 비는 그쳤지만 공기는 여전히 차가웠다. 태양은 연무를 뚫고 빛을 비추기 위해 안간힘을 쓰고 있었다. 유도라는 스카프를 목에 단단히 두르고 묘지 사이를 걸었다.

"산책하기에는 좀 이상한 장소다, 그렇지?" 샘이 말했다.

"응." 맞는 말이었다. "그래도 평온하네." 무덤과 정원이 아름답게 잘 가꿔져 있었다. 주변을 둘러싼 나무들은 황금빛으로 물들어 모든 것을 장엄하게 연출해주었다.

"너는 어떻게 지냈어?" 샘이 물었다. 목소리가 진지했다.

"잘 지냈지. 물어봐 줘서 고마워." 할 수 있는 대답이 고작 이것뿐이었다.

"미안해." 그가 말했다. "바보 같은 질문이었지?"

"괜찮아. 생각해서 물어본 건데. 너는 어때? 결혼해서 애들이 있다는 소식은 들었는데." 사실 공원에서 직접 봐서 아는 것이지 어디서 들은 것은 아니었다.

샘이 한숨을 쉬었다. "고마워. 애가 둘이야. 근데 우리 이혼 준비 중이야."

"오."

"어머니한테 말씀드렸을 때도 딱 그런 표정이었어. 집안 망신이라고 고래고래 소리를 치셨지. 그 후로는 나랑 말도 안 섞으셔."

"오, 힘들겠다."

샘이 어깨를 으쓱했다. "뭘, 네가 더 힘들지. 아무튼 그래서 나도 바람을 좀 쐬고 싶었어."

유도라는 고개를 들어 그를 보았다. 얼굴에서 세월의 흔적이 느껴졌지만 여전히 멋있었다. 브릴크림으로 깔끔하게 매만진 머리는 군데군데 회색빛이 돌았다. "같이 걸어

쳐서 나도 좋아."

샘이 미소를 지었다. 유도라는 그 미소를 보고 설레는 자신이 부끄러웠다. 지금은 애도를 해야 할 때다. 상복을 입고 슬픔에 빠져 있어야 한다고. 그래도 이런 시간을 보낼 수 있다는 것이 기분 좋았다. "다시 보니 좋다, 유도라. 가끔 네가 어떻게 지내는지 궁금했어. 계속 연락하고 지내자고 하면 주제넘은 건가?"

다시 비가 내리기 시작했다. 유도라는 우산을 꺼낸 뒤 그를 바라보았다. "전혀. 나도 좋아."

샘이 떠난 후 유도라는 예배당 쪽으로 다시 걸어갔다. 마지막으로 꽃을 한 번 더 보고, 그중 하나를 가져와 압화를 할까 했지만 생각을 거뒀다. 그냥 비바람을 맞으며 하염없이 걸었다. 우산을 접은 채 이를 악물고 따가운 빗방울을 그대로 느끼고 싶었다.

창백한 장미는 폭풍 속에서 파르르 떨었고, 버터색의 노란 꽃잎은 물방울로 얼룩져 있었다. 카드 한 장이 바람에 펄럭였고, 그 안에 담긴 글자들이 비에 젖어 번져갔다. 두 마디. 하나의 애원.

'나를 용서해줘.'

폭풍이 맹위를 떨치고 있었다.

15장

오늘은 진료소까지 걸어가는 것이 유난히 힘들었다. 시간은 좀 걸리지만 자신만의 K2를 오른다는 만족감이 있었는데, 오늘은 기분이 달랐다.

"존경스럽습니다, 미스 허니셋." 길을 나서는데 옆으로 지나가던 우편배달부가 말을 걸었다. "멈추면 안 됩니다, 계속 가야죠, 안 그렇습니까?"

"그렇죠." 우편배달부는 언제부턴가 다시 손을 흔들거나 고개를 끄덕여 인사하기 시작했다. 어쩌다 그가 심경의 변화를 일으킨 것일까. 아마도 로즈 때문일 것이다. 데이지의 탄생에서 유도라가 어떤 역할을 했는지 여기저기 떠들고 다녔으니까. 이유야 어떻든 유도라는 그의 누그러진 태도가 내심 반가웠다.

오늘은 공기에 가을이 한 움큼 들어 있었다. 유도라는 뜨거운 여름이 끝나가는 것에 감사했다. 원래 그녀는 공기에서 우울함과 상실감이 느껴져 가을을 싫어했지만 올해는 달랐다. 자연의 변화와 함께 초록이 갈색으로 바뀌고 식물들이 흙으로 돌아가지만, 옆집에 뿌리 내린 새로운 생명으로 위안을 얻을 수 있었다.

이 세상에 막 도착한 그 작은 생명은 가능한 한 자주 자신의 존재를 세상에 알리려 했다. 밤낮으로 우는 소리가 들렸다. 꺅꺅거리고 아르렁거리고, 제발 조용히 하라는 로즈의 애타는 목소리까지. 매기가 아기를 달래고 롭이 부드럽게 자장가를 불렀다. 인내심을 잃은 로즈가 고함을 지르거나 뭔가가 부딪쳐 쿵쾅거리는 소리가 들리고, 이어서 부모 중 한 명이 차분하게 설명하고 위로해주면 상황이 종료되었다. 이 모든 드라마와 사랑으로 삶이 계속되는 소리를 듣고 유도라는 조용히 미소를 지었다. 나이를 먹으면서 타인의 소음이나 소란은 자신이 세상과 단절되었음을 분명하게 상기시켜주는 존재였지만, 로즈가 이 관념을 무너뜨려주었다. 데이지가 등장한 이후로 로즈는 거의 매일 유도라를 집으로 불러들였다. 유도라 역시 이 제안을 기쁘게 받아들였다.

"도움이 필요해요, 유도라 할머니. 엄마도 할머니가 필요하고요. 제발 오시면 안 돼요?"

유도라는 매일 익숙하지 않은 상황에 직면했고, 뜻밖에도 그 상황에 잘 대처했다.

"전에는 그냥 피곤하다고만 생각했는데요, 지금은……." 어느 날 매기가 말했다. 말할 힘도 없는지 목소리가 점점 사그라졌다.

유도라는 자신을 군사적 위기를 관리하기 위해 파견된 육군 장군이라 생각했고, 그런 상상이 마냥 즐거웠다. 로즈 역시 이 놀이를 좋아했다. "좋다. 로즈 대원, 전황을 지금 보고할 수 있겠는가?"

"네, 장군님." 로즈가 경례를 하며 말했다. "적군이 잠에서 깬 건 새벽 두 시였습니다."

"로즈, 제발 동생을 '적군'이라고 부르지 말아줘." 매기가 중얼거렸다.

"엄마, 미안해요. 아기는 새벽 두 시에 깼고요, 그리고……."

"……그 이후로 계속 깨어 있답니다." 매기는 잠과는 안녕이라는 생각에 체념한 듯 말했다.

유도라는 매기의 빨갛고 움푹 들어간 눈을 한번 보고 팔에 안긴 아기로 시선을 옮겼다. 데이지는 엄마를 따라 오른쪽 왼쪽으로 눈동자를 움직였고, 어떤 표정을 지어야 할지 모르겠다는 듯이 얼굴을 씰룩였다.

"배고파서 그런가? 기저귀는요?"

"다 했어요. 모두 다요." 매기가 대답했다.

"그럼 적군을 나한테, 아이코, 미안해요. 애기 나한테 줘요. 그리고 매기는 가서 한숨 자요." 유도라가 말했다.

매기는 금방이라도 울음을 터뜨릴 듯이 보였다. "하지만……."

"이건 명령이에요." 유도라가 말했다.

매기는 유도라와 로즈를 가만히 바라보다가 데이지를 건네고는 한숨을 지었다. "고마워요."

유도라는 로즈를 향해 몸을 틀었다. "자, 로즈 대원, 우리에게는 잔잔한 음악이 필요하다. 그리고 세탁기 소음도 있어야 하고."

"알겠습니다!" 로즈가 말했다. 십오 분 후, 데이지는 진정이 되었다. 브람스의 잔잔한 자장가와 윙윙거리는 탈수기 소리 덕분이었다. 유도라는 데이지를 거실에 있는 요람에 눕히고 로즈와 함께 열을 올리며 도미노를 세우기 시작했다.

"유도라 할머니가 계셔서 정말 기뻐요. 요즘 우리 집 상황이 아주 난리도 아니거든요."

"도움이 된다니 기쁘구나."

"저 다음 주에 학교 가요." 로즈는 방금 세운 도미노 조각을 뚫어지게 보며 말했다.

유도라는 로즈를 잘 알았다. 이건 신호였다. "그래서 기분이 어떠냐?"

"끔찍해요. 엄마한테 홈스쿨링 하자고 설득하는 중이에요."

유도라는 코를 훌쩍이는 데이지를 흘끗 보며 말했다. "엄마는 당분간 아주 바쁠 것 같구나, 로즈."

갑자기 로즈의 눈이 커졌다. "할머니가 해주실 수 있잖아요!"

"좋은 생각이 아닌 거 같은데."

"왜요? 할머니는 모르는 게 없고, 스탠리 할아버지도 도와주시면 되잖아요. 같이 박물관에 견학도 가고요. 그럼 우리 셋한테 다 좋을 텐데요."

유도라는 로즈의 손에 자신의 손을 얹었다. "너도 이제 네 또래랑 어울려야지."

로즈는 그렁그렁한 눈으로 도미노를 바라보았다. "그렇지만 또래 애들이 싫단 말이에요. 저한테 못되게 굴어요."

"모두가 그런 건 아니야. 나이 든 사람이 다 친절하지는 않듯이."

"할머니는 친절하잖아요. 스탠리 할아버지도요. 두 분이 저한테는 제일 친한 친구예요." 로즈는 유도라의 허리에 팔을 감고 꽉 안았다. 유도라는 잠시 기다렸다가 한 손으로 로즈의 머리를 쓰다듬으며 말했다. "모든 게 다 괜찮아질 게야."

"정말요?" 로즈가 눈을 반짝이며 올려다보았다.

"내가 너를 실망시킨 적이 있더냐?"

"아니요."

"바로 그거지. 자, 계속하자. 이 게임 끝내야지. 지금 이대 일이야. 좀 제대로 해보렴."

$$\diamond \diamond \diamond$$

유도라는 막 진료소에 도착했다. 중간중간 숨을 고르느라 평소보다 이십 분이 더 걸렸다. 스탠리에게 태워달라고 할까 하는 마음도 있었지만 그런 마음은 지분이 아주 작았다. 원래부터 도움을 청하는 것을 싫어하는 성격이니까. 아무리 스탠리라고 해도 말이다.

진료소를 설계한 사람의 목적이 가능한 한 사람들을 불편하게 하는 것이었다면, 그 목적을 아주 훌륭하게 완수했다고 할 수 있다. 접수처로 가려면 좁은 복도를 지나 무거운 문 두 개를 통과해야 했다. 다행히 어떤 남자가 멈춰 서서 문 두 개를 다 잡아주었다. 내부는 외부보다 더 별로였다. 2차 세계대전 벙커보다 더 시시해 보일 정도였다. 가뜩이나 어둡고 답답한 분위기는 맨 끝 창문을 덮고 있는 블라인드 때문에 더 갑갑하게 느껴졌다. 기억이 안 날 정도로 오랫동안 이곳을 다녔지만, 단 한 번도 블라인드가 올려진 모습을 본 적이 없었다. 대기실 구석에 놓인 라디오에서는 음악이 흘러나왔다. 배경 음악이 있어도 분위기를 밝게 하는 데에는 거의 도움이 되지 않았다. 벽에는 무시무시한 질병 경고 포스터와 함께 모닝커피 모임, 뜨개질 모임 같은 일반적인 홍보물이 붙어 있었다.

접수대에는 직원에게 공격적인 행동을 해서는 절대 안 된다는 경고 문구가 적혀 있었다. 웃기지도 않는다. 직원들 이야말로 환자들을 무시하고 깔보면서. '수동 공격성'이라 는 용어는 접수처 담당 직원을 위해 만들어진 말일 것이다. 직원은 유도라가 온 것을 알아차리는 데에만 족히 이 분이 걸렸고, 그런 후에도 무관심한 표정으로 냉랭하게 쳐다보 기만 했다.

"뭐죠?" 대답하려고 입을 열려는 찰나, 진료소 전화가 울 리기 시작했다. 직원은 이해할 수 없는 행동을 했다. 손가락 을 들어 말하지 말라는 표시를 하더니 전화를 받은 것이다.

유도라는 입술을 오므리고는 그 여자의 얼룩덜룩한 금 발 머리와 진하게 화장한 얼굴 너머로 시선을 옮겼다. 뒤쪽 선반에는 파랑 하양 물방울무늬가 화려하게 그려진 상자 가 있었다. '사망 증명서' 보관함이었다. 당장 표를 끊어 스 위스로 가는 비행기를 잡아탈까 생각하는데 직원이 매니 큐어를 완벽하게 바른 손으로 전화기를 내려놓았다.

"뭐죠?" 직원은 사과도 없이 똑같은 말을 내뱉었다.

유도라는 심호흡을 했다. "유도라 허니셋이에요. 예약이 되어 있어요."

"무슨 선생님?"

직원이 '미친 선생님?'이라고 말한 줄 알고 잠시 혼돈에
빠졌지만 곧 정신을 차리고 대답했다. "저도 모르지요. 매
번 올 때마다 선생님이 바뀌던데요."

직원은 대놓고 한숨을 쉬며 못마땅하게 쳐다보았다. "생
년월일은요?"

다시는 무례하게 굴지 못하게 코를 납작하게 눌러놓고
싶었지만, 어쩌면 이 여자도 행복하지 않아서 그러는 것일
지도 모른다는 생각이 들었다. 유도라는 입술을 깨물고 대
답했다. "1933년 7월 20일."

직원의 얼굴이 누그러졌다. "저희 엄마랑 생신이 같으시
네요." 그녀가 중얼거렸다. 그 표정으로 보아 어머니는 더
이상 이 세상 사람이 아닌 것 같았다. 유도라는 어색하게
미소를 지어 보였다. "이름이 어떻게 되세요?"

"유도라 허니셋."

"아, 여기 있네요. 잠시 앉아 계세요. 칼리드 선생님 예약
이 삼십 분 밀려서요."

"고마워요." 그렇지 않아도 대기가 밀려 있기를 바랐다.
들어가기 전에 작성해둔 존엄사 희망 유언장을 다시 한 번
읽어보고 싶었기 때문이다. 유도라는 라디오를 흘끗 보고
는 직원을 향해 말했다. "듣는 사람이 없는 것 같은데 라디

오 좀 꺼도 될까요?"

직원은 마치 인테리어를 바꿔달라는 요구라도 들은 것처럼 눈썹을 찌푸렸다. "항상 켜놓거든요. 뭐 저는 괜찮은데. 샘, 라디오 꺼도 돼요?" 그녀가 동료에게 물었다.

"상관없어요." 샘이 고개를 저으며 말했다. "가끔 변화를 주는 것도 괜찮죠."

"고맙습니다." 유도라가 대답했다.

"뭘요." 직원은 달가닥거리는 소음을 끄기 위해 책상 위로 몸을 뻗었다.

유도라는 대기실 구석에 앉으며 숨을 내쉬었다. 사람이 꽉 차 있었지만 비교적 조용한 편이었다. 쌕쌕거리는 숨소리와 아이들의 새된 목소리가 이따금씩 들릴 뿐이었다. 서류를 다시 꺼내 흘려 쓴 필체를 보았다. 순간 가슴에 묵직한 압박감이 느껴졌다. 손을 심장에 얹고 숨을 깊이 들이쉬고 내쉬면서 진정되기를 기다렸다. 그래, 여기까지 오느라 몸이 힘들었던 게야.

"유도라 허니셋 님?" 의사가 이름을 불렀다. 스트레스가 득한 모습의 여의사는 유도라를 기다려주지도 않고 진료실로 혼자 쏙 들어가 버렸다. 유도라는 들어가기 전에 문 앞에서 노크를 했다. "들어오세요!" 의사는 벌써 책상에 앉아 컴퓨터 자판을 두드리고 있었다. 유도라가 자리에 앉을 때도 의사는 고개를 들지 않았다. "몸은 좀 어떠세요, 허니셋 씨?"

"괜찮습니다." 근래 들어 느끼는 어지러움증이나 가슴 압박감에 대해서는 말하지 않기로 했다. 모르는 게 약이니까.

"다행이네요. 그럼 오늘은 무슨 일로 오셨나요?"

유도라는 자세를 고쳐 앉았다. "이 서류를 확인해주셨음 해서요. 그리고 제 병력서를 좀 떼 갈 수 있을까요?" 의사의 호의를 바라면서 유도라는 미소를 지어 보였다.

의사는 서류를 보더니 고개를 들어 유도라를 바라보았다. "가족들과 의논하고 결정하신 건가요?"

"가족은 없어요. 저 혼자예요. 그렇지만 생각은 아주 많이 했답니다."

의사가 곁눈질로 시계를 보았다. 의사가 그렇게 꾸물거리는 것이 자신에게 유리하게 돌아간다는 뜻이길 바랐다. "이 서류의 모든 사항을 제대로 숙지하고 결정하셨단 말이죠?"

유도라는 지체 없이 대답했다. "네, 그래요. 저는 여든다섯 살이에요. 제 인생에 대해 생각할 시간이 아주 많았지요."

확고한 마음과 간단명료한 설명이 통했는지 의사는 미소를 지었다. "이걸 다 적어놓으신 걸 보니 현명하신 분 같네요. 여기에 서명하시면 제가 증인이 되어드리죠."

"고마워요." 유도라는 시키는 대로 서명을 하고 종이를 의사에게 다시 건넸다. 그 순간 가슴에 압박감이 느껴져 움쩔하고 말았다.

"괜찮으세요, 허니셋 씨?" 의사가 걱정스러운 표정으로 물었다.

"소화가 안 돼서요." 유도라는 괜찮다는 듯 고개를 끄덕이며 말했다.

의사는 펜을 쥔 손을 멈추고 물었다. "검사를 좀 해봐도 될까요?"

싫은데요. 유도라는 생각했다. *그건 정말 싫어요.* "물론이죠."

의사는 청진기를 풀어 가슴에 댔다. 과로한 의사치고는 시간을 꽤 들이는 게 느껴졌다. 마침내 의사가 자리로 돌아갔다. "흉부 감염이 의심되는군요. 항생제를 처방해드릴게요. 심장 초음파도 한번 받아보시는 게 좋겠어요."

유도라는 이 말을 듣고 심장이 내려앉았다. 이해가 안 됐다. 죽고 싶었으면서 왜 놀라. "아무렴, 좋고말고요. 그래도 제 서류에는 서명해주실 거죠?"

"물론이죠." 의사는 바로 서명을 했다. 그러고서 재빨리 마우스를 클릭하자 프린터가 가동되기 시작했다. "여기 있어요." 의사는 서류와 함께 병력서와 처방전을 건넸다. 프린터에서 막 나온 종이는 따뜻했다. "조만간 심장 초음파 검사에 대한 통지서가 갈 거예요. 만약 이삼 주 동안 호흡이 나아지지 않으면 그때 꼭 다시 오세요."

"고맙습니다." 유도라는 그렇게 말하며 서류를 가방에 넣었다. 일단은 닥터 리버만에게 보내야지. 생명은 소중하지만 불확실한 것이기도 하니까. 그러니 만일의 사태에 대비하는 것이 현명한 일일 것이다.

♦ ♦ ♦

1964년, 브로드스테어, 조스 만

빨간색 타탄무늬 피크닉 러그에 누워 하늘을 바라보았다.

"세룰리안블루." 유도라가 작게 말했다.

"자기야, 그게 뭐야?" 샘이 물었다.

"하늘색. 세룰리안블루라고 해. 학교 다닐 때 배웠는데, 갑자기 기억이 나네."

샘이 몸을 반쯤 일으켜 그녀에게 키스했다. "우리 똑똑한 도라, 사랑해."

유도라가 미소를 지었다. "나도 사랑해."

감정에 관한 한 둘의 관계는 아주 깔끔했다. 유도라는 스텔라의 장례식에서 샘을 마주친 그 순간부터 운명이라는 것을 직감했다. 학창 시절부터 샘을 좋아했지만 그런 자신을 외면해오다가 그가 다가와 함께 산책을 하자고 제안했을 때 깨달았던 것이다.

물론 각자의 세계를 구성하는 사람들은 별개의 문제였

다. 샘과 그의 전처 유디스는 원만하게 합의 이혼을 했다. 성급하게 결정한 결혼이었던 터라 두 사람 모두 사랑 없는 미래에서 해방되었다는 사실에 기뻐했다. 하지만 유도라가 둘 사이에 끼자마자 유디스는 더 이상 협조적이지 않았다. 특히 아이들 문제에 관해서는 더욱 그랬다. 어느 정도는 이해할 수 있었다. 엄마라면 자녀를 보호해야 하니까. 그러나 유디스가 이 끝나지 않을 전쟁에서 한발 앞서기 위해 아이들을 협상 카드로 이용하기 시작하자 유도라는 유디스에게 가졌던 모든 연민을 버렸다. 유디스의 방해로 열 번 넘게 아이들을 못 보자 샘은 눈물을 터뜨렸다. 유도라는 그를 위로하며 인간의 그 계산적인 잔인함에 분노를 느꼈다.

샘은 끊임없이 반대하는 부모와도 싸워야 했다. 이걸 주도하는 쪽은 주로 그의 어머니였다. 결과적으로 그들은 샘의 부모님 집에 함께 초대받지 못했다. 서로의 가족에게 축하할 일이 생겨도 상대방을 초대하는 것은 불가능했다. 이 모든 것은 사람을 지치게 했지만 신기하게도 그들의 관계는 더욱 단단해질 뿐이었다. 완벽한 한 쌍이었고, 사랑으로 무장한 채 필사적으로 세상에 맞서는 강력한 커플이었다.

다시금 미풍이 불어오기 시작했다. 유도라는 살짝 몸을 떨었다. 샘이 그녀의 어깨에 숄을 둘러주고 가까이 끌어당겨 키스를 했다. "걷고 싶어?"

"우리 다시 만났을 때 자기가 했던 말이네." 유도라는 샘의 손을 잡고 자리에서 일어나며 말했다.

"내 인생에서 가장 기쁜 날이었지." 샘이 유도라의 손에 입을 맞추고 눈을 바라보았다. "물론 제임스하고 사라가 태어난 날은 빼고."

"당연하지."

유도라는 샘의 아이들에게 밀려 단역이 되는 것을 개의치 않았다. 그러는 것이 당연하니까. 어쩌다 두어 번 아이들을 만났는데 정말 사랑스러웠다. 아이들의 새엄마가 되고 싶었다. 특히 자신의 아이를 갖는 것을 포기했기 때문에 더욱 그랬다. 인생에 아이라는 존재가 있기를 바랐다. 삼년 전 실비아의 가족이 캐나다로 떠난 이후 유도라는 그들을 한 번도 보지 못했다. 편지와 사진이 오긴 했다. 그걸 보물처럼 간직했지만, 그래도 직접 가까이에서 아이가 커가는 것을 보는 것과는 달랐다.

유도라는 샘과 손을 맞잡고 걸으며 바다에서 첨벙거리고 노는 아이들을 흐뭇한 눈길로 바라보았다. 예전에 샘과 영화를 보러 갔다면 삶은 어떻게 변했을까. 결혼을 했을까? 아이를 가졌을까? 쓸데없는 상상이었다. 그렇지만 더 나은 기회와 더 단순한 삶이 기다리고 있지 않았을까 하는 아쉬움은 떨칠 수가 없었다.

"상의하고 싶은 게 있어." 샘이 얼굴을 마주 보며 말했다.

"심각한 얘기인가 본데?" 그를 바라보기 위해 고개를 들다가 쏟아지는 햇빛에 눈을 가렸다.

"유디스 얘기야."

유도라가 한숨을 쉬었다. "이번에는 또 뭐라는데?"

"이사 간대."

"이사? 어디로?"

"노리치. 부모님이 계신 곳으로 가고 싶대."

"이런, 어떡하면 좋아." 유도라는 손을 뻗어 그의 뺨을 감쌌다. "그러면 애들을 못 보잖아."

"그렇지." 그가 말했다. "그래서 나도 그쪽으로 이사 가려고."

"뭐라고?"

샘이 유도라의 손을 잡았다. "나랑 같이 가자." 그는 유도라의 대답을 기다리지도 않고 애원하는 눈빛으로 말을 이었다. "도라, 일단 생각해봐. 정말 멋질 거야. 내가 좀 알아봤는데, 일단 세를 들어서 살다가 어느 정도 자리가 잡히면 멋진 집을 하나 장만하는 거지. 노리치는 여기보다 집값이 싸니까 지금 집을 팔면 충분히 가능할 거야."

"그럼 런던에서의 내 생활은 어쩌고? 우리 엄마는?"

샘의 눈빛은 단호했다. 유도라는 그의 말대로 하고 싶었다. "분명 어머니도 기뻐해주실 거야. 우리를 위해. 우리 일이라면 잘 이해해주시잖아."

그건 사실이었다. 베아트리스는 샘의 상황을 알면서도 말을 아꼈다. 유도라가 놀랄 정도로. 물론 두 팔 벌려 환영하지는 않았지만 유도라의 손을 쓰다듬으며 이렇게 말해 주었다. "우리 딸, 난 네가 행복하면 됐어." 엄마는 감정을 드러내놓고 표현하는 법이 없었기에 이 정도면 긍정적인 반응이었다. 유도라는 자신과 마찬가지로 엄마가 스텔라에 대한 죄책감으로 마음의 짐을 지고 있다는 것을 알았지만, 그들은 결코 그 일에 대해 말하지 않았다. 그리하여 인생은 새 리듬을 갖게 되었고, 유도라는 행복에 대한 마음을 다시 키울 수 있었다. 그때만 해도 정말 좋았는데, 이제는 다시 모든 것이 불확실해졌다.

"난 이렇게 엄마를 저버릴 수 없어."

"그럼 같이 가는 거 어때?"

"셋이 같이 살자고?"

"아니, 꼭 그럴 필요는 없고. 어머니도 집을 팔면 거기서 혼자 사실 집 정도는 살 수 있잖아."

"그럼 다른 사람들은? 그 사람들이 어떻게 생각할지 모르잖아."

샘이 그녀의 눈을 깊이 응시했다. "세상이 변하고 있어, 도라. 남들 생각은 중요하지 않아. 이 결정에 있어서 가장 중요한 사람은 자기랑 나야. 나는 자기랑 함께하는 삶을 선택하고 싶어."

유도라는 바다를 바라보았다. 조약돌 위로 바닷물이 밀려왔다 밀려가듯 이런저런 생각들이 머릿속을 스치고 지나갔다. 얼굴에 비치는 햇살 때문이었을까, 아니면 샘의 격려 때문이었을까. 이 계획을 듣자 그녀는 새로운 희망으로 새삼 살아 있음을 느꼈다. 그동안 그렇게 많은 좌절을 느끼며 살았으니 이제는 희망을 느낄 때가 된 것이다.

샘을 향해 몸을 틀었다. "엄마한테 얘기해볼게."

샘은 유도라를 안아 올리고 빙글빙글 돌았다. 유도라 역시 고개를 뒤로 젖히고 마음껏 웃었다. 아빠와 함께 피카딜리의 찻집에 갔던 그날 오후처럼 이 순간도 그녀에게 보석 같은 기억이 될 것이었다.

어둑어둑해질 무렵 샘이 유도라를 집까지 태워다 주었다. 그는 시동을 끄고 그녀를 바라보았다. "같이 가서 함께 말씀드릴까?"

유도라가 고개를 저었다. "아니야, 내가 말할게."

샘이 손을 뻗어 그녀의 뺨을 어루만졌다. "내가 자기 사랑하는 거 알지?"

그녀가 샘에게 키스했다. "당연하지." 그리고 차에서 내렸다. "내일 전화할게."

현관문을 열자마자 유도라는 뭔가가 잘못됐다는 것을 직감했다. 집이 너무 고요했다. 가방을 내려놓고 주방으로 향하는데 살갗이 따끔거렸다. "엄마?" 용기 내어 불러봤지만 목소리가 목에 걸려 제대로 나오지 않았다.

텅 빈 주방은 티 하나 없이 깨끗했다. 설거지거리도 없고 모든 게 깔끔하게 빛이 났다. 식탁 위에 자신의 이름이 적힌 봉투가 놓여 있는 것을 보자 심장이 쿵쾅대기 시작했다. 봉투를 뜯어 미친 듯이 읽어 내려갔다. 이어서 봉투를 던져 놓고 달렸다. 거의 몸을 던지듯이 계단을 뛰어올라 엄마의 침실 문을 열었다. 빈 수면제 병이 협탁에 놓여 있고, 그 옆에는 예쁜 꽃무늬 프린트가 새겨진 엄마의 컵이 있었다. 유도라는 엄마의 어깨를 흔들었다.

"엄마! 엄마! 내 말 들려요?" 그녀가 소리쳤다.

"윽." 엄마가 신음 소리를 냈다.

"엄마! 도대체 무슨 짓을 한 거예요?" 그녀는 치미는 분노와 두려움을 느끼며 울었다. "왜 이러셨어요?" 엄마는 뭔가를 중얼거리고 있었다. "무슨 말인지 안 들려요. 구급차 부를게요. 네? 뭐라고요?"

베아트리스는 딸 쪽으로 몸을 돌렸다. "네가 행복했으면 좋겠어, 도라." 엄마는 그렇게 말하고 다시 침대에 쓰러졌다.

16장

"유도라?" 스탠리가 유도라의 얼굴 앞에서 손을 흔들며 이름을 불렀다.

"네?"

"차 마실 거냐고 물었어요."

"아, 네, 그럴게요. 고마워요."

스탠리가 눈썹을 찌푸렸다. "괜찮은 거예요?"

"그럼요, 괜찮아요. 혹시 커스터드 크림이 있으면 그것도 부탁해요."

"대령합죠."

유도라는 그의 뒷모습을 보며 자신이 내뱉은 '괜찮다'는 말이 진짜인가 생각해보았다. 그런 무해한 단어가 때론 정반대의 뜻을 가지지도 하니까. 물론 유도라는 괜찮지 않았다. 지난번 의사와의 만남 이후 내내 그랬다. 항생제는 별로 효과가 없었고, 심장 초음파를 할 생각에 불안하기만 했다. 오늘 로즈가 새로운 선생님과 만날 약속만 없었어도 대신 참석해달라고 부탁했을 텐데. 스탠리가 어린 소년처럼 잔뜩 기대한 모습으로 나타났고, 그녀는 그를 혼자만 보낼 자신이 없었다.

그는 차를 마시며 시간을 보내고 있었다. 지난번 모임에서 봤던 여자와 함께였다. 그 유명한 쉴라. 스탠리가 뭔가를 말하자 쉴라가 그의 팔에 손을 올리며 웃음을 터뜨렸다. 그의 반짝이는 재치 때문에 균형을 잃기라도 한 듯이. 유도라는 자세를 고쳐 앉으며 다른 쪽으로 주의를 돌렸다. 오드리가 문을 열고 들어오는 게 보였다. 유도라가 고개를 돌리려던 찰나 둘이 눈이 마주쳤다. 오드리는 이것을 이쪽으로 오라는 신호로 받아들인 듯했다.

"안녕하세요, 유도라." 그녀가 자리를 잡으며 인사했다. "오늘 올까 말까 망설였는데, 막상 오니까 이렇게 친숙한 얼굴도 보고 좋네요."

유도라는 자기 얼굴이 친숙하다고 생각해본 적은 전혀 없었지만 어쨌거나 오드리에게 조금이나마 위로가 된 것 같아 기뻤다. 죽음을 이미 많이 겪어본 터라 그 슬픔이 얼마나 큰 지각변동을 일으키는지 잘 알고 있었다. "짐 소식 들었어요. 유감이에요."

"고마워요." 오드리가 대답했다. "해나가 함께해줘서 다행이었죠. 기억하세요? 그 죽음 전문가요. 호칭이 참 거창하죠?"

"그럼요, 누군지 알아요. 정말 대단한 사람이죠. 실은 얼마 전에 우연히 만났어요. 짐의 마지막 순간을 함께 지켜보셨다고 하더라고요. 한결 마음이 놓였을 것 같아요."

오드리가 고개를 끄덕였다. "맞아요. 정말 특별한 분이세요. 그분을 만나기 전까지는 좋은 죽음이 뭔지 알지도 못했는데, 덕분에 짐이 그렇게 편안하게 떠나게 되어 얼마나 다행인지 몰라요. 짐은 그럴 자격이 있으니까요. 아주 멋진 남자였거든요. 최근 몇 년은 좀 많이 힘들어했는데, 그래도 그렇게 행복한 마음으로 세상을 떠나는 걸 보니 위로가 되더라고요."

유도라는 자기도 모르게 손을 뻗어 오드리의 손을 꽉 잡았고 그런 행동에 스스로도 놀랐다. 그들은 모든 것을 이해하는 눈빛으로 서로를 바라보았다. "그래서 어떻게 지내요?" 유도라가 물었다.

오드리가 깊이 숨을 들이쉬었다. "한숨 돌렸다고 말하면 저를 이상하게 보실 건가요?"

"아니요." 유도라는 조금도 망설이지 않고 대답했다. "그동안 얼마나 힘들었을지 상상이 되니까요. 안도감을 느끼는 건 자연스럽고 당연한 거예요. 충분히 이해해요."

오드리는 눈물 때문에 눈을 깜박였다. "고마워요, 유도라. 그 말이 얼마나 위로가 되는지 모르겠어요. 제 아들조차 전혀 이해해주지 못하거든요. 아마도 제 아빠를 거의 못보고 살아서 그런 것 같아요. 그래서 아주 많이 화가 나 있는 상태죠."

"아마도 죄책감 때문이겠지요. 그건 아드님의 죄책감이지, 오드리의 것이 아니에요. 그 죄책감은 아드님이 적당한 때에 스스로 해결해야 할 거예요."

오드리는 고마움을 담아 고개를 끄덕였다. "그런데 스탠리는 어디 있어요?"

"누가 제 얘기 하나요?" 스탠리가 옆에 쉴라를 끼고 나타났다. "이 매력 넘치는 조력자를 소개합니다." 스탠리가 말하는 동안 쉴라는 유도라와 오드리 앞에 차를 내려놓고는 장단을 맞춰 절하는 시늉을 했다. 스탠리가 웃음을 터뜨렸다. "쉴라 만나본 적 있어요?" 그가 유도라에게 물었다.

"아니요, 아직 그럴 만큼 운이 없었네요." 유도라가 입에 힘을 바짝 주고 미소를 지었다.

"만나서 반가워요, 유도라." 쉴라가 따뜻하게 손을 흔들며 인사했다. "오우, 우리 오드리. 좀 어때요?" 쉴라는 두 팔을 뻗어 오드리를 꼭 껴안았다. 유도라의 어깨에 힘이 들어갔다.

"그렇게 나쁘진 않아요. 고마워요, 쉴라." 오드리가 말했다. "유도라가 아주 잘 대해줘서요."

"마음이 아주 따뜻한 사람이죠." 스탠리가 보내는 윙크에 유도라는 눈을 흘겼다.

"저는 빅이 세상을 떠난 뒤에 여기 나오기가 쉽지 않았어요." 쉴라가 오드리의 손을 감싸 쥐며 말했다. "그런데 사람들이 큰 힘이 되더라고요. 그래서 여길 오면 기분이 나아졌죠."

"옳소, 옳소." 스탠리가 맞장구를 쳤다. "저도 에이다를 보내고 많이 힘들었는데, 이렇게 이해해주는 사람들을 만나니 의지가 되는군요."

"지원단을 꾸려야겠는걸요." 쉴라가 오드리의 손을 꼭 잡으며 농담을 던졌다. 그러더니 유도라를 향해 물었다. "그쪽도 혼자되신 건가요?"

"아니요, 전 결혼한 적이 없어요." 유도라는 발끈하며 대답했다.

"아." 쉴라가 의아한 표정을 지었다. "그럼 저는 가서 차 준비를 도와야겠어요. 모두 만나서 반가웠어요. 잘 지내요, 오드리."

"고마워요, 쉴라." 오드리가 쉴라의 팔을 톡톡 치며 인사했다.

"정말 멋있는 여자란 말이지." 스탠리가 입을 뗐다.

"맞아요, 멋있어요." 오드리가 말했다. "얼마 전에 세인

스버리 슈퍼마켓에서 떨고 있는 저를 발견하고 와서 꼭 안 아주더라고요."

"아아, 정말 사랑스럽네요. 안 그래요, 유도라?" 스탠리 가 물었다.

"사랑스럽네요." 유도라가 앵무새처럼 똑같이 말했다.

"글쎄, 우리는 생일도 똑같지 뭡니까?" 스탠리가 말했다.

"세상에!" 오드리가 어찌나 놀라워하는지 유도라가 당혹스러울 정도였다.

"게다가 태어난 해도 같으니 사실은 쌍둥이나 마찬가지 라니까요!"

"엄청나네요." 유도라가 말했다. 도대체 셜라의 매력에 대해 얼마나 더 오랫동안 얘기를 늘어놓으려는 것일까. 스탠리는 유도라를 잠시 바라보았지만 곧 수가 인사하는 바람에 모두 그쪽으로 시선을 돌렸다.

"안녕하세요, 여러분! 모두 다시 뵙게 되어 정말 기뻐요. 지난번에 새로 오셨던 분들도 다 나오셨네요. 반가워요." 수는 유도라와 스탠리를 향해 미소를 지었다. "저는 오늘 우리의 인기 스타가 이곳에 와주셔서 무척 행복한데요, 더이상 설명하지 않아도 되겠죠? 발라드 가수 크리스를 박수로 맞아주세요."

그를 맞이하는 함성과 환호가 어찌나 크던지, 유도라는 자리에서 펄쩍 뛸 뻔했다. 크리스는 활짝 웃으며 마치 할리우드 스타처럼 손을 흔들었다. "안녕하세요, 만나서 반갑습니다!" 그가 소리쳤다. "저는 발라드 가수 크리스입니다. 오늘 여러분과 함께 40년대, 50년대, 그리고 그 이후의 곡들을 가지고 음악 여행을 떠나볼까 합니다. 자유롭게 노래도 부르시고, 춤도 추시고, 내키시면 돈도 던져주십시오!"

성자들이여, 우리를 지켜주소서. 유도라는 마음속으로 기도를 올렸다.

크리스는 스위치를 켜더니 〈추억은 이와 같이_Memories are made of this_〉의 전주를 연주하기 시작했다. 그 즉시 장내는 온통 흥분의 도가니가 되었다. 유도라는 깜짝 놀랐다. 절반 이상이 이미 자리에서 일어나 있었고, 나머지 사람들 역시 음악에 맞춰 발을 구르거나 몸을 흔들고 있었다.

주최 측 사람 하나가 오드리를 보더니 다가와 손을 내밀었다. 오드리는 눈을 반짝이며 화답했다. "춤출 기회를 놓칠 수는 없지요." 실비아도 똑같은 말을 하곤 했는데. 그런 생각을 하며 옆을 보니, 스탠리도 몸이 근질근질한 듯 의자에 앉은 채 몸을 좌우로 흔들며 박자를 맞추고 있었다.

"저 사람 괜찮아 보이죠?" 스탠리가 물었다.

유도라는 콧방귀를 뀌었다. "딘 마틴도 아닌데요 뭐. 그래도 목소리는 그런대로 괜찮네요."

"미스 허니셋은 춤에 관심 없죠?"

유도라가 눈썹을 치켜떴다. "없어요, 없고말고요."

"오." 스탠리는 확실히 실망하는 기색이었다. "그럼 쉘라랑 춤춰도 괜찮을까요?"

"그걸 왜 나한테 물어요? 나랑은 아무 상관도 없구면." 유도라는 일부러 앞만 보고 대꾸했다.

"흠, 그렇다면 한번 나서봐야겠군." 그가 일어서며 말했다. "조금 있다가 확인하러 올게요."

"그럴 필요 없어요. 내가 어디 아픈 사람도 아니고." 유도라는 스탠리의 뒤통수에 대고 그렇게 말했다. 그는 쉘라에게 다가가 궁궐의 신하처럼 과장된 동작으로 절을 했고, 쉘라 역시 화려한 몸짓으로 인사를 받았다. 그러고서 두 사람은 플로어로 나가 인상적인 왈츠를 선보였다.

"유유상종이라더니." 유도라는 차를 홀짝이며 구시렁댔다. 춤을 추지 않는 사람은 자기 혼자뿐이라는 사실을 애써 외면했다. 심지어 휠체어에 앉은 노부인마저 활기 넘치는 자원봉사자의 도움으로 플로어에서 빙글빙글 돌고 있었다.

가수는 페리 코모, 바비 다린, 프랭크 시나트라의 히트송을 연달아 불렀다. 스탠리 말이 옳았다. 그는 멋진 가수였다. 그러나 유도라는 어쩐지 즐기지를 못하고 있었다. 음악에는 너무 많은 추억이 얽혀 있었다. 차라리 잊었으면 하는 과거마저도. 남들은 추억으로 위로를 받는다는데, 유도라에게 추억은 더 이상 즐길 수 없는 모든 활동과 오래전에

안 보이게 꽁꽁 싸매둔 인생의 사건들을 속절없이 되새겨
줄 뿐이었다.

어느새 발라드 가수 크리스는 골반 흔들기의 대가가 되
어 있었다. 엘비스 프레슬리의 가발을 쓰고 그의 히트송을
메들리로 부르기 시작했다. 유도라는 스탠리가 그가 가장
좋아하는 가수의 곡에 개인적인 찬사를 보내는 것을 보며
진저리를 쳤다. 크리스보다 몸을 잘 쓰지는 못했지만, 그
부족한 부분을 열정과 에너지로 채우고 있었다.

크리스가 스탠리를 무대로 불러들였고, 여분의 엘비스
가발과 선글라스를 넘겼다. 그렇게 그 둘은 열정적인 듀엣
이 되어 보는 사람들에게 기쁨을 선사했다. 스탠리 같은 음
치를 처음 봤지만, 이 공간에 있는 모든 사람들은—자신만
빼고—열광적으로 환호하며 노래를 따라 부르고 있었다.
쉴라는 품위 없게도 손가락 두 개를 입에 넣고 휘파람을
불어댔다.

이 정도면 됐다 싶었다. 지팡이를 짚고 겨우 일어섰다.
마지막으로 스탠리를 한 번 보았다. 사람들은 모두 그의 팬
이 되어 이쪽을 등지고 있었다. 마치 벽 반대편에 홀로 서
있는 기분이었다. 노래는 이제 대단원의 막을 내리려 했다.
스탠리는 쉴라를 향해 마지막 한 소절을 읊었다.

"그것은 경이로움, 당신이라는 경이로움!"

더는 참을 수 없었다. 몸을 흔들어대며 환호하는 관객들

을 뒤로하고 서둘러 문으로 향했다.

"괜찮으세요?" 입구에서 수가 물었다.

"집에 가야겠어요." 유도라는 자신이 생각지도 못한 감정에 사로잡혔다는 것을 깨달았다.

수는 유도라의 팔에 손을 얹었다. "잠깐 앉아보세요. 기분이 안 좋아 보여요."

유도라는 흠칫했다. 스탠리와 쉴라의 감정 표출 능력에는 아무래도 전염성이 있는 모양이었다. 유도라는 숨을 깊이 들이마셨다. "기분이 안 좋긴요. 집에 가서 고양이 밥을 줘야 해서요." 수는 긴가민가한 얼굴로 가만히 쳐다보았다. "정말이에요." 유도라는 절박하게 말했다.

"스탠리랑 같이 안 가도 돼요? 제가 스탠리를 찾아올게요."

"아니에요." 의도했던 것보다 목소리가 거칠게 튀어나왔다. "고맙지만 그 사람 귀찮게 하고 싶지 않아요. 혹시 가까운 버스 정류장까지 데려다주실 수 있다면 그것만 좀 부탁할게요."

수는 입술을 깨물더니 대답했다. "좋아요. 대신 택시를 타고 가세요. 보통 몇 대씩 대기하고 있거든요."

"고마워요." 유도라는 말했다. "정말 친절하시네요."

◇◇◇

　조용한 집에 오자 마음이 놓였다. 아침나절 겪은 떠들썩한 소음과 소란 때문에 진이 다 빠진 상태였다. 도대체 무엇 때문에 그리 도망치듯 나왔는지는 생각하지 않기로 했다. 어쨌든 올바른 결정이었다는 것만은 확실하다.

　얼마간의 노력으로 점심을 만들고 몽고메리에게 밥을 주었다. "왜 이렇게 피곤할까?" 포크로 사료를 으깨주며 고양이에게 물었다. "늪을 헤치고 나온 느낌이야."

　몽고메리는 점프를 해서 조리대에 앞발을 올리고 젖은 코를 유도라의 손에 대고 비볐다. "밥 먹고 싶어서 이런다는 건 알지만, 그래도 이렇게라도 관심을 가져주니 고맙구나." 바닥에 사료 그릇을 내려놓았다. 몽고메리는 그녀를 잠시 보더니 열심히 먹기 시작했다.

　침묵을 가르는 초인종 소리에 화들짝 놀랐다. 이어서 문을 쾅쾅 두드리는 소리가 나고 스탠리의 걱정 어린 목소리가 들려왔다. "유도라? 집에 있어요?"

　없는 척을 할까 잠깐 고민했지만, 걱정스러운 스탠리의 목소리가 마음에 걸렸다. "나가요, 집에 있지 어디 있겠어요." 복도를 느릿느릿 걸어갔다. 문을 열자 스탠리의 차 안에 쉴라가 앉아 있는 게 보였다. 그녀 역시 걱정스러운 눈길로 이쪽을 보고 있었다.

"왜 그렇게 허겁지겁 가버렸어요?" 스탠리가 물었다. "걱정했잖아요."

유도라가 팔짱을 꼈다. "미안하네요. 그렇지만 집에 와야 했어요."

스탠리가 유심히 바라보았다. "왜요?"

"그건 그쪽하고 하등 상관없는 얘긴데요."

그가 얼굴을 찌푸렸다. "뭐가 문젠데요?"

"아무것도요. 아무 문제도 없어요. 그냥 사람들 속에 섞여 있는 게 좀 힘들어서 나오고 싶었어요. 그쪽은 다른 일로 바쁘셨고." 유도라는 잠깐 쉴라 쪽으로 눈길을 주었다. "그래서 혼자 집에 온 거예요."

"나한테 말도 안 하고요?"

상처받은 눈빛이었다. "그건 미안해요. 그렇지만 방금 말했듯이 엄청 바빠 보였다고요. 수에게 말해놓고 나와서 당연히 전달이 될 줄 알았죠."

"그렇군요." 스탠리가 고개를 떨궜다. "어, 저는 우리 셋이 어디 가서 점심이나 먹자고 하려고 했는데 만약 바쁘시면……."

"네, 바빠요. 초대는 고마워요. 둘이 가세요. 쓸데없이 걱정 끼쳐서 미안해요." 그녀는 쉴라를 향해 고개를 끄덕여 보였다. 쉴라는 미소로 화답했다.

스탠리는 유도라를 유심히 바라봤다. "재밌는 분이시군

요, 유도라 허니셋."

"누가 할 소리, 스탠리 마첨."

"나중에 전화할게요."

"그러시든지요. 그럼 잘 가요." 유도라는 어리둥절해하는 그를 외면하고 문을 닫았다. 더 이상 해줄 말이 없었다. 그저 세상과 떨어져 잠시 혼자 있고 싶을 뿐이었다. 말도 안 되는 일에 엮이는 것은 이제 그만하고 싶었다.

❖❖❖

다음 주, 로즈의 등교가 시작되었다. 로즈는 방과 후 교문에서 만나자며 유도라와 스탠리를 소환했다.

"혹시 지팡이로 누굴 때려눕혀야 할 수도 있으니까요."

"그래야 될 거 같으냐?"

"애들이 저를 어떻게 대하느냐에 달렸죠."

"아무렴, 좋고말고."

유도라는 수업이 끝나기 훨씬 전에 학교에 도착했다. 주변을 둘러보니 운동장에 학부모들이 모여 있었다. 나이도 국적도 초월한, 시끄럽고 활기찬 공동체. 자기 말고도 팔순 노인이 더 있다는 사실이 인상적이었다. 한 아이가 번질번질하게 물감칠을 한 그림을 손에 들고 지그재그로 놀이터를 가로질러 뛰어가 그 노인의 품에 안겼다. 놀랍게도 노인은 깔깔거리는 소년을 안아 올려 빙글빙글 돌더니 땅에 내려놓고 정수리에 뽀뽀를 했다.

"유도라 할머니!" 운동장 저편에서 로즈가 필사적으로 손을 흔들고 있었다. 다른 여자애들과 팔짱을 낀 모습을 보니 마음이 놓였다.

로즈는 유도라 옆에 스탠리까지 나타난 것을 보자 좀 더 공손하게 손을 흔들었다. "도착!" 그는 가슴에 손을 얹고 숨을 돌리며 외쳤다.

유도라는 비난하듯 시계를 보며 말했다. "이 분 늦었어요."

"미안해요. 오늘 아침에 쉴라랑 원예용품점에 갔다가 시간 가는 줄도 모르고 있었어요."

"그러시군요." 유도라는 그의 눈을 피했다.

"유도라 할머니! 스탠리 할아버지! 와주셨네요!" 로즈가 친구를 거의 잡아끌며 돌진해왔다.

친구는 유도라를 봤다가 스탠리를 봤다가 다시 로즈를 쳐다봤다. "이 사람들이 가장 친한 친구라고?"

"응!" 로즈는 친구의 경멸을 알아채지도 못하고 대답했다. "여긴 유도라 할머니랑 스탠리 할아버지. 그리고 얘는 제이다예요."

"만나서 반갑구나, 제이다." 스탠리가 정중하게 고개를 숙여 인사했다. 제이다는 '이 이상한 할아버지는 뭐지?' 하는 표정으로 그를 쳐다보고 있었다.

"안녕, 제이다." 유도라는 여자아이를 가만히 바라보며 인사했다.

"안녕하세요." 제이다는 심드렁하게 대꾸했다.

"내일 봐, 로즈." 부스스한 머리에 미소가 삐딱한 소년 하나가 옆으로 뛰어가며 말했다.

"잘 가, 토미." 로즈도 인사를 했다.

"쟤 완전 거지 같아." 제이다가 중얼거렸다. "자, 그럼 로지포지, 나 가야겠다. 내일 보자."

"응, 제이다." 로즈가 친구를 어색하게 안으며 말했다. "내일 봐."

제이다는 슬며시 자리를 떴다. 새로운 먹이를 찾아 어슬렁거리는 한 마리의 고양이 같았다.

"쟤 멋지지 않아요?" 로즈가 물었다. "제가 자기 베프가 될 수도 있을 것 같다고 했어요. 학교 오는 거 왜 그렇게 걱정했나 모르겠어요. 애들 다 정말 친절해요."

"네가 행복하다니 좋구나, 로즈." 스탠리가 유도라를 향해 눈을 크게 뜨며 말했다. "자, 그럼 밀크셰이크랑 도넛 먹을 사람?"

"저요!" 로즈가 번쩍 손을 들었다.

그들은 큰길에 있는 카페로 걸어갔다. 누가 봐도 특이한 조합이었다. 스탠리가 두 사람을 위해 문을 열어주고 음료를 사 오는 동안 유도라와 로즈는 창가 쪽에 자리를 잡았다.

크림색 플라스틱 의자, 찌든 기름 냄새, 제대로 들리지도 않는 배경음악은 전혀 유도라의 취향이 아니었지만, 스탠리가 가져온 차는 그럭저럭 괜찮아 보였고, 로즈는 도넛을 한 입 베어 먹더니 '역대급'이라며 호들갑을 떨었다.

"자, 그럼 학교 얘기 좀 들어볼까?" 스탠리가 말을 꺼냈다.

"음." 로즈가 손등으로 입가에 묻은 설탕을 닦으며 말했다. "우리 선생님 이름은 멋쟁이 씨예요."

"진짜냐?"

"아니요, 농담이죠. 좋아하는 책에 나오는 주인공 이름이에요. 우리 선생님 이름은 심슨이고, 약간 엄격하긴 하지만 친절하세요."

"좋은 분 같구나." 유도라가 말했다.

로즈가 고개를 끄덕였다. "선생님은 약간 유도라 할머니 같아요. 반 친구들은 정말 착한데 그중에서 제일 좋은 애는 제이다예요."

유도라와 스탠리가 눈빛을 교환했다. "그 애 착하니, 로즈?" 유도라가 물었다.

로즈가 어깨를 으쓱했다. "네. 사람을 놀리는 걸 좀 좋아하지만, 그냥 장난이니까요."

"장난?"

"장난이라." 스탠리가 목소리를 깔고 말했다.

"다른 사람의 배려를 비웃는지만 않는다면야." 유도라가 덧붙였다.

로즈가 고개를 저었다. "저한테 잘해줘요. 걔네 그룹에 저를 껴줬거든요."

유도라가 가만히 로즈를 바라봤다. "명심해야 할 것은, 남이 원하는 것이 아니라 네가 원하는 것을 해야 한다는 거야."

로즈가 진심을 담아 고개를 끄덕였다. "알겠어요, 무슨 말인지. 고마워요, 유도라 할머니."

"로즈, 안녕." 누군가 로즈에게 인사를 건넸다. 모두가 고개를 들자 아까 운동장에서 스쳐 지나간 남자아이가 저쪽 테이블에 앉아 손을 흔들고 있었다.

"어, 안녕, 토미." 로즈가 인사하자 토미는 미소를 짓더니 손에 쥔 핸드폰으로 시선을 돌렸다.

"저 애 착해 보이는구나." 스탠리가 말했다.

로즈가 앞으로 몸을 숙이고 속삭였다. "네. 근데 제이다 말로는 쟤가 등신이래요, 그 말이 뭔지는 모르겠지만."

스탠리는 억지로 웃음을 참았다. 유도라가 그를 노려봤다. "그런 말은 안 쓰는 게 좋겠구나, 로즈. 제이다도 그러면 안 되고."

"오, 그렇구나. 죄송해요." 로즈가 사과했다.

"무엇보다 사람을 평가할 때는 네가 직접 해야 하는 거야. 내가 보기에 토미는 괜찮은 애 같은데."

로즈가 고개를 끄덕였다. "알겠어요. 저도 노력해볼게요."

그러더니 벌떡 일어났다. "화장실 가려고요. 금방 올게요."

"세상에나." 로즈가 자리를 뜨자 유도라가 말했다. "어떻게 생각해요?"

"제이다에 대해 확신이 안 가는데요." 스탠리 역시 같은 생각인 것 같았다.

"그러니까요. 매기에게 얘기를 해줘야 할까요?"

스탠리는 고개를 저었다. "자기 코가 석자인걸요. 우리가 지켜봅시다."

"그래요, 그게 나을 것 같네요."

"유도라?"

"네?"

"지난번 그날, 괜찮았는지 물어보고 싶었어요. 그때 봤을 때 좀……."

"좀 뭐요?" 유도라가 물었다.

"질투하는 것 같았다고 할까요?"

코웃음이 나왔다. "질투요? 누구를요?"

스탠리가 티스푼을 만지작댔다. "흠, 그러니까, 쉴라를요."

유도라는 자세를 바로 했다. "도대체 내가 뭐 때문에 쉴라를 질투하겠어요? 스탠리가 남편도 아닌데."

"아니죠. 알아요. 그렇지만……."

"그렇지만 뭐요?"

"모임에서도 이상하게 행동하더니 그냥 휙 가버리고, 그 이후로 좀 멀어진 것 같아서요."

유도라는 허리를 곧게 세웠다. "분명히 말씀드리는데, 나는 그날 모임이 즐겁지 않았고, 그래서 집에 오고 싶었어요. 말씀하신 것처럼 그렇게 멀어진 것도 아니고요. 오늘도 이렇게 만났잖아요. 안 그래요?"

"그렇긴 하죠. 저는 그냥……."

유도라가 팔짱을 꼈다. "그냥 뭐요?"

스탠리는 자기 앞에 놓인 컵을 물끄러미 바라보았다. "쉴라를 저녁 식사에 초대할까 생각 중이었거든요. 유도라 생각이 궁금했어요."

유도라는 잠시 망설이다가 답했다. "뭘 하든 제가 상관할 바 아니네요."

"아, 그렇군요. 혹시나 무슨 의견이 있으실까 했죠. 친구로서요."

유도라는 보이지도 않는 부스러기를 찾아 손으로 테이블을 쓸었다. "아니요, 안 그래도 돼요. 쉴라랑 시간을 보내고 안 보내고는 전적으로 스탠리의 선택에 달린 거예요."

스탠리는 긴가민가하며 고개를 끄덕였다. "저를 나쁘게 생각하지 않는다는 거죠? 그러니까, 저는 연애를 한다거나 그런 의도가 전혀 없어요. 쉴라는 멋진 여성이고, 저랑 취향이 똑같을 뿐이에요."

유도라는 고개를 들어 스탠리를 쳐다보았다. "그만해요.

그렇게 미주알고주알 다 설명할 필요 없다니까요."

"하지만 저한테는 유도라의 의견이 중요한걸요." 그가 시무룩하게 말했다.

그녀는 목을 가다듬었다. "말씀드렸듯이, 스탠리가 뭘 하든 제 알 바 아니에요. 결정은 혼자 내려야죠. 인생을 어떻게 살아야 할지 내가 조언하는 일은 없을 겁니다."

로즈가 자리로 돌아왔다. 스탠리의 얼굴이 구겨져 있었지만 둘 사이에 놓인 팽팽한 긴장감을 의식하지 못한 듯했다. "해주신 말씀 생각해봤는데요. 저, 결심했어요. 저는 이제 모두와 친구가 될 거예요." 로즈가 말했다.

"잘 생각했다, 로즈." 스탠리는 유도라를 매섭게 노려보며 말했다. "한 사람한테 모든 걸 걸면 못 쓰지. 친구들은 때때로 변덕을 부리거든. 자, 우리 이제 갈까?"

❀ ❀ ❀

1977년, 런던 남동부, 시드니 애비뉴

실비아가 보낸 편지에는 도착 시간이 정오로 되어 있었지만, 유도라가 손님 맞을 준비를 마친 것은 오전 열 시 반이었다. 모든 걸 완벽하게 하고 싶었다. 필립이 뭘 좋아할지 몰라 점심으로 다양한 메뉴를 준비했고, 그중 몇 가지는 실비아와 우정을 쌓기 시작했던 시절을 떠올리게 하는 음식이었다. 유도라는 한 걸음 뒤로 물러나 진수성찬을 바라 보며 감탄했다. 테이블보는 엄마가 특별한 날에만 꺼내는 것이었고, 본차이나 식기와 포크며 나이프는 친구를 위해 서 가장 좋은 것을 꺼내놓았다.

심지어 지난달 엘리자베스 여왕 즉위 25주년을 기념하 는 가두행진에서 썼던 깃발과 배너로 벽난로 위를 장식하 기도 했다. 베아트리스는 탐탁지 않아 했지만 유도라는 현 관도 장식하고 얼마간 그대로 두자고 우겼다. 이것을 두고 이웃에서 이러쿵저러쿵 말들이 많았지만, 유도라는 그 불 길에 기름을 끼얹지 않기 위해 그들과 거리를 두었다.

깃발 위치를 바로 잡으며 만족스럽게 고개를 끄덕였다. 흥분과 초조함이 속에서 뒤섞이는 것 같았다. 실비아가 매 달 보내는 편지에는 늘 애정이 가득했지만, 십육 년은 긴 세월이었다. 유도라는 그들의 우정이 시간과 거리를 뛰어 넘을 만큼 여전히 끈끈하다고 믿고 싶었다.

"아주 바빠 보이네." 베아트리스가 문간에서 말했다. 유 도라는 미소를 지으며 엄마의 어깨를 감싸 안았다. 엄마는 건강한 상태가 아니었다. 지금은 그저 한 마리의 연약한 새 나 다름없었다. 삐삐 마른 어깨뼈가 팔을 파고드는 게 느껴 졌다. 유도라는 숄로 엄마의 어깨를 포근히 감싸주었다.

"엄마, 오늘은 기분이 어때요?"

베아트리스는 몸을 벌벌 떨었다. "추워. 난방을 좀 켤까?"

"지금 한여름이라 그럴 필요는 없을 것 같아요. 잠깐 정원에 나가 앉아 계시면 어때요? 그럼 제가 맛있는 차 한 잔 가져다드릴게요."

베아트리스는 망설이는 듯 보였다. "그래. 실비아는 언제 온다고?"

"정오에요. 아직 시간 많아요. 제대로 준비하려고 조금 서두른 거예요."

엄마는 딸에게 몸을 기댔다. "넌 참 착한 아이야, 도라. 이 모든 걸 다 하다니. 나는 뜨개바늘을 꺼내서 실비아 아기를 위해 뭔가 특별한 걸 만들어야겠다."

유도라는 엄마의 기억 상실에 익숙했다. 안타깝게도 엄마는 끔찍한 일을 겪은 이후 충격 치료를 받다가 부작용으로 기억 상실증에 걸렸다. 엄마에게는 시간이 멈춰 있는 것 같았다. 매일같이 자신을 둘러싼 사방의 벽을 바라볼 때면, 유도라 또한 그 마음을 이해할 수 있었다.

"괜찮아요, 엄마. 필립 선물은 이미 준비했어요. 자, 어서요. 차랑 비스킷을 좀 내올게요."

❀ ❀ ❀

열두 시가 조금 넘었을 때 초인종이 울렸다. 유도라는 복도에 있는 거울로 자신의 모습을 한 번 더 확인한 후 서둘러 나가 문을 열었다. 팔을 벌리고 서 있는 사람은 분명 실비아였지만, 마치 다른 시대에서 온 것만 같았다. 화려하게 퍼지는 밝은 주황색 선드레스를 입고 거기에 커다란 선글라스를 끼고 있었다. 마치 소피아 로렌이 입을 법한 옷이었다. 유도라는 자신이 입은 군청색 점퍼스커트를 매만지고는 친구를 꽉 안아주었다.

"얼굴 보니 좋다." 생각지도 못한 감정이 안에서부터 솟아올랐다.

"나도 너무 좋아, 도라." 실비아가 앞으로 다가오자 그녀보다 삼십 센티는 더 크고 엄마를 꼭 빼닮은 필립의 모습이 눈에 들어왔다. 그는 커튼처럼 내려온 짙은 앞머리 사이로 수줍게 대모를 바라보았다. 유도라는 그의 연한 헤이즐넛색 눈동자를 처음 봤던 때로 되돌아갔다. 그때는 그녀를 보고 한없이 미소를 지어줬지만, 지금은 그에게 유도라는 그저 낯선 사람이었다.

"필립이구나." 유도라가 손을 내밀며 말했다. 그는 엄마를 흘끗 보더니, 엄마가 고개를 끄덕여 보이자 그제야 내민 손을 맞잡아주었다. 사실은 한번 안아주고 싶었지만, 일단은 다정한 악수로 대신하기로 했다. "마지막으로 봤을 때보다 많이 컸다고 얘기하면 정말 바보 같겠지만, 그래도 그땐 품에 안길 만큼 작은 아기였는데." 실비아가 손을 뻗어 친구의 어깨를 꽉 쥐었다. 유도라가 미소를 지었다. "이런,

나 좀 봐. 계속 여기다 이렇게 세워놓고 있었네. 들어와, 들어와. 엄마도 둘을 보면 정말 좋아하실 거야. 식사 준비는 다 해놨어."

"고마워, 도라." 실비아가 말했다.

"말투가 좀 달라진 것 같다." 유도라는 주방으로 들어서며 말했다. "거기 살면서 억양이 바뀌었나 봐."

"그래?" 실비아가 놀라 물었다. 어쩐지 기쁜 기색이었다. "필 억양은 더해." 그녀는 아들 쪽으로 몸을 돌렸다. "그러고 보니 필, 너 대모한테 인사는 한 거니?"

필립은 고개를 숙이고 발만 바라보았다. "안녕하세요. 반갑습니다."

유도라가 실비아를 보았다. "나도 참, 필립이 거기서 자랐다는 걸 깜빡 잊고 있었지 뭐야. 이제 완전히 캐나다 사람 다 됐네!" 유도라는 냅킨을 턱 밑에 끼운 채 식탁에 앉아 있는 엄마를 돌아보았다. "엄마, 실비아 기억하시죠? 여긴 필립. 이제 다 컸어요."

베아트리스는 둘을 곁눈질로 보며 마치 머릿속 안개를 걷어내려고 애쓰는 것 같았다. "아, 실비아. 물론 기억하지. 어떻게 지내니, 아가?"

실비아가 몸을 기울여 베아트리스의 뺨에 입을 맞췄다. "다시 뵈니 좋네요. 필, 인사드려."

"반갑습니다." 필립은 어색하게 손을 흔들며 인사했다.

"멋지다, 필립." 유도라가 말했다. "자, 이제 앉아서 식사할까? 음료는 뭘 줄까? 실비아는 차를 마실 테고, 필립은 뭘 좋아하니?"

"탄산음료 있어요?" 필립이 물었다.

유도라는 당황했다. 실비아가 끼어들었다. "괜찮아, 도라. 우리 둘 다 물이면 돼. 나도 요즘 차 거의 안 마셔. 우리 캐나다 사람들은 주로 커피를 마시거든."

우리 캐나다 사람들…….

실망감을 꿀꺽 삼켰다. "아, 그렇구나. 그래, 알았어. 자리에 앉아. 잔 가져올게."

잔을 가지고 돌아오자 세 사람은 불편한 침묵 속에 앉아 있었다. 실비아는 시종일관 밝은 미소를 짓고 있었고, 베아트리스는 낯선 이들을 의심의 눈초리로 바라보고 있었으며, 필립은 차라리 땅으로 꺼지는 게 낫겠다는 얼굴을 하고 있었다.

"자, 여기 있어. 마음껏 드세요. 옛날을 추억하는 기분으로 키쉬 로렌*이랑 코로네이션 치킨**을 만들었어. 그리고 디저트로는 블랙 포레스트 케이크를 구웠고."

"세상에, 뭘 이렇게 많이 준비했어." 이렇게 말하는 실비

---

* 치즈, 베이컨, 양파 따위를 넣고 단맛이 없는 커스터드를 쳐서 구운 식사용 파이.
** 닭고기에 살구, 양념, 크림으로 만든 소스를 얹어 차게 내는 요리.

아의 목소리에 약간 못마땅한 기색이 들어 있었다.

"하고 싶어서 한 거야. 엘리자베스 여왕 즉위 25주년에 너희 가족은 여기 없었으니까. 그래서 우리끼리 조촐하게 여왕님을 기념하는 파티를 하고 싶었어."

"그렇게까지 생각해줘서 고마워." 실비아는 닭고기를 조금 떼어가며 말했다.

"그리고 필립에게 줄 선물도 있어." 유도라는 꾸러미를 건네며 말했다. "잘 맞으면 좋겠다."

"고맙습니다." 필립이 꾸러미를 풀자 여왕 즉위 25주년 기념 티셔츠가 나왔다.

"와, 정말 근사하다." 실비아는 어리둥절해하는 필립의 모습을 감추려고 친구의 팔을 치며 말했다.

유도라는 활짝 웃었다. "자, 그럼 이제 캐나다 생활은 어떤지 얘기 좀 해줘. 정말 궁금해 죽는 줄 알았다니까. 안 그래요, 엄마?"

"샐러드드레싱은 없니?" 베아트리스는 키쉬를 한입 가득 베어 물고 그렇게 물었다.

❀ ❀ ❀

점심 식사 후, 실비아는 필립에게 베아트리스를 데리고 정원을 한 바퀴 돌고 오라고 시켰다. 유도라는 짧게나마 오랜 친구와 단둘이 시간을 보내게 되어 기뻤다. 점심시간의 대화로 미루어보아 둘 사이는 확실히 멀어져 있었다. 필립과 베아트리스가 없는 공간에서 조금이나마 친구와 다시 가까워지고 싶었다.

"필립 정말 잘 생겼더라." 유도라가 먼저 말을 꺼냈다. "흐뭇하겠어."

"그렇지. 근데 네가 필립이라고 부를 때마다 딴 사람을 부르는 것 같아. 거기선 그 애를 필이라고 부르거든."

"아, 미안."

"미안하긴, 몰라서 그런 건데 뭐. 그건 그렇고 어머니는 괜찮으신 거야? 조금 혼란스러워하시는 거 같던데."

유도라는 입술을 오므리고 방어적으로 들리지 않도록 신경 쓰며 대답했다. "괜찮아. 엄마 인생이 좀 힘들었잖아." 그녀는 엄마가 저지른 일에 대해 누구에게도 얘기한 적이 없었다. 이번 기회에 실비아에게 털어놓을까 생각했지만 마음 속 뭔가가 그러지 말라고 만류하고 있었다.

실비아는 딱하다는 듯이 고개를 주억거리고는 그대로 발밑을 바라보았다. "오래전 일이긴 하지만, 우리는 스텔라 장례식에 못 간 것 때문에 마음이 너무 힘들었어. 그래서 성당에 가서 너희 가족을 위해 기도를 올렸지."

"그랬구나. 고마워." 유도라가 말했다.

"그나저나 너는 어때? 잘 지내고 있는 거야?"

"나는……." 유도라는 잠깐 망설이다가 대답했다. "잘 지내지. 올해로 은행에서 일한 지 이십오 년 됐어. 기념 선물로 휴대용 시계도 받았고."

"멋지네." 실비아의 말에는 진심이 담겨 있지 않았지만 유도라는 신경 쓰지 않았다. "여기 사는 건 어때?"

"좋아. 엄마하고도 잘 지내고."

"정말?" 실비아가 눈썹을 치켜떴다.

유도라는 자신도 모르게 손을 꽉 쥐었다. "엄마는 내가 필요해."

"그러면 너는? 네 인생은 어쩌고? 샘을 다시 만났을 때 그렇게 좋아했잖아. 왜 그 사람이랑 같이 떠나지 않았어? 도대체 뭐 때문에 안 갔어?"

실비아의 비난 섞인 말 때문인지, 아니면 캐나다에서의 완벽한 삶—침실 네 개를 갖춘 타운하우스, 호숫가에 있는 여름용 별장, 회사 역사상 최연소 CEO가 된 남편—에 대한 끝없는 자랑 때문인지는 알 수 없었지만, 뭔가가 유도라를 폭발하게 했다.

"어쩔 수 없었어. 엄마는 내가 필요한데, 샘은 애들 때문에 멀리 가야 하고. 모두를 만족시킬 수는 없는 거잖아."

"그렇지만 넌 행복을 포기한 거야, 도라. 또다시 말이야."

"잘 모르면서 그렇게 말하지 마."

"도라. 난 네 친구야. 나는 널 알아."

유도라가 식탁을 주먹으로 내리치자 실비아는 놀라 몸을 움찔했다. "아니. 넌 날 몰라. 적어도 이제는 아니야. 네가 아는 건 토론토의 삶과 커피, 그리고 탄산음료지! 우린 십육 년이나 못 봤어. 넌 내 감정에 대해 아무것도 몰라. 그러니까 네 멋대로 생각해서 얘기하지 마. 이 결정은 내가 내린 거고, 나는 내 결정에 따를 거야."

실비아는 두 손을 들었다. "알았어, 알았어. 미안해. 나는 그냥 도와주고 싶었을 뿐이야."

"난 네 도움 필요 없어. 누구의 도움도 필요 없다고."

실비아와 필립은 그 후 한 시간을 더 머물렀다. 그들이 그만 가겠다고 일어섰을 때 유도라는 마음이 놓였다. 세상이 움직이는 동안 혼자만 시간 속에 갇혀 있었다는 것을 마음속으로 아는 것과, 그 사실을 가장 신뢰하는 사람으로부터 듣는 것은 전혀 다른 문제였다.

실비아는 유도라를 껴안은 뒤 한 발짝 물러나 유도라의 눈을 가만히 응시했다. "잘 지내, 도라."

유도라는 그 눈에서 연민을 보았고, 이것이 서로에게 마지막이 될 것임을 직감했다. "너도."

그들이 떠나자마자, 유도라는 접시에 담긴 마지막 블랙 포레스트 케이크 조각을 집어 들어 쓰레기통에 던져버렸다. 이 모든 일은 일어나지 말았어야 했다.

17장

느닷없이 전화가 걸려왔다. 최근에는 신청서에 대해 그다지 생각하지 않고 있었다. 한 달 전만 해도 눈만 뜨면 온통 그 생각뿐이었다. 제 이야기의 결말을 선택할 권리에 대해. 그런데 근래 들어 죽음에의 아우성은 삶의 시끄러운 방해물들로 인해 묻혀가고 있었다.

라디오를 들으며 늦은 아침을 먹은 후 찻잔을 깨끗이 비우고 오늘의 십자말풀이에 집중하고 있었다. 평소 같았으면 수영장에 가기 위해 문밖을 나섰을 테지만, 지난주부터 도무지 에너지를 끌어모을 수가 없었다.

자신의 엄격한 일상을 더 이상 유지할 수 없을지도 모른다는 불안감이 들었지만, 그것을 무시하려고 최선을 다했다. 참으로 지난한 여름이었다. 이 피로 또한 다 지나갈 것이다. 평화를 방해하는 전화벨 소리에 유도라는 흠칫 놀랐다. 스탠리인가? 매일 하던 저녁 통화는 최근 들어 점점 뜨문뜨문해지고 있었다. 어제저녁 유도라는 제때에 전화를 받지 못했다. 스탠리가 남긴 메시지에서는 늘 있던 따스함이 느껴지지 않았다.

"유도라? 집에 있어요? 그냥 확인차 걸었습니다. 얘기하고 싶으면 전화해요. 그럼 이만."

전화를 걸었지만 통화 중이었다. 자신과의 대화가 대단히 절실한 건 아닌가 보았다. 아마 쉴라랑 통화를 하고 있었을 것이다. 그게 어제였다.

유도라는 전화벨이 세 번 울렸을 때 가벼운 마음으로 수화기를 들었다.

"여보세요?"

"유도라?"

목소리를 알아채고 의자에 꼿꼿하게 앉았다. "오, 안녕하세요."

"안녕하세요, 유도라. 그레타 리버만입니다. 지금 통화 괜찮으세요?"

"빡빡한 일정이지만 잠시 짬은 낼 수 있어요." 유도라가 답했다. 그러자 수화기 너머에서 망설이는 기색이 느껴졌다. 유도라는 재빨리 덧붙였다. "농담이에요."

"아, 네. 영국식 유머군요. 난처한 얘기를 할 때 써먹기 좋겠어요."

"더할 나위 없지요."

"흠, 전화한 이유는 짐작이 되시겠죠."

손이 떨리기 시작했다. "제 신청서에 대해 결정을 내리셨군요."

"맞습니다. 보내주신 서류와 정보는 잘 받았고, 덕분에 모든 사항을 다각도로 살펴볼 수 있었습니다. 동료들과도 상의를 끝냈고요."

불합격 통보인가 보군. 손이 떨리는 걸 막기 위해 수화기를 꽉 쥐었다.

"일단 이 사안에 대해 고민을 많이 했다는 것을 알아주세요."

제발, 그냥 얘기를 해줘요.

"우리의 대화 내용은 물론이고, 페트라와 나눈 이야기, 말씀해주신 모든 것들을 고려했고, 병력서라든가 존엄사 희망 유언장도 꼼꼼히 읽어봤습니다." 의사는 장기 자랑의 승자를 발표할 때처럼 잠시 뜸을 들였다. "……그래서 내린 결론은, 음, 저희가 도와드릴 수 있을 것 같습니다. 정말 간절하게 원하신다면 말이죠."

"오." 평생을 기다리고 바랐던 일이 이뤄진 것에 대한 반응으로는 다소 약했지만, 감정을 절제하려고 애쓰면서 할 수 있는 대답은 그게 전부였다. 심장이 두근거려서 터질 것만 같았다. 떨리는 손을 꽉 쥐었다. 의사는 아직도 이야기 중이었다. 들어야 한다는 것은 알았지만 이 말 한마디가 머릿속을 꽉 채우고 있었다.

마침내. 누군가 내 말을 들어줬어.

"앞으로도 이해해주셔야 할 게, 저희는 마지막까지 계속해서 의사를 묻고 확인할 거예요. 언제든지 마음을 바꾸실 수 있고, 그렇게 되면 진행이 거기서 끝나게 되겠죠. 어디까지나 본인의 선택입니다, 마지막까지."

마지막. 내 선택.

죽음을 거부하고 영원을 바라는 이 세상은 이 신념을 우울하다고 하겠지만, 유도라에게는 그렇지 않았다. 이것은 아주 오랫동안 해왔던 질문에 대한 해답이었다.

유도라가 숨을 몰아쉬었다. "고맙습니다."

"이후로도 결정해야 할 일들이 많을 겁니다. 솔직히 이건 시작에 불과해요. 궁금한 점 있으면 지금 물어보세요."

"계속 진행하고 싶다면 어떻게 되는 거죠?"

"이쪽으로 오실 수 있도록 모든 조치를 취해드릴 겁니다. 비행기나 숙박 같은 것들도요."

"그럼 시간은 얼마나……."

"진행하기로 결정하시면 몇 주면 끝납니다."

몇 주라니. 생각만 해도 아찔했다.

"그렇지만 이게 진짜로 자신이 원하는 건지 잘 생각해보시길 바랍니다. 아무것도 결정된 건 없어요. 페트라나 저한테 언제든 전화하시고요. 저희가 항상 여기 있다는 걸 잊지 마세요."

"고마워요, 정말 고마워요."

"잘 지내요, 유도라. 끊을게요."

"네, 들어가세요." 수화기를 손에 쥔 채 망연히 앉아 있었다. 손 떨림은 멎었지만 심장이 요란하게 쿵쿵거리며 머리까지 헤집어놓았다.

이거야. 다 된 거야. 이게 네가 원하는 거야. 뜻밖의 선물. 낮은 곳에 매달린 과일. 그러니 따먹어. 받아들이는 거야. 이제 된 거야.

이렇게 마음먹자 생각지도 못한 힘이 솟아났다. 유도라는 몸을 일으켰다.

"바람 좀 쐬어야겠구나." 몸을 수그려 몽고메리를 쓰다듬었다. 고양이는 몇 초 동안 손에 얼굴을 비비고 몸을 쭉 뻗어 기지개를 켜더니 하품을 하고 다시 잠에 빠져들었다.

집 앞에 나가자 매기가 집 현관 앞에서 유아차를 밀고 있는 게 보였다. "유도라! 오랜만이에요. 잘 지내세요?"

조용한 곳에서 죽음에 대해 생각하려고 노력 중인데요.

"잘 지내요. 그 집 식구들도 모두 잘 있지요?"

"그럼요. 로즈는 학교가 재밌나 봐요. 덕분에 저희도 한시름 놓았어요. 그리고 이 쪼그만 아가씨는요." 매기는 활짝 웃는 데이지를 가리켰다. "어젯밤에는 한 번도 안 깨고 잘 잤답니다."

"그거야말로 좋은 소식이네요. 어쩐지 덜 피곤해 보이더라고요."

"고마워요. 근데 저는 애 때문에 그만 안으로 들어가야 할 것 같아요. 조만간 차 한잔할까요?"

"생각만 해도 좋네요." 유도라는 매기가 자신에게 가던 길을 갈 구실을 준 것에 안도했다. "나중에 봐요."

유도라는 땅을 바라보며 걸었다. 오늘은 누구에게도 방해받고 싶지 않았다. 닥터 리버만과의 대화를 곱씹으면서 느리지만 일정한 속도로 걸었다. 드디어 동전의 면이 결정된 것이다.

앞면이 나왔어. 네가 이긴 거야, 유도라. 이게 원하던 거 맞지?

그렇지?

유도라는 갓 나온 빵 냄새를 맡고 나서야 자신이 빵집에 들어왔다는 사실과 프랑스식 소형 케이크를 뚫어지게 바라보고 있다는 사실을 깨달았다.

"가끔 이런 게 당길 때가 있죠?" 목소리가 들려왔다.

돌아보니 오드리가 있었다. 웃는 얼굴이지만 피곤해 보였다. 슬픔에 지친 공허한 영혼의 표정. "안녕하세요, 오드리. 잘 지내요?"

"외롭네요." 오드리가 불쑥 내뱉은 말에 둘 다 깜짝 놀랐다. "미안해요, 주책없이 이런 말을 해서. 괜찮다고 했어야 하는데, 안 그래요?"

"글쎄요, 그게 최선이라는 생각은 안 드네요. 가식 없이 말하는 게 쉬운 일은 아니지요." 유도라가 말했다.

오드리가 고개를 끄덕였다. "여기 매일 와요. 계산해주는 직원이 친절하거든요. 그 모임을 빼면 전 거의 아무도 안 만나요. 가끔은 괜찮아요. 집에서 빈둥거리기도 하고, 라디오도 듣고, 정원도 가꾸지만……." 목소리는 점점 잦아들고 얼굴은 무너졌다. "아침저녁에는 얘기할 사람이 없어 견디기가 힘들어요. 아들은 반려동물을 키우라고 하더군요." 그녀는 우습다는 듯 콧방귀를 뀌었다.

"좋은 방법일 수도 있어요." 유도라가 말했다. "저도 고양이가 있어요. 성질은 좀 고약하지만 제가 꽤 아끼는 녀석이죠."

"사람보다 더 믿을 만하고요, 그렇죠?"

"변함이 없다는 말이 더 맞겠네요."

"늘 그런 건 아니지만, 가끔 이렇게 살아서 뭐하나 싶을 때가 있어요. 그렇지 않으세요?"

유도라는 오드리를 가만히 바라보았다. "네." 그리고 말했다. "서글프게도 그런 생각이 듭니다."

   며칠 뒤, 십자말풀이를 끝낸 유도라는 로즈가 방과 후 뿅
하고 나타나주길 바랐다. 스탠리와 셋이서 카페에 다녀온
뒤로는 못 본 터였다. 이 평화를 즐기면서도 한편으로는 로
즈의 재잘거림이 그리웠다. 유일하게 그대로인 것은 최근
그녀 곁을 통 떠나지 않는 몽고메리였다. 먹는 것에 관해서
는 여전히 까다로웠지만, 동네를 배회하기보다는 유도라
를 찾아다녔고, 소파에서 기지개를 켜거나 꾸벅꾸벅 졸거
나 녹색 눈을 가늘게 뜨고서 그녀를 지켜보는 것을 더 좋
아했다. 심지어 이젠 깨물지도 않았다.

   "나이가 들어 말랑해진 게냐, 응?" 유도라는 몽고메리의
턱을 쓰다듬으며 물었다. 그는 그렇다는 듯이 턱을 내밀었
다. 십삼 년이 지나서야 마침내 반려동물과의 유대감에 대
해 사람들이 왜 그리 법석을 떠는지 이해가 갔다. 다음에
오드리를 만나면 꼭 이 얘기를 해주어야지.

   누군가 불을 끈 듯 사방이 어두워지고, 하늘에서 낮게 천
둥소리가 울려 퍼졌다. 몽고메리가 놀라 고개를 들었다.

   "괜찮아." 유도라가 고양이를 달랬다. "걱정할 것 없다."
몽고메리는 마치 이해한 듯이 잠자코 쳐다보다가 무거운
눈꺼풀을 닫고 다시 잠에 빠져들었다. 집으로 돌아가는 학
생들의 들뜬 소리가 들려왔다. 유도라는 창가로 가서 망사

커튼 사이로 밖을 내다보았다.

"맙소사." 그녀는 중얼댔다. "내가 창문에 붙어서서 밖을 훔쳐보며 누군가 봐주길 원하는 그런 노인이 되다니."

그럼에도 체격도 생김새도 저마다 다른 아이들이 뛰거나 거닐며 길을 지나가는 모습은 보기만 해도 흐뭇했다. 멍든 하늘과 휘몰아치는 바람이 아이들을 흥분시켰다. 멀리서 번개가 치고 천둥이 우르릉거리자 놀란 아이들은 하늘을 가리키며 즐거운 듯 꺅꺅 소리를 질렀다. 유도라는 아이들의 경이로움에 미소를 지었다.

머지않아 로즈가 시야에 나타났다. 당황스럽게도 제이다의 팔짱을 끼고 길을 따라 걸어오고 있었다. 쉴 새 없이 떠드는 건 제이다 쪽이고 로즈는 그저 듣고만 있었다. 그들이 유도라의 집 앞에 거의 다다랐을 때 로즈가 불쑥 입을 열었다.

"여기가 유도라 할머니 집이야." 로즈는 친구의 옆구리를 쿡 찌르며 말했다.

제이다는 망사 커튼 쪽을 흘끗거리더니 얼굴을 찌푸렸다. 유도라는 그 애 눈에 자신이 안 보인다는 사실을 알면서도 그 경멸의 눈빛이 꼭 자기를 향한 것만 같아 뒤로 물러났다. "그 쭈그렁 할머니?" 제이다가 넌더리를 내며 말했다.

"할머니도 한때는 우리처럼 어렸어." 로즈가 약간 용기를 내어 말했다. 그 말을 듣고 유도라는 로즈를 꼭 안아주고 싶어졌다.

"그러거나 말거나." 제이다가 말했다. "너희 집 가자. 나, 아기 보고 싶어."

"그래." 로즈는 유도라의 집을 흘끗 보더니 몸을 돌려 친구를 따라갔다.

폭풍이 거세지자 버려진 스티로폼 용기가 바람에 이리저리 굴러다니고 나무에서는 나뭇잎이 떨어졌다. 유도라는 커튼을 치고 좀 더 아늑한 분위기를 위해 스탠드를 켰다.

"가자." 그녀는 몽고메리에게 말했다. "차 마시면서 로즈가 좋아하는 프로그램이나 보자."

유도라는 리처드 오스만이 괜찮은 남자라고 결론 내렸다. 지적이고, 말솜씨가 좋고, 대단히 위트가 있었다. 처음 삼십 분은 그런대로 즐거웠다. 그러나 곧 로즈가 있을 때만큼 재미있지가 않다는 것을 인정해야 했다. 유리창을 때리는 빗소리에도 여전히 옆집의 소란함은 잘 들려왔다. 데이지는 울어댔고, 로즈는 친구가 한 말에 깍 하고 웃음을 터뜨렸다. 평소 이런 소리들은 그녀를 안심시켰지만, 오늘은 왠지 고독감을 상기시켜줄 뿐이었다.

여섯 시가 되자 친절한 얼굴의 아나운서가 오늘의 주요 소식을 전해주었다. 바뀐 것은 아무것도 없었고, 여전히 현명한 결정을 내릴 수 있는 유능한 책임자가 없다는 내용이었다. 유도라는 텔레비전을 끄고 저녁 준비를 위해 주방으로 갔다. 딱히 배가 고프진 않았지만 뭔가 먹어야 했기에 통조림 수프를 꺼냈다. 토마토 크림수프는 오늘 밤 딱 좋을 만큼의 안도감을 선사할 것 같았다. 그녀는 팬에 캔 수프를 부었다. 바로 그때 눈이 부실 정도의 밝은 섬광과 함께 사납게 울어대는 천둥소리가 온 집 안을 흔들었고, 몽고메리가 유도라의 발목 사이를 지나 고양이 출입구를 통해 쏜살같이 밖으로 뛰쳐나갔다.

"나가면 안 돼! 이 멍청한 고양이야!" 소리쳐 불렀지만 소용없는 일이었다. 아마도 관목 사이에 몸을 숨겼다가 안전해지면 집으로 돌아올 것이다. 유도라는 다시 수프 젓는 일에 몰두했다. 그런데 곧이어 타이어 미끄러지는 소리가 들려왔다. 그녀는 놀란 나머지 불을 끄고 부랴부랴 현관으로 향했다. 마음속으로는 이미 무엇을 보게 될지 알고 있었다. 로즈네 집 앞에 크고 비싼 차가 어이없는 각도로 서 있었고, 헤드라이트 불빛은 어둠을 가르며 쏟아지는 빗줄기를 비추고 있었다. 운전석 문은 열린 상태였다. 어떤 여자가 떨리는 목소리로 로즈네 집 현관 앞에서 누군가와 이야기를 하고 있었다.

"갑자기 튀어나왔어요. 멈출 수가 없었다고요!"

"안으로 들어오세요. 가서 한번 볼게요." 롭의 목소리였다.

"아빠? 저거 몬티예요? 몬티가……?"

"여기서 기다려, 로즈." 롭이 말했다. 유도라는 그가 차 쪽으로 걸어가는 것을 지켜보았다. 그는 고양이를 확인하자 허탈한 듯 어깨를 떨궜다. 롭은 코트를 벗어 고양이를 감싼 뒤 팔에 안았다. 이쪽으로 걸어오던 그가 유도라를 보았다. 그의 표정이 모든 것을 말해주고 있었다. "제가 안으로 들일까요?" 그가 물었다. 유도라는 아주 살짝 고개를 끄덕였다.

"아빠?" 로즈가 소리쳤다. "저도 갈래요!" 로즈는 아빠를 따라 유도라의 집으로 들어왔다.

롭이 거실로 몽고메리를 옮겼다. "어디에다……."

"소파 위에 올려주세요. 그 자리를 좋아했거든요." 유도라는 목이 메어왔다.

"수의사를 부를까요? 아니면 우리 차로……." 롭의 제안에 유도라는 그저 고개만 저을 뿐이었다.

뒤로 물러서서 몽고메리를 바라보는데 로즈가 다가와 손을 잡아주었다. 몽고메리의 호흡은 가빠졌고 호흡의 간격은 점점 벌어지고 있었다.

"죽어가는 거죠, 그렇죠?" 로즈가 눈물을 흘리며 말했다.

"그래. 그런 거야." 유도라가 속삭였다. "그렇지만 아파하지는 않고 있어. 전쟁 때 삼촌네 농장에서 이렇게 사고를 당한 고양이를 본 적이 있지."

"유감이에요." 롭이 말했다.

"고마워요." 유도라가 대답했다.

"저분은 제이다 엄마예요. 저 차에 부딪친 거예요." 로즈가 비난하듯 말했다.

"그분 잘못이 아니야." 유도라가 말했다. "누구의 잘못도 아니란다."

로즈는 유도라의 허리를 감싸 안고 흐느꼈다. "왜 사는 건 가끔 이렇게 슬픈 거예요?"

이번에는 유도라도 눈물을 애써 참지 않았다. "행복한 시간이 오면 더욱 감사하라고 그런 게 아닐까? 우주의 방식이지."

"그 말이 맞는 것 같아요." 로즈는 이렇게 말한 후 유도라를 올려다보았다. "몽고메리가 우리에게 어떤 의미였는지 한 사람씩 말해주면 어떨까요? 그러면 몽고메리도 우리 마음을 알아줄 거예요."

"아주 좋은 생각 같구나, 로즈." 유도라가 롭과 시선을 교환했다. "네가 먼저 하렴."

로즈가 몽고메리 앞에 무릎을 꿇고 앉아 머리를 쓰다듬었다. "넌 최고의 고양이야. 고마워. 너를 사랑해. 난 널 잊지 않을 거야."

로즈가 유도라를 바라보았다. 그녀는 몽고메리에게 다가가 그 옆에 앉았다. "몽고메리, 몬티." 목소리가 떨려왔다. 로즈가 손을 뻗어 유도라의 팔에 올렸다. 그녀는 숨을 깊이 들이쉬고는 말을 이었다. "네가 그리울 게야. 이제 누가 나를 깨물고 계단에서 내려가는 걸 방해할까?" 유도라가 한숨을 쉬었다. "너 없이 어떻게 살아야 할지 모르겠다. 내 인생은 달라지겠지." 유도라는 손을 고양이 머리에 얹었다. 몽고메리는 잠시 몸을 떨더니 그대로 멈췄다. "안녕, 내 친구여. 고통 없이 가서 다행이구나." 이 사건으로, 유도라는 자신의 삶 또한 어떻게 끝나게 될지 정확히 알게 되었다.

❦ ❦ ❦

2005년, 런던 남동부, 시드니 애비뉴

엄마는 그 주에만 다섯 번 구급차를 불렀다. 런던 응급구조대에서 편지를 보낼 정도였다. 잦은 호출 이력을 인지하고 있으며 육 개월 후에 어머니를 확인하겠다는 내용이었다. 유도라는 웃어야 할지 울어야 할지 몰랐다. 이런 편지를 보내도 달라지는 것은 없었다. 베아트리스는 여전히 전화를 걸어댔고, 그때마다 구조대는 늘 달려왔다. 어떨 때는 엄마를 응급실에 데리고 가지 말아달라고 애걸하기도 했다. 그들은 친절하고 이해심이 깊었지만 베아트리스는 나이도 많고 쇠약했기에 그들에게도 뾰족한 수가 없었다. 엄마는 (주로 몸을 움직이지 않아 생기는) 복통이라든가, (물 미시기를 거부해서 생기는) 두통을 호소했고, 그러면 그들은 검진을 위해 달려오곤 했다. 엄마는 여덟아홉 시간 동안 병원에 있다가 혼란스럽고 지친 모습으로 집으로 돌아왔고, 그다음 날이 되면 또다시 똑같은 사이클이 반복되었다.

"엄마, 왜 그러는 거예요? 꼭 양치기 소년 같잖아요."

베아트리스의 눈곱 가득한 눈에 두려움이 가득 찼다. "난 구급차가 좋아. 의사들 많은 곳에 가면 안심이 되거든."

유도라는 이 말을 자신과 있는 것은 안전하지 않다는 의미로 받아들이지 않으려 애썼다. 병균이 득실득실한 곳에서 하루의 대부분을 보내고 싶어 하는 엄마를 이해할 수 없었다. 올해 들어 엄마는 병원 감염성 폐렴, 항생제 내성 세균, 그리고 욕창을 겪은 터였다. 유도라는 완전히 지쳐버렸다. 어찌나 병원을 드나들었는지 버스 시간표나 문병 가능 시간은 물론이고, 웬만한 간호사 이름은 다 외울 정도였다.

"또 오셨어요?" 헬렌이라는 이름의, 유난히 친절한 간호사가 물었다.

"네, 그렇게 됐어요." 유도라가 지친 모습으로 대답했다.

"병원에서 VIP 카드라도 하나 드려야겠어요."

유도라는 살짝 웃어 보였다.

물론 공공의료병원이 보여주는 이 모든 노력에 감사했다. 구조대, 의사, 간호사 모두가 참을성을 보여주었고, 농담으로 분위기도 풀어주었으며, 늘 어리둥절해하는 엄마를 친절하게 대해주었다. 아흔다섯 살의 할머니를 살리겠다고 집과 병원만 왔다 갔다 하는 그들에게 과연 일상이 있을까 싶을 정도였다. 이 병원의 그 누구보다 베아트리스 허니셋이 가장 많은 검사와 치료를 받았을 것이다. 사람들이 그토록 많은 관심을 기울여주는 것은 고맙지만, 이런 상황이 의료진과 환자 양쪽에 초래하는 삶의 질에 대해서는 의문을 가질 수밖에 없었다.

베아트리스는 1944년 남편을 잃은 날, 행복마저 잃었다. 결과적으로 불행한 삶을 오래 살게 되었으니 참 운도 없었다. 유도라는 엄마가 행복하도록 온갖 노력을 기울였지만, 이제 자신마저도 황혼기에 접어들자 모든 것이 부질없게 느껴졌다.

즐거운 시간이 없었던 것은 아니다. 유도라는 엄마를 사랑했다. 휴가도 가고 나들이를 즐긴 때도 있었다. 그러나 그들의 삶은 전쟁과 앨버트의 죽음, 스텔라의 비극적인 죽음으로 인해 발목이 잡혔다. 과거는 베아트리스를 꼼짝없이 후회와 슬픔으로 가득한 삶으로 이끌었다. 끝없는 노력에도 불구하고 유도라 역시 어두운 심연으로 얽혀 들어갔다. 그녀는 이 모든 게 언제 끝날지가 아니라, 애초에 끝이라는 게 있었을지 궁금해졌다.

베아트리스의 마지막은 급작스럽게 찾아왔다. 다섯 번

째 구급차를 부른 건 돌아보면 옳은 선택이었다. 심근경색으로 장기간 병원에 입원하게 되었던 것이다. 유도라는 딸된 도리로 매일 병문안을 갔고, 엄마는 평생 그 상태로 지낼 것이라고 생각했다. 병원 직원들도 비슷하게 생각했던 것 같다. 작업치료사들은 베아트리스에게 보행보조기를 써서 이리저리 다닐 것을 권했다. 재활코디네이터는 지역 병원으로 옮기는 것이 어떻겠냐고 제안했다. 여러 지표로 보아 병세가 호전되고 있다며 지친 기색으로 미소를 짓는 의사들도 있었다.

그들의 말을 귀담아듣지 말았어야 했다. 눈앞에서 일어나고 있는 일을 직시했어야 했는데. 엄마는 먹지도 않고, 말도 잘 하지 않았으며, 거의 온종일 잠만 잤다. 나가는 걸 싫어했고, 부드러운 생선 파이나 잘 익힌 브로콜리도 먹기를 거부했다. 얼마간의 존엄성을 갖고 존중받으며 세상을 떠나고 싶어 했다. 코에 튜브가 연결된 상태로 욕창 방지를 위해 과로한 간호사 손에 떠밀려 몸을 굴리다가 생을 마감하기 싫었던 것이다.

유도라는 자신이 더 강해지길 바랐다. 엄마를 집으로 데려가 직접 간호를 하고, 깨끗한 잠옷을 입히고, 새 시트를 깐 침대에 눕히고, 머리를 빗겨주고, 엄마가 떠나는 날까지 사랑한다고 말해주면 얼마나 좋을까. 그러나 그런 일은 일어나지 않았다.

대신 엄마 침대 옆에서 하루를 보내거나, 아이에게 주듯 빨대로 물을 마시게 하고, 으깬 감자 한 숟가락을 먹이려고 진땀을 빼다가 녹초가 되어 집에 돌아오곤 했다. 분명히 화가 나는데 그게 누굴 향한 것인지 알 수 없었다. 그날 병원을 나오면서 엄마에게 사랑한다는 말도 해주지 못했고, 머리를 쓰다듬어주지도 못했다. 고단한 몸으로 집에 돌아와 아무것도 먹지 않고 침대에 그대로 쓰러져 잤다. 여섯 시간 후, 전화벨 소리에 잠에서 깼다. 친절한 간호사는 조용하게, 그러나 슬픈 목소리로 말했다.

　"안 좋은 소식이에요. 베아트리스가 삼십 분 전에 세상을 떠났어요."

　유도라는 연락해줘서 고맙다고 말하고 수화기를 내려놓았다. 그리고 팔로 몸을 감싸고 흐느껴 울기 시작했다.

18장

바로 다음 날 클리닉에 전화를 걸었다. 더 이상 미룰 이유가 없었다. 결정은 내려졌다. 이보다 더 확신을 느낀 적은 없었다. 수화기 너머로 페트라의 목소리를 들으니 안심이 됐다.

"계속 진행하고 싶어요." 유도라가 확신을 갖고 말했다.

페트라는 잠시 뜸을 들이다 대답했다. "무슨 변화가 있었는지 물어봐도 될까요?"

얼마나 솔직하게 말해야 할지 감이 오지 않았다. 아무것도 바뀐 것은 없다. 그게 문제다. 바뀐 건 없는데, 전화를 걸어 끝을 보자고 하고 있다. 유도라는 말을 고르고 골랐다. "아무것도 바뀐 건 없어요. 단지 모든 걸 충분히 고려했을 뿐이에요. 내 건강 상태를 보면 앞으로 계속 악화될 일만 남았잖아요. 적당한 때가 온 거예요."

"누군가와 얘기는 해보셨어요?"

"그럴 필요 없어요. 마음을 정했어요."

"로즈는요?"

유도라는 움찔했다. "내 임박한 죽음에 대해 열 살짜리 꼬마랑 의논하라는 뜻은 아니겠죠?"

"아, 물론 아니에요. 그냥 로즈랑 친하게 지내셨던 거 같아서요. 그 애는 이 일을 어떻게 생각할까요?"

한숨이 나왔다. "모르겠어요. 편지는 써야겠지요. 똑똑한 애니까, 언젠가는 이해해줄 거예요."

"본인의 결정이 중요하죠. 리버만 박사님도 대화 후에 만족해하셨어요."

"그러니까요. 내 죽음이니까 내 선택에 따라야지요."

"좋아요. 그럼 필요한 서류와 여행 일정을 자세히 알려드릴게요. 혼자 오실 건가요?"

"네."

"그렇다면 제가 공항으로 마중 가서 마지막 여행에 동행해도 될까요?"

마치 페트라가 수화기 너머에서 손을 내밀어준 것 같았다. "고마워요, 페트라. 그러면 정말 좋겠네요."

◦◦◦

　몽고메리는 그가 제일 좋아하던 사과나무 아래 묻혔다. 고양이는 거기에 앉아 머리 위에서 푸른 박새가 짹짹거리는 것을 바라보곤 했다. 로즈는 '노래도 하고 기도도 올리는 제대로 된 장례식'을 치러야 한다고 우겼다. 그래서 이번만큼은 로즈가 원하는 대로 해주기로 했지만, 식을 시작하자마자 시월 초의 찬바람이 뼛속에 사무쳤고 곧 후회가 들기 시작했다.

　유도라는 옆에서 애도하는 사람들의 얼굴을 바라보았다. 로즈는 장례식을 매우 진지하게 준비했다. 아빠를 대장으로 임명하고 운구하는 임무를 맡겼다. 롭은 딸의 말을 충실히 받들어 몽고메리가 누워 있는 오래된 바나나 상자를 들고 있었다. 로즈가 반짝이란 반짝이는 다 모아 장식한 상자는 놀라울 만큼 아름다웠다. 옅은 가을 햇살을 받아 마치 살아서 움직이는 것처럼 반짝거렸다.

　몽고메리가 평생 검은 털을 가지고 살았음에도 로즈는 모두에게 검은색 옷은 절대 입지 말라고 당부했다. 대신, 다들 몽고메리를 떠올릴 만한 옷을 입어야 했다.

　매기는 미소 짓는 작은 고양이들이 수놓아진 스카프를 맸다. 엄마 품에 안긴 데이지는 스카프를 입에 넣으려 안간힘을 쓰고 있었다. 로즈는 사람들을 설득해서 고양이 귀가 달린 머리띠를 쓰게 했다. 유도라는 몽고메리의 강철 같은 황록색 눈을 떠오르게 하는 브로치를 선택했고, 머리띠는 정중하게 거절했다. 스탠리는 이 이상한 의식에 쉴라를 초대했다. 쉴라는 머리띠를 받아 들고는 스탠리에게도 하라고 부추겼다. 로즈는 두 사람이 나란히 머리띠를 쓰자 웃음을 터뜨렸다. 유도라가 보기에도 웃긴 상황이었다. 유도라는 카페에서 의견 충돌이 있은 이후로 스탠리와 말을 나누지 않았다. 사실 의견 충돌이랄 것까지도 없었다. 그것은 그저 어리석은 오해였을 뿐이다. 유도라는 자신이 잘못했다는 것을 알았지만, 어떻게 대처해야 할지 몰랐다. 여든이 넘은 나이에 사람이 변하기란 쉽지 않은 일이다. 그럼에도 그와의 저녁 통화와 그의 실없는 행동은 여전히 그리웠다.

로즈의 의상은 예상대로 고양이 범벅이었다. 범무늬 고양이의 얼굴과 '완벽해!'라는 글자가 새겨진 티셔츠에, 작은 금색 고양이로 장식된 검은 레깅스를 입고 있었다. 이 행사에서 자칭 장관을 맡은 로즈는 전날 아빠가 파놓은 깊은 구덩이 앞에 자리를 잡았다.

"친애하는 신사 숙녀 여러분. 우리는 오늘 좋은 친구 몽고메리의 삶을 기리기 위해 이 자리에 모였습니다."

"앙!" 엄마 품에 안긴 데이지가 소리를 냈다.

"고마워, 데이지." 로즈가 말했다. "제 동생 데이지는 몽고메리를 잃은 슬픔을 자기만의 방식으로 표현했습니다.

이제 여러분도 똑같이 해주시길 바랍니다. 노래도 부르고 기도도 올리고…… 아, 그리고 그게 뭐죠, 엄마?"

"하관식?"

"아, 맞다, 하관식."

유도라는 한숨을 쉬었다. 코트를 여미고 스카프를 어깨에 단단히 둘렀다. 추위 때문인지 뼈도 영혼도 아팠다.

"유도라, 괜찮아요?" 스탠리가 물었다. 로즈는 고양이를 위해 긴 추도 연설을 시작한 참이었다.

"괜찮아요, 고마워요." 유도라는 앞만 보고 대답했다.

"필요하면 말해요, 의자 가져다드릴 테니까." 쉴라가 말했다.

"아니요, 그럴 필요 없습니다. 전 괜찮아요." 쉴라가 살짝 움찔하는 게 보여 단호하게 거절한 걸 후회했다. 스탠리가 쉴라의 팔을 톡톡 치며 위로해주었다.

"유도라 할머니, 하실 말씀 없으세요?" 로즈가 물었다.

유도라는 전혀 그럴 생각이 없었지만 모두가 자신을 쳐다보고 있었다. 한숨이 나왔다. "늘 나와 함께해줘서 고마웠다. 명복을 빈다."

로즈가 쳐다보았다. "그게 다예요?"

"응."

"좋아요. 그럼 이제 노래를 불러요. 고양이에 대한 노래를 찾을 수가 없어서 〈아름답고 찬란한 세상 *All things bright and beautiful*〉을 골랐어요. 엄마가 그러는데 이 노래는 모르는 사람이 없대요."

그들의 노랫소리에 이웃 고양이들이 정원으로 모여들었다. 고음을 내려다가 실패하는 소리가 옆에서 들릴 때마다 유도라는 몸이 움찔거렸다.

"정말 멋졌어요." 로즈가 말했다. 매기는 롭의 눈을 쳐다보며 킥킥 웃었다. "왜요, 엄마? 웃지 마요. 이건 진지한 일이란 말이에요."

유도라는 기진맥진했다. 춥고 비참해서 차 한 잔이 간절했다. "우리 좀 빨리 진행할 수 있을까요?"

로즈가 풀이 죽은 표정으로 말했다. "미안해요. 좀 특별하게 하고 싶었어요."

"특별했어, 로즈." 매기가 말했다. "죄송해요, 웃으면 안 되는 거였는데. 자, 다음으로 넘어가자."

로즈는 미심쩍어하면서도 아빠를 향해 고개를 끄덕여 보였다. 그러자 롭이 조심스럽게 상자를 구덩이 안에 내려놓았다. 로즈는 모종삽을 들고 퇴비 봉투에서 흙을 조금 펐다.

"흙에서 흙으로, 재에서 재로." 이렇게 말하며 흙을 상자 위에 뿌렸다. "먼지에서 먼지로. 우리는 톰 소령이 예전 같지 않다는 것을 압니다."

로즈가 데이비드 보위의 노래를 마음대로 바꿔 읊조리자 처음에는 롭이, 이어서 매기가, 그리고 스탠리와 쉴라까지 웃기 시작했다.

"오, 이런 맙소사." 유도라는 발길을 돌려 집으로 향했다. 집에 들어가자마자 주전자에 물을 올리고 덜덜 떨리는 관절을 라디에이터에 녹이기 시작했다. 손은 속절없이 떨렸고, 현기증이 나서 금방이라도 쓰러질 것 같았다.

"유도라, 죄송해요. 로즈를 진작 좀 말렸어야 했는데." 매기가 현관에 서 있었다.

"괜찮아요." 유도라가 말했다. "차 한 잔 마시면 괜찮아질 거예요."

정말로 차는 도움이 됐다. 유도라는 매기와 로즈가 샌드위치와 케이크를 접시에 담으며 잡담을 나누는 것을 가만히 듣고만 있었다. 오늘은 끼고 싶은 생각이 안 들었다. 너무 피곤했다.

"괜찮았어요?" 로즈가 걱정 가득한 얼굴로 유도라 옆에 앉으며 물었다.

"아주 멋있었어." 유도라가 대답했다. "몽고메리를 아주 자랑스럽게 해주었지."

"다행이에요. 특별하게 하고 싶었거든요. 힘들게 해서 죄송해요. 제가 가끔 그러잖아요."

"그래? 그동안 전혀 몰랐는걸." 유도라가 시치미를 떼자 로즈가 웃었다.

오후가 다 되도록 차를 마시고 또 마셨다. 이제 다들 집에 가주면 좋으련만. 더 이상 여기에 끼고 싶지 않았다. 로즈는 데이지에게 까꿍 놀이를 해주고 있었고, 롭과 매기는 그런 아이들을 흐뭇하게 바라보고 있었다. 쉴라와 농담 따먹기를 하는 스탠리를 보니 아주 잘 지내고 있는 것 같았다. *이제 됐어.* 유도라는 생각했다. *이제 갈 때가 됐어.*

휴가를 떠난다고 말해야겠다. 그리고 떠나기 전에 모든 걸 설명하는 편지를 써야지. 편지는 내일 변호사를 만나 맡기고, 자신이 죽은 후에 전달해달라고 부탁할 것이다. 그편이 나았다. 누구도 이 일에 가담하거나 혹은 말리도록 내버려두지 않을 것이다. *내 죽음이니까, 내 방식대로.* 이 말은 이제 그녀의 주문이 되었다.

"휴가요? 저 휴가 좋아해요! 우리 같이 가도 돼요?" 로즈가 박수를 치며 물었다.

"안타깝게도 안 돼. 학기 중이라서."

"아휴."

"네 맘 안다."

"어디로 가는데요?" 스탠리가 물었다. 오늘 별달리 말을 걸지 않았던 스탠리였다.

"스위스요."

"스위스요?" 그가 놀라서 되물었다.

"와, 거기 진짜 멋지죠." 쉴라가 말했다. "빅이랑 같이 산을 탄 적이 있거든요. 어느 도시로 가나요?"

"바젤이요." 유도라가 대답했다. "건강에 도움이 될 거 같아서요." *오, 이런 반어법을 봤나.*

"음, 뭔가 이상한데." 스탠리가 말했다. "왜 우리는 이 얘기를 오늘 처음 듣는 거죠?"

유도라는 그의 표정에서 의심이 뭉게뭉게 피어오르는 것을 보았다. 애초에 싹을 잘라야 할 것 같았다. "충동적으로 결정한 거예요. 신문에서 광고를 봤는데, 안 될 거 없지 하는 마음이 듭디다."

스탠리는 진실을 캐려는 듯 눈을 뚫어지게 쳐다보았다. 유도라 또한 눈길을 피하지 않았다. "그럼 같이 갑시다. 나도 휴가 갈 수 있어요."

"잘 생각했어요!" 쉴라가 소리쳤다. "거기 정말 멋진 곳이거든요."

"그럴 수만 있다면 참 좋을 텐데요." 유도라가 말했다. "애석하게도 예약이 다 끝났어요. 출발이 다음 주거든요."

"다음 주라고요?" 스탠리가 물었다.

"네, 그래요. 나중에 시간 되면 그때 같이 가시든가." 유도라가 고개를 돌리며 말했다.

"가기 전에 얼굴 볼 수 있죠?" 로즈가 물었다.

그 부분에 대해서는 생각해본 적이 없었다. 일단 생각을 시작하자 몸이 떨려왔다. "그냥 잠깐 갔다 오는 거야. 울며불며 인사할 필요는 없는데."

"알겠어요. 그럼 오실 때 커다란 토블론 초콜릿 사다주실 수 있어요? 아빠가 거기로 출장 가셨을 때 사다줬거든요. 엄청 거대해요."

"노력해보마." 유도라는 이 대화가 어서 마무리되고 모두가 돌아가길 바랐다.

마침내 현관에서 모두와 인사를 나누게 되었을 때, 스탠리가 불쑥 돌아보며 말했다. "그럼 이렇게 합시다. 제가 공항까지 데려다줄게요. 어느 공항에서 출발해요?"

"개트윅 공항이요. 그런데 굳이 그럴 필요 없어요."

"내가 그러고 싶어 그래요." 그가 진지한 얼굴로 말했다.

"그냥 하게 해줘요. 이 사람은 거절을 거절하는 사람이니까." 쉴라가 끼어들었다. 그리고 몸을 기울여 유도라의 뺨에 입을 맞췄다. "여행 잘 다녀와요. 다들 보고 싶을 거예요."

스탠리 옆에 이렇게 너그러운 여자가 있는 것을 알고 떠나서 잠시 기쁜 마음이 들었다. "고마워요. 스탠리도 고마워요. 참 친절하기도 하지." 스탠리는 고개를 끄덕이고 모두를 따라 문밖으로 나갔다.

유도라는 손을 흔들어 작별 인사를 하지 않았다. 오늘은 하지 말자. 그저 안도하며 문을 닫았다. 집 안에 정적이 내려앉았다. 곧 이곳에는 침묵만이 남을 것이다. 공포가 밀려와 심장이 빨리 뛰기 시작했다. 고개를 돌려 미소를 짓고 있는 아빠의 사진을 바라보았다. 한 손을 가슴에 얹고, 사진을 어루만졌다.

"모든 게 다 괜찮아질 거예요. 그렇죠, 아빠?"

19장

스탠리에게 비행기 출발 시간을 제대로 알려주지 말까 고민했다. 도망자처럼 빠져나가는 것은 그리 어려운 일이 아닐 것이다. 그렇게 해야 감정 소모도 덜할 테고. 유도라는 지금 이 순간부터 감정을 억제하기로 마음먹었다. 이제는 실질적인 것에 집중해야 할 때였다.

페트라는 도움을 많이 주었다. 유도라의 결심이 확고하다는 것을 깨닫자, 페트라는 항공편과 숙박을 대신 예약해주었고 공항에도 마중 나오기로 했다. 덕분에 위안이 되었다. 실제로 만난 적은 한 번도 없지만, 페트라에게는 의지해도 된다는 느낌이 들었다.

드디어 자신의 삶에 매달려 있던 느슨한 실밥들이 정리되고 있었다. 지난주에는 변호사를 만났다. 증손녀뻘 되는 낯선 여성과 한 시간에 걸쳐 피상적인 대화를 나눴다. 이번 만큼은 세상의 무관심에 감사함을 느꼈다. 변호사는 충분히 정중했지만, 맥박처럼 끊임없이 깜빡거리는 핸드폰의 녹색 불빛을 흘끔거리느라 정신이 없었다.

이것은 유도라가 혐오하는 현대 사회의 특징이었다. 사람들은 누구에게도 온전하게 관심을 기울이지 않는다. 공주가 새 신발을 샀다는 소식부터, 트럼프나 푸틴에 대한 똑같은 얘기들, 브렉시트니 뭐니 하는 헛소리까지 긴급 속보는 늘 넘쳐난다. 그리고 말의 순서만 살짝 바뀌어 이것이 끊임없이 반복된다. 심지어 최근에 라디오 4에서도 그러고 있는 것을 들었다. 유도라는 당장에라도 짐을 싸서 떠나고 싶었다.

그러나 이번에는 변호사의 무관심이 반가웠다. 유도라는 자신이 죽은 후 개봉될 편지가 유언장과 함께 잘 철해지기를, 변호사가 여행에 필요한 최종 서류를 군말 없이 준비해주기를 바랐다. 다행히 변호사는 별다른 얘기 없이 일을 처리해주었다. 사무실을 나오는데, 옳은 결정을 했다는 느낌이 들었다.

♦ ♦ ♦

출발 하루 전, 유도라는 일찍 잠에서 깼다. 눈부신 햇살이 커튼 사이로 비집고 들어왔다. 몽고메리에게 밥을 주려고 힘겹게 일어나다가 문득 떠올랐다. 그 애는 갔어. 이제 곧 나도 가겠지.

"이렇게 허비할 시간 없어." 유도라는 텅 빈 집에 대고 말했다. "할 일은 해야지."

아침을 먹은 후 짐을 쌌다. 그리 오래 걸리지 않았다. 옷가지 몇 벌만 챙기면 끝이라는 사실에 연연하지 않으려고 애썼다. 특별히 마련한 주황색 대형 폴더에 공문서를 넣어, 바퀴 달린 작은 여행용 가방과 함께 나란히 침대 위에 놓았다. 가방은 은행에서 퇴직할 때 받은 선물이었다. 카드에는 '앞으로의 모든 모험에 행운이 함께하길!'이라고 적혀 있었다. 이런 여행이 될 줄 알았다면 그들도 선물을 하지 않았겠지.

유도라는 뒤로 물러서서 자신의 삶에 무엇이 남았는지 따져보았다. 별로 없는 것 같았다. 빈손으로 태어나, 너무 많은 것을 모으다가, 다시 빈손으로 떠나는 것이 과연 인간일까. 그렇게 생각하자 현기증과 함께 숨이 막혀왔고, 그 순간 스탠리에게 전화를 걸고 싶어졌다. 공항으로 가는 날 택시 뒷좌석에 앉아 하품이 나올 만큼 공허한 침묵 속에서 자신이 하려는 엄청난 일을 숙고하고 싶진 않았다.

그는 벨이 세 번 울리고 전화를 받았다. "스탠리? 저 유도라예요. 혹시 공항까지 데려다준다는 말이 아직도 유효한지 궁금해서 걸었어요."

"물론이죠. 저는 한번 뱉은 말은 지키는 사람입니다. 비행기 시간이 어떻게 돼요?" 그의 말에서 거리감이 느껴졌다. 유도라는 둘이서 편하게 나누던 익살스러운 대화가 그리웠지만, 길게 보면 차라리 이 편이 더 나았다.

"내일 출발이고, 개트윅 공항에서 오후 한 시 오십 분 비행기예요."

"좋아요. 그럼 넉넉하게 오전 열 시에 출발합시다."

"고마워요."

"좋습니다."

유도라는 그가 전화를 끊은 이후에도 수화기를 잠시 바라보았다. *이러는 편이 훨씬 나아. 모두에게 말이야.*

᠂᠂᠂

다행히 공항에는 금방 도착했다. 오는 동안 라디오에서는 그가 좋아하는 음악 퀴즈가 나오고 있었다. 유도라는 함께 즐기지 못했다. 초조해서 입이 떨어지지 않았다. 빨리 공항에 도착해서 서두르고 싶은 마음뿐이었다. 스탠리는 개트윅 공항에 도착해서도 주차장 표시를 따라갔다.

"그냥 터미널에서 내려주시면 돼요. 귀찮게 하고 싶은 마음 없으니까."

"전혀 귀찮지 않은데요." 그가 대꾸했다. "가방도 들어주고, 체크인하는 것도 도와줘야죠."

그는 단호했다. 유도라는 오늘만큼은 아웅다웅하고 싶지 않았다. 게다가 길을 안내해준다면 그건 고마운 일이니까. "친절도 하셔라." 스탠리는 약속을 지키는 사람이었다. 공항에 들어가서도 내내 길을 안내해주었고, 체크인을 할 때도 옆에서 기다려주었다.

"고마워요, 스탠리. 이제 정말 괜찮아요." 유도라는 어떻게 작별 인사를 해야 할지 감이 오지 않았다. 정말 포옹만은 피하고 싶었다.

스탠리가 손목시계를 확인했다. "아직 한참 남았는데요. 그럼 들어가시기 전에 커피 한잔하는 거 어때요?"

독한 위스키도 좋겠지. 유도라는 놀랍게도 그 제안이 정말 반갑게 느껴졌다. 원래는 스탠리를 빨리 보내버리고 이 모든 일을 혼자서 하고 싶었지만, 가만히 따져보니 기다리는 동안 누군가 옆에 있어주는 것도 괜찮겠다는 생각이 들었다. 피할 수 없는 일에 연연해봤자 소용없는 일이다. "네, 아주 좋아요. 고마워요."

스탠리가 음료를 가지러 간 사이 테이블에 자리를 잡았다. 태어나 공항에 처음 와본 그녀는 끊임없이 웅웅대는 소리와 사람들의 말소리에 약간 현기증이 일었다.

"여기 있습니다." 스탠리가 음료를 내려놓았다. "숙녀분이 좋아하시는 라떼 대령이오."

"고마워요." 문득 이렇게 함께하는 시간도 이걸로 마지막이구나 하는 생각이 들었다. 그녀는 스탠리와 로즈와 함께 피자집에서 보낸 마법 같은 밤의 추억을 털어내려고 했다.

집중해, 유도라. 계획대로 되고 있잖아. 감상에 젖어 있을 때가 아니라고.

"여행 가니까 설레시죠?"

스탠리의 질문에 유도라는 현실로 되돌아왔다. 순간 스탠리가 무슨 말을 하는 건지 어리둥절했지만, 곧 자신이 했던 반쪽짜리 진실을 기억해냈다. 유도라는 거짓말하는 것을 싫어했다. 성격상 맞지 않았다. 마음 한편에서 그에게 진실을 고백하라고 말하고 있었다. 그렇게 하면 다소 위안이 될 테지만, 그것이 불가능한 일이라는 것도 잘 알고 있었다. 그는 절대 이해하지 못할 것이다. 마지막 편지를 읽을 때만이라도 조금 이해해주면 좋으련만. 유도라는 달리 대안이 없다는 것이 아쉬웠지만, 그래도 그에게는 쉴라와 로즈가 있다고 스스로를 위로했다. 그들은 자신이 없어도 잘 살아갈 것이다. "떠나는 건 좋은 거죠." 유도라는 티스푼으로 커피를 저으며 말했다.

"그렇게 늦게 알려준 건 너무했어요. 알았다면 같이 갈 수도 있었을 텐데."

스탠리의 시무룩한 목소리에 유도라는 양심이 찔렸다.

"이렇게 하는 게 최선이에요." 그녀가 중얼거렸다.

그가 얼굴을 찡그렸다. "무슨 일 있어요, 유도라?"

유도라는 그의 시선을 피해 커피만 바라보았다. "일은 무슨요."

"뭔가 변한 것 같아서요."

"변하긴 뭐가 변해요." 유도라는 약간 화가 났다. 커피를 같이 마시기로 한 것이 벌써부터 후회가 됐다.

스탠리가 그녀를 가만히 응시했다. "아니요, 변했어요. 그러니까 로즈가 학교를 다니기 시작했을 무렵부터요."

"도통 무슨 말씀인지 모르겠네요." 유도라는 그가 가주기를, 그래서 혼자만의 길을 떠나 이 모든 것을 끝내기를 바랐다. 애써 눌러놓은 감정의 뚜껑을 그가 들어 올리는 걸 원치 않았다.

"오, 모른다고요? 그렇다면 제가 직접 말씀드리죠. 우리한테 거리를 두고 쌀쌀맞게 대하잖아요. 전 그동안 유도라에게 의지해도 되겠구나 생각해왔어요. 친구로서요. 그런데 쉴라 얘기를 꺼냈을 때 신경도 안 쓴다는 듯이 말을 잘랐잖아요. 그때 나 상처받았어요, 유도라. 나는 우리가 친구라고 생각했거든요." 유도라는 무슨 말을 해야 할지 알 수 없었다. 그저 앞만 바라보고 있을 뿐이었다. "그것 봐요." 스탠리가 말을 이었다. "내 눈도 못 보잖아요. 안 그래요? 내 생각은 손톱만큼도 안 하는 거예요. 도대체 왜 그래요? 왜 사람들이 다가오지 못하게 하는 거예요? 왜 우리를 밀어내는 거예요?"

숨이 가빠왔다. 이런 상황만은 피하고 싶었건만. 마치 언덕 꼭대기에서부터 뜀박질해 내려가는 것 같았다. 더 이상은 참기가 어려웠다. 어쩌면 진실을 이야기할 시간인지도 몰랐다. 스탠리는 그녀를 바라보며 기다리고 있었다. 적어도 설명은 해줘야 할 것 같았다. 그를 실망시킨 데에 대해서. 유도라는 앞을 응시한 채 이야기를 시작했다. "내가 소중하게 생각했던 사람들은 모두 나를 떠났어요. 당신도 그럴 거고요."

"그게 무슨 말이에요?" 스탠리는 영문을 몰라 얼굴을 찌푸렸다. "난 어디 안 가요."

유도라는 숨을 깊이 들이마셨다. *이제 물러설 곳은 없어.* "안 가겠죠. 그렇지만 내가 가요."

스탠리의 얼굴이 어두워졌다. "무슨 소리예요? 스위스 가는 거잖아요."

그녀가 그의 얼굴을 마주 보았다. 이 말은 눈을 보고 할 필요가 있었다. "죽으러 가요, 나." 이런 말을 하면서 평온할 수 있다는 것이 놀라웠다.

스탠리는 의자 뒤로 몸을 기댔다. 그러고는 한참 후에야 입을 뗐다. "아니요." 그는 믿을 수 없다는 듯이 고개를 저었다. "그럴 리가 없어요."

유도라는 팔짱을 꼈다. "결심했어요. 말 안 하려고 했는데, 당신이 아는 게 좋을 것 같아요."

그는 여전히 고개를 젓고 있었다. "이해가 안 가요. 왜 그런 짓을 하는 거예요?"

유도라가 그를 뚫어지게 바라봤다. "왜냐하면 나는 늙었고, 피곤하고, 삶이 지겨워요. 몸은 하루하루 말을 안 듣고. 시간이 된 거죠. 나는 어떻게 죽을지 선택하고 싶어요. 그러려면 이 방법밖에 없어요."

"그렇지만 남은 사람들은 어쩌고요? 로즈는요?"

유도라는 자세를 고쳐 앉았다. "로즈한테는 가족이 있고 학교 친구들이 있어요. 괜찮을 거예요. 나를 금방 잊을 거예요. 스탠리도 그럴 거고요."

스탠리가 빠르게 고개를 저었다. "지금 자기 자신을 속이고 있다는 거 알죠? 그 말 틀렸어요. 우린 친구라고요. 우리는 유도라를 아껴요. 유도라가 행복하길 바란다고요."

그녀가 한숨을 쉬었다. "누구도 다른 사람을 행복하게 해줄 수 없어요. 우리 엄마도 그렇고, 내 동생도 그렇고, 내가 아무리 노력해도 그들은 행복하지 않았어요. 사람들은 그저 자신의 선택을 따를 뿐이죠. 이건 내 선택이고요."

스탠리의 뺨이 달아올랐다. "그거예요. 유도라는 지금 로즈와 나에게 지옥 같은 선택을 한 거라고요."

유도라는 그를 똑바로 쳐다보았다. 자신의 상황을 이해

해보려고도 하지 않는 모습이 유도라를 자극했다. "그럴 리가요. 그냥 나는 내 의지로 죽음을 선택하고 싶은 거예요. 물론 이 점은 이해하시겠지요."

스탠리는 고개를 저었다. "전혀요. 나는 에이다가 죽는 걸 내 눈으로 봤어요. 세상에서 가장 평화로운 장면이었죠. 그냥 자듯이 갔어요."

"저도 그렇게 가고 싶어요. 그때 모임에서 해나가 얘기 했던 것처럼, 그렇게 좋은 죽음을 맞고 싶다고요. 그렇지만 이 나라에서는 그게 불가능해요. 사람들은 그냥 보내주는 대신 살려놓는 데만 급급하니까요."

"그렇지만 너무 서두르잖아요. 아직도 살날이 남았는데."

유도라가 입술을 씰룩댔다. "이미 결심했어요. 내 결정을 존중하지 못하겠다니 유감이네요."

스탠리가 두 손을 들어 올렸다. "그게 다예요? 소위 말하는 좋은 죽음이라는 걸 따라간다면서 그렇게 혼자 갈 거냐고요."

"이것만은 확실히 말할 수 있어요, 스탠리. 이제 아등바등 살지 않아도 된다는 거요."

그의 눈에 분노가 서렸다. 그런 모습은 처음이었다. "그렇다면 이 말은 해야겠네요, 유도라. 내가 이런 말을 하게 될 줄은 몰랐는데, 당신, 정말 비겁해요."

유도라는 분개했다. "난 겁쟁이가 아니에요. 이건 내 인생이고, 내 죽음이에요. 그러니 내가 원하는 대로 끝낼 거예요."

"그럼 그게 좋은 죽음인가요? 혼자서, 사랑하는 사람들도 없이, 좁은 방에 갇힌 채 죽는 게? 심지어 모르는 사람들한테 그걸 맡긴다고요? 왜 일이 자연스럽게 흘러가게 내버려두지 않는 거예요?"

유도라는 화가 났다. *왜 이 짜증나는 남자는 이해를 못하는 거지!?* 그녀는 삿대질을 하며 말했다. "싫으니까요! 엄마처럼 죽기 싫으니까요! 쓸데없이 연명치료를 하다가 병원에서 죽고 싶지 않으니까요! 내가 원하는 대로 가고 싶으니까요!" 결국 주먹으로 테이블을 쳤고, 컵받침에 있던 잔이 옆으로 기울어졌다.

스탠리는 한숨을 푹 내쉬었다. "당신은 당신 엄마하고 달라요, 유도라. 왜 그걸 몰라요? 살아야 할 이유가 많잖아요. 당신을 돌봐주고, 아끼고, 사랑하는 사람들이 있잖아요. 당신이 막지만 않는다면 마지막 날까지 함께해줄 사람들이요!"

유도라는 고개를 저었다. 이런 말은 듣고 싶지 않았다. 너무 늦었다.

그때 스탠리의 핸드폰이 울리기 시작했다. 그는 마지못해 화면을 확인했다. "로즈예요. 영상통화예요."

"그럼 받으셔야겠네요." 유도라는 방해꾼이 생긴 것이

반가웠다.

"안녕, 로즈. 오늘 학교 안 갔니?" 스탠리는 전화를 받으면서도 유도라만 바라보았다.

"네. 감기에 걸렸어요. 공항에 도착했는지 궁금해서 걸었어요. 저는 공항이 너무 좋아요."

"그래, 잘 도착했어." 스탠리가 말했다. "둘이 같이 커피 마시는 중이야." 그가 핸드폰을 들어 유도라가 로즈를 볼 수 있게 해주었다.

유도라는 목이 깔깔해졌다. "안녕, 로즈? 아파서 어쩌니."

"괜찮아요." 로즈가 대답했다. "휴가 가서 좋아요? 저도 가면 좋았을 텐데."

유도라는 스탠리의 시선을 피했다. "학교 친구들이랑 노는 게 더 재밌지 뭘."

"흐음, 언제 오실 거예요?"

유도라는 로즈의 눈에 담긴 슬픔을 포착했다. "무슨 일 있니, 로즈?"

로즈가 훌쩍거렸다. "아무것도 아니에요. 동전으로 하는 마술 보여줄까요? 스탠리 할아버지한테 배웠는데."

"무슨 일이냐, 로즈?" 유도라가 다시 물었다. "제이다 때문에 그러냐?"

로즈가 어깨를 으쓱했다. "아무 일 아니에요."

"말해봐라, 로즈. 말을 안 하면 도와줄 수가 없잖니."

그러자 로즈는 바로 울음을 터뜨렸다. "제이다가 못되게 굴어요. 처음에는 잘해주더니, 이제는 저랑 말도 안 하려고 하고, 다른 애들이 제 옆에 오는 것도 못 하게 해요. 지난번 학교랑 똑같아요." 스탠리가 울먹이는 로즈를 걱정스러운 표정으로 보고 있었다. "미안해요." 로즈가 주먹으로 눈물을 닦으며 말했다.

"괜찮다, 로즈." 유도라가 말했다.

"그래서 언제 오세요?" 로즈는 애써 씩씩한 척하며 기대에 찬 얼굴로 물었다. "곧 있으면 저 생일이에요. 제 생일 파티 준비하려면 유도라 할머니가 있어야 해요."

유도라 할머니가 있어야 해요. 그녀는 침을 꿀꺽 삼켰다. 스탠리가 뚫어질 듯 자신을 바라보는 게 느껴졌다. "잘 들어라, 로즈. 아주 중요한 얘기야. 내가 여태까지 만난 사람 중에 너처럼 멋진 소녀는 없었단다. 똑똑하고, 재밌고, 현명하지. 제이다한테 너 같은 친구는 너무 과분해. 그러니 그런 애는 무시하고 다른 친구를 찾아라. 너를 제대로 봐주는 친구 말이야."

"할머니가 제 친구잖아요. 내가 여태까지 만난 사람 중에 할머니처럼 멋진 사람은 없었어요. 지난번에 엄마랑 가다가 메리 베리* 할머니를 마주친 적이 있거든요. 그분도

---

* 영국의 유명한 요리책 작가.

사랑스럽긴 했지만 할머니만큼은 아니었어요."

유도라는 손등에 떨어진 눈물을 보고서야 자신이 울고 있다는 것을 깨달았다. 로즈의 뒤에서 목소리가 들려왔다. "엄마가 점심 먹으러 오래요. 미안해요, 유도라 할머니. 이제 끊어야 할 거 같아요. 곧 만나요. 보고 싶을 거예요. 안녕."

꼬마 숙녀의 얼굴이 화면에서 사라진 후, 유도라는 새로 다린 손수건으로 눈물을 닦았다. "안녕, 로즈. 나도 네가 보고 싶을 거야."

❀ ❀ ❀

1940년 8월, 런던 남동부, 시드니 애비뉴

"차 더 줄까?" 베아트리스는 새들러 주전자를 가리키며 물었다. 찻주전자는 뜨개질로 만든 덮개로 덮여 있었다. 이 덮개는 최근 베아트리스가 열심히 집안일을 해서 얻은 부산물이었다. 그녀는 봄맞이 대청소를 위해 방이란 방은 다 쓸고 닦았고, 유도라에게 줄 드레스 세 벌과 앨버트를 위한 양말도 몇 켤레나 만들었다.

"엄마가 둥지를 틀고 있구나." 어느 날 밤 앨버트는 유도라를 침대에 누이며 말했다. "엄마들은 아기가 태어나기 전에 그렇게 한단다." 유도라는 제발 멈춰주기를 바랐다. 이 모든 일 때문에 엄마는 극도로 짜증이 나 있었다. 도대체 거실에 새 커튼을 다는 게 무슨 의미가 있담. 아기는 그걸 알아주지도 않을 텐데. 엄마는 자기 자신을 들볶고 있었다. 아빠 없이 엄마하고만 지낼 생각을 하니 벌써부터 신경이 곤두섰다.

"한 잔 더 마실 시간은 있어." 앨버트가 말했다. "여보, 고마워."

베아트리스의 얼굴에서 빛이 났다. 훗날 돌이켜보니 아빠만큼 엄마의 얼굴을 빛나게 해준 사람은 없었다. 엄마는 우유 주전자를 집어 들었다. "앗, 이런. 우유가 다 떨어졌네. 유도라, 우유 좀 가져다주지 않으련?"

"네." 유도라는 우유 주전자를 주방으로 들고 가며 대답했다. 부모님이 작은 목소리로 대화를 나누는 것이 들렸다. 유도라는 문 앞에서 서성거리다가 대화를 엿듣고 말았다.

"내가 이걸 할 수 있을지 모르겠어, 앨버트."

"할 수 있을 거야, 여보. 도라는 착하니까. 그 애가 도와줄 거야."

"도라는 아직 어린애야. 당신이 안 갔으면 좋겠어."

"알아. 나도 같은 마음이야."

"무슨 일이 생기면 어떡하지, 앨버트? 당신은, 당신은 어떻게 되는 거야?" 베아트리스의 목소리는 히스테릭했고, 나오는 말들은 눈물에 녹아내렸다. 유도라는 아빠의 의자가 바닥에 긁히는 소리를 들었다. 엄마를 달래주기 위해 자리에서 일어난 모양이었다.

"괜찮아, 여보. 다 잘될 거야. 자자, 울지 말고. 강해져야 해. 그리고 약속해줘. 조금이라도 위험할 것 같으면 서픽으로 돌아가겠다고."

"약속할게." 엄마가 숨죽인 목소리로 대답했다.

유도라는 엄마의 훌쩍임이 잦아들기를 기다렸다가 우유를 들고 안으로 들어갔다. 아빠는 유도라를 보며 미소를 지었다. 엄마의 어깨에 손을 올린 채, 다른 한 손을 유도라에게 내밀었다. 유도라는 우유 주전자를 내려놓고 아빠에게 다가갔다. 엄마는 위를 올려다보며 아빠의 손에 자기 손을 올렸다.

"우리 집 여자들은 대단해." 한 줄기 빛이 바깥에서 들어와 모든 것을 감쌌다. 유도라는 위안이 필요할 때마다 이 순간을 떠올리곤 했다. 사랑받았던 그때, 아빠의 따뜻한 온기 속에 서 있던 그때.

유도라는 길 끝까지 아빠를 따라갔다. 베아트리스는 아빠의 말을 따라 집에 남아 휴식을 취하기로 했다. 둘 다 이것이 엄마에게 너무 버거운 일이라는 것을 잘 알았다. 유도라는 아빠와 작별 인사를 할 때를 기다리며 길을 깡충깡충 뛰어다녔다.

"갈라진 틈을 밟으면 곰이 잡으러 오는 거 알지?" 앨버트는 일부러 신나는 목소리로 말했고, 곧 두 사람은 보조를 맞춰 걷기 시작했다.

유도라는 힘없이 웃어 보였으나 마음속에서는 소용돌이
가 일고 있었다. 아빠에게 손을 내밀었다. 그는 손을 꽉 쥐
어주었고, 둘은 아무 말 없이 걷기만 했다. 이 순간이 영원
하길 바랐다. 무엇보다 아빠의 손을 놓고 싶지 않았다. 앨
버트는 천천히 걸었다. 길 끝이 가까워지자 유도라는 심장
이 철렁 내려앉았다.

"기차역까지 같이 걸어가면 안 돼요?"

앨버트가 딸을 내려다보았다. "미안하구나, 도라. 엄마가
걱정하실 거야. 아빠도 그렇고. 여기서 인사하자, 응?"

유도라는 당황했다. 아직 길 끝에 이르지도 않았는데. 적
어도 열두 발자국은 더 걸어갈 수 있는데. 앨버트는 고통스
러운 표정으로 딸을 보더니 무릎을 꿇고 앉아 그녀의 어깨
를 잡았다.

"괜찮을 거야. 다 괜찮을 거야. 모든 게 다 괜찮아질 거
야." 그가 말했다. "걱정 안 해도 돼, 도라. 어떤 일이 있어
도, 아빠는 항상 여기 있을 테니까." 그는 유도라의 심장에
손을 얹고 뺨에 키스를 해주었다. 그러고서 그는 떠났다.
유도라는 눈을 깜빡이며 눈물을 참았고, 전날 엄마가 새로
다려준 손수건으로 눈가를 닦았다. 아빠 말대로 이제는 용
감하고 강해져야 했다. 그녀는 얼른 발길을 돌려 길을 거슬
러 갔다. 바닥에 있는 틈을 밟지 않으려고 조심하면서.

20장

새끼 고양이는 유도라의 아이디어였다. 매기와 롭에게는 미리 말해둔 터였다. 괜찮은 후보를 찾는 데는 스탠리의 도움을 받았다. 그는 두말없이 찬성했다. 그들의 관계는 공항에서의 하루 이후 완전히 바뀌었다. 유도라는 로즈와 영상통화를 마친 후, 스탠리에게 모든 것을 다 얘기했다. 아빠, 엄마, 스텔라 그리고 실비아에 대해서도. 스텔라에게 일어났던 안타까운 일과 그로 인해 평생 짊어져온 후회의 마음을 얘기할 때에는 눈물을 흘렸다. 처음에는 감정을 드러내놓는다는 것에 굴욕감을 느꼈지만, 스탠리의 얼굴에 어린 이해심과 연민을 보자 그럴 필요가 없다는 것을 깨달았다.

"본인 잘못은 하나도 없다는 거 잘 알지요?" 스탠리는 다정하게 눈웃음을 지으며 말했다. "어머니와 동생을 위해 최선을 다했잖아요. 그 두 분의 삶에도, 그들이 삶을 어떻게 살기로 결정했는지에 대해서도 유도라 책임은 전혀 없어요."

유도라는 입을 벌린 채 그를 응시했고, 곧 주체가 안 될 만큼 헐떡거리며 울기 시작했다. 스탠리는 의자를 가까이 당겨 앉았고, 유도라는 주저 없이 그의 어깨에 얼굴을 묻었다. 그는 아무 말 없이 유도라를 꼭 안아주었다. 말은 필요 없었다. 담담하게 안아주는 것만으로도 충분했다.

이제 유도라는 자신이 스위스에 가지 못할 것임을 깨달았다. 스텔라를 도울 수는 없었지만, 로즈만큼은 확실히 도와주리라 다짐했다. 할 일을 내버려둔 채 떠날 수는 없었다.

우연히도 스탠리의 이웃 바바라에게 고양이가 있었고, 막 새끼 고양이를 낳은 터였다. 로즈의 생일을 앞둔 토요일, 유도라와 스탠리는 로즈네 집에 잠시 들렀다. 매기가 소리 없이 빙긋 웃으며 문을 열어주었다.

"로즈!" 매기는 어깨 너머로 소리쳤다. "손님 오셨어!" 발에 스프링이 달린 듯 로즈가 계단을 팔짝팔짝 뛰어 내려왔다.

"유도라 할머니! 스탠리 할아버지! 다시 만나서 너무 좋아요! 여행은 어땠어요, 할머니?"

유도라는 스탠리를 흘끗 보았다. "사실은, 공항까지밖에 못 갔어. 마음을 고쳐먹었거든."

"이런, 휴가를 못 가신 거예요? 속상해서 어떡해요."

"괜찮다. 그리고 걱정 안 해도 돼. 이걸 사 왔거든." 유도라는 커다란 토블론 초콜릿을 내밀었다.

로즈의 눈이 튀어나올 것처럼 커졌다. "와아! 아빠가 사다주신 것보다 더 커요! 고맙습니다! 우리 지금 이거 나눠 먹을까요?"

유도라가 미소를 지었다. "그 전에 우리가 널 데려가서 깜짝 생일 선물을 좀 주려고 하는데. 너만 시간이 괜찮다면 말이다."

로즈는 가슴이 터질 듯 외쳤다. "깜짝 선물이라고요? 좋아요! 엄마, 저 가도 돼요?"

"물론이지." 매기가 스탠리에게 윙크했다.

"신난다! 얼른 가요!" 로즈는 옷걸이에서 방울 달린 푸크시아 핑크색 비니를 집어 머리에 눌러썼다.

"어, 로즈?" 유도라가 말했다.

"네?" 흥분한 로즈가 눈을 반짝거리며 대답했다.

"스탠리하고 나야 네가 패션에 있어서 실험적이라는 걸 잘 알지만, 그래도 잠옷은 좀 갈아입고 가는 게 좋지 않을까?"

로즈는 무지개무늬 잠옷을 내려다보더니 킥킥 웃었다.

"잠깐만요, 이 초 만에 올게요."

그곳으로 걸어가는 내내 로즈는 스탠리와 유도라를 양쪽에 두고 재잘재잘 떠들었다. 이야기 주제는 다양했다. 데이비드 아텐버러*부터(그 할아버지랑 우리 할머니랑 결혼하면 좋겠어요) 가장 좋아하는 하리보맛까지(트로피칼도 좋지만 체리맛이 더 좋아요). 유도라는 석 달 전까지만 해도 이런 수다가 짜증스럽게 느껴졌지만, 이제는 자신이 그 한마디 한마디를 소중하게 여긴다는 것에 깜짝 놀랐다.

바바라의 집에 도착하는 데에는 시간이 좀 걸렸다. 유도라는 추운 날씨를 탓하며 몇 번이나 숨을 고르기 위해 걸음을 멈췄다. 그럴 때마다 로즈 역시 하던 얘기를 멈췄다.

"괜찮으세요?" 로즈는 부드럽게 유도라의 팔꿈치를 잡으며 물었다. 유도라는 호흡이 되돌아오자 고개를 끄덕였다.

"쉬엄쉬엄 갑시다. 서두를 거 없어요." 스탠리가 말했다.

"그럼 스탠리 할아버지네 집에서 잠깐 차라도 마시고 갈까요?" 그의 집 앞에 거의 다다랐을 때 로즈가 물었다.

"그럴 필요 없다. 이제 조금만 더 가면 되는데 뭐."

세 사람은 마침내 목적지에 도착했다. "이 꼬마 숙녀가 생일의 주인공이군요." 바바라가 문을 열며 반겨주었다. 현관으로 들어서는데 야옹거리는 소리가 작게 들려왔다.

* 영국의 동물학자.

로즈의 눈이 동그래졌다. "들어오세요."

그들은 바바라를 따라 온실로 들어갔다. 온실 안에는 작은 새끼 고양이 여섯 마리가 장난질을 하고 있었고, 그 모습을 아름다운 갈색 무늬의 어미 고양이가 지켜보고 있었다. 로즈는 유도라와 스탠리를 보며 입을 헤벌쭉 벌렸다.

"생일 축하한다, 로즈." 유도라가 말했다. "자, 이제 너는 누굴 데려갈지 정하면 돼." 로즈가 유도라의 허리에 팔을 휘감고 진심 어린 목소리로 "고마워요"라고 속삭이며 행복한 눈물을 흘리자, 유도라는 세상의 할머니들이 느끼는 기쁨을 비로소 이해할 수 있었다. 로즈가 무릎을 꿇고 고양이를 볼 때, 유도라는 흐른 눈물을 닦으며 스탠리와 미소를 주고받았다. 아기 고양이들은 서로 로즈의 무릎에 오르려고 엉망으로 뒤엉켜 아웅다웅했다. 그런데 그중 딱 한 마리, 연갈색 무늬에 코에는 검은 점이 박힌 카오스 고양이[*]만이 혼자 뚝 떨어져 파랗게 빛나는 눈으로 로즈를 올려다보고 있었다. 로즈는 몸을 수그려 그 고양이를 안아 들었다. 그러고서 둘은 잠시 서로의 눈을 가만히 응시했다.

"안녕, 오스만." 로즈가 인사했다. "나의 고양이가 되어주겠니?" 고양이는 알겠다는 듯이 야옹거렸다. 로즈가 환하게 웃었다.

---

[*] 검은색, 갈색, 흰색 등의 색상이 불규칙적으로 섞인 고양이.

"오스만이라고?" 스탠리가 멍하니 물었다.

"리처드 오스만 이름을 딴 거겠죠." 유도라가 당당하게 말했다.

"이렇게 멋진 가족과 살게 되다니 너는 행운아구나." 바바라가 말하며 모두를 향해 웃음을 지었다.

"네." 유도라가 말했다. "정말 그렇네요."

● ● ●

로즈의 생일 파티가 있는 토요일, 스탠리는 유도라를 에스코트하러 집 앞으로 왔다.

"자꾸 이렇게 감시하듯 굴 거예요?" 유도라의 말에 아랑곳없이 스탠리는 신사답게 팔을 내밀었다. "이제 걱정 안 하셔도 돼요. 야반도주할 일은 없을 테니까." 유도라는 이제 체력을 많이 요하는 일은 하지 않으려 했다. 최근 들어 부쩍 피곤함을 느꼈다. 아마도 계절이 바뀌어서 그럴 테지. 가을이 되면 유난히 몸이 처지니까.

스탠리가 활짝 웃었다. "그럴 리가요. 평소처럼 기사도 정신을 발휘하는 거예요. 쉴라가 그러는데 내가 빛나는 갑옷을 입은 기사 같대요."

"쉴라는 잘 지내요?" 유도라가 물었다.

"아주 잘 지내지요." 스탠리가 답했다. "같이 있으면 좋아요."

"바람직하네요." 유도라는 로즈네 집 초인종을 눌렀다.

생일 파티는 이보다 더 로즈다울 수 없었다. 매기가 살아 있는 유니콘을 섭외한들 이에 비할 수는 없었을 것이다. 모든 것이 형형색색의 빛깔과 기쁨으로 반짝반짝 빛났다. 구석구석마다 유니콘 모양의 풍선과 무지개 모양의 피냐타[*]가 있었고, 유니콘 모양의 케이크는 금빛 뿔과 파스텔 핑크색 장미로 장식되어 있었다. 은색, 핑크색, 보라색 포일로 만든 플래카드가 방 끝에서 끝으로 길게 늘어져 있고, 거기에는 각도에 따라 다른 색으로 보이는 '생일 축하해 로즈'라는 문구가 방 곳곳에 일정한 간격으로 매달아둔 꼬마전구 불빛을 받아 반짝이고 있었다.

"무슨 동굴 같구나." 스탠리가 말했다. 그 손에는 반짝이는 핑크색 포장지로 싼 선물 상자가 들려 있었다.

"그렇죠? 정말 멋지지 않나요?" 로즈는 기쁜 나머지 제자리에서 빙글빙글 돌았다.

"올해는 로즈에게 최고의 파티를 열어주고 싶었어요." 매기가 말했다.

"거기에 또 이렇게 된 이유가 하나 더 있죠. 제 사랑하는 사람이 이런 걸 한번 시작하면 멈추지를 못하거든요." 롭

---

* 눈을 가리고 막대기로 쳐서 넘어뜨리는, 장난감과 사탕이 가득 들어 있는 통.

이 말했다.

"그래서 날 사랑하잖아." 매기가 롭의 옆구리를 찌르며 말했다.

"아니라고는 못 하겠네." 롭이 인정했다.

"아주 근사한걸요." 유도라가 말했다. "그리고 이런 말을 해도 될지 모르겠다만, 오늘 의상은 그 어느 때보다도 멋지구나, 로즈."

"마음에 드신다니 기뻐요. 어떤 색으로 입어야 할지 모르겠어서 그냥 다 섞어 입었어요."

"눈이 부실 정도다." 유도라가 말했다.

"두 분 다 와주셔서 너무 좋아요." 로즈가 말했다. "안 오셨으면 섭섭했을 거예요."

스탠리와 유도라는 시선을 교환했다. "이건 우리 둘이 주는 특별 선물이다." 스탠리가 상자를 내밀며 말했다.

"그렇지만 이미 오스만을 선물해주셨잖아요." 로즈가 오스만을 안아 들며 말했다. 그때까지 오스만은 하리보를 많이 먹은 다섯 살 아이처럼 방 안을 이리저리 뛰어다니고 있었다.

"빈손으로 오기가 그래서." 유도라가 말했다. "스탠리가 발견한 건데, 아마 마음에 들 거다."

"고맙습니다." 로즈는 고양이를 유도라에게 넘기고 선물을 받아 들었다. 오스만이 유도라의 뺨에 얼굴을 비볐다.

그녀는 따뜻한 털 내음과 소중한 생명의 향기를 들이마셨다. 로즈가 포장지를 뜯자 안에서 옅은 벌꿀색의 나무 상자가 나왔다. 거기에는 '로즈의 보물'이라는 글자가 분홍색 장미와 어우러져 새겨져 있었다. 로즈는 뚜껑을 열며 글자를 소리 내어 읽었다.

"정말 근사해요." 매기가 말했다.

"기념품 상자란다." 유도라가 설명했다. "보물이랑 추억을 여기에 넣는 거야. 나도 집에 하나 있지. 이걸 보고 네가 분명 좋아할 줄 알았다."

로즈가 활짝 웃었다. "고맙습니다. 여기에 첫 번째로 넣을 게 있어요!" 로즈는 뛰어가더니 냉장고에서 사진 한 장을 떼어 왔다. "우리가 브로드스테어에 갔을 때 아빠가 찍어준 사진이에요." 흘끗 보니 거기에는 회전목마를 탄 로즈와 스탠리, 자신의 모습이 찍혀 있었다.

"여왕처럼 나왔네요." 스탠리가 유도라를 보며 말했다. "아주 평온하고 품위 있게 나왔어요."

"당연하죠." 유도라가 말했다. "스탠리는 아비새처럼 나왔고요."

"저는 뭐처럼 나왔어요?" 로즈가 웃으며 물었다.

"너는 딱 너처럼 나왔구나. 행복하고 재밌는 아이." 유도라가 대답했다.

로즈는 몸을 기대고 유도라를 팔로 감쌌다. "우리 모두가 다 행복해 보여요." 유도라 역시 만족감을 느끼며 고개를 끄덕였다.

초인종이 울리고 첫 번째 손님들이 등장했다. 로즈가 뛰쳐나가 문을 열어주었고, 곧 거실은 열 살 열한 살 먹은 아이들의 흥분된 목소리로 꽉 찼다. 그 안에 제이다가 있어서 깜짝 놀랐지만, 로즈가 다정하게 포옹하며 맞아주는 모습을 보니 모든 게 다 괜찮아진 것 같았다. 롭이 틀어준 음악은 너무 쨍쨍거리고 시끄러워 유도라의 취향은 아니었지만, 아이들은 마냥 즐거워했다. 어린이 손님은 약 열 명으로 반은 남자애들이었다. 카페에서 봤던 다정한 소년도 있었다. 그 애는 로즈를 잘 웃겨주는 것 같았다. 잠시 후 롭이 모두를 향해 말했다.

"자자, 친구들, 잠시 후에 게임을 할 건데, 먼저 소개할 사람이 있어요. 아주 멋지고 위대한 마술사 마빈입니다!"

유도라는 몹시 궁금한 마음으로 그쪽을 쳐다보았다. 스탠리가 거실 뒤쪽에서 턱시도에 나비넥타이와 마술사 모자까지 갖추고 등장했다. "어린이 친구들, 반가워요!" 그는 소매에서 플라스틱 꽃다발을 꺼내 로즈에게 건넸다. 로즈는 킥킥거리며 꽃을 받았다.

바로 앞에 앉은 제이다가 옆 소녀에게 뭐라고 속삭이는 모습이 유도라의 눈에 들어왔다. 그 애는 이렇게 말했다. "게임이랑 마술쇼래. 정말 어이없지 않냐?" 친구도 그 말에 동의한다는 듯 눈을 흘겨 떴다. 유도라가 생각해도 정말 설득력이 하나도 없는 마술이었지만, 그래도 다른 아이들은 신기해하며 보고 있었다. "카드를 한 장 고르세요, 아무거나." 스탠리가 토미라는 그 소년에게 말했다. 토미는 시키는 대로 했다. "좋아요. 그럼 카드를 혼자만 살짝 보고 다시 이 안에 넣어요." 토미는 지시를 따랐다. 스탠리는 카드를 섞은 후 과장된 몸짓으로 카드 한 장을 꺼냈다. "이게 그 카드인가요?"

"아닌데요." 토미가 낙담한 표정으로 말했다.

"웬일이니? 쪽팔리겠다." 제이다가 옆 친구에게 속닥거렸다.

스탠리는 아무렇지도 않다는 듯 다시 카드 한 장을 꺼냈다. "그럼 이건가요?"

"어, 아닌데요." 토미가 대답했다.

"좋습니다. 자, 그럼 이건가요?" 스탠리가 안주머니에서 카드 한 장을 꺼냈다.

토미의 입이 떡 벌어졌다. "어떻게 하신 거예요?"

"마술이란다, 그냥 마술." 스탠리가 토미의 코를 톡톡 치며 말했다.

아이들은 좋아하며 환호성을 질렀다. 심지어 제이다도 모두를 따라 박수를 쳤다.

매기가 데이지를 품에 안고 나타나 유도라가 앉은 소파

옆에 자리를 잡았다. "어때요?"

"글쎄요. 뭐, 꽤 잘하네요." 유도라는 포동포동한 팔을 버둥거리는 데이지를 보며 미소를 지었다. "잠시 내가 안고 있을까요?"

"괜찮으시겠어요? 낮잠도 잘 잤고, 기저귀도 갈아줬으니 안전하긴 할 거예요." 매기가 데이지를 유도라의 무릎에 올려주었다. 둘은 눈을 동그랗게 뜨고 서로를 잠시 바라보았다. 그러다 유도라가 웃긴 표정을 지었고, 데이지는 자지러지는 웃음과 끈적끈적한 뽀뽀로 보답해주었다.

"제 딸들은 모두 유도라를 엄청 좋아하는 거 같아요." 매기가 말했다.

유도라는 데이지의 뽀송뽀송한 머리카락을 만졌다. "그 감정은 일방통행이 아니랍니다."

"휴가를 못 가시게 된 건 정말 유감이에요." 매기가 말했다. "너무 속상해하진 마세요."

"내가 때를 잘못 골랐어요." 유도라가 말했다.

"내년에 가시면 되죠, 안 그래요?"

이제 스탠리는 로즈를 조수로 두고 마술을 선보이고 있었다. 그는 계속해서 지팡이를 건네지만 로즈가 그걸 잡을 때마다 지팡이는 반으로 접혔다. 관객은 물론이고 로즈마저도 배꼽을 잡고 웃어댔다. "그렇게 되진 않을 것 같네요. 그러기엔 너무 늙었어요. 그냥 아무데도 안 가고 여기 있으려고요."

매기가 유도라의 손을 톡톡 두드렸다. "이 말씀 안 드렸던 거 같은데, 저희 엄마, 아주 멋진 남자친구가 생겼어요."

"오, 기분이 어때요?"

매기가 어깨를 으쓱했다. "뭐 물론 그분이 아빠를 대신할 수는 없죠. 그렇지만 엄마 생각 하면 기뻐요. 엄마가 무척 행복해 보이거든요."

"잘됐네요. 그렇게 행복의 순간은 그때그때 잘 낚아채야해요."

"앙!" 데이지가 소리를 냈다.

"봐요, 봐." 유도라가 말했다. "데이지도 그렇다잖아요. 요 똑똑한 것 같으니라고."

마술 쇼가 끝나자 제이다를 뺀 모두가 열화와 같은 박수를 보냈다. 롭이 스탠리가 있던 자리로 나갔다. "감사합니다, 마술사 마빈 씨. 아주 멋진 마술이었어요! 자, 이제 게임을 좀 하고 맛있는 걸 먹으러 갑시다. 우선 동그랗게 앉아주세요, 여러분."

그때 제이다가 벌떡 일어났다. "저는 게임하기 싫은데요." 팔짱을 끼고 롭을 보며 그렇게 말했다. "유치해요."

몇몇 아이들이 어리둥절한 표정을 지었다. 로즈의 얼굴에 당황한 기색이 떠올랐다. "분위기 망치지 마, 제이다." 토미가 말했다. "이건 로즈의 파티고 우린 다 재밌게 놀고 있어. 놀기 싫으면 넌 그냥 앉아 있든가."

제이다가 놀라 멈칫했다. 그 애는 옆 친구를 봤다. "네 생각은 어때, 에이미?"

에이미가 어깨를 으쓱했다. "난 게임 좋아해. 이건 초콜릿 게임인데 주사위를 던져서 6이 나오면 칼이랑 포크로 먹는 거야. 나는 하고 싶어."

"하기 싫으면 이리 와서 내 옆에 앉아라." 유도라가 말했다.

제이다는 이런 식의 도전에 익숙하지 않은 것 같았지만, 달리 선택의 여지가 없었다. "좋아요. 제가 아기 안아도 돼요?" 그 애는 유도라 옆에 털썩 앉더니 팔을 내밀었다.

데이지는 제이다의 무릎으로 옮겨지는 동안 그 애의 얼굴을 가만히 보더니 갑자기 머리카락을 한 움큼 움켜쥐고 확 잡아당겼다. "아얏." 제이다가 비명을 질렀다. 상황을 잘 몰랐다면 데이지가 언니를 위해 복수를 한 것이 틀림없다고 생각했을 것이다.

"아이고, 이런." 유도라가 천천히 데이지의 손에서 머리카락을 빼내며 말했다. "자, 데이지. 얌전하게 굴어야지, 이러면 쓰냐?"

"괜찮아요. 일부러 그런 것도 아닌데요 뭐." 제이다가 말했다.

"그래." 유도라가 말했다. "아직 아가니까. 자신이 뭘 하는지도 모르고 저지르는 거지. 그렇지만 너는 네 행동에 책임을 질 수 있단다, 제이다."

제이다가 곁눈질로 이쪽을 흘끗 보았다. "무슨 말씀 하시는 거예요?"

"우리 모두는 선택을 할 수 있다는 얘기야. 물론 너도. 모든 일에 친절함을 선택하라는 말을 해주고 싶구나."

"네." 제이다는 눈썹을 찡그리고 무성의하게 대답했다.

유도라는 가만히 제이다를 바라보았다. "나는 아주 늙어서 내 생각을 정확히 얘기할 수 있단다. 나도 아마 곧 죽게 되겠지. 그래서 말인데, 네가 로즈나 다른 애들한테 못되게 굴면 내가 무덤에서 일어나 너를 따라다닐 거다. 기분 좋게 따라다니진 않을 거야. 그러니 친절하게 굴어라, 제이다. 늘 사람을 친절하게 대하렴."

제이다는 잠깐 움츠러드는 것 같더니 겨우 알 수 있을 만큼 고개를 까딱해 보였다.

"엥!" 데이지가 옹알거렸다.

"그래, 데이지." 유도라가 말했다. "제이다는 똑똑해서 이제 뭘 해야 하는지 정확히 알게 된 거야. 자, 그럼 가서 같이 게임을 하는 거 어떠니? 여기까지 와서 혼자 이러고 있으면 재미없지."

제이다는 데이지를 다시 유도라에게 넘기고는 아이들이 있는 곳으로 갔다. 아이들은 정원에 모여 피냐타를 공략하고 있었다. 로즈가 뒤로 물러나 제이다에게 막대기를 주는

게 보였다. 제이다는 미소를 지으며 받아 들고는 최선을 다
해 피냐타를 공략했다. 사탕 몇 개가 바닥으로 떨어졌다.
제이다는 그중 하나를 집어 로즈에게 건넸다.

"아주 잘됐어." 유도라가 중얼거렸다.

❀ ❀ ❀

"애초에 이 파티를 왜 하겠다고 한 걸까?" 그날 오후, 롭
이 신발 밑창에서 과일 사탕을 떼어내며 말했다.

매기는 정원에서 풍선을 불며 놀고 있는 스탠리, 로즈,
토미를 향해 손을 흔들었다. 그들은 손에서 놓여난 풍선이
재미있는 소리를 내며 이리저리 날아다니는 모습을 보고
깔깔거리며 즐거워하고 있었다. "저게 이유야." 그녀가 말
했다.

"아, 그렇지." 롭은 웃으며 대답했다.

초인종이 울렸다. "토미 엄마일 거야. 퇴근하고 오느라
조금 늦는다고 했거든." 매기가 말하며 현관으로 향했다.

"이제 아기 데려갈까요?" 롭은 소파에 앉아 여전히 잠든
데이지를 품에 안고 있는 유도라에게 말했다.

"나는 괜찮으니까 청소나 마저 해요." 사실을 말하자면
유도라는 무척 만족스러운 상태였다. 데이지의 고른 숨결
은 마음에 안정과 평화를 주었다. 그녀는 이 가족과 함께하

는 시간이 좋았고, 이 가족 또한 같은 마음이라는 것을 알고 있었다.

"늦어서 미안해요." 토미의 엄마가 매기를 따라 주방으로 들어오며 말했다. "일이 늦게 끝나는 바람에……."

"아니에요, 미안할 거 없어요. 애들이 얼마나 잘 놀고 있는데요."

토미의 엄마가 유도라를 보며 활짝 웃었다. "어머, 세상에 아기가 할머니랑 같이 있네." 매기가 재미있다는 표정으로 유도라를 보았다. 유도라 역시 입술을 오므렸다가 이내 미소를 지었다. "토미! 이제 갈 시간이다!"

"아아, 엄마, 지금 꼭 가야 해요?" 토미가 스탠리와 로즈의 뒤를 따라 들어오며 꿍얼댔다.

"그만 가야지, 토미. 그나저나 다음 주 주말 얘기는 로즈한테 해봤어?"

토미는 바닥 무늬를 따라 발로 그림을 그렸다. "아니요."

"지금 물어봐. 부끄러워하지 말고."

토미가 로즈를 마주 보았다. "로즈, 같이 새로 나온 어벤져스 영화 보고 난도스*에 가지 않을래?" 그는 마치 로봇 같은 목소리로 빠르게 말했다.

"토미한테 친구 한 명 데리고 오라고 했더니, 로즈를 말

---

* 주로 구운 치킨을 취급하는 프랜차이즈 음식점.

하더라고요." 그의 엄마가 미소를 지었다.

로즈는 단호하게 고개를 끄덕이는 매기를 흘끗 쳐다본 뒤 대답했다. "좋아. 고마워!"

토미의 엄마가 아들의 머리를 쓰다듬었다. "엄마 말이 맞지? 승낙할 거라고 했잖아. 자, 그럼 오늘은 그만 인사하고 가자."

"안녕히 계세요. 오늘 초대해주셔서 고맙습니다." 토미는 목까지 빨개져서 인사를 했다.

"별말씀을." 롭이 현관까지 그들을 따라 나갔다.

로즈는 발밑에서 오스만을 들어 올려 유도라 옆에 두었다. "최고의 생일 파티였어요!"

"그거 참 다행이구나." 유도라가 말했다. "제이다랑은 이제 괜찮은 거지?"

"네." 로즈가 대답했다. "지난번에 해주신 얘기 생각해봤는데요, 이제 그 애하고만 붙어 있지는 않으려고요. 저, 모든 애들이랑 친구 할 거예요. 그게 훨씬 나은 거 같아요."

"넌 나이보다 훨씬 현명하구나, 로즈. 그리고 토미도 아주 좋은 친구 같아 보이던걸?"

"맞아요. 남자애들은 멍청하지만 재밌기도 해요."

유도라가 스탠리를 올려다보았다. "그래, 그렇지." 그리고 말했다. "자, 이제 나도 집에 가야겠다."

"같이 가시죠, 여왕님." 스탠리가 말했다. 유도라가 데이지를 롭에게 넘겼다. "제가 집까지 바래다드리겠습니다."

"코앞인데요 뭐." 유도라는 발을 끌며 지팡이를 쥐었다.

"하지만 신사라면 숙녀를 에스코트해야 하는 법이죠." 스탠리는 유도라가 일어설 수 있게 옆에서 도와주었다. "괜찮아요?"

순간 현기증이 일어 휘청했다. 그녀는 그의 팔을 붙잡았다. "괜찮아요. 너무 급하게 일어났나 봐요."

작별 인사를 한 후, 유도라는 스탠리의 팔에 의지해 집으로 걸어갔다. 숨이 가쁜 것은 피곤 때문일 것이다. 길고 흥분으로 가득한 하루였으니까. 차와 휴식이 필요했다.

"아주 멋진 파티였지요? 로즈가 기뻐하니 기분이 좋더군요." 스탠리가 말했다.

"저도요." 유도라는 숨을 고르며 대답했다.

"이렇게 있어줘서 고마워요, 유도라." 그가 현관 앞 계단을 오르는 걸 도와주며 말했다.

유도라도 고맙다고 말하려던 참이었다. 그때 세상이 일그러지고 바닥이 그녀를 향해 올라왔다. 마지막으로 들은 건 자신을 부르는 스탠리의 목소리였다. 목소리는 점점 멀어졌고, 유도라는 그저 너무 피곤해서 대답을 할 수 없었다.

2018년, 어딘가

그 꿈은 그녀가 상상했던 대로 안도와 위로의 입맞춤이었다. 거기에는 당연히 두 팔을 벌린 채 그녀를 맞이하는 아빠가 있다. 그는 초콜릿처럼 생긴 단추가 달린 커다란 코트를 입고 있다. 아빠는 모자를 들어 올리고 미소를 짓는다. 유도라는 아빠의 담배 냄새와 품 안에서 느꼈던 따뜻함을 기억해냈다. 안전해. 너는 이제 안전해. 그 옆에서는 베아트리스가 두 손으로 마른행주를 비틀고 있다. 엄마는 웃고 있지만, 눈빛은 걱정으로 가득하다. 늘 걱정. 늘 조심. 그렇지만 엄마는 마침내 자신이 있어야 할 곳에 온 것처럼 행복해 보인다. 또 다른 그림자가 어둠 속에서 나온다. 젊고, 여린 몸으로, 아기를 안고 있다. 스텔라다. 오, 스텔라. 그녀의 눈빛은 차갑고, 한쪽 눈썹을 추켜세운 채 반항적으로 턱을 쳐들고 있다. 언제나 고집이 세고 오만했지. 시간과 함께 그 모습 그대로 얼어붙은 것 같다. 그녀는 변할 수 있는 기회가 없었다. 만약 있었다면 평생 후회하며 살았을까. 아무도 모른다. 어떻게 됐을지 아무도 모른다. 스텔라가 몸을 돌려 아기를 내민다. 아기를 받아. 언니에게 주는 내 선물이야. 언니를 용서할게.

유도라는 아기를 받기 위해 팔을 벌리고 앞으로 걸어갔다.

그러다 무슨 소리를 듣고 멈칫했다. 처음에는 희미했다. 귀를 기울이자 소리는 점점 커진다. 아, 이것은 틀림없이 로즈의 목소리다. 진심을 다해, 그러나 엉망진창으로, 가장 좋아하는 노래를 목청껏 부르고 있다. 유도라는 눈을 뜬다.

유도라는 구급차를 탄 기억이 전혀 없었지만, 로즈는 유도라가 거의 죽을 뻔했다고 말하고 싶어 안달이었다. 병원에서 깨어난 유도라는 가능한 한 빨리 퇴원하겠다고 고집을 부렸다.

"약하게 심장마비가 왔어요." 밝고 젊은 여자 의사가 희망 가득한 눈으로 말했다. "그런데 원래 심장이 좀 안 좋으셨네요."

"심장판막에 문제가 있다는 건 알고 있었어요." 유도라가 말했다.

"네. 수술이 가능하니까……."

"아니요." 유도라는 단호하게 대답했다. 의사의 얼굴이 일그러졌다. "그런 게 아니라, 내 말 좀 들어봐요. 내 나이가 여든다섯 살이에요. 이제 갈 때가 됐지요."

집에서 죽으려면 얼마나 많은 관료주의를 헤치고 나가야 하는지 이전에는 미처 몰랐다. 유도라는 거의 매일 병원 직원들로부터 치료 준비와 관련한 장광설을 들어야 했다. 그런데 결국 유도라를 구원해준 건 쉴라였다. 쉴라가 자신만큼이나 지독한 사람이라는 것을 알게 된 건 기쁜 일이었다. 그녀는 병원에 연락을 취하고, 죽음 전문가 해나와 상의하고, 유도라를 집에서 돌봐줄 사람들까지 알아봐주었다.

"빅이 세상을 떠날 때도 이렇게 했었죠." 이 말을 하는 쉴라의 표정은 단호했다. "살면서 한 결정 중에 최고로 잘한 일이었어요."

"고마워요, 쉴라." 유도라가 말하자 쉴라는 그녀의 손을 쓰다듬어주었다.

❀ ❀ ❀

유도라는 거의 모든 시간을 침대에서 보냈다. 아래층에서 라디오를 끼고 안락의자에 앉아 있고 싶었지만, 사회복지사 루스는 한 층에서만 지내는 것이 좋다며 유도라를 설득했다. 루스는 이제 유도라 담당 복지사로 집에 자주 방문하게 되었다. 이렇게까지 수시로 들여다볼 필요는 없었지만, 그럼에도 그렇게 해주는 것이 유도라는 고마웠다. 루스는 유도라가 좋아하는 가구, 라디오, 텔레비전을 위층으로 옮겨주기도 했다. 물론 사진도. 매기가 개입했을 때, 루스는 하루 네 번의 간병인 방문 체계를 고려하고 있던 참이었다.

"유도라는 우리가 돌볼게요."

루스는 탐탁지 않아 했다. "할 일이 생각보다 많아요. 옆에 거의 딱 붙어 있어야 한다고요."

"나도 다 듣고 있어요." 유도라가 끼어들었다.

"미안해요, 유도라. 유도라가 안전하게 돌봄을 받을 수 있을지 확인해야 해서요."

"흠, 그럼 다 됐네요." 쉴라가 말했다. "매기, 스탠리, 해나까지 포함해서 당번표를 만들게요. 괜찮을 거예요."

루스가 자신을 바라보자 유도라는 어깨를 으쓱했다. "나라면 저렇게 단호한 사람을 가로막지 않을 거요. 자, 이제 아기 보러 집에 가셔야 하지 않나?"

루스가 미소를 지었다. "좋아요, 좋아. 하지만 뭐든 필요한 게 있으면 전화하셔야 해요. 바로 달려올 테니까."

"고마워요, 루스." 유도라가 말했다.

✿ ✿ ✿

순서는 쉽게 정해졌다. 아침에는 스탠리나 쉴라가 왔다.

유도라는 쉴라가 만들어준 차를 좋아했지만, 십자말풀이를 할 때는 스탠리가 함께 있는 게 더 좋았다.

"새로 18번. 세 글자. 힌트는 '바보'네요."

"머저리." 유도라가 말했다.

"무례하셔라." 스탠리가 말했다. "근데, 그거 답 아니에요. 'ㅁ'으로 시작하는 건 맞지만."

"멍청이." 유도라가 말했다.

스탠리가 가슴을 움켜쥐었다. "허니셋! 어찌 그리도 잔인하신가요?"

유도라가 웃었다. 스탠리의 가벼운 농담은 어딘지 아빠를 떠올리게 했다. 처음 만났을 때만 해도 그 사실을 받아들이기 어려웠고, 그러려고 하지도 않았다. 그러나 지금은 그저 안도감만 느껴진다. 유도라가 입을 뗐다. "제대로 감사 인사를 한 적이 없었죠."

"뭐에 대해서요?"

유도라는 그의 눈가에 잡힌 잔주름을 바라보았다. "날 살려줘서요."

스탠리는 펜을 내려놓고 그녀를 마주 보았다. "친구 좋다는 게 뭡니까? 내가 우울했을 때도 유도라가 구해줬잖아요."

유도라가 그를 향해 손을 뻗었다. 스탠리는 놀라는 듯했지만 곧 다정한 표정으로 돌아왔다. "고마워요, 스탠리." 그녀가 말했다. "진심으로요."

스탠리가 몸을 수그려 손에 입을 맞췄다. "내 기쁨이지요, 그럴 수 있어서 영광이고요."

그때 현관문 소리가 들렸다. "우리예요!" 매기가 위층으로 올라오며 말했다.

"에에에!" 데이지가 옹알거렸다.

"왔군요." 스탠리는 유도라의 손을 가볍게 쥔 후 놓아주었다. "저는 이제 저 성가신 사냥개들 산책이나 시켜줘야겠어요."

유도라가 고개를 끄덕였다. "로즈가 요즘 이렇게 인사하더군요. 우리우리요, 또봐또봐요."

스탠리가 미소를 지었다. "우리우리요, 또봐또봐요." 그는 문가에서 재빨리 경례를 붙이고는 방을 나갔다.

잠시 후 매기가 데이지를 품에 안고 나타났다.

"에에, 에에, 에에." 데이지가 유도라에게 팔을 뻗으며 옹알거렸다.

"점심 준비하는 동안 데이지랑 같이 있어도 괜찮겠어요?" 매기가 물었다.

"물론이죠." 유도라가 대답했다. "그거라도 해야죠. 자, 이리 오시죠, 아가씨." 이렇게 말하고는 데이지를 자신의 옆에 앉혔다.

"뭐 드시고 싶으세요? 수프 해드릴까요?"

유도라가 코를 찡그렸다. 요즘 배수구로 물이 빠져나간

것처럼 식욕이 싹 사라진 상태였다. "토스트랑 차만 있으면 돼요."

"금방 해 올게요. 조금만 기다리세요."

유도라는 데이지를 바라보았다. 로즈와 마찬가지로 데이지 역시 보고만 있어도 좋았다. 온종일이라도 볼 수 있었다. 데이지가 세상에 다가가며 끝도 없이 놀라는 것을 보면 감탄이 절로 나왔다. 데이지에게는 모든 것이 경이로움이었다. 지금은 마치 독심술이라도 하는 것처럼 온 정신을 집중해 유도라를 보고 있었다.

"내가 당장에라도 없어질 것처럼 그렇게 볼 필요 없다."

"아아아아아!" 데이지가 유도라의 손을 잡으며 소리쳤다.

"거 봐, 어디 안 가잖아." 유도라가 말했다.

❀ ❀ ❀

유도라가 제일 좋아하는 시간은 로즈가 나타나는 네 시경이었다. 로즈는 문을 벌컥 열고 소리쳤다. "유도라 할머니! 아직 살아 있어요?"

"그래, 걱정해줘서 고맙구나, 로즈!"

어느 날은 해나가 와 있을 때 로즈가 똑같은 대사를 외치며 등장했고, 해나는 거의 십 분은 배를 잡고 웃었다. "제가 들은 말 중에 가장 신선하고 유쾌한 표현인데요."

"로즈가 그런 아이니까요."

⁂

유도라는 로즈가 곁에 있을 때 간혹 식욕을 되찾곤 했다. 그래서 로즈가 하루 일과에 대해 늘어놓거나 유도라의 죽음에 대해 토론할 때면, 쉴라가 만든 케이크 한 조각 정도는 해치울 수 있었다.

"뭐 하나 보여주마." 하루는 유도라가 제안을 했다. 로즈가 방금 내린 차를 조심스럽게 탁자에 올려놓았다. "우선 옷장에 가서 내 보물 상자를 좀 가져다주겠니?"

"물론이죠. 제가 보물을 얼마나 좋아하는지 아시잖아요." 로즈는 옷장 문을 열고 수색에 들어갔다. 그리고 마침내 '유도라의 보물'이라고 적힌 종이 상자를 찾아냈다. 로즈는 먼지를 털어내고 상자를 침대로 가져왔다. 유도라는 뚜껑을 열고 안을 들여다보았다. 모든 게 그 안에 있었다. 사진, 무도회장 티켓, 조스 만에서 산 엽서까지, 모든 인생이 다. 로즈는 금방이라도 흥분으로 터질 듯 보였다. "한번 봐라, 로즈. 궁금한 거 있으면 물어보고."

유도라는 로즈에게 모든 것을 다 말해주었다. 아빠, 엄마, 샘, 실비아 그리고 태어나지 않은 아이에 대해서도. 로즈의 얼굴에는 기쁨과 슬픔이 고스란히 드러났다. 유도라는 브로드스테어에서 샘과 찍었던 사진을 집어 들었다. "이 남자 되게 잘생겼다. 할머니도 엄청 예뻐요."

"고맙구나, 로즈."

"데이지는 할머니 동생처럼 못되게 굴지 않았으면 좋겠어요."

"그때랑은 다르지. 너희는 괜찮을 거다."

"실비아라는 친구랑 같이 갔다는 그 무도회장 얘기, 정말 재미있었어요."

"응, 재미있었지."

로즈는 그렇게 흩어진 추억들을 바라보다가 유도라에게 시선을 고정했다. 단단하고 솔직한 눈이었다. "아빠랑 동생 때문에 슬펐겠지만, 그래도 할머니는 좋은 인생을 살았어요."

유도라는 로즈를 바라보다가 미소를 지었다. "그래." 그녀가 말했다. "모든 걸 감안해볼 때, 그런 것 같구나."

✿ ✿ ✿

하루는 로즈가 토미를 데리고 왔다. 처음에 토미는 쭈뼛거리며 겁먹은 눈으로 유도라를 쳐다보았다. "괜찮아, 토미. 무서워하지 마. 유도라 할머니는 곧 죽을 거지만 오늘은 아닐 거야." 로즈가 말했다. "그렇죠, 유도라 할머니?"

유도라가 고개를 끄덕였다. "그래, 무서워할 거 없다, 토미. 와줘서 고맙구나." 토미가 조금 긴장을 푸는 게 느껴졌다.

"그래서 오늘 같이 〈위대한 쇼맨〉을 보면 어떨까 해서요." 로즈가 말했다. "토미는 본 적이 없대요. 제가 본 영화 중에 최고거든요. 대사랑 노래도 다 알아요."

"기대해도 좋을 것 같은데, 토미?"

유도라는 줄거리를 따라가기도 힘들 만큼 지친 상태였다. 대신 그녀는 영화를 보는 두 아이의 얼굴을 보며 기쁨을 느꼈다. 어떤 장면에선가 수염을 기른 한 여성이 당당한 자신의 모습에 대해 열광적으로 노래를 부르자, 로즈가 벌떡 일어나 완전히 하나가 되어 열창하기 시작했다.

할리우드 영화였지만 강렬했고, 자신감과 자기 신뢰에 관한 내용이 담겨 있었다. 유도라는 깊은 감명을 받았고, 토미 역시 그렇게 보였다. 로즈는 요즘 많이 변했다. 자신감 있고, 용감한 쪽으로. 유도라는 뿌듯해서 가슴이 벅찰 지경이었다. 이 아이는 늘 다른 사람의 세상을 더 나은 방향으로 바꿔줄 것이다. 유도라는 그 사실을 잘 알고 있었다. 그 모습을 끝까지 지켜볼 수 없다고 생각하면 약간 우울했지만, 그 사실만큼은 온전한 기쁨으로 받아들일 수 있었다.

●●●

가을의 거센 바람이 겨울을 향해 몰려가고 있었다. 유도라는 천장 불빛이 잘 익은 밀빛에서 옅은 노란색으로 변하는 것을 지켜보았다. 한 해가 저물고, 그녀도 저물고 있었다. 매일 그녀는 조금 덜 먹고 조금 더 잤다. 해나는 늘 옆을 지키며 친절함으로 공간을 채워주었다.

밤 당번을 자처한 건 스탠리였다. 롭이 나섰지만 스탠리가 막아섰다. "가족도 있고 일도 있는 사람이 무슨. 나는 시간이 많아요." 그는 예전에 유도라가 쓰던 방에서 잠을 잤다. 베아트리스가 생전에 뜨개질로 만든 무지개색 담요를 덮고. "내 평생 이렇게 푹 잔 건 처음이에요." 그는 매일 아침마다 차를 들고 나타나 이렇게 말했다. 문을 열기 전에는 늘 부드럽게 노크를 하고. 늘 그렇게 신사처럼.

마지막에 다다르자 유도라는 이제 거의 혼자가 아니었다. 혼자서 아픈 시간을 보냈던 그녀는 간호사와 친구와 사랑하는 사람들이 끊임없이 와주는 것에 감사함을 느꼈다. 스탠리의 손녀들이 놀러 와서 책을 읽어주었고, 그들의 엄마 헬렌은 캐서롤과 꽃과 좋은 에너지를 가지고 왔다. 롭은 늘 회사가 끝나면 들렀다. 그러면 주로 로즈가 얼마나 놀라운 아이인지에 대해 얘기를 나눴다. 유도라는 사람들에게 둘러싸여 안전하다고 느꼈다.

숨 쉬는 게 힘들어 산소를 공급받았다. 도움은 되나 피곤했다. 마치 뒤로 끌려가는 것처럼 느껴졌다. 이 모든 것으로부터 벗어나 멀리. 유도라는 저항하지 않았다.

로즈는 그날 늦게 나타났다. 해나와 스탠리는 아래층에서 로즈를 기다리고 있었다. 그들이 조용히 뭔가를 말하자 수긍하는 듯한 숨죽인 목소리가 들렸다. 곧 로즈가 계단을 뛰어 올라와 문을 두드렸다.

"들어오렴, 로즈." 유도라가 말했다.

로즈가 다가와 침대 옆에 앉았다. 팔에는 오스만이 안겨 있었다. "보여드리려고 데려왔어요."

"친절하기도 해라. 안녕, 오스만." 피로해서 목소리가 삐걱거렸다. 그녀는 쇠약한 팔을 뻗어 부드러운 털의 감촉을 즐겼다. 로즈가 고양이를 침대에 내려놓았다. 오스만은 제자리에서 세 바퀴를 돌고 동그랗게 몸을 말았다.

로즈는 산소호흡기를 보다가 유도라의 주름진 손 위에 자신의 부드러운 손을 올렸다. "죽어가는 거죠, 그렇죠?"

힘이 있었으면 웃었으련만. "그런 거 같구나."

"기분이 어때요?"

"지금은 그냥 편안해."

"좋네요."

"좋다고는 안 했다."

"이건 저한테 더 안 좋은 거 같아요."

"과연 그럴까?"

"네. 왜냐하면 이제 할머니는 엄마랑 아빠랑 동생이 어디에 있든 보러 갈 수 있잖아요. 죽은 자의 날에 다시 돌아와서 저를 볼 수도 있고요. 그런데 저는 할머니를 볼 수 없잖아요."

"걱정 마라. 내가 곁에 있다는 걸 알게 될 거야."

"어떻게요? 저를 쫓아다니시려고요?"

"노력해보마."

"멋지다." 잠시 침묵이 흘렀다. "지금 안아드려도 돼요?"

"그러고 싶다면."

로즈는 침대로 기어 올라왔다. "우리 그냥 이렇게 조용히 있어요, 좋죠?"

"로즈, 네가 그럴 수 있을 거라 생각하니?"

"할머니를 위해 노력해볼게요."

"착하기도 해라."

창백한 레몬색 햇살이 비쳐, 산들바람에 흩날리는 마지막 잎사귀들이 얼룩덜룩한 그림자를 드리우고 있었다. 그녀는 로즈의 온기, 작고 완벽한 몸, 빠르지만 고른 숨결을 온전히 느꼈다.

스탠리가 문 앞에 서서 머리를 들이밀었다. "뭐 필요한 거 없나 해서요."

유도라가 고개를 저었다. "아니요, 고마워요. 들어오고 싶으면 와서 앉아요."

스탠리는 방으로 들어와 화장대 의자를 침대 옆으로 가져왔다. 그리고 두 사람을 보고 미소를 지은 후 자리에 앉았다. 충직한 보초 오스만은 작게 쌕쌕거리며 잠에 빠져들었다.

유도라는 이 고요를 만끽하며 눈을 감았다. 오랫동안 잊고 있었던 소중한 문장이 머릿속에 떠다녔다.

괜찮을 거야. 다 괜찮을 거야. 모든 게 다 괜찮아질 거야.

이제 이 말이 진실이라는 것을 안다. 그녀는 자신의 감정을 너무 쉽게 보여주는 노인과 끔찍한 패션 감각을 지닌 작은 소녀와 함께 오직 평화를 느낄 뿐이다.

그녀는 그들을 사랑한다. 그들은 그녀를 사랑한다.

모든 게 다 괜찮다.

Eudora Honeysett is Quite Well,

Thank You.

감사의 말

처음부터 저와 유도라의 여정에 함께해준 에이전트, 로라 맥두걸에게 큰 감사를 표합니다. 로라는 뛰어난 편집자이자, 믿을 수 없을 만큼 일을 잘하는 에이전트이며, 소중한 친구이기도 합니다. 이 책을 세상에 내놓을 수 있도록 큰 도움을 주신 유나이티드 에이전트에게도 감사를 전합니다.

에밀리 크럼프와 미국의 윌리엄 모로우 팀에게도 감사드립니다. 저만큼이나 유도라와 로즈를 사랑해주신 분들입니다.

샬럿 레져와 영국의 원 모어 챕터 팀에게, 여러분의 열정과 열의는 저에게까지 느껴질 정도였답니다.

아낌없이 지원해주고 지혜를 나눠주신 로라의 팀(저의 유나이티드 에이전트 패밀리), 런던 작가 협회 분들, 과거부터 현재까지의 모든 하퍼 콜린스 작가들, 그리고 RNA(로맨스 소설 협회) 친구들에게 감사와 사랑을 전합니다.

베커넘과 비긴힐에서 창작 글쓰기 수업을 듣고 계신 학

생 모두에게, 글을 쓰고 수업을 운영하면서 저도 참 많이 배운답니다.

제 책을 읽고 서평을 써주고 입소문 내주신 블로거 분들과 온라인 커뮤니티 회원 분들, 여러분들의 지지는 말로 다 할 수 없을 만큼 의미가 큽니다.

리사 스티븐스와 케이 폭스에게도 감사드립니다. 각각 산파일과 수의학에 대해 아주 좋은 조언들을 해주셨지요. 자발적 안락사에 대한 정보와 내용을 알려준 스위스의 단체에도 감사를 드립니다.

헬렌 애버트, 새라 리빙스톤, 멜리사 칸에게도 제 사랑과 고마운 마음을 전합니다. 좋은 책 추천이 필요할 때도, 격려의 메시지가 필요할 때도, 늘 제대로 전해주신 저의 책 소울메이트들이에요.

마지막으로, 그리고 가장 중요한 사람들, 리치, 릴, 알프에게, 브루클린 나인나인의 끝없는 에피소드와 사랑과 지지를 보내줘서 고맙습니다.

캐스린 매닉스의 책『내일 아침에는 눈을 뜰 수 없겠지만』(사계절, 2020년)은 유도라의 이야기를 쓸 때 아주 많은 영감을 불어넣어 주었답니다. 진심으로 그 안에 담긴 통찰력과 열정, 진실을 여러분께 추천하고 싶어요. 놀랄 만큼 중요한 책이니까요. 사람들이 이 책을 읽고 더 많이 얘기하고 덜 두려워하시면 좋겠습니다.

작가 후기

기억에 남는 어렸을 적의 일이 있다. 퀴퀴한 우유 냄새와 크레용 냄새가 뒤섞인 교실 탁자 위에 내가 서 있었고, 엄마는 양재 시간에 날 위해 만든 파란색 수레국화색 양모 코트 자락을 고쳐주고 있었다. 내가 인형같이 생겼다며 다른 엄마들이 소란을 떨거나 마흔두 살에 세 살짜리 딸이 있다니 대단하다며 혀를 내둘렀던 게 기억난다.

"네가 태어난 건 정말 보너스 같은 거야." 엄마는 자랑스럽게 얘기하곤 했다. 오빠는 나보다 여덟 살이나 많았다. 포기하고 있던 엄마에게 내가 왔던 것이다.

우리 부모님은 어렸을 적 2차세계대전을 겪은 윗세대분들로, 그래서인지 사람들이 존경해마지않는 특질을 지니고 계셨다. 금욕주의, 절약정신, 회복탄력성 같은 것들을. 나는 늘 부모님이 자랑스러웠다. 엄마는 전쟁이 끝나고 한참이 지난 후에도, 오랫동안 '승리를 파내자'라는 주문 아래 할당받은 두 마지기의 주말농장에서 경작을 하고 나를 위해 많은 옷을 '만들고 수선'해 주셨다. 그중 아주 예쁜 줄무늬 멜빵바지를, 나는 무릎에 더 이상 천을 덧대는 게 불가능할 정도까지 입었다.

엄마는 아주 여왕 같은 분이셨다. 세상을 있는 그대로 받아들이고 현 상태에 의문을 갖지 않고 불평 없이 삶을 헤쳐 나가는 사람이었다. 내게는 그런 태도가 대학을 다니기 위해 집을 떠날 때까지만 유효했다. 세상은 마치 입을 벌린 굴 같았고, 나는 진주를 찾기 위해 갈급한 상태였다. 어떤 주제도 금지되지 않았고, 안 한 질문이 없었다. 세상 모든 것이 궁금했던 나는 성인이 되어 서점 직원과 출판 업계인을 거쳐 작가가 되는 길에 올랐다.

중년이 되자 죽음에 대해 지녔던 가벼운 궁금증은 어느새 무게와 빈도를 더했다. 그리하여 죽음에 대해 생각하는 것은 일상의 취미생활이 되었다. 뜨개질이나 매듭 공예로 화분걸이를 만드는 것처럼. 나는 죽음에 대한 책을 쓰고 싶어졌다. 전혀 우울하지 않은 내용으로 말이다(그리고 감사하게도 그런 책이 된 듯하다). 사람에게 감동을 주되 웃게 만들고 싶었다. 이야기를 이끌어나가기 위해서는 우리 엄마처럼 금욕적인 주인공이 있어야겠다 싶었고, 여기에 더해 명랑한 호기심을 가진 사람이 있다면 이야기가 더 멀리 뻗어나갈 수 있겠다 싶었다. 그렇게 해서 유도라와 로즈가 탄생한 것이다. 이 어려운 주제를 재치 있는 입담과 깜짝 놀랄 만한 친절함으로 채울 주인공들이.

책을 쓰기 시작한 후 6개월이 지난 어느 날, 나는 무력감 속에서 전혀 준비되지 않은 채 죽음을 바라보게 되었다. 여든네 살의 우리 엄마가 죽어가고 있었다. 우리가 죽음에 대해 대화를 나눈 적이 없다는 것은 놀랄 일도 아니었다. 조부모님은 전쟁통에 형제를, 삼촌을, 친구를 잃으셨는데, 그렇다고 죽음에 대해서 대화하지는 않았다. 모든 가정에서 일어나는 일이었던데다 그냥 흔하게 일어나는 일이었기 때문이다. 영국의 블리츠 정신*은 엄마에게 긍정적인 영향을 주었지만, 엄마가 어떻게 죽고 싶은지 생각하고 우리와 함께 그 중요한 대화를 나눌 기회를 없앴다는 것도 분명했다. 결국 엄마는 병세가 너무 악화되어 결정을 내릴 기회마저 박탈당한 채 병원에 머물게 되었다. 그러고는 2018년 크리스마스이브 새벽에 돌아가셨다. 평소와 같은 느낌을 주기 위해 어설프게나마 달아놓은 침대 주변 꼬마전구와 반짝이 조각에 둘러싸인 채로.

---

* 2차세계대전 당시 공포와 좌절을 이겨낸 영국인의 태도를 일컫는다. "불굴의 정신을 가지고 있다면, 어떤 힘든 상황에서도 평정심을 유지할 것이다."로 요약된다.

엄마가 돌아가신 뒤 유도라 이야기를 마무리했는데, 그건 이상할 정도로 위안을 주는 치료과정이었다. 나는 엄마와 나누고 싶었던 대화에 목소리를 선사하고 싶었다. 우리가 어떻게 살고 어떻게 죽을지에 대해 필요한 대화를 나누고 싶었다. 우리 모두에게는 선택권이 있다. 나는 엄마와는 이 대화를 하지 못했지만, 때가 되면 아이들과는 하려 한다. 결국 우리는 사랑하는 사람들의 마지막 여정에 동행하는 가운데 함께 웃고 울 수 있어야 하기 때문이다. 그들이 살아온 삶의 여정을 축하하고 제대로 작별인사를 할 수 있어야 하기 때문이다. 죽음을 두려움이 아닌 희망과 정직함으로 보는 것, 그것이 우리 자신과 사랑하는 사람들에게 해주어야 하는 일이다. 유도라와 로즈도, 독자분들도 같은 마음일 거라 믿는다.

애니 라이언스

역자 후기

어렸을 적 종이컵과 실로 만든 전화기, 소리가 진동으로 전파된다는 원리를 이용해 만든 간단한 전화기로 친구와 대화하던 기억이 떠오른다. 실이라는 것 때문인지 몰라도 둘만 이어져 있다는 느낌이 참 강렬하게 다가왔었다. 우리 둘만의 세계라고나 할까. 그때 속삭거리던 대화 내용은 하나도 기억나지 않지만, 무언가를 말하고 상대방이 잘 들었나 얼굴을 보며(!) 확인하고, 다시 친구가 말하는 소리를 듣고 했던 기억들은 또렷하게 기억이 난다. 그 순간에 우리가 느꼈던 감정은 둘만 이어져 있다는 특별한 친밀감이고, 따스한 우정이었다. (실로 재미있었던 건, 우리가 대화한 거리는 전화기 없이도 서로의 말이 잘 들리는 지척이었다는 점이다. 아마 그래서 더 속삭이고 있었던 것일지도 모르겠다. 옆에서 구경하던 아이들에게 우리의 대화를 들키고 싶지 않기도 했고. 실과 종이컵을 이용해 제대로 작동하는 전화기를 만들었다는 것을 증명하고 싶은 마음도 있었겠지.)

그때부터였을까, 나는 두 사람이 나누는 감정과 그로 인해 벌어지는 일들, 혹은 치유의 순간에 대한 생각을 참 많이도 했다. 유난히 친구를 좋아하고, 친구와의 시간을 즐기고, 그들에게 관심이 많은 건 그 때문일까. 그런 나에게 유도라 허니셋과 로즈의 만남은 절대 놓치고 싶지 않은 이야기였다.

여든다섯의 유도라, 이제 고작 열 살인 로즈. 손자손녀라 해도 상당히 큰 나이차. 그런 둘이 친구가 된다고? 처음에는 그야말로 외국에서나 가능한 얘기다 싶었다. 사람이란 자신이 겪어보지 않은 일은 일단 없다고 생각하기 마련이라, 어렸을 때 나이 많은 할머니와 친구를 한 적도 없었고, 꼬마와 친구를 맺은 적도 없었던 나는 (그리고 아직 할머니가 되지도 않았다.) 이런 일은 영화에서나 나온다고, 남의 나라 얘기라고만 치부했던 것이다. 그러나 지금은 확신한다. 이것은 어디에서나, 우리나라를 포함해 세계 어디에서나 일어날 수 있는 일이라고. 지금 이 순간에도 바로 이런 우정이 어딘가에서 피어나고 있을지도 모른다고.

우리의 주인공 유도라는 하루빨리 생을 마감하고 싶어 한다. 처절한 과거를 겪었으니 마음이 이해가 가지 않는 건 아니다. 사람이란 내일에 대한 기대가 없으면 삶에 대한 희망을 놓게 되곤 한다. 주변에 아무도 없고, 몸은 점점 말을 안 듣고, 그런 상황에서 아무것도 기대할 수 없다면, 그래 그냥 스르르 사라지고 싶은 마음도 들겠지. 그러나 이때, 로즈가 마치 마법처럼 뿅 하고 나타난다. 누구라도 보면 뒤 돌아보고 싶게 만드는 (여러 가지 의미로) 엄청난 패션 센스의 열 살짜리 꼬마. 아직 세상을 모를 수밖에 없는, 앞으로 배울 것이 너무나 많고 살아갈 이유가 너무나도 많은 아이. 그런 아이가 유도라의 삶에 나타나 일상을 바꿔놓는다. 유도라는 로즈가 인생을 뒤바꿔놓을 것이라는 것을 깨닫지 못했다. 그저 자발적 안락사를 하기 전까지 삶을 선택하라는 조언을 따르기 위해 약간의 보조를 맞추는 것뿐이었다. 그러나 우리 모두 알다시피 유도라의 인생은 뒤바뀌었다. 그야말로 송두리째.

　이 만남의 혜택은 유도라에게만 돌아가지도 않는다. 우정이라는 것은 서로가 주고받는 것이니까. 로즈 역시 커다란 선물을 받았다. 친구들과 잘 어울리지 못해 학교에서 힘든 시간을 보냈던 아이, 그래서 새로운 곳에서 다시 시작해보려는 아이. 그 아이에게 유도라는 비판하지 않는 친구가 되어주고, 인생의 조언을 해주는 조언자가 되어주며, 동생을 세상에 나오게 도와준 산파가 되어주었다. 어린 나이에 겪은 커다란 사건 가운데 유도라가 있었으니, 로즈에게 유도라는 친구 이상의 의미였을 것이다. 그리하여 역설적이게도 이 둘의 만남은 로즈에게도 살아갈 이유를 주었다. 유도라는 자신이 누군가에게 살아갈 이유가 되었다는 것을 깨닫자, 자신 역시 앞으로 계속 나아가고 싶다는 생각을 한다. 읽을 때마다 눈물이 나는 공항에서의 영상통화 장면은 이 둘에게 아주 중요한 순간이다. 서로가 서로의 중요성을 다시 한 번 깨닫는 순간, 그리하여 삶과 죽음의 갈래에서 발걸음을 다른 쪽으로 돌리게 한 순간, 나는 울지 않을 수 없었다.

이 책이 좋은 건 우정뿐 아니라 삶과 죽음에 대해서도 생각하게 만들기 때문이다. 삶과 죽음. 너무도 잘 어울리는 두 단어. 그러나 우리는 하나의 단어에 생각을 집중하는 대신 다른 하나는 애써 외면하며 산다.

카르페 디엠*carpe diem*. 시즈 더 데이*seize the day*. 라틴어나 영어를 잘 몰라도 어느새 눈에 익은 문장. 모두 오늘을 놓치지 말고 최대한 즐기라(혹은 잘 활용하라)는 의미가 담겨 있다. 언젠가부터 우리 문화에 등장한 이 두 문장은 역설적으로 오늘날의 우리가 얼마나 하루하루를 제대로 살고 있지 않은지, 아니면 제대로 살고 있지 않다고 생각하는지를 잘 보여주고 있다. 이 문장들을 보면 또 하나의 문장이 자동으로 떠오른다. 바로 메멘토 모리*memento mori*. 죽음을 기억하라. 우리 모두는 죽는다는 사실, 누구도 피해갈 수 없는 사실을 담은 문장이다. 세 문장 모두 결과적으로 같은 얘기를 하고 있다. 필멸자로서 죽음을 기억하고 현재를 즐기고 열심히 살아가라는 의미다. 그러나 우리는 앞 두 문장은 좀 더 긍정적으로 받아들이고, 마지막 문장은 뭔가 비장하게 받아들인다. 문장에 '죽음'이라는 단어가 들어가 있기 때문일 것이다. 우리도 모르게 어느새 비장하고 한 걸음 뒤로 물러나고 싶게 만드는 단어 '죽음', 우리는 왜 그런 반응을 보이게 될까?

사람이란 모름지기 잘 모르는 것에 대해 두려움을 갖게 마련이다. 운전을 처음 하는 사람에게는 모든 길이 다 두렵게 느껴지지만 익숙해지면 운전대를 잡는 게 아무렇지도 않은 일이 된다. 낯선 나라에서 처음 보는 식재료로 만든 음식을 처음 먹을 땐 약간 두려움이 느껴지지만 막상 먹어보고 체험해보면 어느새 두려움은 사라지고 즐길 수 있게 된다. (혹은 싫어하게 될 수도 있고.) 무언가를 두려워하는 마음은 무언가의 실체를 알게 되고 경험하는 순간 어느새 사라진다. 무언가를 알게 된다는 것은 두려움이 줄어든다는 뜻이다.

그렇다면 죽음은 어떤가? 우리는 죽음을 모른다. 그 누구도 경험해본 적이 없기 때문이다. 경험담을 들을 수 있는 일도 아니다. 그리하여 사람은 누구나 맞는 죽음이라는 과정에 대해 정보가 전혀 없는 상태다. 죽을 때 기분이 어떤지, 무서운지, 아니면 그냥 평화로운지, 고통스러운지, 자신의 죽음을 자각한다는 건 어떤 기분인지, 아는 게 하나도 없으니 두려운 게 당연하다.

저자는 로즈의 입을 빌려 이렇게 말한다. 자꾸 얘기하고 나니 더 이상 두려워지지 않았다고. 이것은 작가인 애니 라이언스가 감사의 말에 소개한 책 캐스린 매닉스의 『내일 아침에는 눈을 뜰 수 없겠지만』이 주장하는 바이기도 하다. 유도라의 이야기를 읽고 나면 우정과 더불어 삶과 죽음에 대해 다시 한 번 생각하게 된다. 죽음이란 어떤 것일까, 좋은 죽음이라는 게 있을까? 나는 어떻게 죽게 될까? 아니면 나는 어떻게 죽고 싶은가? 꼬리에 꼬리를 물고 이어지는 생각들. 나는 저자의 조언에 따라 캐스린 매닉스의 『내일 아침에는 눈을 뜰 수 없겠지만』을 읽었고, 내가 상상했던 죽음이 실제로 일어나는 죽음과는 조금 다르다는 것을 이해했다. 완화의료 전문의사인 캐스린은 임종을 앞둔 사람들의 다양한 반응, 그들이 죽음을 받아들이는 모습, 그리고 주변 사람들의 반응을 책에 담았다. 수없이 많은 환자들의 이야기를 읽으면서 나는 우리 모두는 누구나 죽게 된다는 그 당연한 사실을 한 번 더 깨달았고, 나라면 과연 이들의 입장이 되었을 때 어떻게 행동할 것인가 하는 상상을 하게 되었다.

2015년 이코노미스트의 연구 결과에 의하면 '죽음의 질'

지수에 있어서 한국은 18위다. 그런데 이 18위라는 것도 의료보험과 국민연금이 완화의료 정책에 긍정적으로 영향을 끼칠 것이라는 기대감 덕분에 나온 결과라고 한다.[*] 그리고 이 책의 배경이 되는 영국은 1위를 차지했다. 쉽게 말하자면 세상에서 가장 죽음이 두렵지 않은 나라라고 할 수 있는 것이다. 그렇다면 좋은 죽음이란 무엇일까. 영국의 경우, 좋은 죽음을 '익숙한 환경에서', '존엄과 존경을 유지한 상태로', '가족이나 친구와 함께', '고통 없이' 죽는 것을 좋은 죽음이라 정의했다. 그리고 영국이 이렇게 1위를 차지할 수 있었던 것에는 호스피스의 영향이 크다. 우리에게는 죽음을 앞두고 어쩔 수 없이 도달하는 마지막 공간 호스피스가, 영국에서는 죽음을 맞이하기까지의 삶을 좀 더 윤택하게 해주는 곳인 셈이다. 환자들이 생의 마지막을 편하고 안락한 공간에서 가족이나 친구와 함께 보내다 죽음을 맞이할 수 있도록 하는 것이다. 그런데 의아하게도 이렇게 죽음의 질이 가장 좋은 곳에 사는 유도라도 끊임없이 좋은 죽음에 대해 생각한다는 것이 나에게 큰 의문을 던졌다. 그렇다면 죽음의 질 지수에 따르면 좋은 죽음에 대해 더 자주, 깊이 논의해야 할 한국에 사는 우리는, 과연 얼마나 좋

---

[*] 이소정, 최은진 기자, "[웰다잉] ⑤ '죽음의 질' 1위 비결은?", KBS 뉴스, 2016년 5월 11일

은 죽음을 고민하고 있는가?

『유도라 허니셋은 잘 지내고 있답니다』는 따뜻한 우정의 이야기면서, 우리 모두가 언젠가는 마주해야 할 죽음에 더해 무거운 사회적인 주제가 담겨 있는 책이다. 안락사 혹은 존엄사. 언젠가부터 사람들의 찬반논쟁을 몰고 온 단어들이다. 번역을 위해 여러 책을 살펴보면서 이 용어들에 대해 우리가 잘 몰랐던 차이가 있다는 것을 알게 되어, 독자들이 이 책을 좀더 깊이 이해할 수 있도록 이 지면에 조금 이야기해보고자 한다.

국내 기자들이 실제로 스위스 안락사 기관인 디그니타스에 찾아가 그곳에서 생을 마감한 한국인을 추적하고 취재하여 쓴 책, 북콤마 출판사에서 나온 『그것은 죽고 싶어서가 아니다』를 빌려 좀 더 명료하게 용어를 설명하자면 다음과 같다.

존엄사 : 우리나라에서 존엄사법이라고 하면 2018년 2월 시행된 연명 의료결정법(호스피스, 완화의료 및 임종과정에 있는 환자의 연명의료 결정에 관한 법률)을 말한다. 연명의료결정법에선 임종 과정에 있는 환자가 심폐 소생술, 인공호흡기, 혈액 투석, 항암제 투여 등

의 연명의료를 무의미하다고 느끼고 원치 않을 경우 이를 중단할 수 있도록 하고 있다. 소극적 안락사와 적극적 안락사까지 존엄사로 보는 관점에서 연명의료 중단은 가장 낮은 단계의 존엄사라고 할 수 있다.

소극적 안락사 : 식물인간 상태처럼 의식이 없는 환자에게 영양 공급 같은 생명 유지에 필요한 치료를 중단해 죽음에 이르게 하는 것으로, '임종기 환자에 대한 무의미한 연명의료 중단'보다 한 걸음 더 나아간 개념이다.

적극적 안락사 : '타인이' 치명적인 약을 처방하거나 주입함으로써 생명을 단축하는 방식이다.

조력자살(또는 의사 조력 사망) : 회복할 가능성이 없는 말기 환자가 고통을 덜기 위해 의사에게서 치명적인 약이나 주사를 처방받아 '스스로' 목숨을 끊는 경우로 적극적인 안락사로 볼 수 있다. 환자가 극약 처방 같은 의사의 도움을 받더라도 복용은 직접 해야 한다는 점에서 적극적 안락사와 구분하기도 한다.[*]

*『그것은 죽고 싶어서가 아니다 – 논쟁으로 읽는 존엄사』15~17쪽 발췌 인용, 유영규 임주형 이성원 신융아 이혜리 지음, 북콤마

이 설명에 따르면 유도라가 하려고 했던 것은 조력자살이다. 『그것은 죽고 싶어서가 아니다』에 따르면 현재 적극적 안락사와 조력자살을 모두 허용하는 대표적인 국가는 네덜란드. 벨기에는 적극적 안락사와 조력자살을 2003년에 합법화했다. 캐나다는 퀘백주만 안락사를 허용하지 않고 조력자살만 허용한다. 다른 주는 안락사와 조력자살을 모두 허용한다. 한편 유도라의 나라 영국에서는 조력자살도 안락사도 모두 금지이다. 그리고 다른 곳과 달리 스위스의 경우, 외국인의 조력자살을 허용하고 있다. 그리하여 모두가 안락사라는 단어를 들으면 스위스를 떠올리게 되는 것이다.

미국 의료센터 다섯 곳에서 만성적인 심각한 질병을 앓고 있는 환자 9,000여 명을 대상으로 2,800만 달러의 비용을 들여 10여 년에 걸쳐 실시한 연구[*]에 따르면, 놀랍게도 많은 환자들이 불필요하게 수명을 지속하거나 종종 근거가 없는 과도한 조치로 인해서 고통스러운 죽음을 맞이한다고 한다.[**] 그저 생명을 연장하는 것에만 급급해 실제 환자들의 삶의 질에 대해서는 그다지 고민하지 않는 것이다. 그에 반해 독일은 이미 1980년대 이후부터 ('죽게 놔두기'

[*] 로버트 우드 존슨 재단의 후원으로 《미국의학협회저널》에서 1995년 11월 22일에 발행함.
[**] 『죽음을 선택할 권리』, M. 스캇 펙, 조종상 옮김, 율리시즈

라고도 하는) '수동적 존엄사'에 대한 법적 근거가 뚜렷하다.[*] 한국 역시 무의미한 연명치료가 삶의 질을 떨어뜨린다는 것에 공감해 2018년부터 연명의료결정법이 발효되었다.

우리는 삶의 질을 높이기 위해 안간힘을 쓴다. 그러나 죽음의 질 또한 삶의 질에 포함된다는 것은 인식하지 않는다. 죽음은 마침표이자, 문장의 끝이다. 그 말은 죽음이 삶이라는 문장에 포함되어 있다는 것을 뜻한다. 문장이 없으면 마침표도 없으니까.

『유도라 허니셋은 잘 지내고 있답니다』는 삶과 죽음, 관계와 우정에 대해 깊은 성찰을 요구하는 책이다. 많은 분들이 이 책을 통해 잠시나마 이런 것들에 대해 생각해 보고 삶을 더욱 소중하게 여기는 시간을 맞이하시길 바란다. 물론 그 옆에 로즈와 스탠리 같은 친구가 있으면 더할 나위 없고.

안은주

[*] 『스스로 선택하는 죽음』, 지안 도메니코 보라시오, 김영하 옮김, 동녘사이언스

유도라 허니셋은 잘 지내고 있답니다

1판 1쇄 인쇄 2023년 4월 13일
1판 1쇄 발행 2023년 5월 3일

지은이 애니 라이언스
옮긴이 안은주
펴낸이 김기옥

문학팀 김세화 | **마케팅** 김주현
경영지원 고광현, 김형식, 임민진

표지디자인 곰곰사무소 | **본문디자인** 고은주
인쇄·제본 (주)민언프린텍

펴낸곳 한스미디어(한즈미디어(주))
주소 (04037) 서울시 마포구 양화로 11길 13(서교동, 강원빌딩 5층)
전화 02-707-0337 | **팩스** 02-707-0198 | **홈페이지** www.hansmedia.com
출판신고번호 제313-2003-227호 | **신고일자** 2003년 6월 25일

ISBN 979-11-6007-905-0 (03840)

한스미디어 소설 카페 http://cafe.naver.com/ragno | 트위터 @hans_media
페이스북 www.facebook.com/hansmediabooks | 인스타그램 @hansmystery